Un corazón para Eva

Novela

Biografía

Rodolfo Naró nació en Tequila, Jalisco en 1967. Ha sido becario del Fonca en la disciplina de novela. Su obra poética esta reunida en *Los días inútiles* (1985-1995), *Lo que dejó tu adiós* (1995-2005) y *Elegir el fuego* (2005-2015). Como novelista es autor de *El orden infinito*, inalista del premio Planeta Argentina 2006, considerada una de las mejores novelas del 2007 por la revista *Gatopardo*; *Cállate niña y Un corazón para Eva*. También escribió los libros infantiles *Paganino* y *El misterio del colibrí*. Ha sido columnista de varios periódicos y revistas, entre ellos, *Langosta Literaria*, donde escribe reseñas de libros. Desde 2019 es miembro del Sistema Nacional de Creadores de Arte. Actualmente vive en la Ciudad de México.

Rodolfo Naró

Un corazón para Eva

Planeta

Bajo el sello editorial BOOKET M.R.
Avenida Presidente Masarik núm. 111,
Piso 2, Polanco V Sección, Miguel Hidalgo
C.P. 11560, Ciudad de México
www.planetadelibros.com.mx

Diseño de portada: Alejandra Ruiz Esparza
Ilustración de portada: © Shutterstock | Skymax (tipografía) y gudinny (fondo)

Primera edición en formato epub: septiembre 2018
ISBN: 978-607-07-5034-2

Primera edición impresa en México en Booket: mayo de 2023
ISBN: 978-607-39-0033-1

Impreso en los talleres de Impregráfica Digital, S.A. de C.V.
Av. Coyoacán 100-D, Valle Norte, Benito Juárez
Ciudad De Mexico, C.P. 03103
Impreso en México – *Printed and made in Mexico*

Para Andrea

1

Eva azotó contra el suelo. El golpe fue contundente y seco. Pero no fue el sonido de su cabeza contra el mosaico de la cocina lo que llamó la atención de su padre sino el estallido del plato, que se rompió en siete pedazos. Esa mañana de domingo iban a desayunar hot cakes, los preferidos de Eva. Ella estaba de pie, con el plato en la mano y tres hot cakes rebosantes de miel, cuando se desmayó. En el piso, la miel escurrió poco a poco hasta tocar su mejilla. Eva convulsionaba.

Eran las diez de la mañana. Los domingos Otto se hacía cargo del desayuno, y aunque casi siempre preparaba lo mismo, a sus hijas les encantaba verlo cocinar. Era un día como cualquier otro: bañar a Cala, comida en casa de los abuelos, intentar ir al cine a media tarde; cenar en casa un sándwich de ensalada de atún con papas fritas. Sin embargo, ese domingo sería distinto, el primero de una nueva rutina. Otto había sacado casi a rastras a Eva de la cama, sin importarle que la noche anterior se hubiera desvelado con su novio y sus amigas, celebrando su cumpleaños; había llegado a los diecisiete y por enésima vez, en medio de las luces multicolores y los empujones del antro, discutió a todo pulmón con Capi.

—Déjame en paz, ya te dije que aún no estoy preparada.

—¿Y cuándo será, eh, cuándo? ¿Esperaré hasta tu próximo cumple? —El calor era intenso y el sudor de Capi hacía que la camisa azul cielo se le pegara al pecho.

—No sé, no sé... Eso se siente. El momento tiene que llegar solito.

—«El momento». Eso me dijiste la semana pasada y hace un mes, ¡pareces disco rayado!

—¿A qué te refieres?

—Obvio que ya sabes, no te hagas. Cuando repites lo mismo una y otra vez.

Estaban al borde de la pista, hablaban fuerte. Llenaba el ambiente un *mix* de Flume y Chet Faker. Capi intentó besar a Eva.

—¡Suéltame!

—¿Qué, tampoco puedo besarte?

—Así no.

—¿Entonces cómo?

—Como antes.

—¿Y cómo es «como antes»?

—Ni siquiera me miras. ¡Suéltame!

Capi tenía clavada la mirada en ella. Sin embargo, sus ojos no se quedaron mucho tiempo en los de Eva, la atravesaban hasta llegar a un infinito que solo él miraba.

—Vamos, Eva —insistió Capi, acercándose a su oído.

—¡Suéltame!

Al terminar el forcejeo, un grupo de chicos pasaron tan cerca de ellos que los empujaron. Poco faltó para que Eva se cayera. Esa noche estrenaba un vestido largo de chifón color mostaza. También zapatos de tacón: sus primeros Dior, regalo de su padre. «No siempre se cumplen diecisiete», le dijo cuando Eva se los midió en la tienda.

Faltaban pocos días para Semana Santa y el cumpleaños de Eva era el pretexto ideal para reunirse con sus amigas. Las dos tenían viaje en puerta: Paloma, su confidente, iría a esquiar a Vail; Majo, con quien siempre estudiaba matemáticas, pasaría los días santos en el rancho de sus abuelos en Zacatecas. Santiago y el Turco Hawa, los dos inseparables de Capi, irían a Puerto Vallarta. Solo Esteban se quedaría en la ciudad; desde diciembre trabajaba en el mismo antro donde ahora se encontraban, y esa noche ayudaba al DJ en las tornamesas, desde donde vio lo que sucedía en la pista: la discusión, el forcejeo y la caída de Eva cuando los Dior no resistieron otro empellón.

—¡Joder, tía!, que os hagáis a un lado —gritó una chica al lado de Eva al tiempo que la tiraba y el chico que venía con ella se ponía en guardia.

—¡¿Qué te pasa, imbécil?! —le gritó Capi y lo jaló de la camisa mientras Eva trastabillaba.

—¿Qué te pasa a ti, pendejo? —respondió el otro y trató de zafarse.

—¡No vuelvas a empujar a mi novia! —gritó Capi y comenzó la pelea, cerrada, confusa; no tenía mucho espacio, así que tenía que ser contundente. De un solo golpe con el codo le rompió la nariz al otro y el chorro de sangre no solo alcanzó su camisa de lino, también a la chica que había comenzado todo y que seguía gritando sin que nadie entendiera sus palabras.

Eva, en el suelo, también con el vestido roto y salpicado de sangre, volvió a gatas a su mesa, donde Paloma, Majo y el Turco Hawa, amigo de Capi del American School, estaban por salir a bailar. Eva no se fijó en quién la ayudó a levantarse, estaba aturdida, caminó entre la gente sin distinguir sus rostros ni sus voces. Cuando llegó a su mesa y vio a Paloma, rompió en llanto.

—Eva, ¿qué pasó? ¿Dónde está Capi?

—Vámonos, por favor, no sé dónde está ni me importa. ¡Vámonos!

Santiago estaba con la boca abierta y un whisky en la mano. Antes de poder decir algo, vio que las chicas se iban al baño y el Turco corría a buscar a Capi para ver qué necesitaba. Al otro lado de la pista, Gustavo Cejudo, rival de Capi en el taekwondo, atestiguaba la pelea; cuando vio que Hawa se acercaba, le dijo a uno de los que estaban con él que se fueran, aún no era el momento de armar la grande. Esteban vio todo desde la cabina: cuando la chica de cabello negro medio rapado se acercaba a Eva y a Capi, el codazo, el segundo empujón, la pelea contundente. Vio cuando Gustavo Cejudo se iba y que antes de marcharse le dijo algo a uno de los meseros de la zona VIP. Vio a Eva, tirada en el suelo, caminar a gatas hasta su mesa. Vio a Capi enfurecido, fuera de sí, mentando madres y arruinando su música mientras aún sonaba «Drop the Game», el *mix* que Esteban mentalmente le había dedicado a Eva. Eran las dos de la mañana.

2

Cala fue la primera en llegar hasta Eva. Lamió su rostro y pisó la miel. En la barra del desayunador solo estaba Dana, su hermana menor; no sabía qué hacer, nunca había visto nada semejante. Solo notó que la pijama de Hello Kitty de su hermana le quedaba chica: siempre le había gustado. Todo lo que Eva usaba le gustaba mucho y pensó que pronto se la pasaría, como una blusa tejida que dos navidades atrás le había regalado junto con unos collares de cuentas que había traído de Sayulita.

—¡Dana, quita a la perra! —oyó que su padre le gritaba, y antes de que pudiera hacer nada, Cala salió corriendo, dejando huellas de miel por todos lados—. Dame ese trapo. Vamos, muévete.

Otto se inclinó sobre Eva y puso el trapo de cocina debajo de su cabeza, luego la acostó de lado y esperó a que pasaran las convulsiones. Cuarenta y cinco segundos, noventa, dos minutos, tres. Otto tomaba el tiempo con su reloj mientras mantenía de costado el cuerpo de su hija. *Tres minutos,* se dijo.

Dana recordó que instantes antes de que su hermana se cayera la había notado rara, como si la mirara desde la esquina más alejada del universo. Notó que comenzó a temblar y que estuvo a punto de tirar el vaso de chocomilk; a pesar de todo, la vio levantarse de su silla y dar dos pasos hasta su padre, estirar el brazo y agarrar el plato de hot cakes.

—¿Qué tiene, papá? —dijo Dana llorando.

—Lo que ves, convulsiones.

—¿Convulsiones?

—¡Que me pases el trapo!

Poco a poco Eva volvía en sí. Sentía entumidos los brazos y las piernas, la cabeza a punto de estallar. Abrió los ojos y solo vio siluetas, bultos a su alrededor. Escuchó los gritos de su papá sin distinguir qué decía, y al fondo, con un sonido sordo y lento, los ladridos de Cala. Percibió otros ruidos: el arrastre de una silla, murmullos, quizá música de la noche anterior, y volvió a irse. Cerró los ojos.

—Dana, pásame mi cartera, y ya que tienes el celular en la mano, llama a tu mamá, ojalá que puedas localizarla. Dile que vamos al Hospital del Carmen. Y ve a vestirte, nos vamos en dos minutos.

En el mismo orden en que su papá le dijo las cosas ella las hizo y pronto ya estaba de vuelta: jeans, tenis, blusa de tirantes y pelo recogido en una cola de caballo, igual que Eva.

—Papá, mi mamá no contesta.

—Vámonos, en el camino seguimos intentando —ordenó Otto, que seguía apartando a Cala con el brazo.

Fue hasta que se subieron al Mercedes cuando Eva volvió otra vez en sí y empezó a llorar; Dana la abrazó y se puso a llorar con su hermana. Ambas iban en el asiento de atrás y Otto, a toda velocidad, alcanzó a oír a su hija mayor decirle a la pequeña que todo estaría bien, que solo era un dolor de cabeza.

—¿Qué pasó, papá? —preguntó Eva, alargando las palabras—. ¿Adónde vamos? —Se sentía mareada. Le dolían el brazo y la cadera izquierda—. Me duele mucho la cabeza.

—¿Y dónde más te duele, hija?

—La cabeza, me duele mucho la cabeza —insistió y trató de quitarse la dona del cabello para deshacerse la cola de caballo. Algunos mechones largos y rubios, aún con miel, cayeron sobre sus hombros.

—De pronto te caíste y convulsionaste —dijo por fin Dana, con los ojos llenos de lágrimas.

—¿Convulsioné?

—¡Cállate! —ordenó Otto.

Mientras conducía, hizo varias llamadas desde su celular. El comando de voz marcaba en automático. Eva escuchaba esas voces como si vinieran desde el cielo, a pesar de que llenaban su cabeza no entendía lo que decían. Después de cortar la tercera llamada, Otto vio por el espejo retrovisor que Eva volvía a cerrar los ojos. Aceleró.

En el hospital, ya los esperaban en la puerta de urgencias con una silla de ruedas. Un médico de guardia los recibió. Tras tomarle los signos vitales, le pidió que se recostara en una camilla.

—Ya le hablé a la doctora Carranza —dijo Otto.

—¿La neuróloga? —preguntó el médico.

—Sí, ya viene en camino.

—¿Y mi mamá? —preguntó por fin Eva.

—Aún no la hemos localizado. Según su itinerario, a esta hora debe estar volando de Nueva York a Múnich, por eso no la hemos encontrado.

Mientras esperaban a la neuróloga, el doctor comenzó a hacer la historia médica de Eva; las mismas preguntas que ya le habían formulado tres años antes. Por la velocidad con que preguntaba, se notaba que era más una rutina que interés por un verdadero relato clínico.

—Me repites tu nombre, por favor.

—Eva Otero.

—Solo tienes que contestar sí o no a las siguientes preguntas.

—Sí —respondió Eva, todavía un poco mareada.

—¿Tú, o alguno de tus parientes consanguíneos (madre, padre, hermanos, abuelos), han tenido alguna de las siguientes condiciones? Anemia, artritis, asma, presión arterial alta, colesterol alto.

—No, no, no... —repetía Eva.

—Cataratas, diabetes, tuberculosis, enfisema, problemas pulmonares, enfermedades del corazón, cáncer, malaria...

—No, no, no...

A todas las preguntas Eva contestaba que no. A veces tardaba un poco en responder o no entendía las palabras porque el médico leía muy rápido y ella perdía el hilo del interrogatorio, por lo que su padre respondía algunos de los cuestionamientos, siempre con un *no* rotundo.

—¿Podrías decirme si tu padre o tu madre o algún familiar cercano han padecido epilepsia? —enfatizó el doctor.

Tanto Eva como su papá dudaron en responder, y después de unos instantes de silencio, Otto dijo:

—¿Epilepsia? Desde luego que no.

Mientras le hacían las preguntas Eva miraba a su alrededor: no era la primera vez que estaba en esa sala de urgencias; comenzó a reconocer la luz, los colores de las paredes, las mesitas de metal con una serie de raros instrumentos; el olor a benzocaína que se le había pegado al cuerpo. Tenía catorce años cuando estuvo por primera vez en esa misma habitación de paredes verde pistache, solo que en aquella ocasión había llegado por una fractura en el codo izquierdo, ocurrida mientras jugaba golf. Una ínfima probabilidad la había alcanzado, «una en un millón», creía Eva que le había dicho su entrenador cuando la llevaba a la enfermería del club. Una pelota de golf, salida de quién sabe dónde, surcó el cielo y pasó apenas rozando su codo. «Es como una bala perdida», le dijo el entrenador, que caminaba apresurado con ella en brazos, «si hubiera caído siete centímetros más a la izquierda, te pega en la cabeza». Esa fractura de codo, recordaba Eva, era el mayor dolor que había sentido en la vida, ni el dolor de cabeza que ahora padecía se comparaba con el que sintió entre la axila y el pecho aquella tarde. No concebía que la tocaran, sentía que le faltaba la respiración. Pedía a gritos que hicieran algo, que le quitaran el dolor. Quería ver a su madre. Entonces le dieron una pastilla y poco a poco comenzó a relajarse hasta que se durmió.

Le pusieron un clavo y una férula que no pudo quitarse en seis semanas, tiempo suficiente para dejar cualquier deporte. Eva, desde los nueve años, practicaba natación, salto ecuestre y carreras de relevos. Inspirada por Lorena Ochoa, con quien a veces compartía el *green*, un par de años más tarde comenzaría con el golf en el Country Club. Escuchaba sus consejos: «Plántate con los pies abiertos a la altura de los hombros. Mantén la espalda recta, saca las nalgas y dobla un poco las rodillas», seguía atenta, «y para no reducir la movilidad de la muñeca, debes agarrar el palo con los dedos más que con la palma. Así, mira». La campeona mundial se ajustaba la gorra y adoptaba esa posición. «Ahora tira». Eva obedecía y veía la bola girar por los aires.

Hizo tanto ejercicio en sus primeros años de adolescencia que, antes de los quince años, había sido campeona de atletismo en un intercolegial; tenía unas piernas firmes y un trasero que era la envidia de todas sus compañeras de la secundaria. «Son los genes de mi abuela alemana», le decía a Paloma cuando se miraban en el espejo y su amiga se descubría más baja de estatura, más delgada que un fideo y aún con cara de niña.

—Me gustan mucho esos jeans —le dijo Paloma una tarde que estudiaban español en la habitación de Eva—, pero me van a quedar largos, tú eres dos metros más alta que yo.

—Quizá sí te queden mis blusas. Mira esta falda, si le doblas un poco de la cintura... —contestó Eva y de un salto llegó hasta el sillón donde tenía un montón de ropa lista para guardar en el clóset desde hacía tres días.

—Quizá tus calcetines o tus bufandas sí me queden.

—Sí, mis bufandas te quedarán perfecto —replicó Eva de inmediato y ambas rieron.

Eran compañeras desde segundo de primaria. El primer día de clase ambas se identificaron como si fueran dos gotas de la misma lluvia. Habían crecido juntas, eran como dos hermanas que compartían algo más vital que la sangre: los secretos. Cada fin de cursos intercambiaban cartas de despedida y una fotografía tamaño infantil de ellas mismas en blanco y negro, en la cual, contrario a la carta donde el espacio sobraba, en letra diminuta escribían al reverso un largo adiós, firmado siempre con la frase: «Vales mil, nunca cambies. LOVE», y un corazón.

3

Esa mañana no sería el peor día en la vida de Eva, aunque ella pensaba que sí. Antes del mediodía ya estaba ingresada en el hospital. Le asignaron un cuarto con vista al jardín interior. Cuando llegó, en una camilla que empujaba un enfermero y con un suero que pendía del lado derecho, el brazo inmóvil y su mirada fija en el gotero que suministraba, según contó Eva, sesenta gotas por minuto, se encontró con la habitación llena de gente: sus abuelos, tíos, algunos amigos de su padre. Todos tenían caras largas. *Parecen ornitorrincos de Celaya*, se dijo Eva.

—¿Y mi mamá? —volvió a preguntar.

Luego le vino el recuerdo de Capi. En toda la mañana no había recibido ni un mensaje de él. Ya Paloma la había puesto al tanto de todo: Capi estaba enojado porque la noche anterior, en el Vango, Eva se había ido con los demás y lo había dejado solo en el antro, y con lo orgulloso que era, ella tendría que darle explicaciones y ofrecerle disculpas.

—Tu mamá, no lo sé, está tratando de cambiar su vuelo por el más próximo —le dijo su padre y le acarició el cabello.

—¿Y cuándo nos vamos a casa? ¿Qué tengo, papá? ¿Qué me pasó?

—Fue solo un mareo —intervino su abuela Esther.

—No lo sabemos todavía, tendrás que quedarte un par de días para hacerte varios estudios que nos digan lo que pasó.

—¿Y si es cáncer? —dijo Dana con los ojos llenos de lágrimas.

—Claro que no —respondió Eva.

—Siempre tan fatalista —remató Otto y pidió a su suegra que se la llevara a dar una vuelta.

—Vamos, Dana —dijo la abuela Esther—, acompáñame a la cafetería por un té.

De pronto sonó el celular de Otto: era Julia, la mamá de Eva, quien llamaba desde Múnich. Al aterrizar, tenía quince llamadas perdidas de Otto, de Dana, de su papá y de su mamá, de su hermano Enrique. Estaba de trabajo en Alemania, era la responsable de tendencias de moda y nuevos textiles de LOB, una firma de ropa jalisciense. Viajaba constantemente, y por lo general sus ausencias eran de pocos días. Julia trabajaba al ritmo de las grandes capitales de la moda: París, Londres, Milán y Nueva York. Esta vez acudía a la ICE Europe, feria especializada en materias primas y telas sin tejer.

—Por fin puedo comunicarme contigo, mi niña, ¿cómo estás? —La voz de Julia se comenzó a cortar, no porque fallara el teléfono, sino porque estaba al borde del llanto—. Ya me contó tu papá. ¿Cómo estás, cómo te sientes?

—Bien, mamá, ya estoy bien.

—Estoy tratando de cambiar mi regreso.

—No es necesario, te juro que ya estoy bien. Además, aquí está todo mundo: mis abuelos, mis tíos, Dana, en la tarde viene Paloma.

—Pero, hija, me quedo muy preocupada.

—De verdad, estoy bien. Sé cuánto tienes planeando este viaje, todo el esfuerzo que pusiste. Voy a estar bien, te lo juro.

—Te adoro, mi niña, te estaré llamando a diario. Te adoro.

Al cortar la llamada, Eva empezó a llorar. Era un llanto de extravío, aunque estaba rodeada de su familia; de nuevo se sintió ajena a todos, aunque solo ella sabía por qué y eso la hizo llorar más.

Aprovechando que seguía en ayunas, llegaron del laboratorio para tomarle cuatro centímetros de sangre, que repartieron en cuatro tubos de ensayo, y una muestra de saliva con un hisopo.

—Solo nos harán falta las muestras de pipí y popó —le dijo la enfermera.

—¿También? —preguntó Eva.

—Sí, hija, aprovecharemos para revisarte todo, hasta el pelo si es necesario —intervino su padre.

La tacha, pensó Eva de inmediato. Aunque no había ingerido nada la noche anterior, solo un par de cervezas y unos tragos al vodka tonic de Paloma, Capi se había tragado una tacha y ambos se habían pasado la noche besándose. *Seguramente la saliva de Capi se me fue al estómago, y de ahí a toda la sangre.* Hasta ese momento sintió el calor de la primavera y comenzó a transpirar. *Le dije a Capi que cenáramos antes, maldita sea, pero él no quiso porque la tacha no le haría el mismo efecto con quince tacos en la panza.* «Al final de la noche vamos a los tacos de la Minerva», le respondió él, «así se nos baja el pedo, la tacha y todo lo que nos podamos meter, que al fin es tu cumple, chaparra, disfrútalo». Si mencionaba la tacha, lo más probable sería que también le tendría que contar de la pelea a su padre; ante los ojos de Otto, Eva no sabía qué sería peor, si la tacha o una pelea en un antro. No quería un sermón, confirmar lo que ya temía: Capi se ponía muy loco cuando bebía. Le urgía hablar con Paloma.

Enseguida vino otro camillero y en silla de ruedas, el suero en la mano derecha, la llevó a hacerle unas radiografías AP de cráneo; había que descartar una fractura o una fisura, por pequeñas que fueran.

—¿Crees que me pude haber golpeado en la cabeza ayer que me caí? —le dijo a su papá, que iba tomándola de la mano al otro lado del suero.

—¿Cómo que te caíste? ¿Dónde? —preguntó Otto, que aún vestía *shorts* y camiseta de correr.

—En el antro, ayer en la noche; se me atoró el vestido en el tacón y me caí —confesó Eva.

—¿Por qué no me lo dijiste antes?

—Lo olvidé.

El pasillo del hospital le pareció más largo que nunca, las luces de las lámparas lo hacían ver frío y amarillo; en el camino se encontraban con gente que entraba y salía de las habitaciones. Mientras, su papá le preguntaba más por la noche anterior, lo que había bebido, lo que había comido.

—Solo dos cervezas, solo dos cervezas —le respondió con tono de culpa.

Después de eso Eva dejó de escuchar a su padre, tenía cosas más importantes en qué pensar que una cochina tacha. Mirando el fondo del camino pensó en Capi: sabía que no la llamaría, aunque estuviera en el hospital. Recordó el trabajo en equipo que debían entregar el próximo miércoles, y lo que su padre le dijo: «Tendrás que quedarte un par de días». Entonces, mañana no iría a la escuela y todo mundo notaría su ausencia, todos se preguntarían por qué no había llegado a clase y se enterarían de que estaba en el hospital, si es que no lo sabían ya. «Dana», dijo entre labios e hizo el movimiento automático de buscar su celular en el bolsillo trasero de sus jeans. No estaba, no traía sus jeans sino una horrorosa bata de hospital que al menor descuido dejaba ver su trasero. *Tienes que dejar de pensar en los demás*, recordó la recomendación de Karina, su tutora de la prepa, y volvió a ver el suero que poco a poco le escurría por el brazo derecho. *Sesenta gotas por minuto*, volvió a pensar. Por lo menos le habían dado oportunidad de escoger el brazo: «¡No, ese no!», le gritó a la enfermera cuando le preparaba el izquierdo, tallándole la piel con una almohadilla de algodón ahogada en alcohol. «Soy zurda», le dijo. Luego recordó a Cala, ¿quién la sacaría a pasear? ¿Con quién dormiría las siguientes noches?

Cala era una perra que Eva había rescatado del antirrábico. De haber llegado una hora más tarde, la habrían electrocutado junto con una docena de perros sin dueño. Para algunos, Cala era una cruza de pastor alemán con labrador; para otros, había tantas razas sobre sus cuatro patas que era difícil decidirse por alguna. Era de mediana estatura, color oro sucio y hocico enlodado. Desde hacía dos años vivía con Eva. Cuando la rescató, tenía una pata fracturada: al parecer la habían atropellado en su huida de los tipos de la perrera municipal. El gordo que le dio a firmar los papeles de adopción le contó que había sido de lo más sencillo pescarla: el taxi que se le cruzó en el camino la lanzó tan alto por los aires que el cazador de la perrera solo tuvo que estirar el brazo y Cala cayó directo en su red.

—Llegó hecha un despojo —le dijo el gordo con cierto orgullo—, aquí la hemos cuidado bien —gimió mientras se ajustaba los pantalones alrededor de su gran panza.

La perra que Eva se llevó a casa estaba famélica, por lo menos con diez kilos menos, y tenía grandes calvas por todo el cuerpo, producidas por la sarna; hervía de pulgas y ni siquiera podía arrastrarse. Al final de la tarde, mientras Eva esperaba a que fueran por ella, recordó un domingo de meses atrás cuando, en el desayuno, su mamá vio un anuncio en el periódico donde ofrecían perros, «una *divinidad* de basset hound», según pronunció Julia con tono meloso, y les propuso comprar uno para ellas. Eva se enojó y le dijo que los perros no se compraban, se adoptaban. «Hay tanto perrito sin dueño, mamá, cómo quieres comprar uno. Esa gente debería estar en la cárcel, solo lastiman a los pobres animalitos», concluyó y dejó los hot cakes a la mitad. Dos días después fue al albergue, como voluntaria, para ayudar en lo que pudiera. Llegó con un costal de croquetas, cobijas y sábanas viejas, y salió con una perrita en brazos.

—¿Y eso? —le preguntó su mamá al bajar la ventanilla del copiloto.

—Se llama Cala y me la voy a llevar a la casa.

—¿Cómo se te ocurre? Además, ese perro se está muriendo.

—Se llama Cala y no se está muriendo, yo la cuidaré, mamá. —Desde ese día Eva le anudó un paliacate rojo al cuello, sería su seña de identidad.

—¡Por Dios! —exclamó Julia y bajó a abrirle la puerta trasera de la camioneta.

Por fin llegaron al gabinete de rayos X y el camillero le dijo a Otto que esperara afuera. El lugar le puso a Eva la carne de gallina, era muy frío. El radiólogo le dijo que se acostara bocarriba, luego que se volteara; le medía la cabeza haciendo ángulos rectos con ambas manos y subía o bajaba un cono que le alumbraría hasta el cerebelo. *Creí que no había medico más íntimo que el dentista,* pensó Eva, *pero ya veo que no, este me verá hasta los pensamientos.* Y como si realmente el médico le leyera la mente, le dijo:

—Por lo que veo, en tu expediente apenas vas empezando: aún te faltan el electrocardiograma, la tomografía, el electroencefalograma y la resonancia magnética. Pero todo será más rápido de lo que imaginas —le auguró. Era su tercera mentira piadosa del día.

4

Antes de la hora de la comida, Paloma ya sabía que su mejor amiga se encontraba en el hospital. Estaba al tanto de todo, pues Dana le había enviado mensajes casi desde que salieron de casa y la mantenía al pendiente.

Eva se desmayó cuando desayunábamos.
Estuvo horrible.

¿Se desmayó? ¿Qué pasó? ¿Dónde están?

Mi papá la trajo al hospital, estamos en el Carmen.

¿Y qué tiene?

No sé, nadie sabe todavía.

Con razón no me ha contestado mis mensajes,
¡ay, pobre! Baby, vamos a comer con mis abuelos.
En la tarde voy. ¿Hospital del Carmen, verdad?

Sí, yo también estoy con mi abuela Esther,
estamos en la cafetería.

Voy al ratito.

Paloma y sus padres estaban saliendo de misa. Los tres abordaron la camioneta del arquitecto Franco y enfilaron por Circuito Madrigal hasta llegar a una casa de altas bardas blancas y circuito cerrado de televisión. El guardia los vio abrir el portón de la cochera. Los recibió un jardín tan bien cuidado como un campo de golf; al fondo estaba la casa en la que Paloma había pasado sus mejores años de infancia. Ni ella ni sus padres cruzaron palabra en todo el camino. Paloma iba en el asiento trasero de la camioneta, escribiéndose con Capi y con Majo; les avisó de lo ocurrido y le preguntó al novio de su mejor amiga si iría al hospital a verla.

Los mensajes de Majo fluían como el agua, no así los de Capi. Paloma, celular en mano, esperaba respuesta. Veinte minutos después, Capi continuó con los mensajes.

¿De verdad quieres que vaya?

Es tu novia, ¿no?

Claro, y la adoro. Pero solo voy a estorbar. Además,
ahí estará tooooda su familia.

Obvio. Es el mejor momento para decirle que la quieres.

¿En medio de toda su familia?

No, tonto, solo a ella. ¿Es superromántico en el hospital?
Anda, te espero a las 6.

Ese fue el último mensaje que se escribieron. Paloma ya no esperó respuesta de Capi y siguió escribiéndose con Majo durante la comida en casa de sus abuelos.

Con mensajes posteriores, Paloma y Capi se citaron a las seis de la tarde en la puerta del hospital; ninguno de los dos estuvo a tiempo y Paloma fue la última en llegar, unos minutos antes de las siete. Capi la esperaba resguardado en su Ibiza rojo, con un arreglo de flores que había comprado afuera de la Farmacia Guadalajara de Pablo Neruda.

Paloma iba acompañada de su mamá y en el acceso le dijo que entrara, ella iría a buscar a Capi. Volteó a ambos lados de la calle y casi en la esquina vio por fin el auto y fue hacia él. Mientras caminaba hacia allá, con el índice derecho el novio de Eva se señalaba el reloj en la muñeca izquierda, haciéndole entender que llegaba tarde.

—Las flores necesitan agua también —le gritó entre el *bip-bip* del cierre a distancia de su coche.

—Yo te avisé que venía tarde, si tú no hiciste caso a mis mensajes y decidiste llegar antes, es tu pedo —se defendió Paloma.

—Mira qué bonita estás, de veras que sí te bañas los domingos, eh.

—Me choca, ni me digas, comimos en casa de mis abuelos y hay que ir bien arreglados. —Paloma llevaba puesto un vestido ahuesado con ojales al pecho y un collar de cuentas negras. La falda caía arriba de sus rodillas, lo que hacía lucir sus piernas delgadas y sus sandalias negras de cuero.

También ella se fijó que Capi iba recién bañado, vestía una camiseta blanca con las iniciales A&F a la altura del corazón, unos ajustados pantalones amarillos remangados y zapatos sin calcetines. Entraron al hospital y se dirigieron al cuarto de Eva. Capi la vio recostada, con el cabello alborotado y en pijama; era la primera vez que la veía así, y hasta que se fueron cayó en la cuenta de que nunca había visto a una mujer en la cama. Fue tímido al saludarla, el cuarto estaba lleno de gente y sintió que Otto lo saludó con gesto malhumorado y cierta distancia. También Eva notó que su papá se puso tenso al verlo entrar, pero lo atribuyó a su hospitalización. ¿Cómo saber que el pasado de ambas familias pronto volvería a enfrentarlos?

La habitación estaba llena: las tías de Eva, su abuela, Dana y su padre. Las miradas de Otto sobre Capi la hicieron sentir peor. Estaba ahí la mamá de Paloma, y en el momento justo en que llegó su novio, la enfermera movía el suero, revisando el goteo. Capi no se atrevió a acercarse a la cama, Paloma tuvo que jalarlo del brazo hasta la cabecera para que Eva pudiera escucharlo:

—¿Cómo estás?

Capi sentía las miradas de todas sobre sus ojos casi negros, y se sintió aliviado cuando la abuela Esther dijo que las flores estaban *primorosas* y se las pidió para ponerlas en una jarra de agua. Aunque Eva se sentía custodiada por Paloma y por su novio, uno y otra a cada lado de la cama, podía percibir que Capi estaba incómodo, serio, tenso, y ella estaría así en pocos minutos más. Le chocaba que sus tías le hablaran en diminutivo, que su abuela la hiciera sentir como una niña frente a su novio. Le incomodaba que le hicieran preguntas, o que lo ignoraran y hablaran de ella como si no estuviera en la misma habitación. Lo que más quería Eva en ese momento era un abrazo de Capi, un beso, o por lo menos que la tomara de la mano y no la soltara jamás. Nada de eso sucedió. Capi estaba frío y sudaba la camiseta.

Eva y Capi tenían seis meses de novios y para muchos eran una pareja ideal y extraña, no habían cortado ni una sola vez. Por amigos comunes, tenían un par de años de conocerse, pero fue en la Prepa Tec donde se reencontraron, cuando Capi llegó del American School con fama tanto de peleonero como de encantador, y estuvo en la mira de varias chicas sin que ninguna pudiera pescarlo. Fue Eva Otero, la perfecta deportista, quien lo atrapó. La primera vez que interactuaron fue en un entrenamiento en la pista de atletismo: Capi retó a Eva en la prueba de cien metros planos, sin saber que ella ostentaba el récord del mejor tiempo en el campus de Guadalajara con doce segundos. Durante una semana Capi presumió la competencia a los cuatro vientos y su preparación consistió en dos idas al gimnasio y cuatro a El Botanero, bar especializado en cervezas y alitas situado en la contraesquina de la prepa, como si comer alitas bravas lo fuera a hacer volar.

—Es una carrera injusta porque los hombres por genética son más fuertes que las mujeres, y lo más seguro es que tú ganes —le dijo Regina Álvarez a Capi mientras brindaban con una Tecate light.

—Pero todo mundo sabe de las capacidades de Eva —intervino Brenda Fletes—. A Eva nadie le gana —concluyó.

—¿Carrera injusta? ¿No dicen que las mujeres aguantan el mayor dolor que existe sobre la tierra, que es el parto? Entonces, no creo que ella sufra mucho si pierde, ¡salud! —Capi volvió a chocar su botella contra las de Brenda, Santiago, Gabriel y otras tres compañeras del salón alrededor de la mesa de metal que al centro decía «Corona».

El encargado del disparo de salida fue un chico «neutral», como llamó Capi a José Carlos Salvatierra. «Ni amigo tuyo ni mío», le dijo a Eva. Solo bastó un instante para que ella se pusiera en posición de salida y arrancara como bólido al escuchar la detonación; Capi, que una noche antes se había desvelado en su casa jugando Halo, perdió la competencia por un bostezo. «¿Vieron eso?», fue lo único que dijo al verla correr sin darle tiempo siquiera de dar la primera zancada.

Después de ese arrollador fracaso, Capi prefirió quedarse en el equipo de futbol. No fue sino hasta un par de meses después, al volver de las vacaciones de verano, cuando sus miradas se cruzaron desde otro ángulo. En la fiesta de dieciséis años de Paloma, él acaparó las miradas de todos, pero Capi solo tuvo ojos para Eva. Al final de la noche se ofreció a llevar a cinco niñas de regreso a sus casas; Eva fue la última. Capi estrenaba su Ibiza rojo y no quería perder la oportunidad de presumirlo. Poco antes de dejarla, volvió a retarla en la pista de tartán.

—Prefiero concentrarme en el primer parcial y dejar que los hombres corran detrás de mí —le dijo ella y azotó la puerta del coche.

Al llegar a su casa le escribió un mensaje a Paloma contándole:

Es tan odioso, qué se cree.

Creo que le gustas, baby.

Asco! ☹ quiere que corramos otra vez, en vez
de invitarme a salir.

Capi estaba más seguro de su nueva condición física. Ese verano había estado en unas clínicas de futbol en Canadá y en dos meses embarneció y creció varios centímetros de estatura; su voz era distinta, proyectaba una seguridad que ninguno de los otros chicos de su edad tenía. Comenzó con el pie derecho el segundo año de preparatoria cuando el entrenador, al verlo correr otra vez en el campo de juego, lo nombró capitán del equipo de soccer.

—Qué clínicas ni qué ocho cuartos, tú estás para las fuerzas básicas del Atlas —le dijo Aguirre, el entrenador.

—Mi papá conoce a Tomás Boy —respondió Capi, refiriéndose al director técnico de los rojinegros.

Esa misma noche le dijo a su papá que estaba listo para las fuerzas básicas del Atlas, que lo llevara a conocer a Tomás Boy.

—Sí, luego vamos —respondió su padre sin dejar de ver el periódico.

—Hoy Aguirre me nombró capitán del equipo.

—Felicidades, hijo, pero para ser líder de un equipo, hay que ser eso: líder.

Capi sabía que a su padre no le gustaba que lo interrumpieran cuando leía el periódico. También recordó el comentario de un amigo de la familia el fin de semana anterior en la casa de Chapala, después de terminar un partido de futbol entre primos; desde la mesa de la terraza, sentado junto a una veintena de personas que brindaban y comían tostadas de ceviche, lo veía jugar y le dijo a su papá que era muy rápido y contundente en sus jugadas: «Mira, compadre, qué pase, mira qué barrida». Y el hombre siguió, como en una tribuna, narrando para los demás el partido que todos veían; comentaba con la misma pasión con que Capi se deslizaba por el balón. A veces se levantaba de su asiento, cerveza en mano, para celebrar las paradas levantando los brazos, y mojaba a los demás con su Coronita. Eran solo trece chicos que jugaban turnándose las posiciones, y unos metros más allá las tranquilas aguas del lago de Chapala mecían a dos veleros bajo un amontonamiento de nubes.

Cuando llamaron a comer a los jugadores, pararon el partido, dejando el marcador 2-0 a favor de los anfitriones. Capi llegó corriendo hasta el respaldo de su padre.

—Tan limpio de movimientos como un gato en cristalería —dijo el amigo con tono orgulloso—. Deberías llevarlo al desayuno del próximo sábado al Atlas Colomos, estoy seguro de que Tomás Boy le sacará provecho —enfatizó y pidió otra cerveza.

—¿Y vivir de la patada? Si no sabe de disciplina ni de levantarse temprano, ¿o no es así, hijo? —volteó hacia Capi, que estaba en la hielera buscando una Coca-Cola.

Su papá le aventó una cáscara de limón para que el muchacho cabeceara, sin embargo, el limón exprimido se le embarró en la frente.

5

El martes al mediodía, aún en la cama del hospital, Eva reflexionaba que, sin duda, estaba pasando los días más aburridos de su vida. Aunque se sentía el centro de atención y era la primera vez que se encontraba hospitalizada, el ruido de la televisión, que tanto odiaba, la desesperaba; pero era un mal necesario, si no, tendría que escuchar las conversaciones de su abuela y sus tías, o estarían encima de ella preguntándole si quería agua, si le acomodaban la almohada, si quería ir al baño. No tenía ni un momento de privacidad.

De no ser porque desde el domingo su padre le había llevado su iPhone y el libro que estaba leyendo, *La elegancia del erizo,* y por sus amigos que comenzaban a llegar a cuentagotas, se habría tirado por la ventana de aburrimiento. Solo en los tiempos muertos que tenía, que por lo general eran de las tres a las cinco de la tarde, escuchaba música con sus audífonos y trataba de leer o escribía notas en su celular para desarrollarlas luego en su diario, que, por obvias razones, no le había pedido a su papá que se lo llevara. Casi nadie sabía que Eva tenía un diario.

Anotaba frases o palabras que se le venían a la mente: solo para eso usaba el bloc de notas, pues escribía a mano en su diario, así encontraba una mayor conexión consigo misma. Ver cómo se deslizaba el bolígrafo sobre el papel, cómo el leve movimiento de su mano izquierda iba engarzando una letra con otra, le alargaba los sentimientos, las ideas, la hacía girar de ensoñación. Además, escribir a mano fue uno de los primeros consejos que recibió de Romeo Noria, su escritor favorito.

En esos tres días de médicos, familia y exámenes para descubrir partes de su cuerpo que nunca hubiera imaginado, le dio tantas vueltas a Facebook, escribió tantos mensajes con sus amigas que debió tener siempre enchufado a la corriente eléctrica el celular, pues la pila le duraba menos horas que su paciencia. Nunca imaginó que muchas de aquellas que le mandaban mensajes de aliento con frases como «Cuídate mucho y alíviate pronto», al volver a clases dirían que seguramente había estado en el manicomio.

También en esos días habló por teléfono con su madre como nunca lo había hecho en los últimos cinco años. Julia seguía en Alemania y su viaje de regreso estaba programado para el viernes de esa misma semana.

—Estoy bien, mamá —le repetía—, creo que mañana saldré de aquí.

—Sé que estás muy acompañada y mimada por todos, que has sido muy valiente. Recuerda seguir al pie de la letra lo que te indique la doctora Carranza. No pases mucho tiempo en el celular, ahora no es bueno.

—Sigo al pie de la letra todo —acentuó Eva con tono de enfado. Dobló las piernas y la sábana blanca quedó como un tipi indio—. La doctora apenas viene un ratito en la mañana y si no veo mi celular, como tú dices, me aburro horrible. A fuerzas quieren tenerme aquí hasta mañana y no tengo nada, ya me siento bien. No tengo nada —volvió a remarcar Eva y estiró las piernas.

—Tú no puedes decidir si tienes algo o no, o qué es lo que tienes. Vamos a ver qué dice la doctora Carranza, cómo salen todos los estudios que te han hecho. Lo importante ahora es que le eches ganas y hagas todo lo que te indique. ¿Todavía falta la resonancia magnética, verdad?

—Sí, es mañana —repitió Eva, con ganas de cortar ya la llamada—. Espero que no sea en ayunas, porque despierto con mucha hambre.

Todos le habían contado lo terrible que era la resonancia magnética, la claustrofobia que se sentía al entrar en ese tubo de sesenta centímetros de diámetro. «Dice mi abuela que es como visitar tu propia tumba», le dijo Dana en la noche, antes de despedirse. Eva no supo si la mala noche que pasó, con pesadillas de zombis extraterrestres, o el desayuno tan raquítico que le dieron antes de la resonancia —fruta, cereal y té de manzanilla— contribuyeron a su pésimo estado de ánimo. *Será como bucear, será como bucear*, se repetía mientras la deslizaban al interior del aparato. *Como buscarme en el fondo del mar abierto*. «Hay que descartar mal de Parkinson, tumores o enfermedades cardiacas», recordó la respuesta de la doctora Carranza, cuando escuchó un sonido tan estridente que la sobresaltó en la plataforma donde estaba acostada. *Es como un viaje al espacio*, pensó. Lo peor estaría por llegar; más ruidos, la incandescente luz del escáner que iba y venía por su cara, y la mayor tortura de todas: la comezón que la atacó en la punta de la nariz. Como no podía meter la mano para rascarse, se pasó media resonancia haciendo muecas, tratando de quitarse la sensación de patitas de araña que la puso al borde del estornudo. *Estoy en un lugar seguro,* pensó ella.

—No dejes de respirar —le dijo el doctor desde afuera—, no vas a hacer bucitos. Solo serán treinta y cinco minutos y pasarán rapidísimo.

Únicamente el recuerdo de Capi le hizo mantener la calma. La luz del escáner, como si fuera un sol de verano, le recordó el día en que se le declaró, un segundo sábado de septiembre. Después de desayunar le llegó un mensaje de él invitándola al cine. Desde la fiesta de Paloma se escribían mensajes, en clase, en el patio, uno frente al otro y por las tardes; aun cuando Eva ya estaba metida en la cama seguía recibiéndolos, solo que nadie lo sabía. Eva no había querido contarles a Paloma o a Majo que el «odioso» de Capi de pronto ya no era tan odioso, sino simpático. ¿Hasta cuándo podría mantener el secreto, y por qué no les había contado nada? *Tener un secreto es como tener otra vida, un pasado oculto.* Con los ojos cerrados y ante el brillo de ese sol artificial que iba y venía por su rostro, se recordó otra vez pequeña, desnuda en una playa en brazos de una mujer rubia, tan rubia como ella; le decía que la amaba y la abrazaba con fuerza. De pronto, la luz que iba y venía por su rostro se detuvo un par de segundos, tiempo suficiente para volver al recuerdo de Capi.

Aquel sábado de septiembre le pidió permiso a su papá para ir al cine, le dijo que irían varios compañeros de la prepa, que la llevara a Plaza Pabellón a las cinco de la tarde.

—¿Qué película van a ver? —dijo Otto desde el baño del recibidor, donde limpiaba unos estilógrafos bajo el chorro del agua del lavabo.

—No sé, papá, la que sea —contestó Eva y apartó a Cala, que con el hocico le jalaba el pantalón de la pijama.

—Está bien, tu mamá y yo vamos por ti al terminar la película —dijo Otto.

—No es necesario, alguien me traerá de regreso.

Eva no sabía por qué mentía, no era verdad que irían otros compañeros de la preparatoria, ni Paloma ni Majo, a quienes también les había dicho que tenía otros planes. No sabía por qué no decía la verdad y se preguntó en ese momento hasta dónde un secreto era una mentira y cuántos «secretos» más había en el pasado de su familia, cuestionamiento que volvería a hacerse más de una vez en los próximos meses.

Eva recordó lo lindo que fue Capi aquel sábado, lo amoroso que le pareció cuando se vio reflejada en sus ojos, y no pudo evitar compararlo con el del sábado pasado en Vango, lo irracional y violento que era cuando bebía. ¿En qué momento dejaba de divertirse y perdía la cabeza?, se preguntó. Hablaría con él, le haría notar la diferencia. Eva escuchó el sonido de un celular: el doctor, desde ese lugar seguro, respondía una llamada. Después ya no lo escuchó más, Eva supuso que había salido al pasillo. Vino de nuevo el sonido del escáner y sus recuerdos.

—¿Cómo que «alguien me traerá de regreso»? —repitió su mamá y le dio otro sorbo a su café—. Nosotros vamos por ti.

Julia estaba sentada en la barra de la cocina, desde donde miró a Otto, que vestía ropa deportiva. Como hacía a diario, se había levantado a las seis de la mañana a correr diez kilómetros en el Parque de los Colomos. Dana, con el iPad entre las manos en el sofá de la sala, solo atinó a decir:

—Mi publicación de ayer nada más tiene trece *likes*, parece que tendré que volver a mis estúpidas reflexiones de niña.

—Nosotros vamos a Andares y luego vamos por ti —apuntó Otto.

—¿Quieres que te ayude a peinarte? ¿Qué vestido te vas a poner? Usa el verde que te traje de la última colección en la que trabajé, está divino —opinó Julia.

—No necesito que me ayudes a peinarme, mamá, ni que fuera todavía una niña. Y no voy a usar ese vestido, solo voy al cine.

—¿Qué te vas a poner? —volvió a insistir Julia.

—No sé, mamá. Ya sabes que a mí la ropa no me preocupa, no tanto como a ti. —Eva estaba sentada en el sillón de la sala, con los pies descalzos apoyados en la mesa de centro.

—Espero que un día me hagas caso, ese día serás la envidia de todo mundo.

—Papá, no lleguen antes de que yo les diga. —Eva ignoró las palabras de Julia y solo se dirigió a su padre.

—Qué misterio —ironizó su papá—. La ciudad es lo suficientemente grande como para no encontrarnos —agregó—. Si quieres, cada cinco minutos me mandas un mensaje para que me digas por dónde están, y...

—Ay, papá, parece que me estás vigilando, ya tengo dieciséis años y te aseguro que no me va a pasar nada.

6

Era la primera vez que Eva tenía una cita, que salía sola con un chico. Para ese día llevaba unos jeans rotos de una rodilla y una blusa blanca de tirantes, sus Converse azules y también esmalte azul oscuro en las uñas, que le pareció adecuado para la ocasión, aunque Capi no lo notó, como tampoco se dio cuenta de que llevaba una leve sombra azul sobre los párpados. Al salir de su casa se metió las manos a los bolsillos del pantalón, sin importarle que se le estropeara el esmalte; prefería eso a la mirada inquisidora de su papá, ya bastante podría decirle con el maquillaje de los ojos. Sin embargo, Otto tampoco notó ni la sombra ni el esmalte. Julia y Dana intercambiaron miradas, y antes de que Eva se bajara del auto, su mamá le guiñó en señal de complicidad.

Entraron a la sala donde exhibían *Tengo ganas de ti,* la historia de Hache y segunda parte de *Tres metros sobre el cielo*; Eva se empeñó en verla a pesar de que ya la había visto años atrás. Capi quería ver la nueva de *Avengers,* pero accedió a sus deseos. Ella le explicó que había devorado los libros de Federico Moccia en los que estaban basadas las películas, aunque no sabía el porqué del reestreno y quiso pensarlo como una señal. El Hache que vio ahora le pareció más cretino; después se preguntaría si la película había influido en su respuesta a Capi. «¿Será que todas tenemos un Hache como primer amor?», escribió Eva esa noche en su diario y al final de la pregunta puso un corazón.

La tarde transcurrió como si nada fuera a pasar. Toda esa semana había llovido como era de esperarse al final del verano, pero ese día el sol brillaba con un fulgor distinto: Eva así lo sintió. Hasta el último momento, después del helado y de cuatro vueltas al centro comercial. Después de contarle a Eva sus días en Canadá, de ver aparadores y saludar a amigos que se encontraban entre tanto ir y venir y que los miraban, según Eva, con cierta incredulidad, antes de las siete de la tarde le contestó el tercer mensaje a su papá diciéndole que pasaran por ella, que los esperaba en la puerta de Sanborns.

Otto y Julia no quisieron dar vuelta al camellón, así que desde la acera de enfrente, con Dana en el asiento trasero del auto color plata, su papá le escribió a Eva que cruzara la avenida. El sonido de ese mensaje fue la campanilla que detonó la voluntad de Capi de hablar.

—Eva —le dijo al pie de la acera.

—Qué.

—Fue la mejor película que he visto en mi vida —Capi sentía que el corazón se le salía del pecho.

—Sí, a mí también me gustó mucho.

—Y el cine, lo remodelaron muy bien, ¿no?

—¿Lo remodelaron?

—Sí, ¿no te diste cuenta de los asientos? Eran de piel.

—Ni en cuenta.

¿Qué pasa? Te estamos esperando.

—Es mi papá, me tengo que ir —dijo Eva, celular en mano.

—¡Espera...! —gritó Capi, creyendo que arrancaría a correr y sería imposible alcanzarla—. ¿Y en la noche qué vas a hacer? —Como no encontraba las palabras precisas, apretaba tanto el barquillo con dos bolas de helado de fresa que estaba a punto de romperlo.

—Nada, seguramente iremos a los tacos Providencia, a mi mamá le gustan mucho.

Volvió a timbrar el celular de Eva:

Está a punto de llover.

—A mí también me gustan, los de asada son los mejores del mundo.

—Capi, me tengo que ir —dijo Eva y vio a su hermana con el cachete pegado en el vidrio de la ventanilla.

—¡Espera...! Tengo que decirte algo.

—¿Qué?

—No me digas «¿qué?», o no te digo nada.

—Está bien.

—No me interrumpas —dijo Capi, y continuó bajo unas nubes que se amontonaban sobre su cabeza—. ¿Quieres ser mi novia?

Hasta ese momento Eva lo miró con detalle. Le pareció tan tierno: su cabello negro bien recortado, sus cejas gruesas y sus ojos también negros. Cada palabra que salía de esos labios le parecían burbujas de oxígeno que atenuaban el calor de la tarde. Hacía un mes que le habían quitado los *brackets* y Eva miró sus dientes perfectos, su boca perfecta, los hoyuelos de sus mejillas. *Es tan alto y fuerte como Hache*, pensó, *pero sin moto*, y era lo mejor, pues su papá no la dejaría subirse a una con él: Otto les tenía pavor.

Volvió a sonar su celular, dos veces; Eva no hizo caso, miraba a Capi a los ojos, las pestañas, los labios, lo miraba con tal sorpresa que parecía la primera vez que lo veía. Eva no supo cuántos minutos pasaron en silencio, los suficientes como para contar los cuadritos de su camisa rojo con blanco, para buscar hasta encontrar su mirada de niño perdido. El tiempo necesario para que el helado de Capi se derritiera y le chorreara la mano.

—Tu nieve —le dijo, sin pensar en el *sí* o el *no*.

—¡Demonios! —exclamó Capi.

Volvió a sonar su celular; ya no era WhatsApp, era una llamada de su mamá. Eva miró la pantalla y no quiso contestar, sabía que medio mundo podría escuchar la voz autoritaria de Julia.

—Me tengo que ir. Nos vemos el lunes —dijo Eva al tiempo que se paraba de puntas y le daba un beso en la mejilla. Luego cruzó corriendo la avenida sin mirar a los lados, sin voltear atrás.

7

Soy Eva Otero, tengo diecisiete años y tengo epilepsia. Hace cinco años que comencé este diario, escribí que me gustaba el mar, el sol, la montaña. Escribí que amo a los caballos y a los perros. Que me gusta tirarme en el jardín a ver las estrellas. Que me gusta levantarme tarde y hablar por teléfono con mis amigas aunque ahora hablamos menos, nos escribimos. Escribí que me gusta leer y ver películas basadas en libros. Hice un pequeño resumen del libro que estaba leyendo en ese momento. Leo desde los ocho años y ahora puedo decir que tengo ojo para distinguir un buen libro de uno que no lo es tanto. Escribí sobre música, la que escuchaba entonces, ¡oh, Dios, era horrible! Escribí las cosas más absurdas que me pasaban. Sentía que no me pasaba nada, y así era. También en ese primer diario escribí que me gustaba un chico, Daniel, y fue el primer hombre que besé, pero él prefería estar con sus amigos que conmigo.

Tengo muchas libretas de diferentes estilos, de pasta dura o forradas en tela; cuadernos con papelitos pegados, boletos del cine, envolturas de chocolates, *post its* con recaditos, fotos, recortes de revistas, y sobre todo, en ellos he escrito lo que soñaba, lo que sufría o, según yo, padecía en esos momentos. Ahora no. Hoy comienzo un nuevo diario, una nueva vida. De un día para otro he dejado de ser una niña ilusionada, me han robado los sueños. Soy una mujer sin futuro. No sé cómo llegué hasta aquí. Hoy salí del hospital y lo primero que hice fue venir a escribir este nuevo diario. Tengo tanto que contar que empecé por presentarme, por decir que soy otra sin haber cambiado de piel.

Cualquiera pensaría que fue la peor semana de mi vida, sin embargo, esos días en el hospital por primera vez me sentí el centro de atención, amada por todos, vigilada por todos. Lo peor vino después: los exámenes médicos, no dolorosos pero sí claustrofóbicos, angustiantes. Me sentí sola y vulnerable. Me sentí única y eso no me gustó. En las noches, mientras mi papá dormía en el sillón de la habitación, después de oír tantas veces, en murmullos, entre líneas, la palabra *epilepsia*, busqué en mi iPad y leí que es un trastorno cerebral con convulsiones que no se pueden prever. Algunas personas pueden solo tener leves ausencias o pérdida momentánea de la memoria entre otras cosas, como al parecer es mi caso, azotan contra el suelo, se golpean la cabeza, los brazos, la espalda y convulsionan por varios minutos con el cuerpo rígido. Pueden babear o vomitar, soltar los esfínteres o broncoaspirar hasta morir. Esa no soy yo. No quiero ser yo.

Todos estos días he tratado de imaginarme tirada en el suelo, convulsionando. Dana me ha repetido mil veces cómo sucedió, mis caras y mis movimientos, pero no logro verme así, derrumbada. Solo me viene a la mente la imagen de un avión que cae y se hace mil pedazos contra el mar. Mis abuelos crecieron viendo en la tele la imagen del gran hongo radioactivo de la bomba atómica; mis padres vieron una y otra vez la llegada del hombre a la Luna, sus huellas ensuciando la superficie, y al tratar de verme caer yo recuerdo las Torres Gemelas, veo de nuevo que colapsan y hacen tanto ruido que nadie puede ignorar ese golpe y todos huyen despavoridos. Dicen que así me desplomé pero no hubo polvo a mi alrededor, solo silencio entre mi pataleo. ¿Quién será el primero en huir? Llevo un sismo de nueve grados en el cerebro.

8

A las diez de la noche del viernes Julia estaba de regreso. Había viajado todo el día; por cambios de última hora de la aerolínea hizo un largo y cansado trayecto de Berlín a Guadalajara, con escalas de horas en los aeropuertos de Nueva York y Houston. Otto fue a recogerla y en el camino le contó otra vez todo pero con más detalle, incluido el diagnóstico definitivo de los médicos.

—Qué terrible noticia me diste —dijo Julia—: Creo que lo mejor es siempre ser claros con el tema. ¿Quieres que hable con ella?

—Aún no, creo que a mí me corresponde hacerlo —dijo Otto, al tiempo que entraban a uno de los tantos e inútiles túneles de López Mateos.

—¡Ey! Recuerda que también es mi hija —respondió Julia con tono molesto.

Lo primero que hizo Julia al llegar a casa fue ir al cuarto de Eva, donde la encontró tirada de panza, cruzada en la cama con la cabeza colgando. Cala estaba acostada a su lado, fue la única que levantó la cabeza al abrirse la puerta.

—¡Evita, hija! ¿Cómo está mi pequeña?

Aunque a Eva no le gustaba el diminutivo de su nombre ni que su madre la llamara con esas palabras de bebé, le dio gusto escucharla, pero no se movió de donde se hallaba.

—Hola, mamá —atinó apenas a responder.

—¿Qué haces?

—Esperando a que me llegue más sangre al cerebro.

Tenía su celular en la mano; revisaba Facebook, buscaba qué se decía de ella y solo había encontrado una tensa calma. Algún comentario de Elfriede Suárez, amiga de Dana, sobre la mente y la fuerza de voluntad: «Tu mente siempre te recuerda lo malo, lo difícil, lo negativo. Recuérdale tú a ella tu grandeza, tu inmensidad, tu pasión y tu fortaleza», y otro de Brenda Fletes sobre la traición en el amor. Fríamente, ninguno de los dos se refería a ella, pero a estas alturas Eva creía que todo lo que se escribía en la red era acerca de ella y su padecimiento.

—Por lo menos dame un abrazo de bienvenida —pidió Julia, y Eva se incorporó a abrazarla perezosamente—. ¿Cómo te sientes, cómo estás? Me contó tu papá que fuiste muy valiente, pero que no has querido bañarte desde que saliste del hospital.

—¿Y para qué? Si no puedo salir a la calle.

—¿Cuál fue el diagnóstico?

—Si ya lo sabes, mamá.

—Sí, pero quiero que tú me lo digas.

—No sé por dónde empezar —balbuceó Eva.

Ambas estaban sentadas en la cama, una frente a la otra. Eva, en pijama, solo había salido a la calle a media tarde a comprar gomitas y una paleta de limón; salió tal como estaba vestida y con pantuflas, el cabello sujeto en una cola. Desde el miércoles, cuando dejó el hospital, no se había bañado ni cambiado. Paloma se empeñó en ir ella sola al Oxxo pero Eva le dijo que fueran juntas, ¿o le daba vergüenza que la vieran con una loca? Las dos rieron y caminaron a media calle, toreando a los autos que pasaban y gritándoles lo mal que manejaban.

—Comienza por el principio, dime cómo te sientes —habló Julia con voz firme y la tomó de las manos para darle valor—. Te escucho, mi cielo.

—Dijeron que no tenía un tumor. Dijeron que no tenía Parkinson. Dijeron que no tenía Alzheimer. Dijeron que no tenía diabetes. Dijeron que no tenía malformaciones congénitas. Dijeron que no tenía cáncer. Dijeron que solo tenía epilepsia. ¡Ah!, y que viene mi primera muela del juicio. —Julia la abrazó.

—Te revisaron todo —le dijo, tratando de no demostrar preocupación.

—¡Todo! Seguro fui el conejillo de Indias de los doctores. Me vieron toda y por todos lados. ¡Ay, mamá, qué horrible es estar enferma! —soltó por fin Eva y comenzó a llorar con largos suspiros—. Aunque yo me siento bien, te juro que estoy como si nada me hubiera pasado —dijo y abrazó a Julia, quien sobre el hombro de Eva vio en el buró las cajas de medicinas: Keppra y Epival. La doctora Carranza era muy estricta con la dosis, una pastilla de cada una cada doce horas, por la mañana y por la noche antes de acostarse.

—¿Te habló tu *oma*? —le preguntó Julia, refiriéndose a la madre de Otto.

—No, no me ha llamado.

—Bueno, ya sabes que ella casi siempre se comunica los domingos —agregó Julia justificando a su suegra—. Todo estará bien, mi cielo, juntas vamos a lograrlo. No habrá obstáculo ni enfermedad ni futuro que nos pueda separar.

—¡Ay, mamá, tengo miedo! —Eva volvió a abrazar a su madre.

—Es lógico que lo tengas, pero verás que pronto solo será un recuerdo —le dijo cuando estuvieron otra vez frente a frente—. No olvides que el lunes tienes cita con la doctora.

—Ya lo sé, mamá, no tienes que recordármelo a cada momento. En los últimos días he visto más a la doctora Carranza que a Capi.

—¿Ya sabe que estás enferma? ¿Ha venido a verte?

—Todo mundo sabe que estoy enferma, pareciera una noticia tan esperada como en su momento lo fue el estreno de *Las reliquias de la muerte*.

—Al mencionar la muerte, creo que exageras un poco.

—Se suele exagerar el futuro cuando se desconoce el pasado —atajó Eva.

Julia tragó saliva; sabía a qué se refería, lo había hablado con Otto en el trayecto a casa. Como lo había discutido con él, prefirió esperar para afrontar la verdad. Julia sabía que la epilepsia de Eva sacudiría los cimientos de su familia, así que cambió de tema.

—¡Qué mal huele aquí!

—¡Ash!, mamá, no vayas a empezar, que no estoy de humor.

—Que estés enferma no implica que vivas en la inmundicia.

—Si supieras cómo me siento... —se quejó Eva.

—Lo sé, pero tampoco es el fin del mundo.

9

El sábado, Majo y Paloma fueron a verla. Luzma, la señora que trabajaba con ellos desde hacía muchos años, hija de Nabor, el antiguo jardinero de la familia, les abrió la puerta. Las tres amigas se pasaron el día encerradas en la habitación de Eva, quien se negaba a quitarse la pijama. «Si no necesito salir a la calle», se defendía, «¿para qué me baño y me visto?» Su mamá les pidió una pizza hawaiana para comer. «Por lo menos suban al *roof garden*», les gritó antes de que cerraran la puerta con la pizza en la mano. Además de la visita, sus dos amigas iban a despedirse de ella; ese fin de semana comenzaba Semana Santa y ambas saldrían de vacaciones. Cada año, por esas mismas fechas, Eva y su familia iban a San Diego, solo que ahora ella no sabía lo que pasaría: le extrañaba no ver movimiento de maletas o no escuchar a su papá hablar sobre algo relacionado con el viaje a Estados Unidos. No quería ser ella la que ocasionara que la familia no saliera de vacaciones.

—Odio ir a Zacatecas, al rancho de mis abuelos —se quejó Majo—. No hay nada que hacer ahí, solo me paso los días comiendo. Odio engordar, pero es que me gusta tanto comer. Las gorditas de chicharrón que hace mi abuela, y los frijoles refritos, bueno, me puedo comer una cazuela yo sola. Y los postres, ¡ay!, me muero. Las empanadas de cajeta de mi abuela son de lo mejor.

Majo era la menor de seis hermanos: aunque había nacido en Ojocaliente, Zacatecas, lugar donde aún vivían sus abuelos, sus padres ya radicaban en la capital del estado. Solo su hermana mayor, recién casada, vivía en Guadalajara. Majo vivía con ella y con su cuñado, quienes fungían como sus tutores en la prepa.

Adoraba las matemáticas tanto como la repostería. En el segundo año de secundaria supo que los números eran lo suyo: ayudaba a sus amigas a estudiar trigonometría, ecuaciones de segundo grado y «el coco» de todas: el teorema de Pitágoras. Majo manejaba de igual manera las reglas y el transportador que el cernidor de harina y los moldes para galletas. Aunque no tenía novio, daba consejos de amor según Baldor o el chef Aquiles Chávez, de quien estaba enamorada.

—Pues mídete con las empanadas —dijo Paloma.

—¡No puedo, no puedo! ¿Cómo quieres que te lo diga?

—Entonces compártenos de tu antojo y tráenos una gordita a mí y otra a Paloma, y una docena de empanadas, anda.

—Les traeré todas las que quieran, a pesar de mi dieta —dijo con voz solemne—. Si por lo menos engordara de las caderas o el busto —dijo al tiempo que abrazaba una almohada y se balanceaba sobre la espalda. Luego se recostó, abrió los brazos y piernas en cruz y la almohada quedó sobre su vientre como una panza extra.

La primera en despedirse fue ella; su teléfono sonó poco antes de las siete de la tarde, era su hermana. Hasta que Eva y Paloma se quedaron solas, Pola, como le gustaba a Eva llamarla, le preguntó por Capi.

—No sé nada de él. Es como si se lo hubiera tragado la tierra —respondió—. No me ha llamado; ayer le mandé un mensaje y una hora después me contestó que me escribía al ratito. Y poco antes de que llegara mi mamá, mientras leía le escribí de nuevo y me dijo que era una intensa. Hace dos días que no pone nada en Facebook, lo mismo en Instagram; su última publicación es una foto suya en Las Piedrotas de Tapalpa, cuando tenía doce años.

—Se va a Puerto Vallarta de vacaciones, ¿no?

—Sí, se va mañana —aseguró Eva—. Hace una semana fue la última vez que lo vi, el domingo que llegó contigo al hospital. Después nos escribimos todos los días, bueno, cada vez menos, que porque tenía entrenamiento, que el trabajo de Ética, que consulta con el dentista. ¡Ash!, lo odio, de no ser por esta enfermedad que me han inventado...

Acababa de decir eso y su celular se iluminó, sonando con un tono que ninguna de las dos identificó. Ambas se miraron y saltaron al mismo tiempo para atrapar el aparato. Era un inbox de Esteban, que le preguntaba cómo seguía y le mandaba la liga de un nuevo *mix*.

—Es Esteban —dijo Eva confirmando lo que Paloma ya sabía, porque vio su nombre en la pantalla.

—Ya sé, me extrañaba que no apareciera.

—¿Qué no debería estar ya en Vango?

—Es temprano, aún no son las ocho —dijo Paloma y confirmó la hora en el celular.

—¿Qué no llega a barrer, a acomodar mesas y prender la consola? —bromeó Eva.

—Ya no estás tan malita, ¿eh? ¿Por fin te vas a convencer de que eres su *crush*?

—Ya vas a empezar. ¿Y a ti quién te gusta, a ver? —Al terminar de decir eso escucharon un ruido extraño bajo la cama, se asomaron y vieron que Cala había jalado la caja de pizza y devoraba lo poco que quedaba—. ¿Ya te decidiste entre Andrés y Guillermo? —La respuesta de Paloma fue un almohadazo en su cabeza—. ¡Oye! Cuidado, que puedo ser una loca peligrosa —le gritó Eva.

—Estoy más que decidida por Guilli, como me gusta decirle, no Memo, como lo llama todo mundo. Lo de Andrés Navarro ya se acabó. Definitivamente —apuntó Paloma.

Guilli vivía en la colonia Constitución de Zapopan y estudiaba en la prepa 10 de la Universidad de Guadalajara; era un chico no muy alto aunque de músculos bien definidos, el mayor de tres hermanos. Su padre trabajaba en el Club Chivas desde el tiempo en que Alberto Guerra llevó al equipo hasta la cima: coronarse campeones de la temporada. Eloísa, su madre, era experta en el manejo de la máquina de coser. «Es diseñadora de modas», decía él, porque había trabajado muchos años con el modisto Benito Santos.

Como su tocayo Guillermo Ochoa, el seleccionado nacional, Guilli era un excelente portero y sus días libres los pasaba en el club, viendo entrenar al equipo. Su padre se cansaba de repetirle que su lugar estaba listo, que podía haber dos titanes con el mismo nombre en el mismo deporte, «Dos acérrimos rivales», decía, «uno surgido de Chivas y otro del América». Solo era cuestión de que se decidiera. Guilli tenía pase directo a las fuerzas básicas, como era el gran deseo de su padre, pero él había planeado otro futuro: ser el mejor chef del mundo. Desde hacía un año trabajaba como barista en el Starbucks de Andares, donde por los días previos a la Navidad del año anterior había conocido a Paloma, e hizo que el Frapuccino se volviera su favorito.

Antes de las diez de la noche le tocó a Paloma el turno de despedirse; su papá pasó por ella. Se abrazaron y prometieron escribirse a diario. Paloma y su familia, como cada año en esa temporada, irían toda la Semana Santa a Vail. Saldrían al día siguiente muy temprano y ella aún no tenía del todo lista su maleta.

—Cuéntame todo —le pidió Eva.

—Te voy a traer un Toblerone y una nueva pijama, esta ya se ve terrible.

—La pijama te la acepto, el Toblerone no, tengo prohibido el chocolate... como si fuera una droga —se quejó Eva.

Volvió a sonar el celular de Paloma y supo que ya era momento de despedirse. No contestó y se apresuró a bajar las escaleras.

Hasta ese momento Eva sintió hambre otra vez. Se recostó en la cama al lado de Cala, que seguía relamiéndose la pizza hawaiana; tomó su celular y comenzó a releer el historial de mensajes que tenía con Capi. Uno a uno los fue pasando con el dedo sobre la pantalla, rápido, cada vez más rápido. A vuelo de pájaro vio fotos, corazones de muchos colores, caritas tristes y felices. Mensajes solo con signos de interrogación, sin respuesta. Frases de amor y de súplica. Más *selfies* de Capi, de ella, de ambos haciendo caras ante una cámara imposible de engañar. Un largo «Te quieroooo» sellado por un corazón rojo. *Toda una vida*, se dijo y siguió yendo hacia el pasado hasta llegar al inicio, la respuesta que ella dejó en el aire el día que Capi se le declaró en la acera de Plaza Pabellón: «Sí».

10

El sonido de su celular en el buró despertó a Eva. Eran casi las dos de la mañana del domingo. El tono inconfundible de Capi la hizo brincar de la cama; la pantalla del celular iluminaba el cuarto como una estrella solitaria en mitad de la noche. Contestó.

—¡Chaparra! Soy yo.

—¿Dónde estás? Se oye mucho ruido.

—Te quiero, chaparra, y es lo único que importa en estos momentos.

—Yo también te quiero. ¿Dónde estás? ¿Estás borracho?

—No, estoy bien y te quiero, solo que casi no te escucho.

—¿Me quieres? No he sabido nada de ti en toda la semana.

—Es que, chaparra...

—«Es que, chaparra...». Sabes que odio que me digas «es que, chaparra», odio que bebas como idiota.

—Es por ti, porque te quiero, te necesito, ¿me oyes?

—Sí, te oigo, no tienes que gritar. ¿Dónde estás?

—En Vango, mañana me voy de vacaciones. Por eso te llamo, para decirte que te extraño, que estoy preocupado por ti —dijo Capi y se cortó la comunicación.

Eva le marcó de inmediato. Le contestó el buzón. Esperó unos minutos e intentó tres veces más. Nada, el número seguía fuera del área de servicio. Eva presintió que algo no estaba bien, que algo había cambiado entre ellos. Se sintió más sola que nunca. La luz del celular se apagó y de nuevo la rodeó la oscuridad. Recordó que su papá no quería a Capi, no sabía si por él o por su padre, el licenciado Roberto Garcés; supuso que algún mal negocio habían hecho en el pasado y se lo preguntó.

—Sí, hace muchos años que lo conozco. Bueno, quién no conoce a Roberto Garcés en esta ciudad —respondió Otto.

—¿Sabes a qué se dedica?

—A ser abogado, supongo.

—¿No te importa que Capi sea mi novio?

—Eva, no estamos en el siglo diecinueve para decirte con quién andar, ni en los tiempos de Romeo y Julieta. Solo preferiría que otro chico fuera tu novio o que el papá de Capi fuera otra persona, eso es todo.

Minutos después, Eva tomó de nuevo su celular y le mandó un mensaje a Esteban, él podría estar en las tornamesas del antro o quizá en la misma mesa que Capi. Le preguntó por él.

Hola, sí, estoy en Vango pero Capi no está aquí,
no lo he visto. ¿Cómo estás?

Eva, celular en mano, leyó una y otra vez el mensaje de Esteban hasta que la pantalla se apagó. Lo último que vio fue la hora, 2:26 de la mañana. Cinco minutos después se volvió a encender el aparato.

¿Te gustó el mix que te mandé?

Eva se levantó por fin de la cama y caminó por el cuarto, sus pupilas estaban acostumbradas a esa tenue oscuridad. Pensó en Capi: *¿Dónde estará? ¿Con quién?* Le marcó de nuevo y el teléfono volvió a mandarla a buzón. Intentó una y otra vez.

Sin prender la luz fue al escritorio donde descansaba una laptop, su mochila y una pila de libros, copias fotostáticas de los cuadernos de Paloma con los apuntes de los últimos días de clase, y una foto enmarcada de toda su familia en la playa. Además, una vela de apenas unos seis centímetros de altura en medio de un plato cubierto de cera. Buscó en una cajita donde guardaba cigarros sueltos y encendedores, aunque ella no fumaba; Paloma sí, y juntas habían empezado a probar a los catorce años, pero solo Pola había continuado. Por fin encontró un encendedor y prendió la vela, cuya luz titilante la hizo sentirse menos sola. El fuego se reflejó en una pequeña pirámide de obsidiana que le servía para detener libros; su papá se la compró cuando visitaron Teotihuacán. Eva tenía doce años, y entre sus manitas de niña la piedra tallada le pareció enorme y pesada. De ese viaje a la Ciudad de México, lo que Eva más recordaba era la vista que tenían desde la habitación de su hotel: el Popo y el Iztaccíhuatl, su historia de amor, dos volcanes nevados que años más tarde marcarían su destino.

Se sentó en la silla de su escritorio, tomó la vela y miró a alrededor. Vio la cama matrimonial en medio del cuarto; siempre había dormido sola, y al contrario de Dana, nunca le gustaron las camas individuales pegadas a la pared. Le tenía horror a las arañas. Su mirada se detuvo en el librero. Apenas un par de años atrás estaba lleno de muñecas, muchas Barbies y otros tantos peluches. Ahora los libros iban ganando espacio. Sagas completas: todo Harry Potter, Federico Moccia, Blue Jeans, Romeo Noria, Carlos Ruiz Zafón, *La soledad de los números primos*. Vio de nuevo los libros, repasó sus lomos y sacó del estante *La sombra del viento*. Lo abrió, y en la primera página de nuevo leyó la dedicatoria: se lo había regalado Daniel, su compañero de la secundaria. El primer chico que besó.

Fue también en una acera. *El primer beso del chico que te gusta, en la banqueta de la secundaria, y tenías mal aliento,* pensó Eva con el libro aún entre las manos. Estaba por finalizar el segundo año. Fue el mismo día que ella y Paloma fumaron por primera vez en el baño de la escuela: se marearon y Eva casi vomitó. El humo se le metió por la nariz pero no le importó, se terminó todo el cigarro solo para no quedar como una cobarde ante su amiga. Al final se enjuagó la boca varias veces, sentía una sensación abrasiva en el paladar. De haber sabido lo que Daniel tenía preparado, por lo menos habría chupado un caramelo.

Las clases terminaban a las 14:30 y esa semana su mamá iría por ella; la recogía en el sitio de siempre, a la vuelta de la escuela, pero como solía ocurrir con mucha frecuencia, ese día Julia también llegó tarde. Le avisó a Eva que estaba apenas saliendo de la oficina a las 14:15. Casi una hora más tarde llegó al lugar acordado y Eva no estaba, seguía en la puerta de la secundaria platicando con Daniel, sin más prisa que el hambre que le devoraba las tripas.

Hablaron de la tarea para ese día, de la profesora de Física, de que ambos no entendían nada de Lógica. Tres años más tarde, Eva ya no recordaba cuáles habían sido sus últimas palabras antes de sentir que Daniel se acercaba a ella y un segundo después la besaba; primero en los labios, luego más adentro. No supo cuán profundo llegó Daniel en ese primer beso porque ella cerró los ojos, ladeó la cabeza como en las películas y se dejó llevar; fue un beso lento, definitivamente cinematográfico. Al separarse, un hilo de saliva seguía uniéndolos. Eva sintió, más que mariposas en el estómago, un vacío que poco a poco la fue llenando de ternura y ansiedad. Cuando al fin se despidieron, Eva, mochila al hombro, corrió hasta la esquina, segura de que su madre estaría ahí.

Ahora, tres años después de ese primer noviazgo que solo duró dos meses, seguía creyendo que todos los hombres eran unos cretinos, que únicamente pensaban en sí mismos y no eran capaces de sacrificar ni de entregar nada. Volvió a la cama con *La sombra del viento* entre las manos, encendió la lámpara del buró y de nuevo comenzó a leer. Al ver los subrayados, las notas que había escrito en los márgenes, se sintió como Daniel Sempere, perdida en una biblioteca de corazones olvidados.

En punto de las cuatro volvió a encenderse la pantalla de su celular. El sonido la hizo brincar de la cama; su primer pensamiento fue *Capi*. Lo tomó y vio que tenía un nuevo mensaje. Era de Esteban.

Ya no me dijiste si te gustó el mix que te mandé.

II

Eva seguía en la cama con *La sombra del viento* entre las manos. Era la tercera vez que comenzaba a leerlo, decía que en cada lectura encontraba algo nuevo. Sin embargo, no podía concentrarse. Miró la hora en su celular y aprovechó para ver si no tenía mensajes o llamadas perdidas, aunque le pareció poco probable porque no lo había soltado en toda la noche. *Todo puede suceder*, se dijo. Estiró las piernas y con el pie izquierdo tocó a Cala, que dormía sin que nada la despertara; cerró el libro y lo dejó en su regazo. Miró en su buró las cajitas de las medicinas que debía tomar, como dijo la doctora Carranza, «juntas y puntual, antes de dormir y al despertar». *Engendro de dictadora*, pensó Eva. Doce horas de drogas por doce horas de drogas. Eva las vio como su peor enemigo, aunque en el fondo sabía que podían ser su salvación. *Sí, ¿pero hasta cuándo?*, se dijo y mandó un mensaje.

Me llamó Capi.

Esperó unos minutos a que llegara la respuesta. Eran las 4:47 de la mañana; tres minutos después volvió a intentar con un simple «Toc-toc» y una carita de nostalgia: «☹».

La vela en su escritorio estaba a punto de consumirse. Eva la miró desde la cama, la flama era alargada y gorda, amarilla en los bordes y azul al centro; entre más cerca del pabilo, más intenso era ese color de cielo. *Mi mamá odia que prenda la vela*, se dijo, *tiene miedo de que incendie la casa. Si supiera que arder es vivir, como escribió Romeo Noria en su nuevo libro. Pero a veces no entiende nada y pareciera que para ella la vida es solo los caballos y su trabajo.*

A las 4:55 por fin se encendió la pantalla de su celular.

¿Te llamó, cuándo, por qué no me lo dijiste?

Hola, Pola. Llamó ayer u hoy, no, creo que sí fue ayer.
No sé, llevo toda la noche despierta y no sé en qué día vivo.
¿Cuántos inviernos han pasado a través del fuego?

Qué inspirada. ¿Y qué te dijo?

Me mintió, como siempre, me dijo que estaba
en Vango y no era verdad.

Y si no es ahí, ¿dónde más puede estar?

No sé, hay tantos lugares.

Seguro que estaba con Santiago y Esteban.

No, Esteban me confirmó que no estaba en Vango.
Además, Capi estaba borracho, otra vez, y ya sabes
cómo se pone de estúpido cuando toma.

¿Ya le llamaste?

Sí, ya le marqué miles de veces y no contesta o me manda
a buzón. Ya me sé todas las grabaciones de Telcel.

Mientras Eva y Paloma intercambiaban mensajes, la vela comenzó a apagarse hasta que fue un montón de cera en un plato desbordante de vida. Ni siquiera el humo que despidió el último suspiro de la flama hizo que Eva volteara a verla de nuevo. Siguió en la oscuridad, solo iluminada por la pantalla de su celular.

Seguro que mañana te llama como si nada.

Eso es lo peor, que llamará como si nada.

Ese fue el último mensaje que se enviaron. Eva ya no intentó leer, el sueño comenzó a hormiguearle en los ojos y se acomodó en la cama para dormir. Lo último que vio fue la pantalla de su celular, eran más allá de las cinco y media de la mañana; faltaban pocos minutos para que su papá despertara y saliera a correr.

A las diez su mamá entró a despertarla. Julia venía de entrenar con su yegua para una próxima competencia: pantalón de equitación, botas altas y camisa blanca. Llevaba el cabello recogido en una cola de caballo. El ambiente en el cuarto estaba enrarecido y turbio.

—¡Qué peste, por Dios! —dijo Julia y miró alrededor: el clóset abierto, ropa amontonada en un sillón, zapatos regados por el suelo junto a una caja de pizza mordisqueada por Cala y la cera en el platito de ribetes verdes—. ¿Prendiste la vela, verdad? —Eva siguió sin moverse. Hizo como que la escuchó pero siguió bocabajo, con la cara clavada en la almohada; solo Cala levantó la cabeza y movió la cola. Bostezó y salió disparada de la cama porque Julia la empujó al suelo—. Hasta que un día acabes con todo, no estarás conforme. Anda, levántate, salimos a desayunar en media hora. Tu papá no tarda en volver.

—Vayan ustedes, aquí los espero.

—¿Metida en la cama? Hace tres o cuatro días que no te bañas, hija. Te desvelaste anoche, ¿verdad? Metida en el Facebook. Por cierto, ya vi lo que te pusieron y no me gustan los comentarios de Regina ni los de Brenda, ni...

—¿Otra vez, mamá? ¿Por qué tienes que estar controlándome? Es mi Facebook, son mis amigas.

—¿Tus amigas? Chicas como ellas no son tus amigas.

—Mi muro es un espacio de opinión y de diálogo, un muro plural —puntualizó Eva y trató de incorporarse un poco, acostada se sentía en completa desventaja.

—Por eso mismo yo también puedo opinar —dijo tajante Julia y se levantó de la cama.

Eva sintió tanta rabia que tuvo ganas de llorar. *Odio vivir en esta casa. Todo es obedecer y obedecer; cumplir horarios, vivir aprisa. Odio vivir aprisa,* se dijo. Levantó el celular y revisó su muro: Julia había opinado en todas las publicaciones de los últimos cinco días.

Creyó que lo peor del día ya había pasado cuando escuchó que su mamá le gritaba que atendiera el teléfono, le llamaba su abuela Clara, *oma*, como le decían ella y Dana. *Demonios, lo que me faltaba*, pensó. Al día siguiente de enviudar, Clara decidió que se mudaría a vivir a Nueva York; en su juventud había sido cantante de ópera, y para ella el Metropolitan Opera House era la catedral de la música en el mundo. Eva tenía más de tres años de no ver a la madre de su papá, a quien recordaba como una mujer práctica, fría y directa; fue por el teléfono y volvió a meterse a la cama. Hablaron solo unos minutos. Antes de volver a levantarse, se quedó sentada unos instantes más, aún amodorrada; se olió las axilas y pensó que quizá su madre tenía razón, necesitaba un baño. Su cabello estaba más alborotado que nunca. Miró la puerta y calculó la distancia, era enorme según sus capacidades de ese momento. En el baño se encontró con Dana.

—¿Ya te bañaste?

—Sí, ¿qué, no me ves? —dijo su hermana—. Ayer no quisiste que estuviera con ustedes. A veces eres insoportable, ¿sabías?

—¡Ash! Ahora tú. Ayer estaba con mis amigas, y hoy no estoy de humor.

—Me sacaste muy feo de tu cuarto y últimamente tienes un humor fatal.

Dana estaba envuelta en una toalla blanca desde los aún inexistentes senos hasta las rodillas, y en la cabeza llevaba otra toalla para su cabello húmedo.

—Está bien, lo siento, es que en otras ocasiones tardas mucho en despedirte. ¿Qué traes en la cara?

—Crema para las arrugas.

—¿Arrugas?

—Sí, arrugas. Es de mi mamá; por favor, no le digas que me la puse.

—No le diré nada, no te preocupes. ¿Ya te viste? —le dijo Eva y la puso frente al espejo—. Pareces mapache polar.

Otto pasó por ellas en su Mustang clásico, que reservaba solo para los domingos. Al terminar el desayuno en el club, después de saludar a cuantos pasaron junto a su mesa, Otto les dijo que el siguiente paso en su agenda del día era ir al zoológico, que en el coche traía gorras para todos.

—El sol está terrible y deben cuidarse el cutis, ¿verdad, Dana? —agregó Julia.

—Sí, mamá.

—¿Al zoológico? —repitió Eva y torció los ojos—. ¿Por qué al zoológico si sabes que me choca, papá? Odio que tengan a los animales enjaulados.

—Ya sabes que desde que se canceló el proyecto del museo, a tu papá le gusta ir a «supervisar» su terreno —agregó Julia.

A pesar de haberse cancelado en 2009 la construcción del Museo Guggenheim a un costado del zoológico, Otto seguía yendo con regularidad para llenarse de nostalgia. El museo habría sido el quinto en el mundo y el primero en Latinoamérica, y su despacho, Taller de Arquitectura Otero, estaba encargado del anteproyecto.

—Además, su mamá y yo queremos darles una noticia —dijo Otto—. Como este año no iremos a San Diego, decidimos que unos días en la playa nos caerán bien a todos, así que a media semana nos vamos a Vallarta.

Al escuchar el destino de sus vacaciones, el corazón de Eva dio un vuelco. De inmediato pensó en Capi: lo vería, la playa era el sitio ideal para los reencuentros. Sonrió como quien recuerda una travesura y miró a Dana con dulzura; su hermana se acomodó los Ray-Ban de aviador que le quedaban un poco grandes y gritó: «¡Hurra!». Eva le dijo que en cuanto llegaran al zoológico irían por una paleta de limón.

12

¿De qué están hechos sus labios? De hielo y fuego. Los labios de Capi son ácidos y fríos. Antes de besarlo, espero a que la pastilla de color bajo su lengua haga efecto, luego cierro los ojos y me dejo llevar. Trago su saliva, llena de su euforia. Ese néctar que lo conecta con su otro yo: invencible, seductor, seguro de sí mismo. Un par de hielos en su boca son el complemento perfecto, el principio del deseo. Los besos de Capi son fríos, húmedos y con cierto sabor a limón. El sábado, en Vango, cerré los ojos y abrí los labios para que Capi entrara, fuerte, sin prisa; llegó tan hondo que pude sentir el latido de su corazón en mi boca y su lengua chocar con la mía, moverse al ritmo de la música. Sus besos recorrieron mi cuerpo, movieron mi sangre de arriba abajo hasta erizar mi piel y estallar en mi vientre: cientos de navajas de placer. Estuvimos horas al final de la barra, solo besándonos, intercambiando sus hielos una y otra vez. «Los hielos no se gastan, es nuestro amor que se transforma», me dijo al oído y volvió a empezar. Juntó su cuerpo al mío, mis senos contra su pecho y puso mi corazón a mil por vuelo. Sus brazos rodearon mi cintura y sus dedos apenas me gozaron. Colgada de su cuello, lo escuché: «Vámonos lejos, tú y yo». Los besos de Capi son un limón exprimido en la herida de una promesa.

13

En todo el viaje a Puerto Vallarta Eva solo pensaba en Capi, estaba segura de que allá se encontraría con él. Ella y su familia salieron el miércoles muy temprano, permanecerían en Nuevo Vallarta hasta el Domingo de Pascua. Capi estaba allá con sus cuatro mejores amigos, entre ellos Santiago, el más cercano; un chico rubio, delgado y de pocas palabras que siempre estaba atento a todo y solía sonreír con timidez, pero que celebraba todas las bromas de Capi.

Eva y Dana iban en el asiento de atrás de la camioneta de su mamá. Eva trataba de leer, tenía entre las manos *La sombra del viento*, y ya que hacía relecturas, llevaba en su mochila otro libro de Federico Moccia: *Carolina se enamora*. Eva acostumbraba leer más de un libro a la vez: «Es como hacer *zapping* en la televisión», decía, «si un libro deja de engancharme paso al otro, y si no, al otro».

A Eva le gustaban los viajes por carretera, los prefería a subirse a un avión, las prisas de los aeropuertos la exasperaban. En cambio, en auto disfrutaba la cercanía con sus padres, aunque no hablara mucho con ellos y se pasara horas enchufada al celular, escuchando la *playlist* que había hecho para ese viaje. Le gustaban las cosas simples, como parar a cargar gasolina y mientras tanto entrar a la tienda a comprar dulces, papas o cacahuates, para regresar a la camioneta con una bolsa llena de golosinas que ella y Dana disfrutarían en lo que restaba de camino. O almorzar los sándwiches que su mamá les pasaba desde el asiento del copiloto y escucharla decir lo mismo de siempre: «Traje dos para cada quien». Eva lo retacaba de papas fritas y el crujir de cada mordida, mientras veía pasar a toda velocidad autos, árboles, vacas y cerros por la ventanilla, la hacía sentirse otra vez la nena de papá. «¿Cuánto falta?», preguntaba a cada rato y todo el tiempo recibía la misma respuesta.

Luego de pasar Plan de Barrancas, con tantas curvas y donde su papá debió esquivar a más de un loco que invadía el carril por el que circulaban, Eva escuchó «I'm into you» de Chet Faker y le fue inevitable pensar en Capi: lo vería, no sería difícil encontrarlo. El mar, que llevaba todo de regreso a la playa —basura, conchas y personas—, lo devolvería a sus brazos. No le reclamaría su abandono, por lo menos no el primer día. Tampoco le diría cuánto lo había extrañado, no quería parecer insegura. *Nada ha cambiado entre nosotros. Solo ha sido una mala semana*, se dijo. Lo que más deseaba en esos momentos era estar en sus brazos, sentir sus labios, perderse en sus ojos. Hizo un rápido recuento de lo que llevaba en su maleta: cuatro jeans, cinco faldas largas, dos cortas, tres *shorts*, algunas blusas y camisetas para combinar. El pareo hindú que su mamá le había traído de Londres, su bikini rojo y el azul con lunares blancos. Del protector solar, el bronceador y las cremas se encargaba su mamá. También recordó que por la prisa olvidó depilarse las piernas y pintarse las uñas de los pies; sería lo primero que haría al llegar.

Poco antes de ver a lo lejos el mar, con el sol del mediodía al frente, después de un sándwich y medio y una bolsa de papas, Eva comenzó a dormitar y sus pensamientos volvieron a Capi: ¿por qué no la había llamado? ¿Por qué había desaparecido? Hacía más de una semana que no sabía de él. Recordó la última vez que se vieron, el domingo antepasado en el hospital, cuando llegó con Paloma. Conversaron poco, la habitación estaba llena de gente, abuelos, tíos y primos, y su papá, que seguía sin ver del todo bien a Capi como novio de su hija.

Luego se culpó por no haberle enviado más mensajes, no quiso hacerlo después de que recibió de él un «LOVE». Luego nada. Ella era la enferma, ella era la hospitalizada, se suponía que él debería estar pendiente, volver a visitarla, llamarla por las noches, enviarle flores, estar ahí. ¿Y qué había hecho? Desaparecer. *Cochina enfermedad*, pensó. *Vino a arruinarlo todo. ¿Por qué a mí? ¿Por qué justo ahora?*

A la altura de Sayulita, un frenazo, seguido por el largo sonido del claxon a un animal que cruzaba la carretera, hizo que Eva casi volara de su asiento y fuera menos dura con Capi, porque recordó que él tenía entrenamiento de futbol los lunes y los jueves, box y taekwondo martes y miércoles; sacaba tiempo para estar con sus amigos y lidiar con su papá, abogado penalista, un hombre que hablaba como si la ley siempre estuviera de su lado. Quizá Capi había intentado llamarla en los momentos en que su celular estuvo apagado por tantos exámenes médicos que le practicaron.

¿Por qué había tenido que llamarla borracho el domingo pasado? ¿Dónde estaba, y con quién? ¿Por qué le había mentido? ¿Por qué nadie sabía nada de él? ¿Por qué no publicaba nada en Facebook ni en Twitter? Aunque ella detestaba Twitter, Capi decía que era «*la* red social», lo mejor que se había inventado, algo para adultos. Sin embargo, tampoco había tuiteado nada desde el pasado domingo, cuando a las 10:18 escribió: «*We'll see you soon, Puerto Vallarta*».

—¿Cuánto falta? —le preguntó a su papá por enésima vez.

—Menos de una hora —respondió Otto—. Llegamos directo a comer. Muero de hambre, ¿ustedes? —preguntó y echó un vistazo por el retrovisor. Vio vacías la bolsa de las papas y las de los sándwiches.

—También —contestaron las hermanas a coro.

—Dice tu mamá que hablaste con tu *oma*. ¿Qué te dijo? —inquirió Otto a Eva, mirándola por el espejo. Sabía que su madre era directa y a veces demasiado franca.

—Me saludó, me preguntó cómo estaba y dijo que me cuidara —contestó Eva y ya no recibió más comentarios de su papá.

Siguió viendo el paisaje tropical por la ventanilla y volvió a repasar lo que llevaba en su maleta; mentalmente hizo combinaciones de prendas, se preguntó qué se pondría el primer día para ir a la playa, si sería mejor que Capi la viera con el bikini de lunares blancos o el rojo, con el pareo puesto o sin él. Se vio tirada en la arena, tomando el sol. Después pensó que tenía muy anchas las caderas y recordó que no le gustaban sus muslos, eran muy grandes. Tampoco le gustaban sus vellitos dorados, que, según ella, le hacían ver más pálidas las piernas. *Las mujeres deberíamos nacer sin vello en el cuerpo. Odio el rastrillo, la cera y la depiladora*, pensó, y se sintió fatal al recordar el verdoso color pálido que le cubría el cuerpo y se dijo que antes debía broncearse cuando menos un poco, salir del mar con la puesta de sol detrás. *¿Y si me revuelca una ola por andar de chica Bond?*, pensó y rio para sí. En el fondo estaba contenta y nerviosa.

14

El domingo que Eva y su familia fueron al zoológico, Capi, Santiago y dos amigos más tomaron la carretera hacia Puerto Vallarta. Salieron a las once en el auto de Capi; llevaban cuatro horas de retraso, según el plan de viaje que se habían impuesto la noche anterior, pero como se fueron de antro hasta la medianoche en Vango y después al Candy's hasta las cuatro de la mañana, se quedaron dormidos.

No hubo necesidad de sortearse el asiento del copiloto, el cual quería el Turco Hawa; Capi decidió y le dijo a Santiago que, como siempre, se sentara a su derecha. Fue un viaje lleno de contratiempos, como si algo buscara impedirles llegar bien a su destino. En la gasolinera de Rancho Contento compraron un *six* de cervezas para cada uno, cigarros, papas, sándwiches, chocolates y cacahuates. Llenaron el tanque de gasolina, aunque no revisaron el aire de las llantas; también iban con la cajuela llena de maletas. Antes de pisar la carretera de nuevo, Capi, para aliviar la cruda, se bebió de un trago una cerveza y eructó; los demás hicieron lo mismo y el auto salió derrapando de la estación de servicio con una nube de polvo detrás. Los amigos se carcajeaban y el Turco Hawa, que iba sentado atrás de Capi, sacó el brazo por la ventanilla y golpeó la puerta como si arreara a un caballo: «Dale, dale, que se sienta quién va al volante».

Capi entró a la carretera sin fijarse que un tráiler de huevo Bachoco venía por el carril derecho. «¡Fíjate, pendejo!», gritó, apoyándose con ambas manos en el claxon que ninguno de los pasajeros escuchó por la música a todo volumen; el auto coleó y se incorporó al carril de la izquierda antes de que Capi metiera cuarta. Cuando lo rebasaron, a lo lejos escucharon el sonoro rugir del tráiler y alguien preguntó qué era eso.

—Es el quejido de un elefante —gritó el Turco.

—No —dijo Santiago—, es el chillido de una tortuga a la que le pisaron la cola.

—Es el berrido de un pendejo que aún no sabe quién manda —opinó Capi y abrió el quemacocos del auto.

Unos kilómetros más adelante los paró un retén de soldados. El periodo vacacional significaba largas filas de coches, revisiones minuciosas y demora.

—En la madre —dijo Capi al ver a los soldados haciéndole señales para que desviara su vehículo—. Bajen los vidrios para que se ventile el coche, y mantengan la boca cerrada. Pásame esa bolsa de papel —le ordenó a Santiago. Era papel de estraza, de los cacahuates; le arrancó un pedazo y lo masticó como si fuera un chicle—. Por si estos pendejos me piden que les sople, y cada quien métase su *six* en el culo.

Todos hicieron lo que pudieron con su dotación: las sacaron de su empaque original y metieron las latas bajo el asiento, en la guantera, en la consola central, hasta que uno de los que viajaban atrás pudo abrir un poco el respaldo de su asiento y, como si fuera una alcancía, echaron a la cajuela una a una las latas de cerveza.

Mientras esperaban su turno, seguros de que nada pasaría, Capi vio por el retrovisor que, dos autos atrás del suyo, habían parado al tráiler de Bachoco. Aun a esa distancia pudo ver la mirada del chofer, un hombre de bigotes de morsa y pelo ensortijado que apretaba entre los dientes un palillo; el tipo lo vio, y sin quitar la izquierda del volante levantó el dedo medio de su diestra mientras murmuraba algo que Capi pudo interpretar como una mentada de madre.

No les dijo nada a sus amigos y volvió a poner atención al soldado que le pedía, con una bandera amarilla en la mano, que se apurara.

Aunque los hicieron bajar del coche no fue necesario cachearlos, todos vestían bermudas, camiseta y lentes oscuros. A Capi le hicieron quitárselos y un soldado con insignias de sargento le preguntó a dónde se dirigían, a lo que respondió de inmediato. Otros dos militares le dieron vueltas al coche y revisaron el chasis con espejos de largo alcance. Cuando le pidieron a Capi que abriera la cajuela, con el control remoto del llavero abrió el maletero y los mismos dos soldados de los espejos echaron un vistazo al interior, hicieron una seña con la cabeza al sargento y este les dijo que siguieran su camino. Todos regresaron a sus asientos y Capi volvió la mirada al retrovisor, vio al chofer de Bachoco y le deletreó: «P-u-t-o».

Antes de Plan de Barrancas se habían quedado sin cervezas, pero no les importó porque una hora antes pasaron por Tequila y compraron dos botellas de Cuervo Tradicional casi a punto de la congelación. El cenicero del auto iba lleno de colillas y el hambre los tenía contra las cuerdas.

—No mames, güey, me vengo cagando de hambre —dijo Juan Enrique Partida—. Pinche Capi, te dije que en Tequila nos chingáramos unos lonches de los que venden frente a la iglesia, son de lomo con salsita y mucha crema.

—Ya cállate, güey, que nomás estás antojando —dijo el quinto de los amigos.

—Este güey, que solo paró en la carretera por el tequila y no quiso entrar al pueblo. Yo les dije, cabrones, pero no me hicieron caso, ahora chínguense de hambre.

—Vamos a llegar directo a comer a Los Arcos; quítame de enfrente las papas y los cacahuates, que me está doliendo la panza —dijo Capi.

—¡Ni papas ni cacahuates; no hay nada, güey, no hay nada! —gritó el Turco Hawa volteando de cabeza las bolsas de papas.

El sol se metía por el vidrio de atrás, calentándoles la nuca a los que iban allí sentados. Las curvas eran cerradas y cuesta arriba. El horizonte era solo precipicios de laderas pelonas, arbustos y cactus. Águilas y zopilotes volaban en mitad del cielo sin nubes.

—Creo que me duele la panza por la bolsa de papel que mastiqué.

—Güey, te debes de haber tragado una grapa —rio el Turco Hawa desde su asiento—. ¿Quieres que te ayude a manejar?

A pesar de que Capi manejaba desde los catorce años y tenía mejores reflejos que un mago, a las 15:57 agarró una curva a ciento veinte kilómetros por hora y algo de cuatro patas se les cruzó en el camino.

—¡Cuidado, Capi! —gritó Santiago y puso las manos sobre el tablero.

Era un perro que Capi encontró parecido a Cala. Dio un volantazo que los sacó de la carretera y los hizo trompear hasta quedar en contrasentido en su mismo carril; no esperó ni un instante, pisó el clutch y, enojado, arrancó en segunda. Al retomar el rumbo sintió que algo bajo las llantas tronó como un costal de huesos: era la perra de ubres colgantes que había intentado esquivar. Unos metros más adelante paró en un mirador improvisado y bajó del auto dando un portazo, lo rodeó y vomitó cuanto traía en el estómago: pedazos de sándwich y cacahuates enteros revueltos con baba y bilis de un amarillo transparente, el fermento de la cerveza transformado en un olor que le causó nuevas arcadas de asco. Al final le quedó un regusto a nicotina pegado en el paladar.

—Te paso un kleenex —le gritó Santiago—. ¿Dónde están? —preguntó al tiempo que buscaba debajo de los asientos y en la guantera. No encontró nada.

—¡Ay sí, te paso un kleenex! —se burló el Turco Hawa con voz aflautada.

—Ni que fuera la camioneta de mi mamá —se burló también Juan Enrique.

Con la camiseta, Capi se limpió las babas que aún le colgaban de la boca, se recargó en el coche y miró el horizonte: una barranca verdosa que conforme se alejaba iba haciéndose gris al final de la vista. Luego volteó a la derecha, y a pocos metros vio la huella de sus llantas y a la perra tirada a mitad de la carretera. Volvió a pensar en Cala, en Eva. No sabía a qué carajos iba a Puerto Vallarta: eran vacaciones, habría gringas, tequila e iba con sus amigos, pero eso ya no lo convencía. Desde que salieron de Guadalajara, e incluso la noche anterior en Vango, no dejaba de pensar en ella. Una y otra vez le venía a la memoria el recuerdo de Eva en la cama del hospital. *La epilepsia es un pasón. ¿Es la enfermedad?*, se decía. *Es el cerebro*, le decía otra voz que no reconocía como suya. *No mames, güey, es del cerebro de lo que está enferma tu novia*, volvía a escucharse. *¿Pero qué no la amas, no debes de estar con ella en las buenas y en las malas, en la salud y en la enfermedad?*, se escuchaba a sí mismo rumiar frente a ese paraíso de la naturaleza que era la Sierra Madre Occidental. Se dijo que era un cobarde por no enfrentarla. «Sí, soy un pinche cobarde», murmuró primero y empezó a repetir más y más fuerte: «Cobarde, cobarde, ¡eres un pinche cobarde!», gritó y su voz se perdió en el horizonte, se la llevó el viento y la dispersó entre las nubes.

—Qué pedo, güey —gritó el Turco sacando la cabeza por la ventanilla—. Ahorita le partimos su madre al pendejo de Bachoco o al que quieras, pero ya vámonos.

Solo Santiago intuyó de qué se trataba, salió del auto y le pasó el brazo por los hombros; ambos miraron unos minutos el horizonte.

—Vámonos ya —dijo Capi, y antes de subir al coche se agachó, agarró una piedra y la lanzó con todas sus fuerzas al vacío—. Ahora solo falta que nos encontremos al camión de Bachoco. Soy capaz de tronarle todos sus huevos —le dijo ya repuesto a Santiago con un tono de voz que todos reconocieron.

Arrancó despacio, sin derrapar el auto. El Turco Hawa le palmeó el hombro.

—Tranqui, güey, recuerda que el *spring break* es solo una vez al año.

Dos curvas adelante, se encontró con el tráiler de huevo.

—Lo que nos faltaba —gritó al tiempo que daba un manotazo al volante.

Trató de rebasarlo y el tráiler se lo impidió; bajó la velocidad y el de Bachoco hizo lo mismo. Sin importarle las curvas, Capi intentó de nuevo por la izquierda y el mastodonte cargado de huevos se le volvió a cerrar. Capi bajó la mano derecha y buscó algo debajo de su asiento; tocó la punta de sus chacos, los sacó y los puso al lado de la palanca de velocidades.

—¿Y eso? —preguntó Santiago.

—Por lo que se ofrezca.

—Esto se va a poner bueno —gritó desde atrás Juan Enrique Partida.

Pero de nada sirvieron. Los siguientes ochenta kilómetros circularon casi a vuelta de rueda, mirando un huevo vestido de charro que decía: «Como México no hay dos». Cuando llegaron a Puerto Vallarta era casi la hora de la cena y en la pantalla del celular de Capi había tres notificaciones de Eva.

15

Capi y sus amigos tenían cuatro días en Puerto Vallarta y habían ido poco a la playa, se pasaban el día dormidos. Los cuatro eran como piratas citadinos, desembarcados del auto de Capi con el único plan de conquistar la noche y a sus habitantes de piel bronceada. Se hospedaron en una villa de tres recámaras que tenía su papá en Conchas Chinas, con la cual le habían pagado uno de sus primeros casos unos veinte años atrás. Era una villa recién renovada en lo alto de una loma, con vistas espectaculares de la bahía.

A Capi le gustaba contar que esa casa había sido de Caro Quintero, un narcotraficante que en los ochenta asoló Guadalajara. Cuando cayó preso y sus bienes fueron decomisados, la villa, con alberca y cancha de tenis, pasó por varios propietarios, entre ellos un actor hollywoodense de segunda y un gobernador interino hasta que llegó a manos de su papá. Capi les presumió una caja fuerte del tamaño de una alacena empotrada en una pared, donde, según él, narcos y políticos guardaban armas, drogas y fajos de dólares de alta denominación: una caja chica de sus grandes vicios.

Santiago lo escuchaba sin pronunciar palabra, sabía que algo de cierto había en las palabras de su amigo. Al licenciado Garcés, padre de Capi, no solo había que respetarlo sino también temerle: sus contactos en la política y los bajos fondos hacían que Capi se sintiera orgulloso del miedo que él mismo le tenía.

Esa Semana Santa era la primera vez que le prestaba la villa, lo dejaba manejar su auto desde Guadalajara y le daba una tarjeta de crédito para sus gastos. Capi había invitado a sus antiguos amigos del American School y reservó una cama para Esteban, quien aún no estaba seguro de reunirse con ellos; dependía de que consiguiera permiso en Vango para alcanzarlos antes del fin de semana. Esteban era un invitado de gran importancia en esas vacaciones, ya que por sus contactos nocturnos les abriría las puertas de la noche en todos los antros de Puerto Vallarta.

Desde el momento de su llegada tomaron posesión de la villa, abrieron las maletas y se alistaron para salir de antro. Capi ya estaba mejor del estómago y un buen baño le quitó el mal humor que traía de la carretera.

—Este es el teléfono de Erick Moreno, DJ de Strana; escríbele antes de las diez de la noche para que los deje pasar —le dijo Esteban a Capi el sábado pasado, cuando se despidieron en Vango.

—¿Y el de Mandala? —preguntó Capi—. Ya sabes que me caga hacer filas, o que el cadenero me tenga horas esperando.

—Creo que este finde estará César Carrillo, uno de los mejores DJs de México; no tengo su contacto, pero lo consigo —aseguró Esteban.

Comenzaron a beber en la villa, justo con la puesta de sol, y continuarían en Bebotero. Todos estaban muertos de hambre y cada quien se preparó algo rápido para cenar: quesadillas, atún de lata y jitomates a mordidas. Solo Santiago cocinó huevos con jamón y calentó frijoles de lata en el microondas. Los baños se llenaron de vapor y el olor a lociones dominó el ambiente; Santiago fue el último en entrar a la ducha, dijo que prefería cenar con toda calma. Desde la mesa del comedor miraba a Capi ir y venir sin camisa, paseándose de un lado a otro de la villa: le gustaba presumir sus pectorales y su marcado abdomen; ninguno de sus amigos tenía los músculos tan bien trabajados como él. Desde pequeño practicaba taekwondo en el gimnasio del Pollo Castellanos; fue precisamente una patada *yop chagui* a un compañero del American School el motivo por el que lo expulsaron. Gustavo Cejudo se convertiría en su peor dolor de cabeza, y estaba a punto de encontrárselo.

Al final le pidió su opinión a Santiago: «¿Esta o esta?», le dijo con una camisa azul marino en la mano derecha y una amarillo canario de manga corta en la izquierda. Juan Enrique opinó que la amarilla, y Santiago se decidió por la azul. Capi se metió a bañar, y cuando estuvo listo, con el cabello lleno de gel, unos jeans ajustados, la camisa azul sin fajar y desabotonada hasta el ombligo, se arregló y perfumó sin saber que esa noche cambiaría el destino de su corazón.

—Entonces, Capi, ¿eres el chofer designado? —le dijo riendo uno de sus amigos al subir al auto.

—Estás pendejo —respondió y arrancó en segunda.

Después de veinte minutos de buscar dónde estacionar el auto en las intrincadas calles de Puerto Vallarta, por fin llegaron a Bebotero. Era domingo y el malecón a las nueve de la noche era un mar de gente: gringas veinteañeras que pasaban cantando a todo pulmón, familias de vallartenses que las esquivaban sin siquiera mirarlas mientras ellos las devoraban con los ojos. Vieron también a hombres aún en traje de baño y mujeres con pareos tomando cerveza al pie de las olas, un trío de músicos que se empeñaba en cantarles a los enamorados. Escucharon el griterío de los niños que se correteaban alrededor del gran caballito de mar que más de una vez ya había arrastrado la corriente, panza arriba, hacia las profundidades.

—¿Y si después de Bebotero vamos a Mandala? —propuso Santiago, que desde el balcón donde se encontraban alcanzaba a ver el antro—. Está aquí nomás, no tendríamos que mover el coche, porque yo no me voy caminando hasta Strana.

—No —dijo Capi alzando la voz para que todos lo oyeran—, en Strana ya tenemos pase directo; sabes que me caga hacer fila. En un rato más le escribo a Erick Moreno para que nos pase, y del coche no te preocupes, se lo dejo al valet parking. ¡Salud! —brindó con su ron pintadito. Los demás chocaron los vasos con el suyo.

A partir de ese momento una red de mensajes comenzó a circular entre ellos, de Capi a Esteban, de Esteban a Erick Moreno, DJ de Strana, luego de regreso a Capi y este a su vez a Moreno. En ese subir y bajar de mensajes en la pantalla de su iPhone, Capi se encontró con las notificaciones de Eva. La última decía: «Por favor, Capi».

—Hoy inician nuestras vacaciones y me quiero poner hasta el huevo —gritó, dio un manotazo en la mesa y volvió a ignorar el mensaje de su novia—. Vámonos —ordenó.

Las carcajadas de los demás sonaron a fiesta, se empinaron sus tragos y salieron a seguir la noche.

No tuvieron que hacer fila, los amigos pasaron sin ver el tumulto de gente que se apelotonaba en la puerta, algunos gritando el nombre del cadenero y otros recordándole a su madre. El nombre de Capi estaba en la lista: el grandulón de lentes oscuros, camiseta negra entallada y audífono con cable de rosca en la oreja quitó la cadena y los contó, asintiendo con la cabeza cuando pasaron frente a él. Al cruzar la puerta les pusieron una pulsera VIP en la muñeca.

Les dieron mesa de pista, y a una seña de Capi el mesero les llevó una botella de Chivas. Después de la primera copa recorrieron el lugar, una y otra vez; aunque a Capi le gustaba tener su mesa, no estaba mucho tiempo sentado en ella, prefería moverse, ir de cacería, buscar a una chica que ni él estaba seguro de encontrar aquella noche. Los Cuatro Fantásticos, como ya se llamaban entre sí, recorrieron las galerías del antro esquivando empujones de la gente y cuidando sus vasos con la mano. La música lo inundaba todo, el *deep house* comenzaba a correr por las venas de Capi al mismo ritmo de cada trago de whisky.

Estaba de vacaciones con sus amigos y quería olvidarse de todo, incluso de Eva. Esa noche y las siguientes no habría tachas ni hielos en su boca para largos besos; también de eso quería olvidarse. Ni él se explicaba por qué no había buscado a Eva desde hacía una semana: coincidió con que se agotó el saldo de su celular en los días posteriores a que fue a verla al hospital. «¿En tres días es tu corte, no?», le dijo su padre. «Entonces espérate al mes siguiente». Una semana después le daba la tarjeta de crédito American Express Platino y las llaves de la villa en Conchas Chinas; Capi odiaba que lo manipulara de esa manera. «Pinche viejo bipolar», murmuró entre dientes y se bebió de un trago el resto de su whisky en las rocas.

De caminar presuntuoso, Capi iba adelante del grupo y Santiago dos pasos detrás de él, viendo cómo las múltiples luces del antro se reflejaban en la ancha espalda de su amigo. *El azul marino es el color de la noche*, se dijo Santi al ver la camisa de Capi. A cada paso se encontraban con algún conocido, a niñas del Teresiano o del Colegio Victoria a quienes saludaban con efusividad y Capi las invitaba a su mesa, les decía que esa noche estaban de suerte, que pidieran lo que quisieran, la cuenta estaba abierta. Eran los dueños de la noche.

Antes de llegar de vuelta a la mesa, a Santiago le pareció ver a Gustavo Cejudo y pensó que habría bronca: se acercó rápido a prevenir a Capi y le señaló dónde estaba. A Capi se le encendió la mirada cuando se cruzó con la de Cejudo: entre la bruma de las luces pudo distinguir sus mofletes, su nariz chata de perro inglés. Era el güero de pueblo característico de Los Altos: esa noche estaba aún más colorado, como si el sol de Vallarta no le hubiera sentado bien. Capi apretó la mano libre, le pasó su trago a Santiago y le dijo que no tuviera miedo, que si ya le había partido la madre antes, nada le costaría volver a hacerlo. Su antiguo enemigo del American School estaba con otros cuatro, aunque Capi solo identificó a uno de ellos, el Tanque, un chico que vendía droga afuera de los colegios de Guadalajara y con quien también traía bronca; los otros parecían lugareños. Se detuvo al ver que Cejudo se levantaba de su asiento inflando el pecho y lo retaba con la mirada: a Santi le pareció más alto que antes, más pesado. Uno de los lugareños al lado del Tanque le murmuró algo al oído, y sin dejar de mirarlos Cejudo le respondió y bajó la guardia. Esa noche tenían asuntos más importantes que pelearse con Capi y los suyos. Santiago, con un vaso de bebida en cada mano, pensó que había llegado el momento cuando vio a su mejor amigo dar dos pasos al frente y que por la derecha se acercaba a ellos el Turco Hawa, más encendido que un cohete a la luna; Capi hubiera llegado hasta Cejudo de no ser porque el lugareño lo interceptó y le cerró el paso.

—Tranquilo, compadre, aquí no ha pasado nada. Hoy no estamos para broncas. Siga su camino. —No se atrevió ni a tocarlo.

A Capi le pareció extraño que Cejudo y el Tanque se escondieran detrás de unos vallartenses morenos con camisas floreadas tipo Versace. Entendió el mensaje y dio marcha atrás. Por último, vio que Cejudo apretaba los labios y lo miraba con desprecio; Santiago lo rodeó con el brazo y le dijo que olvidaran el incidente.

—Qué pedo, güey, ¿se van a armar los putazos? —gritó el Turco Hawa.

—Ahora no —dijo Capi—, Cejudo trae niñera y le pegan. Es un imbécil.

Lo cierto es que no existe enemigo pequeño. Gustavo Cejudo ya había echado a andar su plan B sin emboscadas ni golpes, una estrategia directa al corazón.

16

El azar también es destino. Justo antes de irse del lugar, en una mesa por la que Capi y sus amigos habían pasado ya cientos de veces se encontraba un grupo de chicas que acababan de llegar de Mandala, el antro al que ellos tenían pensado ir la siguiente noche. Capi no supo qué le llamó la atención de una de las chicas, si su cabello rapado de un lado, sus tupidas cejas o sus labios finos, adornados con un *piercing* labret negro desplazado a la izquierda del labio inferior. Las cuatro amigas bebían cerveza de la botella. Capi y Santiago llegaron hasta ellas; Santi solo se limitó a observar, a asentir a lo que su amigo decía como única verdad.

Hablaron poco, pues la música los aturdía y prefirieron bailar. Ella le dijo que se llamaba Joana y que estaban hospedadas en el hotel Rosita.

—Ese es un hotel de abuelitos —opinó Capi entre risas.

—Es para lo que nos alcanza, tío —respondió ella un poco molesta.

—¿Crees en el destino? —le preguntó Capi al oído en mitad de la pista.

—Qué va —exclamó ella—, ahora me vas a decir que se acaba de inventar el amor a primera vista. Aunque no sé, me parece que ya te he visto antes.

—También tú me pareces conocida.

Joana era española y estudiaba el mismo año de prepa que Capi, pero con los maristas del Cervantes Costa Rica. Tenía casi dos años de haber llegado a México: su familia quería dejar atrás la grave crisis económica que afectaba a España, y en Guadalajara su padre encontró empleo en el sector turístico, en el hotel NH Punto Sao Paulo. A Joana le gustaba el teatro, y si algo sabía hacer bien era dramatizar ciertos momentos, tener siempre a la mano respuestas rápidas y contundentes.

Capi hizo ostentación de su nueva tarjeta de crédito y pidió una botella de champaña; sus amigos se trasladaron a la mesa de las chicas y todos bebieron como si fuera refresco de manzana. Capi ordenó una segunda, según él había mucho que celebrar. Al final de la noche, quedó con Joana para verse unas horas más tarde en la playa.

Al mediodía, Santiago y Juan Enrique de nuevo fueron a la tienda y compraron huevos, jugo de naranja embotellado, yogur, granola, tortillas de harina y queso para quesadillas. Sin embargo, dejaron todo sobre la barra de la cocina y decidieron ir al bufet del hotel contiguo, el Camino Real.

Antes de las dos de la tarde ya estaban camino a la playa, todos con traje de baño, camiseta y una cerveza en la mano; Capi, con sus inseparables Ray-Ban. «Toda Guadalajara en traje de baño», le dijo a Santiago antes de encontrarse con sus nuevas amigas.

A lo lejos vio a Joana tirada en la arena, sola; también llevaba lentes de sol negros, de pasta. *Como los de mi abuelita,* pensó Capi, y se fijó en el diminuto bikini rosa, sus piernas blancas y las uñas de los pies pintadas de negro igual que las de las manos. Llevaba el cabello suelto y a esa hora del día distinguió mejor su lado rapado. Lo deslumbró, era una mujer distinta a todas la que había conocido. *No mames, con ella soy capaz de casarme,* pensó.

Capi y sus amigos llegaron como marabunta a tender sus toallas; reían, se aventaban entre sí, levantaban arena.

—Joder, tíos, parecéis elefantes en hormiguero —renegó Joana y su acento le pareció exótico y excitante; sintió un leve cosquilleo en la entrepierna al ver cómo se movían sus pechos al tratar de quitarse la arena de la panza. Luego se preguntó dónde había escuchado antes esa frase de «joder, tío»...

—Perdón, perdón —dijo poniendo cara de preocupación y se sentó a su lado—. ¿Así que eres española?

—Catalana, que no es lo mismo —aclaró Joana—. ¿Así que tú eres Capi?

—¿Me conoces?

—Sí, te conocí hace dos noches, ¿o fue ayer? No sé, como he dormido tan poco.

—Nos conocimos hace siete horas, para ser exactos. ¿Y qué más sabes de mí?

—Que eres un buen *street fighter*.

—¿Yo? —exclamó Capi haciéndose el sorprendido, porque en el fondo le gustó el término—. ¿Me sabes algo, o solo me hablas al tanteo?

—Al tanteo, tío, es por tu pinta que va de macho alfa...

—¿Macho qué?

—Nada, tío, olvídalo —dijo Joana con tono enfadado volteando hacia otro lado.

—Okey —respondió Capi resignado y volvió con sus cuestionamientos—: ¿Hace cuánto que vives en México?

—Dos años, más o menos.

—¿Y te gusta?

—Claro, pues aquí vivo. Bueno, aquí vivo porque me trajeron mis padres, pero que me apetezca del todo... Hay cada gilipollas —dijo y miró a los amigos de Capi, que seguían tirándose arena entre sí.

Capi había repasado toda la mañana lo que le preguntaría y lo que le respondería si ella lo cuestionaba a su vez, quería parecer interesante, pero su pregunta «¿Así que tú eres Capi?» lo había desarmado por completo. Ahora estaba seguro de que ya la conocía, pero no lograba recordar de dónde. El celular de Joana no dejaba de sonar y ella, sin esperar a que él hiciera una pausa, respondía los mensajes que le llegaban con cierta sonrisa de complicidad.

El sol caía a plomo y la playa estaba a reventar de gente y de vendedores que cada tanto pasaban a ofrecer sus productos: cinturones de cuero, artesanías hechas con hoja de palma o madera, helados y paletas. También pasaban mujeres ofreciendo masajes exprés y hombres que prometían trenzar el cabello en un parpadeo. A todos les decían que no y esos segundos de distracción eran un respiro para Capi; le daban tiempo suficiente para formular una nueva pregunta o calcular mejor sus respuestas, sobre todo cuando sus amigos, al ver que solo estaba Joana y que las otras chicas no llegarían, pues habían decidido ir de compras en su penúltimo día en Puerto Vallarta, se adentraron en el mar; el Turco Hawa había ido por más cervezas.

—Si estás en el Costa debes de conocer a Rebeca y a Miriam Natalia, una es hermana y la otra la prima de Juan Enrique —dijo.

—Sí, las conozco, muy majas.

—¿Y hace cuánto que llegaste a México? —atajó Capi para evitar que la conversación se le escapara. No sabía si ya había preguntado eso, si lo había olvidado o ella no respondió; en pocas palabras, no tenía mucho más que decir, se sentía inseguro. Al quitarse la camiseta notó que era tan blanco como ella y eso de algún modo lo ponía en desventaja. Recordó también que no se había recortado las uñas de los pies: batallaba mucho con las de los dedos gordos porque se le encarnaban, por lo que dejaba pasar hasta dos meses sin atreverse a hacerlo. Sin pensarlo más, enterró los dedos en la arena caliente y trató de parecer seguro.

—Mi padre llegó hace dos años y anduvo dando tumbos por todo México con su máster en administración hotelera hasta que llegó al NH. Un mes más tarde vinimos mi madre, mi hermano pequeño y yo.

—¿Y cómo llegaste al Costa?

—Mi madre siempre ha estudiado en colegios maristas. De la Inmaculada le han dicho del Cervantes Costa Rica, y el día que fuimos a verlo me pareció muy guay.

—¿Guay? —repitió Capi.

—Sí, tío, muy chido, para que me entiendas.

Cada «guay» y cada «tío» le sonaban a Capi a otro mundo. Dominaba el inglés a la perfección, pero ese otro español, pronunciado con la lengua entre los dientes, le parecía tan lejano y tan nuevo que lo intrigaba.

La pelota de unos niños que venía directa hacia Joana hizo que Capi se levantara un poco para detenerla; al volver a sentarse, cayó unos centímetros al lado de donde había estado e hizo «auch».

—Tío, te has quemao el culo. —Al escucharla, Capi se sintió un tanto contrariado—. Túmbate en la toalla, anda —dijo Joana y le hizo un espacio.

Uno al lado del otro, ahora ambos veían lo mismo: las olas, que una y otra vez insistían en estrellarse con estruendo. Sin esperar más preguntas e ignorando todo lo que la rodeaba, él incluido, Joana cambió de posición: se acostó bocabajo y puso la cabeza sobre sus brazos, dejando el lado rapado al descubierto. Capi tuvo que moverse un poco para dejarle más espacio. Cuando volvió a mirarla, vio su perfil de nariz grande, el doble moño de su sostén, su espalda plagada de lunares, la depresión de su cintura y sus caderas, sus nalgas mordiendo el bikini, una más descubierta que la otra; sus piernas firmes y sus tobillos gruesos, típicos de española. Tragó saliva. Capi tenía los músculos entumidos, no había cambiado mucho de posición y le ardían los hombros y la parte superior de la espalda. Estaba rojo como un tomate.

Poco antes de las cuatro de la tarde, Joana recibió un mensaje que la hizo incorporarse de un salto; nerviosa, dijo que eran sus amigas, que la esperaban en el hotel para ir a comer.

—¿Nos vemos en la noche? —le preguntó Capi al ver que se levantaba y recogía sus cosas regadas en la arena.

—Vale —respondió escuetamente.

Los otros hicieron gestos con la mano para despedirla; hasta ese momento Capi la vio de pie. Joana se sacudió la arena de los muslos y se ajustó el pareo sin sacarse el bikini de entre las nalgas. Capi se quitó los Ray-Ban y la vio alejarse, descalza, con el bolso de manta colgado del brazo y el celular en la mano.

17

Capi y sus amigos se volvieron locos buscando a Joana y a sus amigas por todos los antros de Puerto Vallarta. No las encontraron en Strana, en Mandala ni en Xtine; tampoco estaban en Bebotero, La Vaquita ni en el Bar Morelos. Recorrieron de punta a punta el malecón, y nada. La buscó en Facebook y vio que tenían ciento dieciséis amigos en común. *Stalkeó* sus fotos. Solo pudo ver una docena en sus álbumes, tres de ellas de perfil: Joana sonriente y con el fleco trasquilado, con un chico que parecía ser su novio, y con los mismos lentes oscuros que no se quitó en todo el tiempo que estuvieron juntos en la playa. Capi pensó que era desafortunado que nadie le hubiera hablado antes de ella. Volvió a su muro y vio que desde el domingo no publicaba nada, ni una foto en bikini en las playas de Puerto Vallarta. En ese momento, le mandó una solicitud de amistad.

—Cómo no le pedí su teléfono —renegó cuando Santiago le dijo que pararan, le urgía una chela.

—¿No le pediste su teléfono? —repitió Santiago.

—¡No! —gritó Capi, casi enfurecido—. Pensé que luego la vería y no quise verme avorazado. ¡Juan! Pregúntale a tu hermana —le gritó a su otro amigo, que caminaba detrás de ellos con el celular en la mano y el Turco Hawa al lado.

—Haberlo dicho antes —concluyó Santiago y le mandó un mensaje a la amiga con quien él había bailado en Strana.

Una hora después, la chica respondió que estaban en casa de un amigo en Nuevo Vallarta, que al día siguiente ya no irían a la playa porque regresaban a Guadalajara, y el jueves ella y Joana estarían ya en Manzanillo con sus padres, «plan familiar». Fue lo último que escribió.

—Demonios, te dije que mejor fuéramos a Manzanillo —le reclamó Capi a Santiago—. Pregúntale en casa de quién están, a lo mejor les caemos.

—Allá no la hubieras conocido —respondió Santiago y escribió.

—¿No crees en el destino? —le dijo Capi mientras salían del hotel Rosita, último lugar al que habían ido a preguntar por ellas.

—Tú siempre quieres acomodar el destino a tu antojo. Salirte todo el tiempo con la tuya no es cosa de destino, es pura terquedad.

—Ay, sí, ay, sí; bájale, ya te pareces a la abuelita de este —dijo Capi y le dio un zape al Turco Hawa, quien solo respondió con una sonrisa.

El último mensaje que mandó Santiago se quedó en visto. Al día siguiente Capi se levantó a las diez, fue al gimnasio del Camino Real y comenzó con una rutina rápida que incluía pecho, hombros y abdomen; no quería perder condición en esa semana de vacaciones. Desayunó en el restaurante del hotel, y entre bocado y bocado revisó de nuevo el muro de Joana: aún no aceptaba la solicitud de amistad. Volvió a ver los ciento dieciséis amigos en común y uno de ellos lo sorprendió, era Gustavo Cejudo.

Capi chasqueó los dientes, y antes de dejar el celular sobre la mesa saludó desde su asiento a dos o tres conocidos que encontró. Observó a la gente alrededor, prácticamente eran solo familias que denotaban felicidad y lamentó no tener una así; volvió a recordar a Eva, la suya también parecía una familia feliz. Pasado el mediodía regresó a la villa, sus amigos aún dormían y él hizo lo mismo. Se acostó al lado de Santiago.

A media tarde los despertó un mensaje que hizo vibrar la mesa de vidrio del comedor. Era de Esteban, quien les avisaba que llegaría en unas horas, que lo esperaran en Strana; llegaría directo del autobús al antro. Todo estaba arreglado para una noche espectacular: Esteban había conseguido librar el resto de la semana en Vango y no quería perder ni un momento para estar con sus amigos y cerca de Eva, aunque esto último no lo dijo, solo le comentó a Capi que ella llegaría con sus padres ese mismo día. Eva estaría en Nuevo Vallarta y nadie de ellos lo sabía, menos Capi, que se había negado a responder sus mensajes. Al enterarse, comenzó a latir con más fuerza su corazón.

—Ves, eso es destino —le dijo Santiago.

—Ya, güey, no me confundas más.

—¿Confundirte? ¿Quieres a Eva, o no?

—Claro que la quiero —respondió tajante aunque ya había tomado la decisión de dejarla. Quizá su padre tenía razón y él no era líder ni bueno para nada.

—¿Y la española?

—¿La española qué? Me fascinó, ¿qué, no se puede? No mames, Santiago, ahora resulta que estás de parte de ellas.

El Strana estaba a reventar. Capi y Santiago hablaban a gritos, para escucharse mejor. Esa noche los cinco amigos se pusieron de acuerdo y vestían camisetas negras; Capi estaba más sereno, no sabía si se debía a la presencia de Eva en la misma ciudad o a la conversación con Santiago. Desde la mesa vio al Turco Hawa y a Juan Enrique tratar de ligarse a unas estadounidenses. Si Juan Enrique a veces se enredaba con las palabras, Capi rio al pensar cómo le haría con dos copas en la panza y en inglés; luego recordó que su amigo había estudiado los dos primeros años de secundaria en California y concluyó que de los cuatro era el que más experiencia tenía en gringas. *Yo en españolas*, se dijo y pidió más cervezas para todos. Desde las tornamesas Esteban los saludó estirando el brazo, compartía la noche con el DJ Erick Moreno.

—No estoy de parte de nadie, es solo que podrías ser más claro con tus sentimientos.

—No mames, güey, ya te vas a poner romántico. Mejor vamos con ese par de pendejos a enseñarles cómo se liga. —Al terminar la frase, vieron que Esteban llegaba hasta ellos abriéndose paso entre la gente.

—¡Eh! Acá estamos —gritó Capi alzando la mano—. Qué bueno que llegas, ya no aguanto a Santiago.

—Viene lo mejor, un *mix* de The Kooks —les dijo, y se hizo presente la voz de Luke Pritchard en «Bad habit» y un nuevo juego de luces en la pista.

—¡Qué rola! ¿De dónde la sacaste?

—¡Te dije que Erick Moreno era el mejor! —gritó Esteban.

—¡¿Adónde van?! —les gritó el Turco Hawa, desistiendo de ligarse a una gringa.

—¡Vamos a empedarnos, a vivir la vida. Odio estar en un pinche lugar donde no se pueda fumar! —respondió Capi.

Todos volvieron a la mesa, donde los esperaba una botella de tequila; Esteban prefirió beber cerveza y pidió una cubeta de Corona. En el trascurso de la noche llegarían más botellas de tequila, más cervezas y otra vez champaña; la American Express de Capi respaldaba todo. Brindaron y bebieron hasta una hora antes del amanecer. La mesa era un desfile de gente: compañeros de la prepa, niñas de colegio, gringas ebrias que se carcajeaban por cualquier tontería dicha por Capi o Juan Enrique. Llegó también Andrés Navarro con tres amigos más, se saludaron y bebieron de lo que había sin saber que todo estaba a punto de cambiar entre ellos y esa era la última noche que pasarían juntos.

Al salir, mientras esperaban que el valet parking les llevara el coche, alcoholizado hasta el punto de casi no poder mantenerse en pie, Capi se apartó un poco de sus amigos, sacó su celular, leyó por fin los últimos mensajes de Eva y le escribió un largo texto; sus dedos se deslizaban por la pantalla de su iPhone con tanta rapidez como un insecto en la superficie del agua. Jamás había escrito una declaración semejante, los ojos se le llenaron de lágrimas. Pero antes de darle «Enviar» apretó el celular con la mano, volteó hacia la noche buscando respuestas, leyó de nuevo el texto y se arrepintió de mandarlo; lo borró y solo escribió:

También te quiero, chaparra.

18

Tengo un dolor de rosa en los labios, porque no te besan ni te hablan ni te nombran; son dos pálidos pétalos contra la noche. Todo es oscuridad y silencio desde que Capi no está. No dejo de pensar que estoy en Nuevo Vallarta, a tan pocos kilómetros de distancia de él y tan lejos de sus brazos. Escribo este diario a todas horas. Escribo en la playa, a la hora de la siesta, en mitad de mi lectura. El vuelo de una libélula me lleva a él, a sentir que me libera cuando me abraza, a desear como nunca el hielo de su boca.

Estos días han sido tan largos como un minuto bajo el agua. Mis pulmones se han llenado de llanto y Capi no me escribe, no he sabido nada de él en días y kilómetros a la redonda. No quiero pensar que su ausencia es por mi enfermedad. No quiero creer que se esté alejando de mí por este padecimiento que ha aparecido de súbito y que, por lo visto, controla a todos los que tengo alrededor. No quiero que él me deje cuando más lo necesito. Pero, ¿quién quiere estar con una enferma? ¿De verdad estoy enferma? ¿De verdad Capi me ama? Ahora me parece difícil creer en sus palabras pero luego recuerdo sus ojos, su mirada, y vuelvo a sonrojarme, a sentirme suya.

La suite en la que estamos en Nuevo Vallarta, a pesar de que es amplia, con su propia cocina y una gran terraza que da al mar, solo tiene dos habitaciones, en una de ellas duermen mis padres y la otra la comparto con Dana, quien siempre me pregunta qué escribo, si sé algo de Capi. Todavía es pequeña y no puede entender que los más grandes tengamos un mundo interior propio, algo que no queremos compartir con los demás. Lo noto con mis padres, también ellos son así conmigo. Aunque no me han guardado secretos respecto a mi enfermedad y me han dicho que puede haber una esperanza de curarme si sigo al pie de la letra el tratamiento, sé que tienen secretos, que tienen problemas. Aunque no son de grandes discusiones, a veces siento como si algo o alguien los obligara a seguir juntos, a seguir demostrando que somos una familia ejemplar.

Muchas noches los he oído hablar hasta la madrugada. Más de una vez he ido por el cable de mi compu que dejé en la mesa del comedor o paso por la puerta de su cuarto y los escucho discutir con la luz apagada. Bueno, es mamá quien más habla. Su tono siempre es de insistencia, de reclamo. A veces llora. Lo compruebo a la mañana siguiente, cuando la miro a los ojos y están hinchados. Ella rehúye mi mirada. No quiero ser como ella, no quiero llorar más por Capi.

Acabo de llegar a Vallarta, y sé que Capi también está aquí y no sé cómo hacer para encontrarlo. Mis padres saben de su presencia y no les hace mucha gracia. «Son vacaciones familiares», me señaló mi papá cuando veníamos. Lo soltó así, sin ninguna justificación, pero supe que se refería a mí. Odio que no me digan las cosas directamente, que papá me siga tratando como a una niña de nueve años. Espero que después de estas vacaciones todo vuelva a la normalidad, que las cosas sean como antes.

Espero también ver por fin a Capi. Mañana es Jueves Santo y gracias a Dios no estoy con los papás de Paloma, si no, tendríamos que ir a misa a diario. Seguro que Esteban ya está con ellos, con Capi y Santiago. Mañana le escribiré para vernos, para encontrarme con él. Sé que estaremos juntos al fin, lo siento en la piel, como esta luna casi llena que ilumina el sueño de Dana y me mira. Quiero abrazarlo, besarlo, volver a saborear su sonrisa. Cerrar los ojos y entrar en él.

19

El día no solo amaneció soleado y con olor a desayuno —huevos con jamón, frijoles y el característico ruido del exprimidor de naranjas—, también con un mensaje de Capi en el celular de Eva.

—Vaya, alguien despertó con hambre —dijo Otto al ver que Eva rebañaba con un pedazo de pan lo que quedaba de frijoles en el plato.

—¿Adónde van a ir hoy? —preguntó Eva.

—¿Van a ir? —repitió Julia—. *Vamos* a ir a la mariscada de Jorge Suárez. Imagínate, cincuenta kilos de camarones esperándonos.

—Hoy voy a ver a Capi.

—¿Ya te escribió? —intervino Dana, que aún no terminaba su desayuno pero ya había vaciado su vaso de chocomilk.

—¿Cómo que «voy a ver a Capi»? —repitió Otto con un dejo de ironía.

—Sí, también está en Vallarta.

—Válgame Dios —se lamentó Otto fingidamente, como si acabara de enterarse.

—¿Qué? —exclamó Eva.

Pasaban de las diez; Julia y Otto ya habían ido a la playa, ambos vestían traje de baño y tenían el cabello mojado. Julia llevaba un pareo que hacía juego con el sujetador del bikini negro. Otto había preparado el desayuno. Vestía bermudas y una camiseta blanca con un estampado de caracteres japoneses, recuerdo de su último viaje a Tokio.

—¿Acaso te mandas sola?

—¡Ay, papá! Si ya sabías que Capi estaba aquí.

—Cómo voy a saberlo, ni que fuera adivino. De haberlo sabido...

—Otto —dijo Julia en tono de súplica.

—Bueno, ¿y cuál es el plan? —preguntó Otto.

—No lo sé aún, pero ustedes serán los primeros en conocerlo.

Después de desayunar Otto les pidió silencio, tenía que conectarse por Skype con su cliente en Japón. El nuevo proyecto de su despacho era una tienda Cartier en el centro de Tokio, motivo por el que a veces trabajaba día y noche. Eva fue a su cuarto, se metió otra vez a la cama, tomó su celular, se sentó sobre la almohada con las piernas dobladas y escribió:

¡Hola!

Pasaron tres minutos, cinco, ocho sin recibir respuesta. Eva comenzó a desesperarse, diez minutos le parecieron una eternidad. A pesar de que era primavera y estaban en la playa, el ambiente era fresco, a veces frío por el aire acondicionado. Por fin, cuarenta y cinco minutos después sonó y vibró su teléfono entre las sábanas.

Hola, chaparra. ¿Dónde estás?

En el Grand Velas de Nuevo Vallarta, ¿y tú?

En la villa de mi papá. Te extraño.

Hace una semana que no sé nada de ti
y me haces falta todo el tiempo.

Lo sé, chaparra, lo siento ☹ He estado ocupado.
Tengo tremendas ganas de verte.

Capi escribía desde la terraza de la villa, miraba el mar, escuchaba las olas que reventaban y muy al fondo de ese sonido un zumbido que le había dejado la noche anterior. Estaba indeciso, hasta hacía unos días amar a Eva era lo más importante en su vida y no quería jugar con sus sentimientos, con los de nadie. En su interior sabía que Joana era un espejismo, un deslumbramiento, pero como un oasis, la ilusión del agua lo atraía. Dejó de mirar el mar y leyó.

Me gusta saber que estás, Capi. Cuando te pienso solo quiero sentir tus brazos.

Quisiera abrazarte ahora mismo y no soltarte.

Te sueño, te huelo, te presiento a cada instante de mi noche oscura.

Eva escribió con los ojos a punto del llanto y esperó la respuesta de Capi. Dos, tres, seis minutos después seguía con el celular en las manos, aguardando. *Odio estos momentos*, pensó. También pensó que no era momento de reclamarle y menos por WhatsApp, lo haría cuando estuvieran frente a frente. Cinco minutos más tarde volvió a encenderse la pantalla del iPhone.

¿Puedo ir a verte?

Sí.

Te veo a las 3 en la playa.

Media hora más tarde, a punto de que Eva y Dana bajaran a la playa, la vibración de su celular hizo que Eva pusiera los pies en la tierra, justo cuando metía en el bolso todo lo necesario: bloqueador, gorra, shorts, otro pareo, su ejemplar de *Carolina se enamora*, el cable del celular que le dio Dana. Era una notificación: «Paloma agregó una foto en la que apareces».

Abrió de inmediato Facebook y vio una foto de su amiga en Vail, vestida con todo su equipo de esquí, a punto de emprender un descenso: «Love you, bb. Te extraño, eres la mejor hermana que tengo». En la foto, Eva respondió: «También te extraño y te amo. Ve tu inbox». Pero antes de que le escribiera para contarle las novedades con Capi, fue a la pantalla de inicio y comenzó a deslizar hacia abajo. Vio fotos de sus amigas en vacaciones, algunas *selfies* de Dana con aires típicos de lobuki: *gloss* rojo en los labios y lentes oscuros. Encontró también fotos de la última noche de Esteban en las tornamesas de Vango antes de irse a Puerto Vallarta, y su mensaje de apoyo con la liga a un video de Sam Smith que ella no se había dado tiempo de revisar. Siguió bajando y bajando hasta que escuchó el grito de Dana: «¡Ya vámonos!».

Quiso apagar el celular y acudir al llamado de su hermana pero no pudo, algo la movió a seguir deslizando la pantalla hacia abajo. Pero aunque lo hubiera apagado y echado dentro de la bolsa de tela, solo era cuestión de tiempo para que viera la imagen que un segundo después tuvo ante los ojos, publicada seis horas antes: Capi en la playa, asoleándose al lado de una niña con lentes negros retro y diminuto bikini rosa, etiquetada como Joana Roca.

20

Habían quedado de verse a las tres en la playa del hotel de ella; faltaba más de una hora para la cita y Eva la viviría como la más larga de su vida. Al salir de la habitación que compartía con Dana se encontró a su mamá y le pidió prestados sus lentes oscuros de carey; Julia le dijo que no, que saldría a comer con su papá y los usaría. De cualquier manera, Eva se los llevó. *Son más bonitos que los de la tal Joana*, se dijo.

Antes de bajar a la playa entró al baño, se miró en el espejo y se alborotó el cabello rubio, agachándose hasta que la melena casi tocó el piso para luego levantarse deprisa; notó algunos mechones ondulados por la humedad del mar. Se retocó los labios con un *gloss* que tenía más brillo que color y se ajustó los lentes de sol, que le cubrían medio rostro.

Cuando por fin bajaron, su papá las esperaba apartándoles una palapa desde un par de horas antes. Otto las vio llegar y le pareció que Eva estaba distinta, más hermosa que cuando llegaron, como si hubiera sido una niña de doce años apenas ayer y hoy la viera en bikini. *Cada día más parecida a su madre*, se dijo, y alzó el brazo para llamar su atención.

—¡Acá, acá! —les gritó.

—Hola, papá —dijo Dana, quien llevaba sus Ray-Ban de aviador.

—El mar está muy picado, tengan cuidado si van a nadar. Su madre y yo iremos a comer con los Suárez; cincuenta kilos de camarones, ustedes se lo pierden.

—Tráeme uno, papi —pidió Dana, poniendo cara famélica.

—¿Un camarón?

—No, un kilito —respondió—. Un camarón no me sirve de nada.

Con los pies hundidos en la arena, las hermanas se instalaron en la palapa. Tendieron toallas sobre dos camastros que en el respaldo tenían el logo del Grand Velas y Dana, de su mochila con camuflaje verde militar, sacó un par de latas de Coca-Cola aún frías que dejó sobre una redonda mesita rústica de madera.

—¿Esos lentes no son los de tu mamá? —le preguntó Otto a Eva.

—Sí, ella me los prestó.

—¿Traen dinero, o les dejo?

—Mil pesitos, papi, déjanos mil pesitos —suplicó Dana.

—¡Ya, Dana! Quita esa cara, pareces damnificada de Groenlandia.

—¿Groenlandia? ¿Qué, me viste cara de pingüino?

—¿Pingüino? No hay pingüinos en Groenlandia —aseguró Otto.

—¿Ah, no? ¿Entonces...?

—Da lo mismo —intervino Eva—, mi papá ya se tiene que ir y tú lo estás entreteniendo —arremetió con tono molesto.

—Pidan lo que quieran al mesero, solo firmen. La piña colada está riquísima —recomendó Otto—. ¡Ah!, pero sin alcohol.

—Uy, pues así qué chiste —dijo Dana en el mismo tono de broma.

—¡Ya, Dana! Actúas como tonta —gritó Eva y un segundo después se arrepintió.

—Relájate —dijo Otto mientras volvía a ponerse la camiseta blanca—. Cuida a tu hermana, Eva, que no se meta sola al mar, está muy picado. —Antes de irse, cambió una Coca-Cola por una lata de agua mineral.

—Sí, papá —respondió Eva y dos minutos después, cuando Otto ya no estaba con ellas, le pidió perdón a Dana—. Lo siento, nena, pero no dejabas que mi papá se fuera y no quería que se encontrara con Capi.

—¿También quieres que me vaya?

—No, no, ya estoy más tranquila.

Eva se dejó caer en uno de los camastros y miró el mar. Lo vio embravecido, con olas que se alzaban como si una fuerza artificial las estirara lo más posible para luego soltarlas y dejar que se rompieran en mil pedazos al pie de la playa: un estruendo de millones de perlas de agua que desaparecían como espuma en un abrir y cerrar de ojos.

—A veces creo que no me quieres, que de la familia solo papá existe para ti —escuchó decir a Dana, acostada en el camastro contiguo mirando también el mar.

—No, no digas eso, por favor; ni lo pienses, eres mi hermanita y te adoro. Adoro a papá y a mamá, es solo que estoy nerviosa y cuando me siento así no sé lo que digo.

—Por Capi, ¿verdad?

—Sí, por él, viene a las tres y muero de ganas de verlo.

—Sí, te entiendo —respondió Dana con aires de sabelotodo.

Ambas abrieron sus latas de refresco al mismo tiempo, escucharon el silbido del gas que escapaba y dieron el primer trago simultáneamente.

—¡Guácala! ¿Qué es esto? —dijo Dana y vio su lata por arriba de sus lentes de sol.

—Creo que mi papá no quiere que tome Coca-Cola —dijo Eva muerta de risa—, ¿qué no viste cuando cambió los refrescos? Esa agua mineral era para mí.

—Pues toma tu cochinada de bebida, me llegaron las burbujas hasta el cerebro, mira —Dana se levantó los lentes e hizo bizcos.

Ambas rieron y siguieron viendo el mar, a los bañistas, a un grupo de niños que hacían un hoyo en la arena como si quisieran llegar a China, y a lo lejos un partido de voleibol que disputaban hombres contra mujeres; las mujeres iban ganando.

Pocos minutos antes de las tres de la tarde, Eva le escribió un mensaje a Paloma. Le dijo que estaba nerviosa, tanto, que incluso sentía frío en la playa. Paloma le respondió de inmediato y le preguntó qué llevaba puesto.

Muy bien ☺

Desde hace una hora estoy asoleándome.
Estoy hecha un fantasma ☹

Yo también. Aprovecha.

¿Cómo crees que será mejor que me vea cuando llegue,
bocarriba o bocabajo?

¿Tú qué crees?

Bocabajo.

Claro, hay más que enseñar en esa posición.

Me haces falta, te extraño horrible ☹

Paloma le respondió lo mismo, le recomendó además que se hiciera la dormida cuando Capi llegara y, lo más importante, que tuviera los audífonos puestos. Eva le pidió a su hermana que la ayudara a ponerse un poco más de bronceador en la espalda, y cuando Dana le preguntó si ella a su vez le ponía bloqueador, Eva respondió que no o nunca iba a agarrar color.

—Pero mi mamá dijo —opinó Dana.

—No hagas caso de todo lo que dicen las madres, pronto tendrás edad para tomar tus propias decisiones. Yo no quiero bloqueador —apuntó Eva.

Con los lentes de sol puestos mientras escuchaba la *playlist* que había escogido para esa ocasión, Eva, tumbada sobre la toalla que tenía también el logo del Grand Velas en alguna orilla, siguió mensajeándose con Paloma, quien la puso al tanto de su último día en Vail y lo mucho que extrañaba a Guilli.

Lo primero que haré después de aterrizar en
Guadalajara será llegarle a Guilli, ¿me acompañas?

Síiii ♥♥♥

Eva estaba atenta a todo: los mensajes de Paloma, la música que escuchaba, los comentarios que cada tanto hacía Dana sobre la gente que veía pasar y, sobre todo, de la hora, eran casi las 15:30; media hora de retraso y Capi no llegaba. Como no era el más puntual del mundo, Eva sentía que todo estaba bajo control aún, excepto el sol sobre su espalda.

Pero entonces, volvió a leer los últimos mensajes que se enviaron y no pudo evitar recordar la última vez que se vieron, en el hospital. Las rosas rojas que le llevó no sobrevivieron ni un día; de cualquier manera Eva guardó el botón que le pareció más entero, el cual terminó de secarse en una cajita de plata que había comprado en Taxco durante unas vacaciones que pasó en la Ciudad de México y sus alrededores.

Y con los audífonos puestos, no se percató de que Dana se había metido al mar ni de los vendedores de pulseras y figuras de madera que se acercaron a ofrecerle sus productos; tampoco se dio cuenta de que dos veces fue el mesero del hotel a ofrecerle la carta, la que dejó sobre la mesa de la palapa por si algo se le antojaba. Eva se dejó llevar por los recuerdos y la música. Recostada sobre su pecho, se durmió bajo el sol.

21

Se fueron de la playa poco antes de las seis. Eva tenía la espalda y las piernas rojas, quemadas, así como la mitad de la cara; el cabello no había sido suficiente para cubrirle el lado izquierdo. Dana cojeaba y tenía raspado todo el costado derecho, y peladas las rodillas: de milagro había salvado los Ray-Ban de la ola que la revolcó volteándola de cabeza mientras Eva dormía. Ni los gritos de la gente que auxilió a Dana la habían despertado; supo de lo sucedido hasta que su hermana llegó a la palapa chorreando agua y arena, llorando y con los lentes de sol en la mano.

Dos horas más tarde llegaron sus padres y ajustaron cuentas. Ambas ya estaban bañadas y, con la mirada fija en sus celulares, intentaban ocultar sus caras largas y lo que les había pasado en la playa; Eva se escribía con Paloma y Esteban, quien no quería perder la oportunidad de verla esa noche aunque Julia habría de tener la última palabra.

—¿Así que yo te presté mis lentes? —dijo su madre en cuanto Otto abrió la puerta, haciendo que Eva saltara del sillón.

—Creí que me los habías prestado, mamá.

—No mientas, no sigas mintiendo. Me los pediste prestados y fui muy clara al decirte que no, que los usaría. —Aún con el bolso colgado del hombro, Julia caminó hasta el sillón donde estaba Eva y la enfrentó—: Dámelos, dámelos ahora mismo.

—Están sobre la mesa —respondió Eva en voz baja.

—No puede ser que consigas lo que quieres, que te salgas con la tuya mintiendo. Ya no eres una niña, Eva. Tú sabes que lo que más detesto en la vida son las mentiras... —Julia seguía enfurecida cuando Otto la interrumpió.

—¿La mentira es lo que más detestas, dices? —reviró Eva, envalentonada—. ¿Y no te parece que ya hemos tenido suficientes mentiras en esta familia?

—¡¿Qué quieres decir?! —respondió Julia, iracunda.

—Si no mentiras, verdades ocultas —puntualizó Eva a punto del llanto.

—¿Qué pasa, qué está pasando? —interrumpió Otto, que no acababa de entender lo que ocurría—. Parecen niñas de cinco años peleando.

—¡Tú bien sabes de lo que hablo, papá! —chilló Eva—. No soy una inválida y tengo dudas y miedo, pero no soy tonta.

—Julia, por favor, estamos de vacaciones —volvió a intervenir Otto al ver que su esposa seguía furiosa, ni las lágrimas de Eva la ablandaban.

—Vacaciones —dijo tan solo Julia y aventó su bolso en el sillón, al lado de Eva. Sabía que había perdido, y hasta ese momento miró a Dana—: ¿Lloraste? Hija, ¿qué pasó? —le preguntó y se acercó al verle los ojos enrojecidos.

La estancia estaba en penumbra, la puesta de sol apenas alcanzaba a entrar por la ventana. Julia le pidió a Otto que prendiera la luz antes de escuchar a Dana.

—Me revolcó una ola.

—¿Cómo que te revolcó una ola? ¿Y tu hermana, dónde estaba? —preguntó Otto.

—Pues así, patas para arriba —dijo Dana e intentó hacer una maroma.

—Mira nada más, déjame verte —pidió Julia y Dana se subió la falda hasta la cadera, descubriendo una raspadura en todo el muslo—. Válgame Dios, niña.

No salían de su asombro cuando notaron que Eva estaba sentada como suspendida en el aire, no quería que su espalda ni sus piernas tocaran el sillón.

—Te lo dije, Eva, tienen que cuidarse una a la otra. Parecen niñas de tres años.

—Pero, papá... —Eva hizo un puchero.

—Pero nada, sabes que te pueden robar mientras estás dormida. ¿Ya revisaste tu bolso, no te falta nada?

—Deja eso, Otto, la niña se pudo ahogar.

—No soy una niña y sé nadar. Solo me revolcó una ola —se defendió Dana.

—A ti solo te revolcó una ola y a ti solo te chamuscó el sol; parecen santocristos en Viernes Santo —ironizó Otto.

La discusión entre Eva y Julia se desvió a Dana y Eva no sabía si agradecerle o reprocharle a su hermana; ella seguía enojada, comenzaba a hacerse preguntas y necesitaba respuestas. Pronto su futuro y su vida dependerían de esas respuestas.

Julia fue a su habitación a buscar con qué curar a sus hijas. Para Eva trajo pasta de Lassar y para Dana, merthiolate en spray; a punto de aplicárselo, notó que todavía tenía arena en la herida y le dijo que tenía que bañarse de nuevo, limpiarse mejor. Le dio la pasta a Otto y le pidió que se hiciera cargo de Eva.

Desde que sus padres llegaron, Eva tenía ya catorce notificaciones en su celular, el cual no había dejado de vibrar; la mayoría eran mensajes de Esteban, que la invitaba esa noche a una fogata en la playa.

Estará todo el mundo

Pero a Eva sólo le importaba una persona: Capi.

—Vamos a tu cuarto —ordenó su papá y le dijo que se recostara.

—¡Ay, me duele! —escuchó a Eva quejarse bocabajo en la cama.

Una hora más tarde, mientras cada una cenaba un sándwich de pan blanco y Otto y Julia solo té y café, Eva pidió permiso para ir con Esteban a una fiesta.

—¿Qué? ¿Después de que mientes y dejas a tu hermana sola en el mar? No, por supuesto que no vas. Además, no puedes ni moverte —increpó Julia.

—Papá —suplicó Eva.

—Lo siento, ya oíste a tu mamá. No hay permiso de salir.

—Papá, por favor.

—Eva, no insistas —intervino Julia.

Eva no dijo nada más, hizo a un lado su sándwich y pensó que sus padres eran unos exagerados e injustos. Con el celular entre las piernas leyó el último mensaje de Esteban, donde le decía que a las diez pasaría por ella. Respondió «Ok» y comenzó a planear su fuga.

22

Desde el lunes Capi le había enviado la solicitud de amistad a Joana y aún no recibía respuesta. Intentó entrar a sus fotos, pero a excepción de lo que ya había visto, todo era privado. El miércoles al mediodía comenzó a seguirla en Twitter después de pasarse día y medio buscándola; rastreó su huella con amigos de Facebook en común hasta que encontró una publicación que decía «*Posted photo on Twitter*», y descubrió que tenía el nombre de usuario *@flornegra*. Dedujo que era ella; aunque su foto de perfil era una boca mordiendo una piedra, la reconoció por los labios, finos como una línea de trazo fuerte, y por el *piercing*.

Joana aceptó la solicitud de amistad de Capi hasta la mañana del jueves, mientras estaba en Manzanillo. Ese día en Puerto Vallarta no fue diferente a los anteriores, Capi se levantó después de la una de la tarde y lo primero que hizo fue revisar su celular. Joana no solo había aceptado su amistad sino que le dejó una carita sonriente en su muro y le dio *me gusta* a varias de sus publicaciones, entre ellas una foto suya del año anterior tirando una patada *nako chagui* en su examen de primer dan de taekwondo.

De inmediato le mandó un «Hola» por inbox y preguntas sobre cómo le había ido de viaje, qué le parecía Manzanillo, hasta cuándo estarían allí, qué tal los «tíos» de aquellas playas. Joana le respondió a todo con largas explicaciones, le expuso su parecer sobre una ciudad y otra, dijo que la gente le parecía «siempre la misma, y fatal». Le escribía tanto que a Capi se le iban los globos más rápido de lo que podía leerlos, hasta que Joana paró con la pregunta: «¿Y cómo estás del culo, quemado aún?».

Entre el ir y venir de mensajes, Capi vio por fin sus notificaciones y le sorprendió una: «El Turco Hawa agregó una foto en la que apareces». Era de Joana y él en la playa, hacía unos días; Capi salió de la cama como impulsado por un resorte y fue a la sala de la villa, donde estaban sus amigos.

—Pedazo de imbécil, ¿quién te dijo que publicaras esa foto? ¡Elimínala inmediatamente! —le gritó al Turco.

—Uy, qué genio, no sabía que tenía que pedirte permiso.

—¿Pedirme permiso? Cómo se te ocurre poner esa foto, Joana y yo casi en pelotas en la playa; seguro que ya la vieron Eva, Joana y todo mundo. ¡Elimínala! —volvió a ordenarle, y le lanzó una patada al hombro.

El Turco estaba sentado en un sillón al lado de Juan Enrique y Esteban, tomó su celular y quitó la foto; luego se sobó el golpe de Capi, quien volvió a su cama a seguir escribiéndose con Joana por un buen rato más. *Eva*, se dijo, y volvió a levantarse sobresaltado. Tardó solo dos pasos en llegar al baño. En ese trayecto le escribió: «Voy tarde, chaparra, espérame».

—¿Vas a comer algo? —le gritó Santiago, sartén en mano.

—No, no alcanzo.

Cinco minutos después, con el cabello aún empapado y bañado en loción, salió corriendo sin decir adiós ni esperar a que Santiago lo acompañara. «Espérame, voy contigo», alcanzó a oír antes de cerrar la puerta. Subió a su auto y arrancó haciendo un escándalo de grava y polvo en el estacionamiento.

Las siguientes dos horas fueron un limbo de tiempo en el que Capi no supo en qué momento se perdió en una marea de reproches, hoteles y playas sin ilusiones. *Soy un imbécil*, se repetía. Eva era su novia y él se había prometido estar con ella, aunque después se arrepentía y el miedo lo cegaba: ¿cómo reaccionar si, estando juntos, Eva sufría un ataque epiléptico? ¿Qué diría la demás gente? *Demonios, odio sentirme siempre a la mitad.*

«La mediocridad es la esencia de los cobardes». *Sí, ya lo sé, papá, no quiero ser un mediocre,* repetía en voz alta como si su padre viajara en el asiento del copiloto. Entre cuarta y quinta, el rugido del motor le trajo el recuerdo de Joana en la playa, su bronceado, su sonrisa marcada por un *piercing*. La recordó tan vivamente que sitió una punzada en la entrepierna. En el fondo Capi no se sentía un mediocre sino un cobarde, y prueba de eso era que desde que salió de Guadalajara había estado borrando el historial de mensajes de todas sus aplicaciones.

Llegó a Nuevo Vallarta directo al Grand Bay, y de ahí al Marival, Bel Air, Occidental Grand... suntuosos hoteles llenos de gente y de señalamientos que lo confundían en su camino a la playa, recorrido que le implicaba hasta quince minutos desde la recepción y en el que tenía que decir mil veces «con permiso», debía esquivar a turistas despistadas o rodear una alberca kilométrica. *Demonios, en qué hotel está Eva, por qué borré sus mensajes,* pensó Capi, furioso por su distracción.

En el último hotel le escribió preguntándole dónde se hospedaba. Se arrepintió de haber salido tan rápido sin esperar a Santiago, él siempre tenía una solución para todo. Afuera de su auto, bajo un árbol de tabachín en flor plantado en el estacionamiento, esperó unos minutos a que Eva respondiera. *Esperaré lo que duran tres rolas de James Blake,* pensó. La puerta del coche estaba abierta, el *bip-bip* sonando, el aire acondicionado a todo lo que daba, más frío que la música envuelta en recuerdos. Celular en mano, Capi daba pequeños pasos en círculos, esperando lo que presentía cada vez más claramente: Eva no respondería. *Eres un pendejo,* se repetía, y con la mano con que empuñaba el celular se golpeaba la frente. *Eres un pendejo*. Esperó ante la pantalla negra de su iPhone. Nada. No tuvo respuesta, y mientras regresaba a la villa con el teléfono en el asiento del copiloto, por fin se encendió la pantalla del celular.

No estoy en ningún hotel, tío, me quedo en la casa
de una amiga en Manzanillo, ¿te apetece venir?

23

El tiempo ha dejado de funcionar, es una rueda que gira hacia atrás, un mecanismo atascado entre el pasado y la realidad. Tengo dos días esperándote, dos semanas; tantos silencios y tú no llegas, no estás. Parece que nunca exististe. ¿Qué soy para ti, Capi? ¿Qué represento en tu vida después de tus amigos, el futbol, el taekwondo? Nada. Estuve horas bajo el sol y no llegaste. Me duele todo el maldito cuerpo, la espalda, las piernas. Cómo pude quedarme dormida cual Bella Durmiente bajo el sol, como dijo mi papá mientras me embarraba todo el cuerpo con esa pomada asquerosa. No puedo sentarme en ningún lado, me duele mucho. Me dueles tanto. Todo cambió a partir de mi cumpleaños. No quiero mencionar la enfermedad: si no la invoco, quizá deje de existir.

¡Odio ser tan cobarde!, ¿Por qué no lo llamo de una buena vez y le digo lo que siento? ¿Por qué no puedo ser con él como soy con mis amigas, sincera y directa? Bueno, solo con Paloma y con Majo soy así, con las demás personas prefiero pasar inadvertida, que nadie note mi presencia en el salón de clase o en el sitio donde esté. Prefiero que nadie me reconozca.

Me choca que Capi sea tan presumido, tan seguro de sí. No niego que eso fue lo que me gustó de él, lo que más me llamó la atención cuando lo conocí en primero de prepa. Él venía expulsado del American

School; llegaron con una larga lista de reportes y una fama tal, que hizo que todas las niñas del Tec quisieran con él. Bueno, digo que llegaron porque Santiago venía en el paquete. A él no lo corrieron del American School, se cambió porque quiso, porque Capi se iba. Es un lindo, nada que ver con el otro. No sé qué sería de su vida y sus calificaciones sin Santi. A veces creo que es más su novio que yo; es más, no sé si sigo siendo su novia, a estas alturas no sé nada de nada. Solo sé que hay una foto en la playa: Capi y esa chica. Las cosas no pueden quedarse así. El silencio no es la mejor explicación, aunque las imágenes digan más que mil palabras.

Si no fuera por Esteban no sabría nada de Capi. También él es lindo, atento, servicial; un gran niño, aunque a veces creo que le gusto. Paloma ya me lo había dicho, que soy el *crush* de Esteban. ¡Ash! Odio que sea verdad. Lo cierto es que sí, creo que le gusto pero a mí no me late, yo solo puedo pensar y sentir y vivir para Capi. Él es el único hombre al que he besado realmente. Me gusta estar en sus brazos, sentir cómo me abraza fuerte contra su pecho y me levanta del suelo en instantes que quisiera que nunca terminaran, aunque ahora no sepa nada de él y sienta que lo odio, que se burla de mí, que me ignora y no lo soporto. Que me pone el cuerno.

¿De dónde salió esa tipa?, ¿quién es?, ¿cómo la conoció Capi? Seguramente me dejó plantada por estar con ella en la playa. Joana Roca es la chica de la foto. Traté de ver su Facebook y no pude. ¡Ash! La odio. Solo pude descargar la foto con Capi, la he visto una y otra vez. Sé que la conozco, que la he visto antes. Demasiado flaca, demasiado rapada, demasiado loca, demasiado segura. Se nota que maneja el tiempo y a los hombres a su antojo. En la foto se nota que Capi está embobado, conozco esa cara, esa mirada cuando sume la panza, su pose de superhéroe de Marvel. Ya son amigos en Facebook, y esa carita que ella puso en su muro... La odio y reconozco que el tiempo se me va, que no puedo esperar a que él llegue a «rescatarme», que no puedo simplemente cruzarme de brazos. Tengo que hacer algo, echar a andar el cerebro; no hay tiempo que perder. Tengo que enfrentarlo hoy o nunca. Esta es mi última oportunidad. Esta es mi última vida.

24

Las siguientes dos horas fueron determinantes para Eva y tuvo que afrontar lo que más difícil le parecía: tomar decisiones. La foto de Capi y Joana en la playa, que desde lejos tomó el Turco Hawa y puso en su muro de Facebook, ya le había dado la vuelta a tres colegios y cuatro preparatorias de Guadalajara. Paloma y Majo ya la habían descargado también y estaban en la tarea de investigar todo acerca de Joana Roca. Paloma tenía más de veinte amigos en común con ella, Majo solo cuatro y Eva ocho, pero Paloma le dijo que no moviera un dedo, que ella y Majo le pasarían en las próximas dos horas un informe detallado de la tal Roca.

No había más que esperar noticias de sus amigas y a que sus padres se durmieran para poder escapar del hotel. El plan no pintaba nada fácil: se hospedaban en un quinto piso y desde el balcón de su habitación eran por lo menos quince metros hasta el suelo. Eva se asomó sacando medio cuerpo del barandal y solo vio la alberca, las copas de las palmeras atiborradas de cocos y a un grupo de jóvenes —calculó que eran mayores que ella— recostados en los camastros o sentados, fumando y brindando con cervezas. Hasta el balcón llegaban sus risas, Eva las escuchaba más cercanas y nítidas que el vaivén de las olas. *¿Y si salto y no caigo en la alberca?*, pensó y se quedó viendo el vacío. El miedo la sobrecogió pero tenía que decidirse; esa era su oportunidad para enfrentar a Capi y no tendría otra, estaba segura de que no se le presentaría. Necesitaba dejar de ser una niña, tomar decisiones. El viento le revolvía el cabello, refrescaba la noche, la más importante de su vida.

En la habitación estaba Dana con el celular en las manos y los audífonos puestos. Hasta el balcón llegaba el murmullo de la música incrustada en los oídos de su hermana; también llegó el grito de su mamá, diciendo que fueran a cenar en ese momento. Eva miró la hora en su celular, Esteban había quedado de pasar por ella a las diez de la noche y sus padres apenas estaban cenando. No había manera de distraerlos: si iba a sentarse con ellos, se alargaría más la cena y la acosarían con preguntas. *Parece que es lo único que saben hacer los padres: preguntar, como si no lo supieran ya todo,* pensó Eva y tomó el libro que estaba sobre su cama, le hizo un movimiento de cabeza a Dana señalándole la puerta y fue al comedor.

—Me voy a la cama, buenas noches —les dijo a medio camino; el comedor estaba lleno de periódicos de varios días, fruta, un ate de membrillo en forma de conejo al que ya le faltaba la cabeza, unas bolsas del súper con naranjas para el jugo de la mañana siguiente y la computadora de su papá—. No tengo hambre y tengo mucho que leer —concluyó y levantó el libro hasta la altura de su cara: *La sombra del viento,* leyeron sus padres.

—¿No lo habías leído ya? —dijo Julia con una taza de té en la mano—. ¿Ya te tomaste la medicina?

—Sí, solo que quiero memorizarlo —ironizó Eva y se dio media vuelta—. ¡Ah! Y ya me tomé la medicina.

—Dile a Dana que venga a cenar —escuchó a su mamá antes de cerrar la puerta del cuarto.

Dana salió por un par de quesadillas que puso en un plato sopero y volvió a la habitación sin decir buenas noches; tenía cosas más importantes que hacer que compartir la mesa con Julia y Otto, quienes cedieron a todo, pues no querían más discusiones.

A las 23:30, y luego de una larga conversación por WhatsApp entre Eva y Esteban, ella por fin oyó que sus padres ya no seguían en el comedor del departamento, se habían ido a la recámara y tenían la televisión encendida. Julia reía.

Eva volvió a repasar con Dana el plan de escape. Más de una hora le costó convencerla de que no podía ir. Tuvo que prometerle tantas cosas: que le prestaría, todas las veces que quisiera, sus blusas y collares; que la enseñaría a usar tacones y que en Guadalajara la acompañaría, sin remilgos, a Andares todas las veces que ella quisiera, solo así guardaría silencio y la cubriría en caso necesario.

—Firma aquí —le dijo Dana y puso frente a ella un papel en blanco.

—Si no dice nada. ¿Cómo quieres que firme un papel en blanco?

—Firma —repitió terminante y le puso una pluma en la mano—, o no hay salida. Quieres que me pierda lo mejor de las vacaciones por quedarme aquí, cuidándote la espalda.

—Sin ti no lo podría lograr. En estos momentos eres más mi cómplice que mi hermana y hay pactos que se firman con sangre —acentuó Eva usando las palabras precisas, pero sin saber si Dana las entendía.

—Firma entonces con sangre.

—¡Estás loca! —chilló Eva quedamente.

—¡Firma aquí! —volvió a repetir Dana, se levantó de la cama y fue al baño por un alfiler—. Yo también lo firmaré —dijo, y se pinchó el pulgar izquierdo.

—Definitivamente estás loca —aseveró Eva y se pinchó a su vez un pulgar, el derecho. Ambas pusieron su roja huella dactilar en el papel.

Después de eso, Dana dobló el papel en cuatro partes y le dijo que desde ese momento la pijama de Hello Kitty pasaba a ser de su propiedad.

Dana la ayudó a ponerse la blusa blanca con bordados ocres en el pecho; no pudo cepillarse el cabello, no podía levantar demasiado los brazos y mucho menos echarlos hacia atrás, y tampoco consintió en que su hermana lo hiciera. Lo difícil fue ponerse los jeans, lo intentó con sus favoritos y no pudo, era como si una lija de agua le recorriera la piel. Probó con otros y sucedió lo mismo. Desistió de los pantalones y se llevó una falda larga y huaraches de cuero. La prueba de los pantalones casi la hizo llorar: estaba molesta, adolorida, y sobre todo ardida.

Cruzó de puntitas la suite, pero antes se desvió un poco hasta la puerta cerrada de sus padres. La televisión seguía encendida, aunque Julia ya no reía. Aguzó el oído y por fin los escuchó, hablaban de ella; por el ruido de la televisión no entendía todo lo que decían pero ella era el tema de su conversación, de eso no tuvo la menor duda. Siguió su camino, abrió la puerta principal poco a poco y salió.

Cerró de igual manera y luego caminó aprisa por el alfombrado pasillo. Esteban ya se había ido y regresado tres veces, ahora la esperaba en el estacionamiento del hotel; Eva lo vio al volante del auto de Capi.

—¡Vámonos! —lo apuró Eva para que arrancara—. ¿Dónde es la fiesta?

—¡Por fin, por fin! —gritó Esteban a los cuatro vientos y trató de abrazarla.

—¡Auch! —se quejó—. Es que estoy muy quemada.

—Perdón, perdón. ¡No me digas que te dormiste bajo el sol!

—Sí, ¿quién te lo dijo?

—Típico. En realidad no es una fiesta, es una lunada en la playa de Los Muertos. ¿Ya viste la luna? —Eva se asomó por el parabrisas del auto, y no vio nada.

—No la veo.

—Se escondió, pero hay luna llena y también hay bombones, salchichas, palomitas y mucho, mucho alcohol —enumeró Esteban y aceleró a fondo.

La música los hacía hablar a gritos; a pesar de que era casi medianoche, había tráfico en la carretera entre Nuevo Vallarta y el puerto, pues era jueves de Semana Santa. Al entrar al pueblo el tráfico empeoró, Esteban desaceleró casi hasta llegar a cero. Iban con las ventanillas abajo y el quemacocos abierto.

—Vamos a pasar antes al Oxxo a comprar más chelas, hielo, papas y lo que tú quieras, lo que se nos antoje. —Esteban miró a Eva con aire resuelto. El auto estaba parado en medio del tráfico.

—¿Quién más está en la fogata? —Eva lo miró un tanto nerviosa, insegura; la luz del auto de atrás iluminaba su perfil izquierdo.

—Está todo mundo: Santiago, el Turco Hawa, Juan Enrique, sus hermanas Rebeca y Cecilia, unas niñas del Teresiano que quién sabe cómo se llaman... Media Guadalajara.

—¿Y Capi?

—Ah, Capi, lo olvidaba. ¿Este es su coche, sabías?

—Claro, tonto. Supongo que te mandó por mí.

—No, él no sabe que vine por ti; hace dos horas y setecientos mensajes que salí con el coche por más cervezas. Eres mi invitada —aclaró Esteban. Desvió el auto y se estacionó en batería, frenó de golpe y volvió a mirarla de frente, fijamente; se acercó tanto que Eva sintió que iba a besarla, pero no lo hizo y bajó del auto.

—¡Aquí te espero! —gritó ella y lo vio alejarse con sus audífonos verde neón colgados al cuello. De dos zancadas estaba adentro de la tienda.

La luz del Oxxo entraba por el parabrisas e iluminaba el interior del Ibiza como si fuera de día. Eva vio a una docena de personas dentro de la tienda; aprovechó para escribirle a Paloma, preguntándole si tenía noticias de la Piedrita, como ya llamaban a Joana Roca. Instantes después vibró su celular. Eva vio la hora: pasaba de la medianoche.

¿Tienes noticias de la Piedrita?

Es una españolita baja novios, culpable de varios truenes. Es una *bitch*.

Eso ya lo sabíamos, que es una *bitch*. Lo más importante: ¿sigue en Puerto Vallarta?

¡Oh, cielos! No sé, dame unos minutos y te informo.

Ok, ya viene Esteban, te escribo al ratito. Love you.

Esteban regresó con cuatro bolsas que echó por la ventanilla al asiento trasero del coche, subió y notó seria a Eva.

—¿Me perdí de algo?

Eva comenzó a preguntarle por lo que él y sus amigos habían hecho en Puerto Vallarta en los días pasados; aunque ya se lo había contado por WhatsApp, quería que se lo volviera a decir en persona. No sabía cómo sacar a colación el nombre de Joana: no quería preguntarle directamente, así que daba vueltas con las palabras. Temía llegar a la fogata y encontrar a Capi con esa mujer. Se moriría de vergüenza, aunque sabía que Esteban se lo diría; estaba segura de que no la llevaría a un lugar donde se encontrara su novio con otra chica. En ese momento cayó en cuenta de que cuando se tomó la foto de Joana y Capi en la playa, Esteban aún no llegaba a Vallarta. *Entonces quizá no sabe nada*, pensó. *Pero no, seguro que sabe todo, los hombres son tan presumidos.*

Se le hizo eterno el trayecto hasta la playa, aunque solo fueron diez minutos. Esteban hablaba poco, a veces cantaba o tarareaba la canción que escuchaban; no movía la mano de la palanca de velocidades, a pocos centímetros de la pierna de Eva. Cuando paró el auto, ella por fin le dijo:

—Esteban, tengo que preguntarte algo.

—Sí, dime.

—¿Por qué me mentiste el sábado pasado, cuando dijiste que Capi no estaba en Vango? Si él me habló desde ahí.

Esteban se puso nervioso, tragó saliva; no sabía qué responder, no quería más preguntas sobre los días pasados en Vallarta. Estaba seguro de que Eva en cualquier momento le preguntaría por Joana, y ya había tenido suficiente con los gritos entre Capi y el Turco Hawa esa tarde. Sacó la memoria USB del estéreo del auto y respondió con otra pregunta:

—¿A qué hora te llamó?

—No sé, a las dos de la mañana quizá.

—No te mentí. A esa hora Capi ya no estaba en Vango. Sí fue, pero solo estuvo un ratito. Desde la tornamesa lo vi salir.

—¿Quién iba con él? ¿Santiago?

—No vi a Santiago, solo al Turco Hawa —respondió Esteban y no quiso continuar con el interrogatorio. No mentía, pero sentía que delataba a sus amigos.

Era como estar entre la espada y la pared: Eva era la chica que más le gustaba, creía que lo suyo con ella había sido amor a primera vista. Desde el momento en que la conoció, ya como novia de Capi, le pareció la niña más hermosa del universo; tenía algo en la mirada, en las pausas de su voz, que le aceleraba los latidos del corazón. Sabía que Capi no la merecía, no la valoraba, le mentía; con ellos hablaba de otras mujeres. Pero él no podía hacer nada, tampoco era capaz de traicionar a su amigo, menos bajarle a la novia.

—¿Entonces de dónde me llamó?

—No sé, eso pregúntaselo a él —concluyó Esteban y salió sin dar tiempo a más preguntas.

25

Esteban no quiso que Eva cargara nada, él se las arregló con las cuatro bolsas de la compra y el hielo; sacó todo del auto de un tirón. Se notaba molesto. Entraron por el hotel San Marino, donde estaban hospedadas las chicas del Teresiano que fungían como anfitrionas. Antes de pisar la playa, Eva se detuvo y dejó que Esteban avanzara: vio la fogata y a una veintena de chicos alrededor de ella. Las llamas eran enormes y parecían aumentar la música y las risas de gente que Eva apenas conocía, entre ellos Andrés Navarro, el ex de su mejor amiga. Se sintió un tanto fuera de lugar, no estaban sus amigas. Echó un vistazo y no alcanzó a ver a Capi; percibió su ausencia desde el primer instante. Se sintió sola.

—¿Qué pasó? —gritó Esteban, de pie en mitad de la playa.

—Voy —contestó Eva.

Se quitó los huaraches, se levantó la falda hasta las rodillas y caminó; sus pies se hundían en la arena aún tibia. Llegaron a la fogata y Esteban soltó las bolsas, puso el hielo en una cubeta y gritó:

—Chicos, ella es Eva.

Más de uno dijo «mucho gusto», pero la mayoría no hizo caso. Santiago se levantó de inmediato y fue a saludarla, luego buscó un lugar para que se sentara.

—¿Cómo estás? —preguntó—. Sé que estuviste en el hospital.

—¡Ah, sí!, pero ya estoy bien —respondió Eva sin darle mucha importancia.

—¿Quieres algo de tomar? —ofreció Santiago.

—Aquí está tu cerveza —intervino Esteban y se sentó al lado de Eva.

Veinte minutos y dos cervezas después, entre el reventar de las olas Eva escuchó la risa de Capi, volteó a ver de dónde venía y lo vio caminando por el muelle con un par de chicas; no traía camisa y sus pantalones amarillo canario estaban remangados hasta las rodillas. Le resultó más visible por una enorme estructura de metal que semejaba un velero al final del muelle; notó que cambiaba de color cada cierto tiempo. En lo que Capi llegó hasta la fogata pasó del rosa al morado, luego al rojo. Eva miró al cielo, estaba negro. Seguía sin ver la luna.

—Ho... Hola —dijo Capi, sorprendido de que su novia estuviera ahí.

—¿Te sorprende verme? —contestó Eva con desdén y miró a las chicas.

—Conocíamos el nuevo muelle. Ella es Rocío, y ella es Laila.

Eva no respondió; en eso, el Turco Hawa llegó desde atrás y, como si se hubieran puesto de acuerdo, se aproximó a ellos y se llevó a las chicas, momento que Eva aprovechó para ir hacia Esteban. Al llegar junto a él le pasó el brazo por la cintura, gesto que al DJ le extrañó y que aprovechó para abrazarla también.

Eva se aferró a su lata de cerveza, estaba nerviosa, creyó sentir frío; oía sin escuchar la conversación de Esteban con otra chica y reía si los demás lo hacían. Capi seguía de pie sin saber qué hacer, solo la miraba. Apretó los dientes, gesto que Santiago identificó de inmediato. Se levantó del tronco en el que estaba sentado, abrazó a su amigo por los hombros y fueron a la hielera por una cerveza para cada uno.

—¿Qué hace aquí Eva? —preguntó Capi más que extrañado.

—Llegó con Esteban —respondió Santiago.

—¿Qué le pasa a ese güey? —dijo Capi, refiriéndose a Esteban—. Está con mi novia. Le presté el coche para que fuera por más chelas, y llega con ella. Primero el baboso del Turco publica una foto mía en la playa con otra chica, y ahora este; pinches amigos que me cargo.

Al otro lado del fuego, Eva reía con Esteban y una de las chicas del Teresiano como hace mucho no lo hacía. Poco a poco comenzó a sentirse cómoda entre esos desconocidos; aunque el brazo de Esteban le pesaba sobre los hombros y lastimaba sus quemaduras, se aguantó y siguió brindando como si nada. Casi una hora después, luego de varios bombones al fuego, le pidió a Esteban otra cerveza, momento que Capi aprovechó para ir y plantarse a su lado.

—Hola —volvió a saludar y Eva no respondió—. ¿Qué te cuenta ese tarado?

—No es ningún tarado, es tu amigo.

—Mi amigo, ¡ja! ¿No crees que estás bebiendo demasiado?

—Ahora sí te vas a preocupar por mí. Te estuve esperando más de tres horas; me achicharré bajo el sol y nunca llegaste. No he sabido nada de ti en casi dos semanas. Me mientes diciendo que estabas en Vango y luego me dejas plantada.

—¿Vango? ¿De qué hablas?

—Hace una semana me hablaste por teléfono, en la madrugada, y me dijiste que estabas en Vango, borracho.

—Hace una semana, ¡por Dios! Si no recuerdo lo que hice ayer, y quieres que recuerde lo que pasó hace una semana.

—¡Eres un mentiroso, eso es lo que eres! —dijo Eva alzando la voz. Nadie escuchó nada; el Turco y Andrés Navarro conversaban con unas chicas sobre un próximo viaje a Australia, solo Santiago seguía pendiente de Eva y Capi.

—Fui a verte, a estar contigo, pero me equivoqué de hotel; recorrí todos los malditos hoteles de Nuevo Vallarta buscándote y no te encontré.

—Te mandé mi ubicación por mensaje, ¿por qué no lo revisaste?

—Te escribí diciéndote que iba tarde, que me esperaras, y no me respondiste —contestó rápido Capi para ocultar que había borrado su mensaje.

—No me llegó. Me hubieras hablado por teléfono, para eso son estos aparatos: se llaman celulares y sirven para hablar con las personas —increpó Eva alzando su iPhone hasta las narices de Capi.

—Está bien —Capi alzó la voz para tratar de dominar la conversación—, me equivoqué y se lo mandé a otra persona.

—¿A quién, a Joana Roca?

Capi guardó silencio. Efectivamente, se había equivocado de destinatario y sus mensajes le llegaron a Joana Roca. Bajó la mirada.

—Eva...

—¿Sabes qué? No sé a qué vine. No sé qué hago aquí, o lo que quieres de mí. No sé ni por qué te hago caso y te escucho. —Al terminar de decir esto, unas lágrimas rodaron por sus mejillas. Esteban, cerveza en mano, los miraba a la distancia, y Santiago le dijo al oído que no se metiera.

—¡Ay!, no seas exagerada. La acabo de conocer, hace unos días; es una niña española del Costa y además resultó ser amiga de mis primas, las Flores.

—Sí, sé que tienen muchos amigos en común, ciento dieciséis para ser exacta. Y sé que es catalana, que no es lo mismo que ser española.

—¿Ah, no? ¿Entonces?

—En teoría sí, es solo que ellos no se sienten españoles. Pero no vine a hablar de ella; no sé ni qué es todo esto —sentenció Eva y se empinó la cerveza hasta el fondo.

—No tomes más, por favor, chaparra.

—¡Y no me digas así! —le respondió furiosa y se levantó alzándose la falda para caminar con pasos largos, hundiéndose en la arena, hasta el borde de la playa.

Capi no sabía qué hacer, por un lado estaba el recuerdo de Joana y la obsesión que de inmediato le produjo; por otro, la seguridad que sentía con Eva, todo lo que habían vivido juntos, lo mucho que la quería. Decidió vivir el presente, en ese momento ella estaba ahí con él, en una noche que podría ser inolvidable.

El mar recorría la costa con su lengua de espuma y sal; llegaba hasta los pies de Eva, los acariciaba. El agua estaba fría y le mojaba el ribete de la falda. Caminó dos pasos más hacia la noche, el océano le reventaba en las piernas. Miró al cielo, había estrellas, algunas nubes: Eva buscaba la luna.

—¡Eva, Eva! —Escuchó la voz de Capi cada vez más cerca; no volteó. Como si quisiera huir de esa voz, caminó mar adentro—. ¡Eva! —oyó más fuerte y más cerca a Capi—. Por favor, Eva. —Por fin llegó hasta ella y la abrazó por la cintura—. Viniste porque sabías que yo estaría aquí. Viniste porque querías verme. Viniste porque me quieres y eso, en este preciso momento, es lo único que me importa —le dijo al oído.

Abrazados, con el mar hasta la cintura, vieron el horizonte. El cielo se abría, dejaba caer sobre ellos su manto estrellado y la luna por fin los miraba; las luces de dos o tres embarcaciones titilaban en medio de la oscuridad. Sintieron las olas embravecidas que reventaban sobre el pecho de Eva, sin embargo, Capi tenía los pies bien plantados en la arena y nada lo haría naufragar.

Era la primera vez que coincidían en la playa, su primer beso a la orilla del mar. Capi tomó sus mejillas ahí mismo, en el reventadero de la playa de Los Muertos, con el agua hasta la cintura, hundió los dedos en su cabello y atrajo su rostro al suyo; juntó su boca a la de ella, sus dientes se rozaron. Por primera vez Eva sintió cálido el beso de Capi, el suave roce de su lengua. Se abrazó a él al notar que sus pies se hundían en la arena, que el agua salada y fría le erizaba la piel, le hinchaba los pezones, y encontró firme el pecho de Capi, su abrazo fuerte. Sin importarle el ardor de su piel se aferró a él, se sostuvo no solo de su cintura sino de sus besos, de ese vaivén oceánico que le revolvía la sangre de un lado a otro al mismo ritmo de sus labios dentro de los labios de Capi.

Alguna barbaridad gritaron sus amigos desde la fogata, otros hicieron sonidos de pirotecnia, otros más chiflaron y aplaudieron. Hasta ese momento escucharon la música, las risas y las porras de los demás. Eva abrió los ojos y lo primero que vio fueron los labios de Capi, enrojecidos y húmedos; luego sus ojos, sus pestañas oscuras y densas. Los párpados de Capi se abrían y cerraban con la lentitud de una luciérnaga.

—Te quiero, chaparra —le susurró al tiempo que la gran vela del muelle cambiaba de color a un rojo intenso, tan vivo como su deseo.

—¿Me quieres aunque esté malita de mis facultades mentales? —murmuró ella.

—Te quiero, chaparra —repitió Capi.

—¿Aunque me dé un apagón en mitad de... un beso?

—Te quiero, chaparra.

—¿Aunque...? —Eva iba a continuar y Capi le cerró los labios con un tenue beso.

—Aunque tu mundo comience a girar al revés, te quiero. Nunca lo dudes.

Cuando volvieron a la fogata, quien más celebraba a la pareja era el Turco Hawa. Santiago, solícito como siempre, les ofreció una toalla para secarse y algo de beber; cuando Eva dijo que otra cerveza, Capi trató de convencerla de que ya no tomara. «Solo dos tragos», dijo ella y aceptó la botella de Corona. Miró a todos alrededor del fuego y notó la ausencia de Esteban. Preguntó por él; nadie supo decirle dónde había ido. Lo cierto es que ya no volvió a verlo en toda la noche.

—Ven, acompáñame, tengo algo que mostrarte —le dijo Capi y se dejó llevar tomada de su mano.

Fueron hasta ese gran velero de metal que cambiaba de color en la punta del muelle; Eva sintió el corazón latirle con tanta furia que por primera vez lo escuchó, botaba en su garganta como un pájaro sin alas. *¿Y si lo dejo volar?*, se preguntó, *¿y si me dejo llevar a ese instante de luz que Capi tanto quiere?* Llegaron hasta el último peldaño del muelle, desde donde zarpaban las lanchas y los veleros, las pangas y los sueños hacia islas de paraísos perdidos, solo que ahora, en mitad de la noche, la oscuridad era la única verdad ante sus ojos.

Capi metió la mano en un bolsillo y la sacó hecha un puño. Dijo que le tenía un regalo, algo que un pez había puesto en sus manos para ella; le pidió que cerrara los ojos y contara hasta tres antes de abrirlos.

—Uno, dos, tres —contó Eva y lentamente, con la misma rapidez con que Capi abría la mano, abrió los ojos y vio un pequeño dragón que se comía la cola; quizá era de plata o de cobre, estaba manchado por el óxido del tiempo—. ¡Qué lindo!

—¿Te gusta? —dijo Capi y le contó una historia digna de Julio Verne—: Me lo encontré en el fondo del mar. Ayer, mientras buceaba, vi que algo brillaba en la arena; aunque era pequeño, su brillo me llamó la atención y bajé un poco más para ver qué era. En el momento justo en que iba a agarrarlo, un enorme pez me rebasó, abrió su enorme hocico y se lo tragó. Entonces nadé tras él, nadé y nadé hasta alcanzarlo, quería recuperar lo que era mío.

—¿Lo mataste? —preguntó Eva, asombrada.

—No fue necesario, ni siquiera tuve que pelear con él: con solo apretarle la panza puso los ojos en blanco y escupió lo que se había tragado. Aquello caía y caía girando sobre su propio eje; tuve que nadar más rápido antes de que llegara a un arrecife de coral donde seguramente lo perdería. Pataleé con más fuerza, bajé a aquellas profundidades, sentía que me faltaba oxígeno pero no me importó, tenía que recuperarlo. Estiré la mano cuando estaba a punto de desaparecer y lo atrapé.

—Eres un mentiroso, nadie puede agarrar en el mar a un pez, pero adoro tus mentiras; bueno, solo estas fantasías —le dijo Eva enfatizando la última palabra.

—¿Te gustó? —volvió a preguntar Capi sin importarle que Eva no creyera su fanfarronada.

Eva miró la joya con más cuidado, era un círculo perfecto, el dragón tenía diminutas escamas y pequeñas alas; se notaba antiguo, quizá era parte de un naufragio menor.

—Me encantó. Le conseguiré una cadenita —respondió, cerró la mano y se la llevó al corazón.

—Ven —dijo él en un susurro y la abrazó por la cintura.

Capi escondió la cara entre el cabello de Eva. La volvió a besar, le acarició la espalda y al final de cada roce ella sentía la piel erizada; le tomó las manos, las revisó por las palmas y por el dorso. Mientras, Eva miraba a Capi: lo veía guapísimo, sus cejas tan gruesas y negras, la fila casi interminable de sus pestañas, sus labios... No quería dejar de mirarlo nunca y él no quería dejar de tocarla. Recorrió con sus dedos los brazos desnudos de Eva hasta llegar a su pecho y descubrir que temblaba. Eva sentía un temblor de agua por todo el cuerpo.

—Es la primera vez que estamos juntos en Vallarta, la primera vez que nos besamos en la playa, nuestra primera vez bajo la luna.

También podría ser la primera vez que... —Capi guardó silencio, no se atrevió a continuar, o esperaba que Eva completara la frase.

Rompían la quietud las olas, que insistentes los salpicaban; las risas de sus amigos en la fogata y los gritos del Turco Hawa, quien perseguía por la playa, con un leño al rojo vivo en la mano, a una chica que gritaba despavorida.

A Eva se le hacían eternos aquellos instantes. Sabía a qué se refería Capi, que su primera vez no podía esperar mucho tiempo más, pero ¿sería él el indicado? Eso ya lo había conversado con sus amigas y todas respondieron con ambigüedades. No quería perder a Capi, no en esos momentos en que se sentía más sola que nunca. *¿Será Capi capaz de dejarme, de tirar todo por la borda?*, pensó Eva y recordó las dos semanas que no supo nada de él. Volvió a pensar en Joana Roca y eso la puso de nuevo en guardia.

—¿Qué pasa? —preguntó Capi al sentir que se tensaba.

—Nada —apuntó Eva—, tengo frío. Necesito quitarme esta ropa o me voy a enfermar.

Volvieron a la fogata, Eva fue con una de las chicas del Teresiano a su habitación del hotel para que le prestara ropa, y le entregó una falda corta que le pareció espantosa y una blusa de tirantes, aunque hubiera preferido un suéter. Bajaron juntas de nuevo a la fogata, donde ya había más de una pareja besándose y los demás cambiaron las cervezas por tequila; bebían *shots* a la menor provocación.

—Creo que voy a vomitar —dijo una de las chicas, y al terminar la frase lo hizo en medio de todos con tanta fuerza que casi apagó el fuego.

—¡Alice, voltéate! —gritó uno de los chicos; los demás se rieron como si aquello fuera una gracia.

Solo Santiago se acercó a ayudarla, sacó un paquete de servilletas de una bolsa de plástico y se sentó a su lado. Entre las risas y la confusión, Capi le dijo a Eva que lo acompañara a caminar y de la mano se fueron bordeando la playa, buscando la oscuridad.

26

Los ladridos de un perro los despertaron. Eran las cinco de la mañana: Eva y Capi estaban acostados en el interior de un bote de pesca, abrazados y semidesnudos. Amanecía con tanta rapidez que Eva de pronto dejó de ver el cielo negro y estrellado, y apareció ante su mirada uno violáceo y rojo. El perro, que solo asomaba la cabeza, los husmeó de arriba abajo. Capi se levantó aprisa, buscó su ropa y se puso alerta al escuchar voces de hombres cada vez más próximas.

Eva no tuvo tiempo de volver a ponerse el brasier; estaba tan asustada que no sintió cómo revivían las quemaduras de su piel. Se metió al revés la blusa, se acomodó la diminuta falda de la chica del Teresiano y se asomó para comprobar qué tan alto era el bote que descansaba en la arena. Capi hizo lo mismo, se puso su traje de baño húmedo, el pantalón y la camiseta blanca con arena por todos lados; de un salto dejó la lancha y ya en tierra le ofreció la mano a Eva para ayudarla a bajar. El perro ladró con mayor insistencia, dio la vuelta al bote y se paró de manos sobre Capi, quien pudo distinguir a cuatro o cinco hombres que corrían hacia ellos sosteniendo entre las manos redes de pesca.

Eva y Capi corrieron sin mirar atrás. Comprobaron que estaban lejos del bote cuando el perro dejó de perseguirlos.

—¿Estás bien? —gritó Capi, parando de golpe y apoyando las manos en las rodillas; tragó aire y buscó a Eva con la mirada.

—¿Qué hora es? —preguntó ella—. Mi celular no tiene batería.

—Tampoco el mío. Calculo que deben ser las seis. Ve, está amaneciendo —dijo Capi y ambos miraron el cielo roto en violentos colores.

—¿Las seis, dices? Mi papá me va a matar.

—¿Tu papá, a esta hora?

—Sí, sale a correr todos los días a las seis.

—Ay, Eva, estamos de vacaciones.

—No conoces a mi papá, no le importan las vacaciones ni el domingo ni feriados, aquí o en China sale a correr a las seis. ¡Tengo que irme ya! —explotó Eva.

Veinte minutos después llegaron caminando a Conchas Chinas; cruzaron por el viejo Vallarta y habrían tardado menos de no ser porque ninguno de los dos llevaba zapatos. Tenían los pies astillados, enlodados y con piedritas de asfalto pegadas entre los dedos.

—Espérame aquí —le dijo Capi y entró a la casa por las llaves del auto que su papá guardaba en la cochera.

Eva se quedó en la puerta y comenzó a idear cómo entrar a la suite en las condiciones en que estaba, qué le diría a su papá en caso de encontrárselo. Nada, qué podría decirle que justificara no haber pasado la noche en su cama. *¡Dios, me van a matar!,* se repetía una y otra vez. Estaba a punto del llanto, sentada hecha bolita en la acera. Sentía que cualquiera que pasara la vería, que más de uno la reconocería.

Por fin regresó Capi. Se había cambiado de ropa, salió tan fresco y sin prisa que Eva se sorprendió. Llevaba en la mano unos Converse.

—Hasta parece que te bañaste —le reclamó ella.

—Solo me cambié la ropa y me puse zapatos —rezongó Capi—. Vámonos —apuró y abrió el portón eléctrico del garaje. El único auto parecía estar esperando.

—Ese es mi hotel —le dijo Eva señalando hacia el Grand Velas; habían llegado en menos de lo que canta un gallo.

—Okey, no lo vuelvo a olvidar.

—No me dejes en la entrada, no quiero que nadie me vea llegar. Aquí, aquí, párate aquí —pidió Eva y le señaló un sitio bajo unas palmeras. Capi llegó a vuelta de rueda y ambos escucharon crujir la grava suelta bajo las llantas.

—Ponte estos —dijo Capi y le entregó los Converse—, para que llegues rápido.

—Me voy —respondió Eva y apuró un beso en sus labios.

—Cómo que «me voy» —repitió él y la besó hasta dejarla sin aliento.

Por un momento Eva se olvidó de todo: la prisa, el amanecer, su papá y el peor de los castigos que le esperaba. Se olvidó de la doctora Carranza, su doble dosis de medicinas y de la epilepsia. Se sintió viva, llena de adrenalina y pasión. Saboreó el beso de Capi, que le supo a pasta de dientes, a aventura y a un nuevo amanecer; fue un instante de limbo en los labios de Capi.

—Ahora sí me voy —volvió a decir Eva, abrió la puerta y al moverse sintió de nuevo sus quemaduras—. Me duele horrible.

—Duerme, te hará bien. Al rato vengo por ti, chaparra. ¡Ah, y gracias por lo de anoche! —le gritó Capi y arrancó el auto.

«La realidad siempre es fría», Eva recordó las palabras de Romeo Noria al sentir que la piel se le erizaba con el viento de las seis. Caminó lo más aprisa que pudo, tan rápido como se lo permitían los Converse, que eran por lo menos dos números más grandes que su talla de zapatos; iba con los brazos cruzados apretados al pecho, como si sostuviera una frazada invisible que la cubría. Cruzó el estacionamiento sin mirar a los lados, no quería encontrarse con ninguna cara conocida. Llegó a la entrada y anduvo con paso seguro por el amplio recibidor: de pronto aminoró el paso y se buscó por todos lados la llave de la suite hasta confirmar lo que temía, había perdido la tarjeta. *Claro, no traigo mi ropa*, se dijo. No le quedó más remedio que dirigir sus pasos hacia el mostrador de la recepción; tendría que vencer la vergüenza y pedir una nueva llave. Respiró hondo, esperó unos segundos y por fin continuó. Conforme avanzaba por el inmenso *hall* con salas de espera a uno y otro lado de su mirada, sintió pesados sus pasos y el corazón acelerado, la boca seca, aún con el sabor de Capi, y un temblor incontrolable que se le había metido hasta las tripas y que le revolvía el estómago por lo que le esperaba en los próximos minutos. No era frío lo que sentía sino una ansiedad que ni ella misma sabía de dónde nacía. En ese momento de angustia, solo atinó a pensar que se sentía ridícula con los Converse blancos de Capi.

En el mostrador había un solo dependiente que ni siquiera volteó a verla. Eran las 6:18. Jonathan, como decía el gafete prendido en su saco de lino mal planchado, siguió atendiendo la llamada telefónica con los ojos puestos en la computadora; Eva lo notó cansado, sus ojeras delataban la noche en vela. Al parecer atendía la queja de una huésped que gritaba al otro lado de la línea. *Por Dios,* pensó Eva, *que ya cuelgue esa loca.*

Entre las frases de disculpa de Jonathan, los movimientos del hotel que despertaba y los murmullos de otros huéspedes que, como ella, apenas llegaban a dormir, Eva escuchó una voz que la paralizó como si un rayo la hubiera sembrado al piso de mármol bajo sus pies. Era la voz de su padre.

Esperó unos segundos para voltear. *¿Y si brinco el mostrador?*, pensó. Hasta ese momento el tipo de la recepción cortó la llamada y buscó la mirada de Eva: «¿En qué puedo servirla, señorita?», le dijo Jonathan pero Eva no lo escuchó, seguía atenta a la voz de su padre que hablaba, seguramente en su celular. Eva identificó que venía desde un sillón de orejas al fondo del lobby.

—¡Shh! —hizo Eva sin siquiera mirarlo a la cara. Quería seguir escuchando.

—¿Está usted bien, señorita? ¿Puedo ayudarla en algo? —volvió a preguntar Jonathan al ver el terror en el rostro de Eva—. ¿Es usted huésped del hotel?

Eva seguía sin escucharlo. Poco a poco giró la cabeza a la izquierda y vio uno de los tenis de su papá, supuso que tenía la pierna cruzada. *¿Con quién habla? ¿Y ese tono de voz?*, se preguntó Eva cuando escuchó: «Sí, mi amor, te llamo de nuevo a las doce, tiempo de México».

27

Entró sigilosamente a la suite, aunque si hubiera llegado haciendo un escándalo no habría importado, su mamá tenía el sueño tan pesado como una piedra. Fue directo a su cuarto: Dana dormía. También podría pasar una locomotora a su lado y no habría perturbado su descanso. En el baño se deshizo de la ropa que traía, la echó en la tina y desnuda fue hasta su cama. Sintió de nuevo las quemaduras: con movimientos acartonados, buscó su pijama por todos lados y no la encontró. Se puso unos shorts y una camiseta, y se metió a la cama. Las sábanas le parecieron el mejor refugio en ese momento.

A las diez su papá fue a levantarlas, el desayuno estaba listo. Dana corrió las cortinas y dejó al descubierto un cielo azul pálido y sin nubes; Eva despertó por segunda vez ese día y lo primero que hizo fue agarrar su celular, que estaba en el buró. No tenía batería, había olvidado conectarlo cuando llegó. Buscó el cable y lo conectó a la corriente, luego volvió a acurrucarse en la cama pero no por mucho tiempo: Dana brincó de la suya y se acostó a su lado.

—Hueles horrible. ¿Cómo te fue? Eva, despierta.

—Apaga la luz —gruñó Eva, que estaba bocabajo y con la almohada sobre la cabeza.

—¿La luz? Si ya es de día.

—Al rato te cuento. Déjame dormir.

Un rato más tarde, Eva se sentó a la mesa del comedor frente a un plato de molletes, soportando el interrogatorio de su mamá.

—¿No dormiste bien? Traes una carita...

—No, no dormí bien, creo que tuve pesadillas. —Eva miró a Dana, quien vestía su pijama de Hello Kitty.

—Largas pesadillas —agregó Dana, que desayunaba lo mismo—, porque te pasaste la noche como bistec a las brasas.

—¿Y cómo es eso? —preguntó su papá desde la cocina.

—Así —dijo Dana y movió la mano mostrando primero el dorso, luego la palma y viceversa.

—Bistec a las brasas —repitió Julia con tono jocoso—, las quemaduras no te dejaron dormir. Ya que te bañes, habrá que ponerte de nuevo el óxido de zinc.

—Sí, mamá —dijo Eva sin dejar de ver a Dana, quien volteaba la mano como bistec a las brasas.

—No sé si huelo alcohol o perfume —agregó Julia entre sorbos de café.

—A mí no me huele a nada —intervino Dana de inmediato—. Uy, papá, te quedaron deliciosos los molletes —concluyó y nadie más dijo nada sobre el ligero aroma a taberna que había llevado Eva a la mesa.

Ese día Otto ya tenía planes para toda la familia y no dio espacio a reclamos ni súplicas, pasarían el Viernes Santo en el velero de los Navarro.

—¿Con los papás de Andrés Navarro? —preguntó Eva sorprendida; hacía unas horas lo había visto en la fogata y él no le comentó nada.

—Sí, con los Navarro. El domingo regresamos a Guadalajara y hoy es el único día que tenemos para estar todos juntos.

—¿Y mañana? —insistió Eva y miró inquisitivamente a su padre. Ya no traía los tenis de correr; se había bañado y estaba listo para empezar el día. Eva quería verlo con los mismos ojos de antes, pero no podía.

—Tu mamá y yo tenemos comida con Hermine y Jorge Suárez; si gustan acompañarnos, bienvenidas.

—Elfriede me preguntó por ti ayer, Dana —intervino Julia.

—¿Otra vez? —renegó Eva.

Jorge Suárez era el publicista asociado que llevaba la mercadotecnia del despacho de arquitectura y su hija estudiaba en el American School, era compañera de Dana.

—Si no, nos vemos en la noche —continuó Otto—. Pero hoy estarán Andrés y sus primos, podrían quedar para salir, ¿o como ya no es novio de Paloma no es tu amigo?

—No, no es eso, es solo que Capi...

—Lo siento —la interrumpió su papá—, creo que Capi no está invitado.

Eva no dijo nada más, se atragantó con el último pedazo de mollete y fue a su cuarto, a meterse de nuevo en la cama. Solo quería dormir.

Despertó por tercera vez justo al mediodía. Tanteó sobre el buró hasta encontrar su celular, eran las 12:04. Salió de la habitación y Julia la apuró, en cualquier momento llegaría su papá por ellas para ir al embarcadero.

—¿Dónde está mi papá?

—En la sala de negocios, tenía junta por Skype con la gente de Tokio. ¿Por qué?

—No, por nada —respondió Eva y recordó: *Sí, mi amor, te llamo de nuevo a las doce, tiempo de México...*

Volvió a su cuarto, celular en mano se metió de nuevo en la cama y revisó sus notificaciones: ocho mensajes de Paloma, tres de Majo y ninguno de Capi. Escribió aprisa «Polaaaaaaa!» y esperó unos segundos.

Baby!

Tengo tanto que contarte, tanto, que no sé por dónde empezar.

Yo también. Te extraño ☹

Ahora no puedo seguir, tengo que estar lista en pocos minutos.

¿Adónde vas?

Al velero de Andrés Navarro.

¿Mi ex?

Ya sé, me choca, luego de todo lo que te hizo sufrir.

No importa, baby, todo eso tenía que pasar para que yo conociera a Guilli.

Sí, pero me choca. Necesito tu consejo. Me urge, pero te escribo más tarde.

Ok. Bye, baby.

Enseguida Eva le mandó un mensaje a Capi diciéndole que no podría verlo ese día sino hasta la noche, que irían al velero de Andrés Navarro. También le dijo que lo quería.

Al anochecer volvieron de altamar y lo primero que Eva vio al llegar al hotel fue el Ibiza rojo de Capi. Tenían tanto que contarse, a pesar de que Eva estuvo todo el día tirada en un camastro en la cubierta del velero, pegada a su celular escribiéndose con Paloma hasta que dejó de tener señal. Ignoró por completo al ex de su mejor amiga y a los otros chicos del barco; pasó la tarde leyendo y dormitando.

Después de que subieron a la suite con los bolsos de playa, Eva se cambió de ropa, se lavó los dientes y bajó al estacionamiento a encontrarse de nuevo con Capi. Fueron a la playa, se echaron en un camastro y conversaron mirando el mar, escuchando su infinito latigazo de olas.

Eva deseaba escucharlo decir que la extrañó, que no había hecho nada más que esperar su regreso, que el día le había parecido eterno sin estar a su lado. Quería que la besara, estar de nuevo en sus brazos. Sin embargo, Capi solo quería saber más del velero, qué tan grande y lujoso era, quién tripulaba, quiénes habían estado a bordo. Le preguntó si hablaron de las regatas de ese año, llevadas a cabo la semana anterior.

—Creo que sí participó el papá de Andrés pero no con ese velero, es muy grande —respondió Eva un tanto molesta—. Mejor pregúntame por mí, mira —dijo y se subió la falda hasta la mitad de los muslos—, me quemé ahora de este lado. Me dormí bocarriba mientras te pensaba.

—Pide permiso para mañana, chaparra —le susurró Capi mientras se acercaba a besarla—. Es nuestro último día aquí y te tengo una sorpresa.

28

La niña de mis ojos no tiene sombra, toda ella es luz. El día más importante de mi vida, el día que Capi y yo habíamos planeado para nosotros, tuve mi segundo ataque epiléptico. Fue el Sábado de Gloria, hasta la fecha parecía ideal para cavar mi tumba. Capi llegó por mí a las diez de la mañana. No fue difícil que me dejaran ir, era mi último día en Puerto Vallarta y él llegó hasta la puerta de la suite; muy formal, saludó a mis padres y le guiñó un ojo a Dana, estaban desayunando. Antes de salir, mamá me prestó sus lentes de sol, los cuales perdí cuando convulsioné.

En el auto me di cuenta de que Capi tenía una mano herida, un poco hinchada, pero en ese momento no quiso contarme lo que le había pasado. Solo me presumió: «Tengo puños de acero». También dijo que no se había puesto ningún remedio; «Ya pasará», me aseguró. «Es solo un golpe». Antes de arrancar me regaló una pulsera huichol hecha con cuentas de infinidad de colores, la cual perdí unas horas después. «Son soles», dijo, y yo lo corregí: «No, son rosas, mira los pétalos». «Yo los veo como soles», insistió y agregó: «Pero bueno, si quieres que sean rosas, son rosas. Las mujeres siempre ven lo que quieren ver». Así fue el principio de nuestro accidentado día. De nuevo fuimos al muelle de la playa de Los Muertos, ahí abordamos una panga, *Prieta Linda*, creo que se llamaba, y en ella zarpamos a Yelapa junto con una veintena de personas y un perro tuerto que me recordó a Cala; llevo tantos días sin verla. Era una panga como camión pollero. Quizá Capi y yo éramos los únicos turistas junto con otras tres personas que parecían europeos; los demás eran lugareños que subían bultos, huacales con gallinas y hasta una serpiente en un frasco de vidrio.

El viaje fue largo, casi de una hora porque paramos en diferentes playas: Los Arcos, Quimixto y Las Ánimas. En todas bajaba y subía gente, bultos, animales. Los lentes oscuros de mamá me sirvieron para disimular un poco la mirada y poder fijarme en los rostros de los niños, sus caritas felices y morenas, sus ojos grandes y negros. Iba abrazada de Capi, sentada cerca de la borda. Me gustaba más esta gente y la panga que la compañía del viernes en el velero de los Navarro; miré a Capi y lo supuse uno de ellos, un tanto arrogante y creído pero no me importaba, se veía muy lindo con sus Ray-Ban de aviador y su piel bronceada contrastaba con su camiseta blanca. Estaba guapísimo con su cabello un poco engominado, lo que lo hacía parecer aún más negro. Desde que llegó por mí percibí su perfume, que después se mezcló con su sudor. Me acurruqué en su pecho.

De haber previsto lo que vendría no hubiera salido del hotel ni habría venido a Puerto Vallarta, no habría salido de casa. El primer accidente lo ocasionaron una señora con una torre de cartones de huevo y otra con un cerdito sin correa. Poco antes de llegar a Yelapa, en la última parada bajó la señora del perro tuerto y subieron las otras dos; la de los huevos se sentó frente a Capi. Más tardamos en zarpar de nuevo cuando un cruce de corrientes hizo que la panga se sacudiera y el cerdo se asustara, correteara por toda la cubierta y derribara la torre de huevos encima de Capi; él hizo todo por esquivarla, pero no lo logró y varios huevos se estrellaron en su pantalón y sus tenis. Fue un desastre, huevos rotos por todos lados. Capi se enojó y entre dientes mentó madres. La torre cayó a sus pies como yo horas más tarde.

Yelapa es un pueblito pequeño, muy pequeño, tanto que no tiene coches, por lo que solo se puede llegar por agua. Está rodeado de grandes montañas selváticas, con casitas de colores incrustadas en los cerros. Su bahía es también pequeña, de arena dorada y muy caliente.

Cuando bajamos de la *Prieta Linda* casi me achicharro los pies, corrí hasta la palapa más cercana tan rápido como la iguana que nos recibió. Capi se moría de risa al verme correr: «Te pareces a un cerdito que acabo de ver», me gritó. Preguntó por el mejor hotel y nos mandaron a Casa Pericos. Nunca había visto un hotel así, pequeño, íntimo, con un lujo muy *hippie*; creo que no era muy del estilo de Capi pero a mí la habitación me pareció hermosa, tanto que pensé, comida por los nervios, *¿Aquí será mi primera vez?* Capi me abrazó y creo que notó mi ansiedad, no podía controlar mi cuerpo.

Le pedí que bajáramos a la playa, aunque antes entré al baño para cambiarme. En mi bolso de playa creí haber metido todo lo necesario, mi bikini rojo, pareo y bronceador; desnuda, me miré en el espejo y me descubrí por lo menos dos colores de piel. Luego busqué en el bolso el cepillo y una dona para el pelo, y no los traía. Sabía que algo se me olvidaría. Me puse el bikini y me miré otra vez al espejo: nunca me había sentido tan gorda como en ese momento, demasiado caderona, no sé. *¿Le gustaré?*

Escuché a Capi al otro lado de la puerta, apurándome. *¿Y si él está desnudo, metido en la cama?*, me dije. Me puse más nerviosa. No sabría cómo reaccionar. La noche de la fogata estaba oscuro y yo había bebido, ahora no. Lo deseaba, sí, pero tenía miedo. *¿Habrá traído condones?*, me pregunté. Al abrir la puerta lo vi. No tenía el condón en la mano ni estaba desnudo, solo lo encontré listo para la playa. Creo que notó mi mirada de sorpresa. «Me encanta tu bikini», me dijo y bajamos.

Lo mejor habría sido quedarnos en el cuarto, no salir de los brazos de Capi en toda la tarde, no abrir los ojos para verme caer. Nadamos en el mar, jugamos, pude esnorquelear y antes de ir a comer todavía sendereamos un rato por la montaña; hacía calor, y la caminata nos hizo sudar. Fuimos a buscar una cascada que nos dijeron que era el sitio de los enamorados y nadamos en una poza de agua cristalina, llena de pequeños peces de colores que hacían círculos alrededor de mi cuerpo. En ese sitio, bajo la caída de agua, por primera vez lo sentí mío: Capi me abrazó, nos besamos, no podíamos parar. Sentía que me ahogaba entre sus besos. Mi cuerpo reaccionaba a su contacto, sobre todo a su mano buena; la herida la movía con torpeza. Me tenía abrazada y sus dedos bajaban por mi espalda, bajaban y bajaban y yo lo dejé. Bajo el agua, la electricidad de su cuerpo era más fuerte que cualquier voluntad. Pensé que no había nada mejor en el mundo que las manos de Capi, los besos de Capi, el sol palpitante de Capi, que sentía crecer hasta casi quemarme.

Estaba decidida, en ese momento lo deseaba tanto. Sería mi primera vez. Nos amábamos. Capi era el amor de mi vida y así se lo dije. Le dije que ahí no, que volviéramos al hotel.

—Okey —respondió Capi—. Comamos algo, muero de hambre; ayer no cené y hoy no he desayunado. Prácticamente tengo veinticuatro horas sin comer. Comemos cualquier cosa y vamos a la habitación, ¿te late?

Yo dije que sí a todo. Cómo imaginar los problemas que vendrían, el verdadero y gravísimo problema: yo. En el restaurante, una palapa abierta con una vista espectacular a la bahía, comimos de todo; coctel de camarón, pulpo a las brasas, quesadillas de marlín. Al terminar, un señor muy moreno y panzón, el mismo que nos recibió en la mañana, se acercó a la mesa y le dijo a Capi que su American Express no había pasado porque no había internet y no tenía idea de a qué hora volvería.

Ahora escribo con mayor tranquilidad, en mi cuarto, en Guadalajara; nada que ver con ayer, cuando las cosas se fueron complicando y Capi enojándose cada vez más. El señor del hotel nos llevaba la cuenta de todo y era más de lo que teníamos en efectivo.

—No hemos usado el cuarto —alegó Capi.

—Porque ustedes no han querido —dijo el señor y volteó a verme. Su mirada me hizo sentir incómoda.

—Permítame un momento —le dijo Capi, y volteó hacia mí—. Fue una maldita idea de Santiago venir aquí. Mi sorpresa era llevarte a la Marina Vallarta, pero no, me dijo que este sitio era más romántico, que Yelapa te iba a encantar. Pueblo mugroso —terminó y apretó la mandíbula y los puños.

Creo que la tensión del momento precipitó mi crisis, o sería la cerveza que ya casi me terminaba o que tenía dos días sin tomar las medicinas. Yo me sentía bien, como si nada; creí que Vallarta me había curado. Capi le pidió al gerente que lo llevara a un cajero automático, y poco faltó para que el viejo gordo se burlara de él: «Qué cajero ni qué ocho cuartos». Luego el maldito nos dijo que si no le pagábamos nos echarían al mar.

Capi enfureció, nunca lo había visto tan enojado. Estuvo a punto de pelearse con el gordo del hotel, con dos meseros y hasta con el cocinero que salió, mandil mugroso y sartén en mano, a ver lo que pasaba. Los gritos atrajeron a medio pueblo y a una docena de pescadores que pronto nos rodearon. Parecía que venían al circo, a ver a la niña epiléptica en pleno acto. «Vámonos, Eva», y Capi me jaló del brazo.

Mi nombre, entre el ruido de los pericos y el murmullo de la gente, fue lo último que escuché. Miré alrededor y vi cómo nos miraban, el horror de sus caras. Vi a la iguana café con nariz del pleistoceno, inmóvil como un ídolo. No dejaba de mirarme, sacó la lengua en medio de una intensa luz que venía del mar. Una iguana fue lo último que vi, y azoté.

29

El Domingo de Pascua Eva y Paloma llegaron casi a la misma hora a Guadalajara. Pasara lo que pasara, habían quedado de verse en Andares: Paloma se había hecho la promesa de declarársele a Guilli y quería que su amiga la acompañara, pero no contaban con el apagón que Eva sufriría en Yelapa, por lo que solo intercambiaron mensajes de aliento y quedaron de escribirse más tarde.

Casi toda la semana Paloma y sus padres esquiaron en Vail. A pesar de que su padre les dijo a su mamá y a ella que sería un viaje de reflexión, sintió tensiones más de una vez, con prolongados silencios entre sus padres y discusiones por asuntos sin importancia. En esos momentos no alcanzaba a distinguir sobre qué alegaban, solo pescaba palabras aisladas: «coche», «tarjeta de crédito», «la casa de Chapala» o «intereses». No había que darle muchas vueltas, todas tenían un mismo común denominador: el dinero. Sin embargo, le parecía que las cosas no habían cambiado, ambos gastaban y gastaban como en cada viaje y al dejar Vail todavía hicieron una escala de dos días en San Diego, donde el papá de Paloma y el de Eva compartían una casa y una oficina. El plan inicial era que allí se encontrarían con los Otero, pero Otto y Julia decidieron cancelar esa salida por la salud de Eva y cambiarlo por Puerto Vallarta.

En cuanto Paloma llegó a su cuarto, botó las maletas y bajó a decirle a su papá que necesitaba ir a Andares, que era un caso de vida o muerte y que le prestara su coche. Desde que cumplió doce años tenía un secreto con él: la enseñó a manejar.

—¿Cómo que Paloma ya maneja? ¿Desde cuándo? —exclamó asombrada.

—Así bien, bien, bien, por lo menos hace un año, ¿verdad, papá?

—De acuerdo —asintió su papá—. Llévate el coche de Martín.

Martín era el empleado que iba por ella a la escuela, hacía mandados y estaba pendiente de lo que se ofreciera en la casa. La única condición que puso su mamá fue que antes de ir a ver a cualquier amigo, primero pasara a saludar a sus abuelos; Paloma prometió que así lo haría y corrió a cambiarse de ropa. Abrió la maleta más grande y sacó prendas a montones, buscaba desesperada qué ponerse hasta que por fin lo encontró. Con los dientes arrancó las etiquetas a una blusa con estampado de margaritas y unos jeans acampanados de corte años setenta, quería estrenar y se aplicó también un sutil *gloss* frambuesa nacarado que había comprado especialmente para esa ocasión, con sandalias para lucir el esmalte de uñas que hacía juego, pedicura que ella y su mamá se habían hecho un día antes de dejar San Diego. Era casi un ritual para ellas visitar un pequeño y exclusivo *spa* en Escondido, California, donde además de arreglarse las uñas, retocarse y cortarse el cabello, la mamá de Paloma se sometía a terapia de masaje, baños de lodo, faciales y cámara de colágeno y bronceado.

Antes de salir, su mamá pidió que le comprara un litro de helado de fresa: «¡Pero no tardes, muero de antojo!», le gritó mientras la veía salir corriendo por la puerta de la cocina hacia la cochera con una bolsa de plástico en la mano. En el primer semáforo en rojo le mandó un mensaje a Guilli, diciéndole que iba en camino.

Él no había salido de vacaciones, tampoco descansado ni un día de la semana; viernes y sábado dobló turno porque no tenía nada mejor que hacer y un dinero extra le vendría bien. Cuando recibió el mensaje de Paloma, preparaba un Caramel Frappuccino con doble carga de café. Al sentir que su celular vibraba en el bolsillo de su pantalón, con la mano izquierda lo sacó y apenas miró la pantalla para confirmar que era un mensaje de ella, y como no quería perder la secuencia de lo que hacía, solo le envió un corazón rojo palpitante. Buscó el nombre escrito en el vaso que tenía en la mano y leyó «Andrea», así que dibujó una A gótica sobre la crema batida.

Minutos después volvió a vibrar su celular, leyó el mensaje, levantó la vista y más allá de las mesas del Starbucks, vio a Paloma con una sonrisa que le iluminaba los ojos; avisó al chico de la caja que regresaría en un momento.

—Estás bronceada, ¿no que ibas a esquiar?

—Fuimos, claro, ¿y el chorro de fotos que te mandé? La nieve también broncea.

—¿Quieres algo? —preguntó Guilli señalando el local—. Te invito un café.

—No, gracias, solo quiero verte y comprar helado para mi mamá, ¿me acompañas?

Caminaron a la heladería y cada quien pidió un cono con dos bolas, de mamey para él y de guanábana para ella. Paloma pidió el litro de fresa y fue más rápida que Guilli en sacar el dinero para pagar. «Yo invito», insistió ella.

Cuando le pasaron el helado para su mamá, Paloma recordó la bolsa de plástico que llevaba, la sacó y le mostró a Guilli lo que le había comprado: dos camisetas y una gorra azul parecida a la que él traía puesta en ese momento, solo la distinguía la G de Gap en la frente, *o G de Guillermo*, pensó ella cuando la compró. Guilli se quitó la suya, vieja y desteñida, y se probó la nueva.

—¡Está increíble, muchas gracias! ¿Qué tal me veo?

—Guapísimo —respondió Paloma y lo abrazó.

Caminaron por el centro comercial, cada quien con su cono de helado en la mano. Había tanta gente que se cruzaba en su camino que decidieron salir a la calle, buscar un rincón donde conversar sin ruidos de niños ni murmullos ajenos. Solo querían escuchar el rumor de su sangre, sus corazonadas.

Se desviaron por calles a medio construir hasta que Paloma vio un par de tortolitos que agitaban sus alas sobre un cable de luz, preparándose para dormir; supo que era el momento y se detuvo frente a la improvisada barda de un edificio en obra gris. El anuncio de la constructora presumía que sería la torre de departamentos más alta de Guadalajara. Ya había terminado su helado y solo le quedaba un poco del cono. Se recargó en las tablas, dejó sobre el suelo la bolsa con el bote de helado de fresa y comenzó a relatarle día a día, hora tras hora, su viaje a Estados Unidos; hablaba sin parar y Guilli la escuchaba con la mirada fija en sus ojos, a veces distraía la mirada hacia sus labios, donde alcanzaba a distinguir un leve color frambuesa, sus dientes perfectos, resultado de tres años de *brackets*. El sol encendía las mejillas de Paloma y a él le parecían irresistibles.

Paloma no paraba de hablar, era como si no respirara, una idea se enganchaba con otra y otra y otra más. Guilli se llevaba el helado a los labios y Paloma seguía ese movimiento con los ojos: los labios de Guilli sobre un helado de mamey. Ella quería hacer lo mismo, sorber esos labios rosados y gruesos. De pronto, cuando ambos comprendieron que Paloma no dejaba de hablar por los nervios que sentía de estar junto a él, y que el momento se les escapaba a cada instante, Guilli apoyó la mano izquierda en la barda al tiempo que apartaba su helado y se acercó poco a poco a ella. Cuando lo vio acercarse, fue bajando el tono de voz, cerrando los ojos como si una suave anestesia la invadiera hasta sentir el calor de los labios de Guilli sobre los suyos, un sabor dulzón y pegajoso. Paloma sintió que se derretía, igual que el helado de fresa a sus pies.

30

Antes de que sonara el despertador, Eva lo apagó. Faltaban pocos minutos para las seis. Tenía que volver a clases, enfrentar lo que viniera; no podía faltar un día más, estaba al límite de las inasistencias toleradas. Volvió a revisar Facebook, las últimas publicaciones de sus compañeras. ¿Cómo la recibirían? ¿La acosarían con preguntas? Había pasado una noche horrible, con lapsos de sueño de media hora y en todos tuvo pesadillas. Sentía una pesadez que apenas la dejaba moverse. Tenía que actuar como si nada, ser ella, «enfrentarse al mundo», como le había dicho su papá la noche anterior.

Se bañó, aunque no se lavó el cabello. Con mucho cuidado se pasó el estropajo por el cuerpo, le dolía, sobre todo el hombro izquierdo, donde ya tenía un gran morete. Al caer de costado de la silla en el restaurante de Yelapa, el golpe se concentró en ese hombro. *Tendré que usar una blusa de manga larga*, se dijo mirándose al espejo. Se tocó la cabeza, también le dolía si presionaba. *Cómo no quieren que se me zafe un tornillo con estos golpazos*. Volvió a desempañar el espejo con la toalla y se miró directamente a los ojos. Se descubrió distinta, pero no supo decir por qué.

El desayuno fue igual que todos los días, huevos revueltos con jamón. Comió rápido, con gritos de Julia apurándolas; Dana daba vueltas por toda la casa buscando un libro, su estuche de lápices o la mochila. Otto mencionaba la hora cada dos minutos y amenazaba con dejarlas en la primera parada de autobús si no se daban prisa; la rutina de todos los días. *Todo vuelve a la normalidad*, pensó Eva.

Julia le pidió a Otto que las llevara y antes de las siete Eva y Dana, cargando sus mochilas, corrían al auto de su papá. El trayecto fue casi en silencio, el murmullo de las noticias en el radio llenaba todo el ámbito del Mercedes.

—Espero que todo vaya bien —le dijo por fin Otto a Eva—. Pide hablar con tu tutora y explícale lo sucedido. Tu mamá ya platicó con ella, pero no está de más que escuche tu versión.

Eva asintió con la cabeza y se despidió con un beso, Dana le lanzó otro con la mano y le deseó suerte, entonces no tenía ni idea de que Capi le haría pasar el peor momento del día a su hermana mayor.

Al terminar Pensamiento lógico, la primera clase de la mañana, Eva tenía la cita con su tutora, con quien tenía que hablar de su situación crítica: tenía epilepsia y había pasado la semana previa a las vacaciones de Semana Santa en el hospital y reposando en casa. Los siguientes días serían duros y determinantes.

Karina Amador, la titular de la clase que acababa de terminar, tenía estudios en Psicología, una maestría en Terapia Conductual por la Universidad de Buenos Aires y era la tutora más solicitada en la Prepa Tec. Su oficina, ubicada en el edificio 5 del campus universitario, siempre estaba llena de jóvenes que entraban desvalidos y salían revitalizados. Pero ese no parecía ser el caso de Eva, quien entró con una actitud distinta.

Al llegar, Karina atendía una llamada, así que tuvo tiempo para ver todo con detenimiento: se entretuvo leyendo los corazones o cuadrados de colores y *post its* que llenaban un tablero de corcho en la pared del fondo, eran mensajes de despedida o de agradecimiento de chicas y chicos de otras generaciones: «Una vez más casi muero en la línea por un niño, pero gracias a ti, Karina, salí adelante. Eres una amiga incondicional. Te quiero mucho. Malena». «Muchísimas gracias por todas nuestras pláticas, tus consejos y por haberme escuchado siempre. Te quiero muchísimo. Ana Cecilia».

«Te queremos muchísimo. Tus alumnos de quinto». «Kari, te voy a extrañar, muchas gracias por tus consejos. Luz María».

Eva leía embobada, y hubiera seguido por horas de no ser porque Karina cortó la llamada y la saludó.

—Hola, Eva, ¿cómo estás? Te ves muy bien, qué bronceado más envidiable.

—Hola, Kari, no sé si muy bien, pero aquí sigo.

—¿Adónde fuiste?

—Fuimos a Puerto Vallarta. Pasé las mejores vacaciones de terror que he vivido.

—¿De veras? ¿Qué pasó? Siéntate, cuéntame.

Eva le contó todo desde el principio, desde el día de su cumpleaños en Vango, cuando Capi se peleó por enésima vez, y su primer apagón a la mañana siguiente mientras desayunaba hot cakes; Karina estaba enterada de casi todo y Eva no omitió los detalles íntimos entre Capi y ella en Puerto Vallarta. Todo le contó, hasta su último azotón en Yelapa.

—Más que como bistec a las brasas, me dijeron que parecía un pez sacado del mar, rebotando contra el suelo.

Y entonces comenzó a llorar. Sus ojos eran un océano de impresiones aunque ella no recordara nada, la caída con todo y silla y las sacudidas en el suelo, en tensión todos los músculos de su cuerpo, su espalda arqueada y sus manos retorcidas; babeando, con los ojos en blanco y gruñendo como un animal con rabia, como una loca de la que había que alejarse, abrir el círculo para evitar el contagio. Dos, tres, cuatro minutos, una eternidad para todos los que alrededor contemplaban con espanto a la niña que perdió el control de sus esfínteres y se meó encima, un parpadeo tan solo para Eva.

Karina se levantó del escritorio, lo rodeó y abrió un gran cajón de su archivero.

—Es mi botiquín del corazón —dijo. En él tenía de todo: aspirinas, toallas, tampones, condones, kleenex...— Toma —dijo Karina entregándole una caja de pañuelos—, sé por lo que has pasado y me duele mucho. Sé que fue el peor momento de tu vida.

Fue hacia la puerta y se aseguró de que estuviera cerrada. Esperó a que Eva se tranquilizara y le preguntó cómo se sentía.

—Mal. Me siento mal, triste, arruinada. ¿De verdad estoy enferma? Quiero decir, ¿de verdad estoy tan mal? Estos días en Puerto Vallarta me sentí otra, que podía contra el mundo. Estaba tan bien que no me tomé las pastillas, bueno, quería beber, sentirme libre, divertirme, y ya ves lo que pasó. Ahora no sé si mis papás confían en mí. No quiero que me sigan tratando como a una niña...

—Entonces tienes que cuidarte, debes saber hacerlo —interrumpió Karina sentada a su lado, en la otra silla de visita.

—Sí me cuido, Kari, quiero volver a la prepa con todo, quiero correr. Pero odio tomar tantas medicinas, vivir pegada a esas pastillas.

—Por lo pronto tienes que hacerlo, no hay más remedio —la tutora acentuó sus palabras—. Ahora necesitas enfocarte en la escuela. Qué bueno que vienes con todas las ganas del mundo, porque necesitas reponer de alguna manera las faltas que acumulaste. De sobra están justificados los días que estuviste en el hospital, sin embargo, las ausencias existen y no vas muy bien que digamos en Matemáticas ni en Cálculo I, Química y Biología.

—Ya sé —respondió Eva más que abrumada.

Recordó que cuando niña tuvo problemas no solo con los números, también con el desarrollo del habla, la concentración y la atención, dificultad para ordenar las cosas más elementales, como su mochila o recordar su tarea. Fue hasta que sus padres le consiguieron una terapia especializada cuando pudo avanzar hasta regularizarse, aunque las matemáticas siguieron siendo sus peores enemigas mientras destacaba en el deporte y se volvía una lectora empedernida con cierta capacidad para la redacción.

Karina aprovechó para preguntarle cómo iba con el ensayo que debía presentar para el final del semestre en la clase de Literatura.

—Vale lo de un parcial —precisó.

—Ya sé, no he avanzado; me cuesta concentrarme y se me revuelven los vivos y los muertos de Comala.

—En lo que te pueda ayudar, encantada.

Eva le agradeció y al salir fue a la clase de Matemáticas; ese día era de doble sesión, así que esperó el receso y entró hasta la segunda hora. Se sentó junto a Majo y le pidió que se vieran esa tarde en su casa.

—Viene Paloma —le dijo—, así podremos vernos las tres y estudiar un ratito.

Al final de la última clase, con el sol de las dos de la tarde a plomo, buscó a Capi por todos lados. Con la mochila en el hombro sano se asomó al salón donde ella sabía que debía estar, pero el aula estaba vacía. No había rastro de él ni de Santiago.

En pocos minutos llegarían por ella, así que tenía que darse prisa en encontrarlo. Fue al lugar donde siempre estacionaba su coche y pudo distinguirlo desde lejos: impecable, el Ibiza rojo esperaba bajo un pino que le daba a esa hora una leve sombra. Caminó hacia el auto, y un par de metros antes de llegar se detuvo; la mochila le pesaba más de la cuenta y no podía cambiársela de hombro. *¿Dónde se había metido en todo el día?*, se preguntaba, cuando una voz la asustó:

—¡Bu! —escuchó muy cerca de su oído, y saltó.

—Me espantaste —dijo Eva mientras volteaba a ver a Capi, con shorts y camiseta de gimnasio.

—Perdón, espero que no te vaya a causar otro ataque.

—Idiota —respondió Eva y caminó de regreso.

Capi la siguió mientras contenía la risa y la abrazó por la cintura; trató de besarla, Eva le volteó la cara y él insistió con más rudeza. La besó, y ella le dio unos manotazos para quitárselo de encima.

—Fue solo una broma, no aguantas nada. ¡Eva, Eva! —le gritó mientras ella se alejaba.

31

—Es un cretino, un imbécil, lo odio —dijo Eva a sus amigas. Cala paró las orejas, alerta.

—¿Qué pasó? —preguntó Majo, asombrada.

—Nada, que Capi no se salió con la suya y ahora se porta como un patán —respondió Paloma.

Las tres estaban con Cala en el cuarto de Eva; se habían citado para estudiar, sin embargo, las mochilas de todas estaban cerradas y amontonadas en un rincón al lado de la puerta. Recargadas al pie de la cama, donde la perra estaba echada con mirada atenta, Paloma y Majo escuchaban sentadas sobre el tapete; Eva, con las piernas entrecruzadas frente a ellas, les hablaba como si fueran su público. Paloma trataba de no fumar, porque a la madre de Eva no le gustaba que lo hiciera en la habitación, así que cada tanto volteaba hacia la ventana y contemplaba la posibilidad. Pero la conversación era más interesante y no quería distraerse ni interrumpir a Eva.

—A pesar de todo, fueron las mejores vacaciones de mi vida.

—¿Que te escapaste del hotel una noche, con tus padres en la habitación de al lado? —preguntó Majo maravillada.

—Bueno, tanto como escaparme, no sé si es la palabra; simplemente, digamos que me di permiso a mí misma.

—¿Y qué pasó? —insistía Majo—. De-ta-lles, cuéntanos, queremos saberlo todo.

—Ya no la interrumpas, yo también tengo mucho que contarles —habló Paloma.

—¿Qué? —inquirieron las otras dos.

—Primero que cuente Eva, luego yo y tú después, Majo.

—¿Yo? —exclamó apuntándose con su propio dedo acusador—. No tengo nada que contarles, mi vida es tan aburrida... —Se llevó el dorso de la mano a la frente.

—Mentira, así que ve haciendo memoria —la retó Paloma.

—¿Ya me dejan continuar? —preguntó Eva, y sus amigas asintieron. Cala bajó de la cama, fue a su lado y apoyó la cabeza en su pierna—. El jueves Esteban pasó por mí, ya tardísimo, poco antes de la medianoche.

—¿Ya te diste cuenta? —ahora interrumpió Paloma.

—¿De qué?

—De que Esteban tiene un *crush* contigo.

—No insistas, es mi amigo y se preocupa por mí.

—Sí, cómo no —respondieron Majo y Paloma al mismo tiempo.

—Bueno, ¿quieren que les cuente, sí o no?

—¡Sí! —respondieron, otra vez a coro.

—Pues fuimos a una fogata que organizaron unas niñas del Teresiano en la playa de Los Muertos; estaba segura de que ahí estaría la Piedrita. Lo único que pensaba en el trayecto del hotel a la fogata era qué iba a hacer si la encontraba abrazando a Capi o, peor aún, besándolo. «¿Cómo reaccionar?», me decía. «¿Qué voy a hacer?» Bueno, en ese momento transpiré todo: lo bueno, lo malo, el amor, el coraje. Sobre todo el amor y el coraje; me subían y me bajaban. Imagínense, la primera vez que me «escapo», como dice Majo, y resulta que podría encontrarme a mi novio con otra —relató Eva, que movía las manos y platicaba con todo el cuerpo. Cala seguía como si nada, recostada en su pierna.

—¿Y qué pasó? ¡Ay, ya quiero saber! —interrumpió Majo.

—Ahí estaba Capi, pero no con la Piedrita sino con otras tipas, y al parecer, mi llegada no le gustó mucho que digamos...

—¡No, pues cómo! —interrumpió Majo.

—Lo odié igual que si hubiera estado con Joana Roca, y más porque reía con ellas y se veía divertido, relajado. ¡Lo odio! —exclamó Eva y apretó los puños—. Con todo y que estaba con esas tipas, todavía se enojó porque llegué con Esteban. Luego me enteré de que le fue muy mal, Capi le reclamó y pelearon.

—¿Se pelearon por ti?

—No, babas —le respondió Eva a Paloma—, se pelearon por mensos. Fue al otro día, esa noche Capi y yo la pasamos en una lancha de pescadores.

—¿Durmieron en una lancha? —interrumpió Majo con los ojos como platos.

—Sí, hasta que llegó un perro con unos pescadores que quién sabe qué querían hacernos, porque se veían agresivos.

—¿Y qué pasó?

—Termino con lo de Esteban y voy con lo otro, y lo otro, y lo otro —dijo Eva al tiempo que movía los brazos haciendo cabriolas en el aire—, hay mucho por contar.

—Okey —dijeron sus amigas y Paloma volvió a ver la ventana, tenía ganas de fumar.

—Ay, yo necesito algo, tengo la boca seca —dijo Majo y se levantó por su botella de agua.

—Bueno, pues luego de que huimos de los pescadores y Capi fue a dejarme al hotel, llegó a su casa y despertó a todo mundo, le reclamó a Esteban y se hicieron de palabras. Afortunadamente no pasó a mayores, aunque Capi acabó con la mano casi rota.

—¡¿Qué?! —exclamaron las otras dos.

—En algún momento de la discusión le soltó un puñetazo a Esteban, pero logró esquivarlo y el golpe fue a parar a la pared; de no ser porque entre Santi, el Turco Hawa y Juan Enrique los separaron, no sé qué hubiera pasado, dónde habría terminado esa pelea. Todavía el sábado que fuimos a Yelepa tenía la mano un poco hinchada. «Tengo puños de acero», me presumió el muy menso.

—¿Y qué pasó antes, en la lancha? —insistió Majo, más que intrigada.

—Nada, no pasó nada.

—¡¿Cómo?! —exclamaron Majo y Paloma, comidas por el asombro—. ¡¿Nada?!

—Bueno, un poco de todo, pero de «mi primera vez» nada, y eso que me había tomado un par de cervezas; estaba relajada, contenta, digamos. Capi y yo comenzamos a besarnos acostados en la playa, pero, aunque había luna llena, fue horrible. Nada que ver con lo que ves en las películas: la arena pica, raspa, sientes que se te mete por todos lados; además, por más que nos deslizábamos más arriba, la marea pronto nos alcanzaba. Por eso nos metimos en la lancha; aunque olía a pescado, por lo menos estaba seco.

—¡Ay, me tienes con un ansia! ¿Qué más? —interrumpió Majo.

—Ningún niño me había visto desnuda ni me había besado y tocado por todos lados, nadie me había hecho temblar como lo hizo Capi; también él temblaba, más que yo. Pero entre el ardor de mis quemaduras y su repentina torpeza, no pasó nada.

—¿Ni tantito? —insistió Majo.

—No, nada, y en Yelapa tampoco. Nada.

—Odio no poder fumar cuando las cosas se ponen tan buenas —dijo Paloma, y tomó la palabra.

Relató sus vacaciones en un dos por tres, tanto ella como sus amigas no estaban interesadas en lo ocurrido en Vail y San Diego; lo único relevante fue que Paloma les platicó de un niño de la Ciudad de México que conoció cuando esquiaba, un chico de veinte años que a Majo le pareció guapísimo en las fotos.

—Está hermoso —le dijo, queriendo arrebatarle el celular—. ¿Y lo besaste?

—Claro que no, solo lo conocí y ya.

Sin embargo, las fotos parecían decir lo contrario, estaban juntos en todos lados y se veían de lo más divertidos. *Las selfies no mienten*, pensó Eva; le maravillaba la capacidad de su amiga para relacionarse, ser querida y popular al instante, atraer a todos los niños en las fiestas. Le hubiera gustado tener aunque fuera un poquito del carisma y la seguridad que Paloma proyectaba.

Para no distraerlas más con el celular y las fotos de Vail, Paloma lo apagó y les dijo que se prepararan, les tenía una gran noticia.

—Espera, necesito un chocolate.

—Ya, Majo, no es para tanto.

—Si quieres fumar, fuma, a mí no me importa —interrumpió Eva.

—Mejor no. Tu mamá sabrá que fui yo, y ya sabes cómo se pone.

—Sí, le tomé prestados sus lentes de sol en Puerto Vallarta y no sabes cómo se puso, como si ella fuera perfecta o nosotros fuéramos una familia modelo. —En el fondo había una gran decepción en las palabras de Eva—. Perdón por interrumpirte, Pola.

—¿Preparadas? —preguntó Paloma para aumentar la emoción—: Ya tengo novio.

—¡¿Guilli?! —gritaron las otras a coro.

—Sí, ayer me le declaré.

—¿Te le declaraste? —preguntó Majo, que no salía de su asombro; definitivamente ese día estaba lleno de sorpresas.

—Los dos al mismo tiempo, fue como si nuestros pensamientos estuvieran conectados y lo más curioso fue que usamos las mismas palabras.

Paloma terminó por contarles que Guilli la besó como nunca nadie antes, y vaya que ya tenía una buena lista de galanes: mientras Capi era el segundo novio de Eva y Majo aún no sabía qué era besar a un chico, Paloma tenía en Guilli Ochoa a su sexto enamorado.

Por fin tocó el turno a Majo; tenía que contar sobre sus vacaciones en casa de sus abuelos en Ojocaliente, pero no había demasiado: luego de los dos primeros días, pasada la novedad de su llegada, sus hermanos —de los cuales solo cuatro se habían reunido porque los otros dos vivían en Estados Unidos— no hacían más que cargarle la mano con mandados o dejando a su cuidado a los sobrinos más pequeños. También su abuela la quería siempre en la cocina, meneando ollas, cortando verdura, picando chile o cebolla para las salsas.

—Subí cuatro kilos en una semana, ¿lo pueden creer? Es que mi abuela hace los mejores frijoles refritos del mundo, y los tamales, y el pozole... Se me hace agua la boca.

—No sigas —atajó Paloma—, yo vengo harta de comer hamburguesas y espagueti a la carbonara; tú nomás antojas. Por cierto, ¿cuándo nos traes unos tamales de tu abue?

—Y mírate, no subiste ni un gramo —respondió Majo, omitiendo responder sobre los tamales de su abuela.

—Ay, Majo, ya quisiera yo tener un poquito de tus bubis o de las pompas de Eva.

—Y ya quisiera yo tener un poquito del cerebro de ustedes, amigas.

Tras decir esto, Eva les contó el duro regreso de Yelapa a Puerto Vallarta; ya no llevaba la pulsera huichol de rosas, la había olvidado en el cuarto del hotel o perdido en el apagón. No supo qué había pasado con ella y ahora ya no le importaba. El viaje significó más de una hora en *La Güera*, una panga atiborrada de gente y animales, lo que le hizo más insoportables los dolores de cabeza y de cuerpo que tenía por el apagón. Les mostró el gran moretón en su hombro izquierdo y dijo que le dolía el brazo al apoyarlo para escribir. Odió la mirada de lástima de muchos de los otros pasajeros; de no ser por el abrazo de Capi, que no la soltó en todo el recorrido, se habría echado al mar.

Añadió que estaba apenadísima con Capi por lo sucedido y por la enorme cuenta del alojamiento y de las comidas en Yelapa. Les explicó que el gordo del hotel les puso a un muchacho para que los acompañara al puerto y de ahí a un cajero automático a sacar dinero para cobrarse; el muchachito no se les despegó un instante, como si ellos se fueran a escapar. Fue una odisea recorrer seis bancos pues ninguno tenía dinero, mientras ella sentía la cabeza a punto de estallar: hasta el séptimo pudieron disponer de efectivo y el colmo fue que el chico le pidió a Capi una propina.

Hasta ese momento Eva les mostró el dragón que Capi le había regalado, el cual seguía sin cadenita.

—Qué bueno, baby, si no, también lo habrías perdido, como la pulsera huichol —intervino Paloma.

—Además, no tienes por qué tener remordimientos. Fue Capi quien escogió el lugar y su sorpresa llevaba una doble intención, no nos hagamos... —soltó Majo, quien miraba detenidamente el dragón—. ¿Sabes lo que es? —agregó, y ante la negativa de Eva continuó—: Es un símbolo de vida eterna, creo que se llama *uroboro* o algo así; yo que tú, investigaba.

Eva dijo que lo haría y comentó que no podía dejar de sentirse responsable; confesó que ella había aceptado ya esa «segunda intención» de Capi, que había decidido que ese día y en ese sitio tendría lugar su primera vez. Nunca había deseado tanto a Capi como entonces y la maldita epilepsia le había arruinado todo.

—Ahora sé que fue lo mejor. Capi es un cretino; después de su estúpida broma en el estacionamiento del Tec, lo odio —las palabras de Eva tenían una gran carga de tristeza—. Ahora sé que nada valió la pena, que ya no soy la misma. Hay un antes y un después en mí a partir de esta estúpida epilepsia. Lo peor ha sido darme cuenta de eso, llegar al hotel y ver a mis papás: confesarles que hacía dos días que no me tomaba las pastillas, que creía que ya estaba bien, que yo me sentía bien, que me había curado. Mi papá me dijo: «Esas dos pastillas ahora son tus mejores amigas y te pueden salvar la vida. No lo olvides». Odio que tenga razón.

32

Antes medía la vida en noche y día, hambre y sueño; ahora no, todo se ha reducido a dos pastillas. Dos pastillas para despertar, dos pastillas para rendir en la escuela, dos pastillas para poder estudiar. Dos pastillas para no dejar de comer. Dos pastillas como dos granos de sal en la lengua, dos terrones de azúcar para la amargura de la vida. Dos pastillas para engordar, dos para la siesta exacta. Para no olvidar a la gente que quiero, para pedir perdón por estropearles el día; dos pastillas para su tranquilidad. Dos pastillas para ser normal, como ellos, como todo el mundo. Para amar y ser amada, para desear y ser deseada. Dos pastillas para no querer más el chocolate, el café, vino o cerveza, ningún estimulante que haga cortocircuito e ilumine mi oscuridad. Dos pastillas para no tener visiones, para que no se me funda un foco, para no poner cara de perro atropellado o parecer bistec a las brasas o pez en cubierta. Para controlar mi propia lengua y mis músculos, todos mis nervios. Dos pastillas para soñar y clasificar pesadillas, para querer y odiar. Para mirar ángeles en un día de infierno. Dos pastillas por dos, por dos, por dos; así hasta el infinito. Hasta que mis ojos sean dos pastillas por las que mire el mundo, por lo menos hasta poco antes de morir.

33

Capi siempre llegaba a tiempo a la prepa, y no es que presumiera de ser puntual, más bien no le gustaba estar en su casa; tampoco prefería el salón de clase, no tanto como el gimnasio y el campo de juego. Llevaba un riguroso conteo de sus inasistencias para no tener problemas con su tutor, Fernando Galindo o Galo, como prefería que lo llamaran, quien también impartía Literatura Clásica. Galo, que conocía un poco de todo, presumía saberse a Quevedo de memoria. Recién había llegado de la Ciudad de México y este era su primer año en Prepa Tec, tiempo suficiente para hacerse tan popular entre los chicos que Capi no dudó ni un momento en quedarse con él como tutor.

La prepa compartía biblioteca, alberca, gimnasio y canchas de futbol, tenis, básquet y voli con el campus universitario; solo el estacionamiento, cubierto por grandes árboles, los separaba. Capi pasaba más tiempo con los universitarios que en los pasillos de su plantel, recorría todas las canchas y al final terminaba en el gimnasio. Los últimos dos días se había pasado horas con los guantes de box puestos, pegándole al costal con golpes y patadas de taekwondo; le aseguró a Santiago que ya estaba bien de la mano. Como si quisiera medir su resistencia, a Capi le gustaba poner al límite sus músculos. Según la opinión de su amigo, que siempre lo acompañaba por lo menos hasta la mitad de la rutina, era como si compitiera contra sí mismo.

Entre ellos había una amistad más allá del salón de clase y los trabajos en equipo; se conocían desde la primaria en el American School, pero el vínculo se acrecentó el día que Capi, en primero de secundaria, se hartó del *bullying* que Santiago padecía a diario. Un día, en el estacionamiento, escuchó carcajadas que identificó: era el imbécil de Gustavo Cejudo y tres amigos suyos, que se reían de alguien. Luego escuchó un golpe seco, seguido de un leve quejido. Buscó entre los autos hasta que dio con el grupo que se cernía sobre Santiago. Aventó su mochila y corrió hasta ellos, en el momento justo en que dos chicos tenían tomado de los brazos a Santiago mientras Cejudo lo golpeaba en el abdomen. Sin mediar palabras, Capi le hizo una llave a Cejudo y le propinó un puñetazo tan certero que fue el único que tuvo que dar para terminar el ataque a Santi.

Ahora, frente al costal del gimnasio, con una camiseta sin mangas y los músculos tensos por más de una emoción, Capi iba de un recuerdo a otro: la boca desdentada del imbécil de Cejudo, y su propia expulsión definitiva del American School por otro pleito un año después, exilio al que Santiago lo acompañó. Capi confirmó el gran poder que su padre decía tener cuando el último día que pasó por él a la escuela amenazó al director con echarles encima a Salubridad por tener unos baños de porquería; lo peor fue cuando se encontraron a Santi en la puerta y el padre de Capi no solo lo ignoró, sino que tampoco quiso llevarlo a su casa.

«En este mundo cada quien se rasca con sus propias uñas, apréndete bien eso —le dijo mientras el guardaespaldas que siempre lo acompañaba les abría la puerta del auto—. El secretario de Salubridad me debe un favor, ya verán estos pendejos la que se les arma —volvió a retar, como si pensara en voz alta—. Este mundo se mueve con favores, hijo, también métete eso en la cabeza. Todo mundo necesita un abogado, todos, por eso tengo tantos amigos, porque todos tarde o temprano me necesitan, ¿me estás oyendo? —desde el asiento del copiloto volteó a ver a Capi, que miraba por la ventanilla a Santiago al pie de la acera—. ¿Me estás oyendo?», volvió a preguntar al tiempo que estiraba el brazo y le daba una cachetada.

—Sí —atinó solamente a responder Capi, desilusionado de su padre. No sabía cómo darle gusto, hacer que se sintiera orgulloso de él.

Su siguiente golpe fue con la izquierda, tan explosivo que si el costal tuviera hígado, se lo habría reventado. En ese instante se imaginó frente a él el cuerpo flácido y sudoroso del gerente del hotel de Yelapa, sus belfos casi amoratados repitiéndole cuánto le debía y lo que estaba dispuesto a hacer para cobrarles. Enseguida recordó la mirada perdida de Eva, la tensión de su cuerpo y su estrepitosa caída. Tan contundente fue el trancazo al *sparring* de arena que hasta él se cimbró y estuvo a punto de perder el equilibrio al recordar sus propias palabras unos días atrás en el estacionamiento de la prepa: «Espero que no te vaya a causar otro ataque». «Imbécil», murmuró. «¡Cómo fuiste a decir esa estupidez!».

—El principal error es golpear hacia arriba y hacia afuera —le dijo Galo, que lo miraba al lado de Santiago desde una banca, sin que Capi hubiera notado su presencia—. El secreto está en el balance de las piernas, rotar las caderas, golpear y volver a tu posición compacta.

Capi lo miró con los brazos tirantes a los costados, jadeaba y estaba bañado en sudor. Se limpió la cara con el dorso del guante rojo.

—Vámonos ya —escuchó a Santiago por enésima vez.

—Te espero mañana en mi oficina, en el receso entre la primera y la segunda clase —le dijo su tutor, quien se puso el saco y se despidió fingiendo lanzarle un golpe a Santiago, quien sumió el estómago como si hubiera recibido un fuerte impacto.

Una hora más tarde Capi y Santiago entraron al vapor y luego a las regaderas; se rasuraron frente al espejo la barba que aún no tenían. Santi, rastrillo en mano, seguía los movimientos de abajo hacia arriba y de izquierda a derecha de Capi. Según ellos, pasándose el rastrillo por la cara después del baño con abundante espuma, pronto les saldría abundante vello.

A pesar de que Santiago le dijo a Capi que debía llegar temprano a su casa, comieron en la cafetería del campus, en una terraza con sombrillas que colindaba con la biblioteca y la librería. Capi le dijo que llamara y le dijera a su mamá que tenía que quedarse más tiempo en la escuela, que le inventara la entrega de una tarea o algo así; Santi lo hizo y su madre no sospechó nada, solo le preguntó si tenía dinero suficiente para comer y él respondió que sí aunque no era verdad. Sin embargo, como en otras ocasiones, Capi pagó la cuenta y más tarde un par de libros que necesitaban para la clase de Literatura.

—¿Qué te pasa?, otra vez estás como perdido —le preguntó Santiago entre bocado y bocado de un subway de albóndigas con pan de centeno—. Vi cómo le pegabas al costal. Creo que hasta el *teacher* lo notó.

Aunque sabía lo que había pasado en el estacionamiento, la broma de mal gusto de su amigo a Eva, Capi no quiso decirle lo que realmente pensaba y sentía. Siguió comiendo en silencio, con la mirada fija en el vaso de agua de jamaica de Santi, repitiéndose: *Una cosa es que sepas que tu chava está enferma, y otra muy distinta es que la veas convulsionándose a tus pies, sin saber qué está pasando, qué hacer, cómo actuar, en qué momento va a parar eso. Te cagaste, Capi. Acepta que te cagaste y que además no sabes cómo limpiar toda la cagazón del estacionamiento. Cómo olvidar la mirada de decepción y tristeza de Eva.*

—¿Pasó algo más con Eva? —intervino Santiago al tiempo que movía su silla para cubrirse del sol.

—Nada, no ha pasado nada más —aseguró Capi y volvió a sus pensamientos.

De nada sirvió el viaje a Yelapa, todo lo que había planeado y preparado.

—Pinche enfermedad de miedo, todo lo echó a perder —murmuró por fin con tono de rabia.

Pero antes de que Santiago dijera algo, llegó el Turco Hawa a preguntarles si irían a la fiesta de diecisiete años de Miriam Natalia el próximo sábado en el Club San Javier. Soltó su mochila en una de las dos sillas vacías y dijo que moría de hambre: jadeaba como si hubiera corrido perseguido por un perro.

—Va todo mundo. Niñas del Ciencias, del Costa, de Los Altos...

—¿Del Costa, dijiste?

—Sí, Miriam Natalia estudia en el Cervantes Costa Rica, así que se pondrá bueno.

—Pide algo, un subway, lo que quieras —le dijo Capi y le dio su tarjeta de crédito para que pagara.

En lo que el Turco iba a la barra a pedir un sándwich, Santiago intervino.

—¿Vas a ir? Tal vez vaya Eva —inquirió; ya había terminado de comer y subió los pies a la silla donde estaba la mochila de Hawa.

—Sí, tal vez vaya, así nos olvidamos de tantos pedos.

—¿Listos? —escucharon a lo lejos la voz del Turco, que llegaba con una bandeja llena de comida: dos subways, refresco grande, papas grandes y galletas de postre.

—¿Tú vas, Santi? —Hasta ese momento reparó en la presencia de Santiago—. Vamos, Capi —insistió el Turco—. A Miriam Natalia le dará gusto verte.

—Vamos —dijo Santiago y puso cara de extravío, mirada que Capi sabía reconocer.

—Okey, vamos —aceptó Capi sin pensarlo mucho, pero también sin imaginar cuánto le cambiaría la vida después de esa fiesta.

34

Miriam Natalia era hija del médico de la familia de Eva, por lo que era probable que ella también asistiera; además, tenía amigas en común con Paloma. Su fiesta de cumpleaños, por ser la primera luego de las vacaciones de Semana Santa, era muy esperada. Los mensajes entre chicas y chicos de los distintos colegios de Guadalajara iban y venían; se ponían de acuerdo en la hora de su llegada, cómo se vestirían y las botellas que de contrabando meterían al festejo. Miriam Natalia era también el amor platónico de Santiago y Capi lo sabía, por lo que le propuso que le llevaran serenata esa noche.

—¿Le decimos a Esteban que lleve su tornamesa para que toque? Le serviría como ensayo, él será el DJ de la fiesta.

—No, tarado, le llevamos serenata como se debe, con mariachi. Y ya te dije que de ese pendejo no quiero saber nada.

—Se te pasó la mano en Puerto Vallarta. Creo que él actuó de buena fe.

—Se lo merecía. Me caga la gente que se pasa de lista, y él se pasó de verga.

—Entonces, ¿serenata con mariachi? ¿Y cuánto cuesta eso? —Santi prefirió cambiar de tema, no quería hacer explotar a su amigo.

—Lo que cueste; esa noche, después del «Cucurrucucú, paloma», te le declaras. Ya, por favor. Desde que te conozco arrastras ese amor imposible.

Esa misma tarde, mientras Capi y Santiago circulaban por la avenida Pablo Neruda de oriente a poniente, en el otro sentido iban Eva, su mamá y su hermana a ver a la doctora Carranza. A pesar de que a ambos autos los detuvo el semáforo en el cruce de Rubén Darío, no pudieron verse por los árboles del camellón y el sol de las cinco de la tarde.

El consultorio estaba en la torre de especialidades del Hospital del Carmen. En él no había nada que distinguiera el toque personal de la doctora; sobre las paredes colgaban réplicas de Monet y Renoir compradas en su último congreso de neurología en París. Los sillones de espera imitaban muy bien la piel, y sobre las mesas solo había revistas médicas con fotografías de tumores y gente con la cabeza rapada mostrando cicatrices que semejaban alcancías a punto de reventar. Las atendió la recepcionista, una chica apenas mayor que Eva, que en ningún momento soltó el celular en su mano; les pidió esperar unos minutos. La cita era a las cinco y media de la tarde, pero como en las dos visitas anteriores no habían pasado a tiempo, Eva llevaba para leer *Los hombres que no amaban a las mujeres,* de Stieg Larsson.

Casi una hora más tarde salió una mujer con una pañoleta en la cabeza, acompañada de su esposo. Mientras pagaban en el mostrador, Eva alcanzó a verle una cicatriz rosada que bajaba por su cráneo hasta el cuello: *Aquí no saben de zurcidos invisibles,* pensó e instintivamente se llevó la mano a la nuca. No volvió a las páginas de su libro. Era su turno.

—Eva, tienes que ser muy puntual en tomar tus medicamentos, de eso depende su efectividad. ¿Cuántos años me dijiste que tienes? —En definitiva la pregunta de la doctora llevaba una doble intención, pues tenía abierto el expediente con todos sus datos.

—Diecisiete —respondió Eva y volteó a ver a su mamá.

—¡Qué bien! El próximo año ya tendrás edad para votar y decidir, pero aún no es el caso; ahora tienes que hacer lo que tus padres, tus profesores o yo te indiquemos. Es por tu bien.

Eva no dijo nada ni asintió con la cabeza, odiaba que le dijeran «es por tu bien». ¿Quién más que ella sabía mejor lo que le convenía? Dana, sentada en un sillón al lado de la puerta, traía puestos los audífonos del teléfono desde que salieron de casa, pero ahora el aparato estaba apagado. Escuchaba todo.

—Dígame, señora Otero, ¿cómo van sus viajes, alguno próximo en puerta? —inquirió la doctora y Julia, que estaba a punto de hacer una pregunta, se detuvo; no esperaba que la interrumpiera y mucho menos para el velado regaño por no haber estado con Eva desde la primera crisis.

—¿Habrá algún cambio de dosis o de medicamento? —preguntó, ignorando el cuestionamiento.

—Seguirán siendo Keppra y Epival, y después de una resonancia magnética que le voy a ordenar para mañana mismo, veré en cuánto aumentar la dosis.

—¿Otra resonancia? —se defendió Eva con tono de enfado tan solo de pensar en volver a entrar a la máquina comecerebros.

—Y las que hagan falta —atajó la doctora y continuó—. Así que tomaste solo cervezas, me dijo tu papá por teléfono. —Eva odió a su padre en ese momento, a su madre y sus constantes viajes—. Creí que había quedado muy claro que nada de estimulantes, ni tabaco ni chocolate, mucho menos alcohol, y no está de más repetir que nada de drogas, nada. El Epival puede potenciar los niveles depresivos que por lo general acompañan al alcohol, por lo que de ahora en adelante tienes estrictamente prohibido beber cualquier cosa que lo contenga. Recuérdalo, es por tu bien —al volver a oír eso, Eva apretó los dientes y esa mueca fue evidente para la doctora—, ya el próximo año tú solita podrás elegir, hasta a tu diputado si quieres, ¿eh? Nada de desvelarte, nada de siete horas en la computadora. Y la puntualidad, a dos manos —dijo, y señaló con la mirada su diestra y su siniestra—: Keppra y Epival.

—Sí, doctora. Aunque este sábado tengo una fiesta, es el cumple de una de mis mejores amigas —dijo Eva, que adivinando la respuesta, se atrevió a preguntar—: ¿podré ir, aunque sea un ratito?

—Nada de fiestas, nada de alcohol ni estimulantes. Nada de desvelarse. Reposo, dieta sana, ejercicio, estudio...

—Sí, ya sé, y puntualidad a dos manos —repitió Eva las palabras de la neuróloga.

Sentía que odiaba a la doctora Carranza como nunca antes a nadie; le parecía arrogante, antipática, sabelotodo. Eva sabía que a esa fiesta iría Capi, y ahora no tendría manera de escaparse. Apurada por salir, sujetó el libro que llevaba y eso fue como provocar de nuevo al dragón que tenía enfrente.

—¿Qué estás leyendo? —Eva le mostró el libro de Stieg Larsson—. Ese también puede ser un estimulante. Me han dicho que es la historia de un pervertido, y...

—Gracias por su opinión, doctora, pero Eva ya sabe lo que es bueno para su cerebro, y lo que no —intervino Julia con tono molesto.

—¿Está segura, señora?

Las tres salieron del consultorio con cara de regaño, pero antes de irse, la doctora, con sus lentes de miope y su cabello corto, menuda como una adulta en el cuerpo de una niña de doce años, le regaló una paleta a Dana: «Para la nena, por bien portada», dijo al sacar de una bombonera de cristal una Tutsi Pop. Dana apenas la agradeció, y en cuanto llegaron al estacionamiento la tiró en el primer bote de basura que encontró.

35

Durante el trayecto a casa apenas cruzaron palabra; las tres parecían repasar lo que les dijo la neuróloga sobre llevar una vida ordenada. *Aburrida*, pensaba Eva y miraba a su madre, que tenía cara de enojo. Eva también estaba molesta, pero no sabía con exactitud qué la ponía así, malhumorada. ¿Eran las restricciones de la doctora Carranza, sus regaños, su tono de voz? ¿No poder ir a la fiesta de Miriam Natalia, y todos los cambios que se venían en su vida? ¿Era por Capi? Ese tema la tenía cansada, decepcionada, triste. ¿O era acaso la traición de su papá? *¿De verdad tendrá una amante?*, se preguntaba. ¿Era su mamá, sus constantes viajes, las diferencias que hacía entre ella y su hermana? No eran notorias ni constantes, sin embargo, Eva las sentía; de alguna manera Julia se las hacía sentir. Estaba cansada de tantos secretos, *¿o serán mentiras?*, volvió a interrogarse. Lo único que quería era llegar a su casa y encerrarse en su cuarto. Pensó que su habitación era todo lo que poseía: los libros, su ropa, algo de bisutería y el dragón que Capi le había regalado en Puerto Vallarta, del cual desde ese día no se separaba ni para dormir, y como aún no le conseguía una cadena para colgárselo al cuello, lo traía en el bolsillo del pantalón.

Por solidaridad con su hermana, en el trayecto Dana se quitó los audífonos y estuvo pendiente de todo, escuchando los comentarios que su mamá hacía sobre el tráfico, la mala sincronización de los semáforos, las palabras —no sabía si certeras o exageradas— de la doctora Carranza; lo cierto era que Julia estaba irritable, molesta con la neuróloga por el comentario que le había hecho sobre sus viajes. No era culpable por no estar ahí en el momento en que Eva sufrió el primer ataque. ¿Qué podía hacer, si estaba a miles de kilómetros de distancia? Volver significaba dejar todo a la deriva, y aun abordando un avión de inmediato hubiera tenido que hacer tres o cuatro conexiones hasta aterrizar por fin en Guadalajara cuarenta y ocho horas después, como acabó sucediendo de todos modos al término de su estancia. De cualquier manera la culpa no la dejaba en paz, y ahora la doctora se lo había restregado en la cara. Eso la tenía furiosa y apretaba el volante con ambas manos y con tanta fuerza como si estrangulara a alguien.

Mientras esperaban a que el portón eléctrico del edificio se abriera, Eva levantó la vista por la ventanilla y recorrió la torre de abajo hacia arriba hasta llegar al quinceavo piso. Vio la ventana de su cuarto y no pudo evitar pensar que más bien parecía una prisión, una torre inexpugnable, la más segura de Guadalajara, según les había dicho su padre; él mismo la había construido con los adelantos tecnológicos y de seguridad más avanzados. «Un edificio inteligente y ecológico, con unas vistas espectaculares. Se llamará Torre Ónix», les había dicho el día que les contó del proyecto.

En ese entonces vivían en la vieja casa de la *oma* Clara, mamá de Otto, quien se la heredó cuando decidió mudarse a Nueva York. Construida por su padre, también arquitecto, quien había sido socio de Luis Barragán, tenía esa perspectiva, el gusto por las líneas rectas, los patios interiores y grandes espacios. Una casa que palpitaba de recuerdos, y en ella murió cuando su hijo aún era adolescente. «La casa de mi madre», como siempre se refería Otto a esa propiedad de los años cincuenta, estaba ubicada en la Seattle, una colonia con más de cien años de antigüedad, de calles empedradas y gran vegetación. En el garaje Otto guardaba un Mustang clásico 1967, negro y con vestiduras de piel, un auto de colección que había rehabilitado poco a poco en los últimos diez años y que solía usar solo los domingos. Tenían jardines alrededor, y al fondo un enorme huerto poblado por árboles de naranja amarga y enredaderas de jazmín que perfumaban el ambiente todas las tardes; esa era una de las esencias que a Eva más le recordaban su infancia.

Cuando se mudaron a la Torre Ónix, dejaron la casa tal cual estaba: muebles, tapetes, vajillas, ropa de cama, como si Otto quisiera dejar el pasado atrás. Pusieron todo al cuidado de Nabor, quien siempre había sido el jardinero de la familia; iba dos o tres veces por semana, mantenía todo limpio y el jardín como en sus mejores años. Fue el mejor amigo de Eva cuando era pequeña. Nabor la enseñó a andar en bicicleta, la llevaba a la tienda a comprar gomitas de ositos. De cuerpo grueso y manos de trabajador del campo, le puso un columpio en su árbol favorito, un mango centenario que había sobrevivido a plagas y podas, al cual Eva se subía desde pequeña para esconderse cuando llegaban visitas. «¡¿Dónde está la niña?!», oía que la buscaban a gritos y ella trepaba más, llevando por los pelos a una muñeca para que le hiciera compañía. Después, cuando descubrió la lectura, pasaba las tardes de primavera montada en una horqueta con un libro en las manos; si tenía hambre, estiraba el brazo y arrancaba un mango, luego otro y otro hasta quedar empachada y con los cachetes tiznados de amarillo. A ese árbol y a Nabor era a quienes más extrañaba de su vida en el campo, como llamaba al periodo en la casa de la *oma* Clara, lugar que pronto volvería a ser su refugio y el mejor escondite para Capi.

Minutos antes de la cena, Julia entró a la habitación y la encontró recostada en la cama, mirando al techo. Se sentó a su lado y Eva se incorporó un poco hasta recargarse sobre la cabecera; Julia dijo que el fin de semana irían a Tapalpa, al rancho de su tío Enrique, y al no obtener respuesta le preguntó cómo estaba.

—No sé —respondió Eva.

—¿Cómo que no sabes?

—Sí, no sé, no sé quién soy, no sé si pueda vivir con esto.

—Saldremos adelante, hija; juntas, ya verás que saldremos.

—¿Juntas, dices? Si no estuviste conmigo hasta que terminó tu cochino trabajo. —Julia sintió que las palabras de la doctora habían calado hondo.

—No estuve contigo porque no podía, ese proyecto dependía totalmente de mí; además, tú y yo hablamos y te pregunté si estabas bien con tu papá y tu abuela Esther, con Dana y tus tías, te pregunté si querías que volviera...

—Y si te hubiera dicho que sí, ¿habrías vuelto?

—Claro que sí, habría dejado todo; habría agarrado el primer avión para regresar a tu lado.

—Yo creí que era algo pasajero, que al día siguiente ya estaría en casa. Pensé que sería fuerte... Tantos viajes en camilla por los pasillos del hospital, esas máquinas inspeccionando cada parte de mi cuerpo para revisarme una y otra vez, las mismas preguntas una y otra vez. Me sentí en observación, como las ranas que abrimos en el laboratorio de Biología. Me sentí sola, perdida entre tanta gente. —Al decir esto, Julia la abrazó y ambas lloraron, temblando con fuerza.

—Lo siento mucho, mi cielo. Lo siento tanto —Julia se separó de Eva, le acarició la cara y le acomodó detrás de las orejas el cabello caído sobre las mejillas—. Creí que habíamos tomado la mejor decisión, que tu papá y tu abuela en ese momento eran suficientes. Ellos también son tu familia.

—No sé —respondió Eva.

—¿Cómo que no sabes?

—Sabes a qué me refiero. Hay tantos secretos en esta familia, tantas cosas ocultas. —Al decir esto Eva no solo pensaba en sí misma sino en su padre, en la conversación que había escuchado en Puerto Vallarta. Pero no estaba segura, ¿cómo acusar sin pruebas?

—Prométeme una cosa, hija, hagamos juntas esta promesa: siempre hablar con la verdad, decir lo que queremos y, sobre todo, lo que sentimos.

—¿De verdad me estás pidiendo eso? ¿Que hablemos siempre con la verdad? —Eva matizó la palabra *verdad*—. Si desde niña me han ocultado mi origen. Ni tú ni mi papá han querido hacer eso tan simple, decir la verdad —insistió Eva.

—Cuando estés mejor y más tranquila hablamos de ese tema —puntualizó Julia con el tono más dulce que conocía—. Ahora,

¿me dejas contarte algo? —Eva buscó el refugio de su almohada, la abrazó y escuchó sin querer oír.

Julia le dijo que cuando tenía su edad, sus amigas y ella hicieron un pacto de verdad que consistía en decirse entre ellas todo lo que sentían, pensaban y querían, fuera lo que fuera y costara lo que costara.

—Desde hoy, tú y yo somos las primeras integrantes del Club de la Verdad —continuó con tono solemne, con la diestra sobre el corazón y mostrando la palma de la mano izquierda.

Aunque Eva no estaba de humor para ese tipo de juramentos, aceptó el reto y decidió ella misma buscar su verdad.

36

Después de la serenata a Miriam Natalia, poco antes de las dos de la madrugada, a Capi se le ocurrió seguir con el gallo a casa de Eva. «Espérenme tantito», les dijo a los músicos y se puso de acuerdo con Santiago, el Turco Hawa y otros dos que no abrieron la boca en toda la noche, de tan borrachos que iban. Santiago no estaba para opinar: aunque Capi le daba ánimos, sabía que su serenata había sido un desastre: Miriam Natalia no se asomó por la ventana, solo se prendieron las luces de su casa, y hasta el final, cuando ya hacían cuentas con los músicos, corrió un poco las cortinas y le dio las gracias, o eso fue lo que Santi interpretó al leerle los labios.

—Ahora vamos a Providencia —le ordenó Capi al que cantaba y apuntaba las canciones en una gastada libretita para después cobrarlas. Los chicos se subieron al auto de Capi, el mariachi a una Wagoneer 1986, y se fueron.

Al llegar a la Torre Ónix, los mariachis, que iban vestidos con traje charro blanco, volvieron a afinar sus instrumentos, haciendo el menor ruido para no despertar todavía al vecindario.

—¿Es necesario volver a afinar? —le preguntó Capi al de la libretita.

—Sí, joven, no se nos vaya a ir una nota y lo hacemos pasar una vergüenza.

—¿A mí? —exclamó asombrado.

—Sí, joven, porque aunque nosotros somos los que cantamos, es usted quien pone el sentimiento. ¿Para dónde va a ser el gallo, joven?

Haciendo visera con la mano como si el sol lo encandilara, Capi volteó hacia lo alto de la torre y no pudo distinguir cuál era la habitación de Eva; dedujo entonces que sería difícil que ella lo escuchara.

—Espéreme tantito —dijo, y cigarro en mano fue con Santiago.

Entre los dos trataron de persuadir al guardia de seguridad para que los dejara pasar, pero no hubo manera de hacerlo entrar en razón; Capi hasta se atrevió a ofrecerle dinero y ya estaba a punto de acceder, pero cuando le dijeron que la serenata era para la hija del arquitecto Otero, se negó rotundamente. Capi no tuvo más opción que llamarla por teléfono.

—Cuando yo le diga, maestro, se arranca con... ¿cómo se llama la rola?

—«Por un amor», joven —dijo el hombre y se aclaró la garganta con un trago de tequila—. Estamos listos cuando usted mande.

El celular de Eva sonó y sonó en cuatro, cinco y nueve ocasiones hasta que por fin contestó. Pasaban de las dos cuando dijo: «¿Bueno?» y escuchó el son de una guitarra, la voz de un hombre que le cantaba al oído; dejó pasar unos segundos.

—Bueno, ¿quién habla?

—Soy yo, chaparra, te traje serenata.

—¿A mí? —Eva brincó de la cama y se despertó completamente.

—Sí, si no, a quién. Ábreme la puerta, estamos en la calle.

Eva despertó a todo mundo en su casa. Era la primera vez que le llevaban serenata; no lo podía creer. Estaba emocionada, feliz. Su papá ordenó que les abrieran la puerta y le dio permiso de bajar.—¿Puedo ir con ella? —dijo Dana, que brincaba alrededor de su hermana; le dijeron que sí y su mamá mandó a Eva a lavarse la cara.

—Mira nada más, tienes la almohada pintada en el cachete. —Eva la escuchó decir mientras corría al baño.

Frente al espejo, aún sin asimilar la primera emoción, Eva se miró y como una ducha de agua helada le volvió el recuerdo del abandono de Capi, de su burla en el estacionamiento del Tec, su foto en la playa con Joana Roca. También sintió algo de culpa por el apagón en Yelapa pero fueron solo unos segundos, después se dijo que no tenía de qué avergonzarse y volvió a verse saltando de la cama a la primera llamada de Capi hacía unos minutos con los primeros acordes del mariachi, como si no hubiera pasado nada. *Eres una tonta*, se dijo, y se sintió furiosa.

El portón se accionó y se plegaron las dos hojas, dejando ver un largo camino empedrado, jardines y al fondo un gran *hall* acristalado; conforme se acercaban, más de una luz en la torre se encendió. Capi y sus amigos llegaron hasta allí con los músicos detrás: le dio una última fumada a su cigarro y lo arrojó al suelo, ordenó que escondieran la botella de tequila y el Turco Hawa se desfajó la camisa y volvió a metérsela en la cintura. Minutos después bajó Eva con una pijama de franela y una bata de su mamá; llevaba pantuflas de Hello Kitty.

—¿Pijama de franela? Sabía que eras friolenta, pero... ¿no me habías dicho que era de Hello Kitty? —Capi habló casi sin detenerse; estaba nervioso y algo raro notó en la mirada de Eva. Estaba enojada, y eso le preocupó.

—Era de Hello Kitty, pero se la di a Dana... Una larga historia —respondió Eva con tono cortante.

Aunque el mariachi estaba afuera del *hall*, las trompetas hacían vibrar los vidrios, y al comenzar la siguiente canción Eva y Capi seguían en silencio. Capi le había dicho al que cantaba que él no sabía nada de música, que tocaran «puras rolas de amor y convencimiento», fueron sus palabras. «Ustedes toquen y toquen, y no me estén preguntando cuál sigue o cuál quiero, ¿entendió?». «Sí, joven.» Si no sabía nada de música para serenatas, en ese momento cayó en cuenta de que tampoco sabía mucho sobre qué hacer, cómo actuar y dar explicaciones.

Cuando interpretaban «Usted», Capi buscó un lugar con menos luz y menos gente para hablar con Eva; moría de ganas de abrazarla, de besarla, y se sentía cohibido ahí, en medio de todos, por lo que le pidió que dieran un paseo por el jardín. Caminaron unos pasos con los músicos detrás, seguidos por Dana, Santiago, El Turco Hawa y los otros dos hasta que Capi volteó y le dijo al de la voz que no los siguieran. Todos se pararon en seco; Eva y Capi llegaron hasta una banca de madera al pie de una solitaria jacaranda en flor. Ninguno de los dos se sentó.

—Hola —dijo Capi mientras pisaba la alfombra de flores color violeta.

—Hola —respondió Eva, y dejó pasar unos segundos que parecieron cuchillos—. ¡Cómo te atreves a traerme serenata si no sé nada de ti! Es más fácil hablar por teléfono, es más fácil mantener la boca cerrada.

—A eso vine, a hablar —interrumpió Capi y trató de acercarse a Eva; ella percibió un fuerte olor a cigarro y alcohol.

—Tú sabes a qué me refiero. Bastante tengo con que se rían de mí en la prepa, para que tú también te burles y me humilles...

—Soy un imbécil —dijo Capi mirándola a los ojos—, no quise hacerte sentir mal; por favor, Eva. Jamás busqué herirte. No sé por qué lo dije. Te digo que soy un imbécil, no sé si te merezco. —Capi sonaba verdaderamente arrepentido.

—No te creo, y además estás borracho —respondió Eva y se apartó un poco.

—¡No estoy borracho! —se defendió él, alzando la voz—. ¿Qué, no me crees que soy un imbécil?

—¡Claro que eres un imbécil! —Eva también alzó la voz. Cruzada de brazos, los apretaba a su cuerpo; estaba tensa y un viento fresco le movía el cabello—. Bien sabes también a qué me refiero.

—Ya, chaparra —rogó Capi sin saber qué quería decir, y su tono de voz comenzó a desarmar a Eva.

—¿Ya qué?

Después de decir eso guardaron silencio, el viento volvió a zumbar entre las ramas de la jacaranda y a lo lejos el mariachi interpretaba «El milagro de tus ojos». Capi se metió las manos a los bolsillos del pantalón y la miró a los ojos.

—Lo siento, chaparra, no debí decirte eso en el estacionamiento; no sé cómo hablarte, de pronto eres otra y no sé cómo actuar.

—¿Otra? ¿De pronto soy otra? ¿Tú crees que he cambiado?

—Estás distante. En clase te veo distraída, como en otro mundo, y todos se dan cuenta, dicen que...

—¿Qué dicen?

—Nada, no dicen nada. —Capi reflexionó en sus palabras y no quiso volver a encenderla—. Solo me dan ganas de callarles la boca.

—Yo también quisiera andar por la vida callando a la gente que se mete en la vida de los demás y hacen chismes de todo... —Los ojos de Eva brillaron con tanta intensidad que Capi se sintió maravillado de nuevo.

—¿Cuándo te vas a curar? ¿Cuándo volverás a ser la Eva de siempre?

—No sé, quizá nunca, quizá esta es la verdadera Eva, y no me importa —dijo ella, llenándose de valor—. Hay cosas peores en el mundo, gente realmente enferma o muriendo de hambre. Los niños de la calle están peor que yo, y los hay por todos lados —agregó haciéndose la fuerte.

—A mí no me importan, me importas tú y voy a estar contigo también en esto —respondió Capi cuando sonaba el estribillo de «María Elena»: «Tuyo es mi corazón, oh sol de mi querer,/ mujer de mi ilusión, mi amor te consagré...».

—No es necesario; cómo vas a querer estar con una loca que se convulsiona en la playa, en mitad de la calle o de una fiesta. Entiéndelo, no soy yo y no sé cuándo vuelva a serlo.

—No me importa, ¿me oyes? No me importa, seguiré contigo y en la fiesta de Miriam Natalia bailaremos toda la noche.

—¡Ah, la fiesta! —repitió Eva bajando la cara. Luego lo miró otra vez a los ojos—. ¿Quieres que te diga todo lo que ya no puedo hacer? No me puedo desvelar ni tomar alcohol o café, o saborear tus tachas; bueno, para que me entiendas, no puedo enojarme o estresarme... —Antes de continuar, los ojos se le llenaron de lágrimas. Capi la tomó de las manos y la abrazó.

—Eso no me importa, a mí solo me importas tú —le aseguró y buscó sus labios para besarla.

37

Julia trataba de entrenar a Rococó, su yegua prieta azabache, por lo menos tres veces por semana. La competencia en la que iban a participar el domingo era muy desgastante: el *endurance* ecuestre es una carrera de alta resistencia en la cual jinete y montura recorren una ruta de ochenta kilómetros en un tiempo determinado, poniendo a prueba no solo la velocidad sino la resistencia del caballo, la habilidad y la disciplina a la que se somete.

—No gana el que llega primero, sino quien lleva hasta el límite a su caballo sin ponerlo en riesgo —les explicó a sus hijas camino al rancho de Enrique, su hermano, mientras Otto manejaba la todoterreno—. Gana el jinete que cruza la meta con el animal más entero.

Eva escuchaba a su mamá y veía por la ventanilla de la camioneta la laguna seca de Sayula, paisaje desértico y resquebrajado que le recordó a *Pedro Páramo*. Tantas veces lo había comenzado a leer que, de memoria, repitió el inicio: «Vine a Comala porque me dijeron que acá vivía mi padre... Era ese tiempo de la canícula, cuando el aire de agosto sopla caliente, envenenado por el olor podrido de las saponarias». *Creo que me brinqué un párrafo*, se dijo, y sacó de su bolso el libro para constatarlo. Luego buscó su celular y tomó nota de lo que veía: a la izquierda el Nevado de Colima y a su derecha la sierra de Tapalpa, adonde iban; un pueblo de bosque y montaña. Faltaba una hora más de camino.

—Papá, ¿qué son las saponarias?

—Son unas flores silvestres de cinco pétalos color lila, como tréboles de cinco hojas —respondió Otto y luego señaló con el dedo—: ¿Ves esas aves? No son saponarias —bromeó—, son gansos que van de regreso a Canadá. En esta laguna pasaron el invierno.

Dana se fue encima de Eva para ver mejor desde su ventanilla, movimiento que puso en alerta a Cala, que también brincó sobre Eva; la parvada de gansos nevados hacía su típica formación en V partiendo el cielo, igual que los ladridos de Cala partían los tímpanos.

—Dana, ¿ya ves lo que ocasionas? —le reclamó a su hermana y la apartó.

Enseguida le escribió a Capi, preguntándole si ya habían salido de Guadalajara. Después del beso de reconciliación tres noches atrás, al final de la serenata, se pusieron de acuerdo para encontrarse el fin de semana en Tapalpa; Eva ya le había avisado dónde estaría, los abuelos de Santiago tenían una casa en el centro del pueblo y solo era cuestión de pedírsela. «Espero que esta vez sí se me haga», le dijo Capi a Santi. «¿Recuerdas la vez pasada que estuvimos en Tapalpa qué bien nos fue?». Ambos recordaron el 20 de noviembre del año anterior; en la plaza del pueblo, con portales de madera y techos de teja a dos aguas, ambos habían celebrado en grande un aniversario más de la Revolución mexicana.

Aquella noche el pueblo estaba lleno de gente de Guadalajara y de turistas que con música de mariachi y sombreros zapatistas brindaban por los héroes revolucionarios. Esa fría noche Capi apostó con Santi a que se ligaba a una chica que venía de Oregon, y no solo eso, le juró que se acostaría con ella esa misma noche; coronó la jugada asegurándole que las gringas eran más escandalosas que las mexicanas. «Vas a ver cómo grita "viva Villa" en inglés», le aseguró, y ganó. Santi comprobó en carne propia los gemidos de Marian, pues minutos antes de que Capi y ella se fueran al cuarto de los abuelos, se metió debajo de la cama y estuvo ahí toda la noche, sintiendo el golpeteo del colchón que amenazaba con caerle encima. «Eres un puerco», fue lo único que dijo a la mañana siguiente.

Los Reflejos era el rancho del hermano de Julia; ahí se desarrollaría la carrera ecuestre. Una semana antes, Rococó ya estaba en los establos del lugar, aclimatándose a los más de dos mil metros de altitud. Ese sábado comieron en familia en la terraza de la casa y más tarde Julia y Enrique recorrieron a caballo algunos tramos de la competencia: Eva, Dana y Cala fueron mientras al potrero a conocer a cuatro potrillos que habían nacido en los últimos días.

—Tengan cuidado, anda un coyote suelto asolando los alrededores —les advirtió el tío Enrique.

—Tú siempre con tus bromas —le recriminó Julia y le clavó las espuelas a su yegua, retando a su hermano a que la alcanzara.

Ellas anduvieron cuidándose las espaldas, bromeando sobre el cuento de Caperucita y el lobo; por las dudas, Dana levantó un palo del suelo y lo blandió como si fuera una espada. Cala corría a su alrededor y ladraba al menor movimiento de Dana. Los recién nacidos estaban en un enorme corral a cielo abierto; Eva y Dana trataron de acercarse para tocarlos, pero no se dejaron. Cala les ladraba y los perseguía, y los potrillos corrían temerosos a buscar refugio con sus madres, metiéndose entre sus patas.

—¡Cala! —gritaban las dos hermanas al mismo tiempo.

En el corral había pastura que comían las yeguas y, como campo minado, excremento entre los matorrales, por lo que tenían que andar con cuidado o acabarían con mierda hasta los tobillos. Antes de las cinco de la tarde le llegó a Eva un mensaje de Capi en el que le dijo que ya estaba en Tapalpa y preguntaba dónde se verían.

Ven a Los Reflejos. Hoy hay un coctel de bienvenida
a media tarde.

Cuando Otto lo vio llegar, seguido de Santiago, estaba en la terraza con la computadora abierta, ultimando los detalles de un próximo viaje. *Se ha vuelto nuestra sombra*, pensó y lo saludó. Luego le señaló el camino a seguir para encontrarse con sus hijas; minutos más tarde, los cinco regresaban por ese mismo sendero empedrado con flores silvestres a los lados. Cala iba por delante moviendo la cola, y Eva les explicaba sobre la competencia del día siguiente.

—No es una simple carrera de caballos, es un *endurance* ecuestre.

—¿Qué es eso? —replicó Capi.

—Gana el que aporrea menos a su caballo —opinó Dana.

—No, tampoco se trata de eso, ¿qué no entendiste la explicación de mamá? Es una carrera de resistencia donde gana el jinete que mejor se comunique con su caballo, el que mejor lo cuide. El recorrido es de ochenta kilómetros.

—¿Cuánto? —preguntó sorprendido Santi—. Eso es muchísimo, ¿no?

—Sí, y como no hay caballo que resista y correrán a campo traviesa por la montaña, cada veinte kilómetros se detendrán y un equipo médico revisará a los caballos, su pulso e hidratación, las lesiones que puedan tener, herraduras, todo en pocos minutos...

—Como los *pits* —intervino Capi e hizo ruidos de motor con la boca.

Cuando llegaron a la casa ya estaban ahí sus primas, hijas del tío Enrique, y seis niñas más. Al verlas, Santi manoteó buscando el brazo de Capi, movimiento que su amigo conocía a la perfección: significaba que una de las chicas le había gustado. El cielo desde la terraza de la casa se veía azul de felicidad.

Una hora más tarde comenzaba el coctel de bienvenida, con todos los participantes presentes: jinetes, veterinarios y autoridades. Para tal efecto se instalaron tres enormes carpas blancas con candiles eléctricos y unas antorchas encendidas en la parte norte del lago mayor del rancho: ese sería el punto de partida y de llegada al día siguiente.

Esa misma noche, cuando Julia y Otto se preparaban para dormir, ella lo notó inquieto y le preguntó si era por la carrera.

—No —respondió Otto—, sé que Rococó es la mejor yegua del mundo y que tiene a una excelente jinete para montarla. Me preocupa Eva, o quizá debería decir Capi, que se ha convertido en nuestra sombra; ahora me lo encuentro hasta en la sopa.

—Así son los muchachos, ¿qué te preocupa? Están enamorados —dijo ella al tiempo que se sacaba la blusa por la cabeza y dejaba ver sus senos aún firmes bajo el sostén.

—Eso me preocuparía más, que no estuvieran enamorados. Eva está más vulnerable, más sensible, y no dejo de pensar que ese chico es medio bruto, tosco, quiero decir. Lo trae de herencia. —Otto no vio cuando Julia se quitó el sostén y se puso la camiseta de la pijama porque estaba sentado en su lado de la cama, quitándose las botas.

—¿Lo dices por su papá?

—Sí, lo digo por su papá. Ya sabes que Roberto Garcés nunca ha sido santo de mi devoción, me parece un tipo sin escrúpulos. Recuerda que lo conozco desde hace muchos años. —Otto se levantó de la cama, se bajó los pantalones y así, con una camisa a cuadros que apenas dejaba ver sus bóxers negros, fue a su maleta a buscar su pijama.

—A mí me parece un tipo de lo más normal.

Se metieron a la cama; la noche era fresca y las sábanas estaban frías. Julia buscó el calor de su esposo y se recostó en su pecho.

—Deséame suerte mañana —fue lo último que le dijo antes de que él apagara la luz.

Rococó era una yegua árabe que había nacido en Los Reflejos, y ahí mismo la montaron por primera vez y la hicieron a la rienda. Fue un regalo de Enrique para Julia cuando ella cumplió cuarenta años; la yegua acababa de cumplir los cinco y este era su primer *endurance*. Estaba nerviosa, y para reconfortarla un poco Julia le dio a comer tres terroncitos de azúcar: se los puso en la palma de la mano y Rococó los devoró mientras ella la acariciaba. Luego la montó, y estuvieron pendientes de la señal de salida. Amanecía.

Eva, Dana y diez niñas más en pijama desayunaban a las once de la mañana en la terraza de la casa; comían rápido y hacían turnos para bañarse. La carrera había comenzado desde temprano: al mediodía llegaron Capi y Santiago, ambos con camisa azul, jeans y botas. Eva salió con un sombrero tejano, el cabello aún húmedo le caía sobre la camisa blanca de lino que apenas dejaba ver el dragón que Capi notó de inmediato; ella se reflejó en los Ray-Ban de él y le dio un beso en la mejilla. Caminaron hasta la zona de la competencia acompañados por Cala, Dana y sus primas los alcanzarían más tarde.

—Creí que te pondrías un paliacate rojo como el de Cala —comentó Capi.

—Se lo presté a Dana. En cambio, mira —respondió Eva y se abrió un poco la blusa para mostrarle el dragón: le había conseguido una simple cadena de plata.

—Se te ve espectacular —acentuó Capi y la tomó de la mano.

—Es un dragón uroboros.

—¿Un qué? —preguntó Capi, sorprendido.

—El uroboros es un símbolo milenario y representa la unidad del cuerpo y el espíritu, la vida eterna; lo que no tiene fin, porque su final es volver a empezar.

—Como nuestro amor, que no tiene fin porque su final es volver a empezar —murmuró Capi y se acercó a ella con actitud de besarla.

Se dirigieron hasta las tres carpas, dos de ellas servían para atender a los invitados; había sillones tipo *lounge*, equipales y pacas de forraje para que se sentaran. Los meseros iban y venían con bebidas y el *brunch*. La tercera era utilizada por el equipo veterinario y los jueces; cada veinte kilómetros del circuito, ahí llegaban los competidores.

—Los de chaleco amarillo —le señaló Eva un grupo de veinte hombres a la expectativa— son los caballerangos y fisioterapeutas, los de chaleco rojo son veterinarios: ellos deciden si el caballo sigue apto para la carrera o es descalificado.

—Entonces —opinó Santiago—, más que una calificación de jueces, el *endurance* es una decisión de veterinarios.

—Más o menos —dijo Eva, y fueron por cervezas—. Mira, allá está Rebeca Partida. —Eva señaló a un grupo de niñas que, con sombreros tejanos de fieltro y de palma, lentes oscuros y botas, estaban sentadas en unos equipales—. ¿Vamos?

Santi volvió a hacerle su gesto a Capi, quien lo aventó para quitárselo de encima; el encuentro con Rebeca y sus amigas le venía como anillo al dedo, podía dejar ahí a Santiago y buscar un poco de intimidad con Eva. En su cabeza seguía el plan que no se había concretado en Yelapa; *Este también es un sitio espectacular, ideal para una primera vez*, se dijo. Preguntó por Juan Enrique, desde las vacaciones en Puerto Vallarta no lo había visto, y Rebeca le dijo que por ahí andaba. «Ah, okey», fue lo único que respondió él. Minutos después le dijo a Eva que fueran a ver los caballos que iban llegando en sus segundos veinte kilómetros de recorrido; Santi le echó ojos de pistola por dejarlo solo con siete chicas que apenas conocía.

—Ahora volvemos —dijo Capi y tomó de la mano a su novia.

—Eres malo —le recriminó Eva—, lo dejas solo con todas ellas y no sabes las mañas que puedan tener; de Rebeca no tengo dudas, pero de las otras...

—No te preocupes, ya está bastante grandecito para cuidarse solo. Además... —Capi hizo una pausa y puso cara de pícaro—, a Santi le gustó Rebeca, y quién sabe, a lo mejor con ella sí se le hace, así que está bueno que haga su luchita, ¿no crees?

Tomados de la mano, caminaron rodeando el lago mayor hasta alejarse de la competencia por estrechos senderos trazados en el campo; iban sin rumbo fijo. Capi arrancaba flores silvestres, margaritas amarillas y blancas, dalias y jazmines, e iba formando un pequeño ramo. A Eva le parecía raro andar por ese sitio de la mano de Capi; sus botas de montar, negras y hasta las rodillas, le protegían las piernas de los huizapoles y otras hierbas.

—Me encanta cómo te ves con sombrero —le dijo Capi e hizo un alto en el camino; le dio el pequeño ramo de flores que había hecho y en medio de aquel paisaje de ocres praderas, verdes y lejanos cerros, la abrazó y besó con pasión de toro bravo.

A Eva le temblaron las piernas de emoción. No quiso pensar más en Rebeca ni en Santiago, o cómo iría su mamá en la competencia; no deseaba averiguar dónde estarían Dana y Cala a esa hora, en los brazos de Capi el tiempo dejaba de avanzar, así se lo decía a sí misma. Continuaron su camino y él le propuso una nueva apuesta: otra carrera. La meta serían unos pinos a unos doscientos metros; quien llegara primero decidiría el destino de la tarde.

—¿Quieres otro beso para que te motives? —dijo Capi con tono travieso.

—Crees que ahora sí me ganarás —respondió ella sonriendo y aceptó la apuesta.

—Me he entrenado para eso —contestó él guiñando un ojo.

Ambos se pusieron en posición de arranque, Capi contó hasta tres y corrieron sin mirar atrás, ambos con ganas de perder y saber qué decidía el otro. Nada detuvo a Eva, ni perder el sombrero, arrebatado por el viento; fue Capi quien, al detenerse a recoger los lentes que se le cayeron, perdió algunos metros de carrera.

—¡Mis lentes! —gritó, y miró entre los matorrales.

—¡Gané, gané! —exclamó Eva, tragando bocanadas de aire y apoyándose en uno de los pinos.

—¡Hiciste trampa! —alegó Capi mientras caminaba hacia ella, limpiando sus Ray-Ban con la camisa.

—¿Trampa? ¿Por qué trampa?

—Porque debiste de haberte detenido a recoger tu sombrero.

—Momento, señor juez, en las reglas de esta importante carrera no decía que el corredor debía llegar con todo su equipo a la meta, así que gané y yo decido qué haremos el resto del día.

—Okey, pero en la tercera venceré, solo tienes que darme un beso para aceptar el fallo definitivo del jurado.

—Si me alcanzas —retó ella y de nuevo emprendió la carrera; Capi corrió tras Eva y la tacleó—. Bruto —le dijo y lo miró a los ojos: él estaba encima de ella como los rayos de sol que le iluminaban el rostro. Miró la intensidad de sus ojos color miel y le pareció la mujer más hermosa sobre la Tierra.

—Te quiero, te quiero tanto —murmuró él y la besó al tiempo que sentía que el celular le vibraba en el bolsillo.

Abrazados giraron sobre la hierba hasta que Eva quedó sobre él, movimiento que Capi aprovechó para sacar su celular y ver, contra los rayos del sol, la notificación de un mensaje de Joana.

38

Dana y Elfriede Suárez llegaron juntas hasta la competencia con el mismo *outfit* que todos los demás: botas altas, jeans, blusa campirana, sombrero tejano y lentes oscuros de espejo; solo Dana llevaba paliacate anudado al cuello. Esa mañana tenía un cierto aire masculino al andar. Encontraron a Santiago apoyado en los travesaños de un corral, viendo a los veterinarios auscultar a los caballos que iban llegando. Tenía un varita de paja entre los dientes.

—Hola —saludó Dana y se puso en la misma posición que él, el pie derecho sobre el segundo travesaño—. Me quedé dormida. Ella es Elfriede —presentó a su amiga, que tenía cabello rubio y oscuros ojos verdes.

—Hola —saludó Santi y le dio un beso en la mejilla.

—Hola —respondió Elfriede, y ocupó también un lugar al lado de Dana.

—¿Por qué estás solo? ¿Y Eva y Capi? —preguntó Dana.

—Dijeron que iban a caminar y se fueron por allá —señaló a lo lejos con el brazo.

Dana volteó a ese lado del camino y a la única que vio llegar fue a su mamá, montando a Rococó; era su tercera vuelta, llevaba sesenta kilómetros y estaba exhausta, su yegua también. Aunque no quería darse por vencida, los veterinarios ordenaron de inmediato a uno de los caballerangos que la desensillara, su pulso estaba al límite y mostraba signos de deshidratación: no podía continuar en la carrera. Julia también se sentía al borde del desmayo y hasta que le llevaron una cerveza bien fría se relajó, se quitó el casco y pensó que abandonar la carrera era lo mejor para ella y para Rococó. Pidió a su caballerango la bolsita con los cubitos de azúcar y se puso un par en la palma de la mano; Rococó estaba tan empapada en sudor que se veía aún más prieta, y la miró con ojos de agradecimiento. Cinco veterinarios la revisaban, le daban primeros auxilios. Dana atravesó la cerca y fue al lado de su mamá.

—Pobrecita, está cansada.

—Estamos —aclaró Julia, y las dos caminaron hacia la salida del corral—. ¿Y tu hermana? —preguntó al ver que Santiago estaba con Elfriede al otro lado de la cerca, y recordó la preocupación de Otto por Capi.

—No sé —dijo Dana al tiempo que alzaba los hombros.

—Ve a buscarla y dile que la comida será en aquel pabellón.

—¿Dónde voy a encontrarla en esta inmensidad? —dijo Dana alzando los brazos.

—Ve por Cala y dile que la busque, ella seguro la encontrará.

Dana se puso los dedos entre los dientes y le chifló a Elfriede y a Santiago, un silbido que a Julia casi le revienta el tímpano; ellos atendieron y fueron tras Dana. Casi una hora más tarde no encontraban a Eva ni a Capi, tampoco a Cala. Fueron a los establos y vieron el corral de los toros Angus, el de los caballos cuarto de milla que se criaban en el rancho; la porqueriza los hizo salir corriendo perseguidos por las moscas y aturdidos por el chillido de los cerdos. Decidieron ir a la casa, caminaron a campo traviesa y entraron por la cocina. Preguntaron a las mujeres del servicio, y las tres dijeron que no los habían visto; revisaron todas las habitaciones, el taller de costura de la tía Rebeca y no los encontraron. Ahí decidieron separarse. Dana mandó a Santi al granero de la pastura y pidió a Elfriede que se quedara en la casa por si llegaban, ella iría a la gallera.

El tío Enrique era aficionado a las peleas de gallos y tenía crianza de colorados a un centenar de metros de la casa. Dana caminó una gran extensión de jardín y se acercó con cautela; pocos metros antes de llegar escuchó un silencio extraño, no el alborotado cacareo de cuando llegaron sino una calma solo invadida por el zumbido de las moscas. *Creo que agarré dormidos a los gallos, ahora yo los despertaré como hicieron conmigo hoy en la madrugada*, pensó, y llegó sigilosa hasta la puerta, que encontró abierta; adentro, un enjambre de moscas alzó el vuelo y vio un reguero de sangre y plumas por todos lados, con gallos destripados o agonizantes. El paliacate de Cala estaba tirado en el lodazal, lleno de sangre: Dana se llevó la mano al cuello, se tocó el paliacate de Eva y salió corriendo despavorida. Al cruzar la puerta tropezó, cayó sobre la tierra y se raspó las manos y los brazos, se incorporó de un brinco y corrió hasta el granero en busca de Santiago; Elfriede, desde la terraza, la vio pasar como yegua desbocada y salió tras ella. Santi estaba con Eva y Capi; Dana los vio sentados en las pacas de pastura.

—¡Eva, el coyote...!

—El coyote, ¿qué?

—¡El coyote! ¡Cala! ¡Creo que el coyote se comió a Cala!

Dana volvió a salir corriendo y los cuatro fueron detrás de ella, la alcanzaron en la gallera y vieron toda la mortandad como un mal presagio. Fue Capi quien levantó del lodo el paliacate de Cala.

—¡Hay que buscarla! —gritó—. Nos dividiremos en dos grupos.

—¡No! Tengo miedo, yo voy con ustedes —dijo Elfriede.

—Vamos todos juntos a buscar la madriguera del coyote —escucharon a Santi.

—Chaparra, ¿estás bien?

Eva estaba paralizada, con los ojos llenos de lágrimas y la mirada fija en un punto muerto. Por un instante, una fracción de parpadeo, dejó de escuchar a los demás, el zumbido de las moscas, la puerta de madera que el viento insistía en azotar y escuchó el latido de su corazón a todo galope; sintió el flujo de su sangre de abajo hacia arriba, de su estómago hasta su pecho, su garganta; su frenético pulso subió como la hiedra por sus mejillas, la sangre se le agolpó en las orejas y continuó su camino imparable y eléctrico hasta su cerebro. Pudo sentir un chispazo, un cortocircuito que la hizo ver todo a su alrededor con una luminosidad cegadora de un blanco inmaculado, y al final de esa mancha vio a Cala luchando a muerte con garras y dientes cerca de unas piedras enormes. En ese momento Capi la sacudió y Eva volvió en sí como si saliera de las profundidades del agua, tragó una bocanada de aire y las piernas le flaquearon; Capi la sostuvo entre sus brazos.

—Estoy bien —murmuró—. Cala está cerca de Las Piedrotas.

Los cinco se subieron a unas motos de montaña estacionadas en el garaje, dos y tres en cada moto. Salieron a toda prisa, cruzaron el campo y el bosque de pinos, un arroyo seco y caminos de terracería. Eva no se abrazaba a Capi, iba sujeta con ambas manos a la parrilla trasera. En pocos minutos llegaron hasta Las Piedrotas.

—¡Por allá! —gritó Santi—, creo que vi algo.

Rodearon los monolitos prehistóricos y encontraron viva a Cala, con sangre en el lomo; al ver a Eva comenzó a chillar y quiso acercarse hasta ella, pero no pudo y Eva corrió a abrazarla.

—¡Allá va! —gritó Dana y señaló al coyote en el horizonte. Capi se subió a la moto para tratar de alcanzarlo, pero Eva se lo impidió.

—Déjalo, mejor llevemos a Cala a la casa y aprovechemos tanto veterinario —dijo, y la levantó en brazos.

Hasta ese momento Dana se fijó en que Eva tenía trozos de paja entre el cabello.

39

Hacía más de un mes que Eva no iba al albergue de perros, que no participaba en ninguna brigada ni rescataba a nadie; tampoco a sí misma, pensó antes de entrar acompañada de Cala. Iba sin correa, porque cuando no estaba en el campo, caminaba al lado de Eva. Acudían solas, su mamá estaba en un viaje exprés a la Ciudad de México, así que Eva tomó la camioneta y se aventuró a llevarla al veterinario. Tenía varios días insistiéndoles a sus papás para que fueran, ella presentía algo grave en la perrita, pero de pronto parecía que nadie tenía tiempo para nada, por lo que decidió hacerse cargo de Calita, poner en práctica las incipientes clases de manejo que había tomado con Capi antes del primer ataque epiléptico.

Mientras esperaba su turno, volvió a repasar los últimos días desde el incidente de Cala y sus pensamientos la llevaron al granero de Los Reflejos y la insistencia de Capi por acostarse con ella. ¿Por qué a veces Capi podía tener tan mal tino, ser tan torpe en el momento justo? Todo iba bien hasta que llegaron al granero y Capi se le abalanzó, la abrazó con rudeza, no la besó con la intensidad de antes sino con fuerza, como si fuera él quien estaba en una competencia o una carrera. Caviló sobre la fragilidad de las cosas y del amor: minutos antes habían estado felices corriendo en el campo, y en un abrir y cerrar de ojos Capi era otro, un bruto, como lo describió recién que se conocieron.

Mientras recordaba, Eva miró alrededor y vio que había dos pacientes más, un bóxer que se notaba viejo y cansado, y una schnauzer. La vida y la muerte se cruzaban en esos minutos en el lugar; el perro estaba a punto de «ser puesto a dormir» y la schnauzer iba por su primer parto. Al fondo se escuchaban ladridos, eran de todos los hospitalizados o de recién ingreso en la perrera municipal. Eva, con Cala echada a sus pies, pensó que todo se relacionaba: mientras ella forcejeaba con Capi en el granero, Cala estaba siendo atacada por un coyote. *Ambas estábamos siendo atacadas,* se dijo. Lo de Cala había sido una advertencia, la desgracia de una era la salvación de la otra. Después volvía a decirse que sí quería entregarse a Capi, vivir con él su primera vez, pero no así, escondidos en un granero y con prisa, no era como lo imaginaba. Se lo dijo y no lo entendió; se ofuscó, volvió a mencionar el apagón en Yelapa. Cuando estaban en plena discusión, había llegado Santiago y luego Dana y Elfriede. Desde aquel domingo habían pasado ya tres días y Capi estaba distante en la prepa, con su mirada de «nadie me merece». Habían dejado de fluir los mensajes entre ellos. Eva sentía que caminaba en círculos.

—¿Cómo estás, Eva? Nos tienes muy abandonados —escuchó la voz del veterinario, que por fin salía a recibirlas; volvió a la realidad y Cala levantó las orejas.

—Los exámenes, doctor; ya sabes, estoy terminando semestre.

—Lo suponía, ¿y qué te trae por aquí? ¿Cómo ha estado Calita?

Pasaron al consultorio, donde se escuchaba un poco menos el ladrido de los otros perros y había un fuerte olor a antibióticos. Mientras Eva alzaba a Cala para ponerla sobre la mesa de auscultación de acero inoxidable, le contó lo ocurrido el fin de semana en Los Reflejos, le mostró las mordeduras del coyote y le dijo que estaba muy preocupada, que su mamá ya quería sacrificarla para que no los contagiara de rabia. El doctor Sandoval la auscultó minuciosamente.

—Pero no tiene rabia, doctor, estoy segura de que no tiene —insistió Eva, un tanto aprensiva.

—¿Cuándo fue eso del coyote?

—El domingo.

—¿Cómo la has visto? ¿Ha estado nerviosa, agresiva o aislada? ¿Ha dormido bien?

—No sé, no ha dormido conmigo, mis papás no quisieron. En Los Reflejos la revisó un veterinario y dijo que la veía mal, desorientada, pero era un doctor de caballos, qué iba a saber de mi pobre Calita.

—Lo mejor es que me la dejes aquí y la tenga en observación.

—¿Qué le vas a observar, si nadie la conoce mejor que yo? No puedo imaginar despertar sin sus ladridos, sin que me lama o me jale la sábana.

—Lo sé, Eva, sé lo importante que es para ti, pero tengo que observar si muestra hipersensibilidad a la luz o a ciertos ruidos, si duerme bien, si está hiperactiva.

Cala estaba acostada, tenía la cola entre las patas y la mirada triste; temblaba y chillaba un poco. El doctor siguió revisándola.

—Está bien, solo está asustada, te lo juro. ¿Qué le vas a hacer? —Eva acariciaba a Cala y ella buscaba su mano para lamerla.

—Por lo pronto tendré que ponerle este bozal y estará aislada tres días; si no hay cambios, puedes venir por ella. Mira, hizo muy bien tu mamá en no dejarte dormir con ella: hay bichos muy comunes en el campo, y pudo haber pescado garrapatas o pulgas.

—Ay, Armando —Eva llamó al doctor por su nombre de pila, apelando a sus sentimientos—, cuídala mucho, por favor, por favor.

—No te preocupes, sabes cuánto la cuidaré; además, la veo bien, tiene buen peso, buen brillo en los ojos, reacciona a mis estímulos como se debe. Mira —le mostró la herida del lomo, apartando el pelo con cuidado—, esta es la lesión más grave, por llamarla de alguna manera, pero no es mortal ni profunda. De cualquier manera, es mejor que se quede en observación, esperemos que ese coyote no le haya pegado nada más que pulgas y garrapatas.

Eva se recostó sobre Cala, puso la cara junto a la suya y Calita la lamió y chilló; se despidió de ella y le dijo que todo iba a estar bien, que comiera, que no se asustara con los ruidos ni con la luz. Le recomendó que durmiera mucho, que tres días se pasaban volando.

Volvió a recostarse sobre ella y la abrazó. Al ver que se iba, Cala intentó pararse pero el doctor la retuvo, haciendo sonidos para calmarla. En el consultorio se escuchaban apenas los ladridos de los otros perros: cuando Eva cruzó la puerta el sonido fue más intenso, Cala paró las orejas y trató de zafarse del doctor Sandoval. Eva le envió un beso y salió con lágrimas en los ojos. De pronto se sintió sola otra vez; no se atrevía a decírselo, a plantearse lo que podía suceder en el peor de los casos. En la sala de espera aún estaba la perrita schnauzer, y ni rastro del bóxer. *La muerte tiene más prisa*, pensó, y le escribió a Paloma, tenía que hablar con su amiga. Pola le respondió que estaba en el Starbucks con Guilli. Aún tenía un par de horas para regresar con la camioneta sin que nadie se diera cuenta de que se la había llevado; pasaban de las cinco de la tarde. Eva aceleró a fondo y sin soltar el volante subió el volumen de la música, sonaba «The Look», de Metronomy.

En el Starbucks de Andares, no le pareció extraño ver atrás de la barra a Paloma; tenía puesta la gorra de Guilli que le había regalado, con la G en la frente.

—¿Qué vas a querer? —le preguntó, haciéndose la barista modelo.

—Un té rojo, por favor.

—Primero tienes que pagar, o me corre el gerente —dijo Paloma aguantándose la risa y señaló a Guilli, que cobraba en la caja.

Minutos más tarde estaban los tres en una mesa, aunque Guilli solo permaneció unos minutos, una fuga de agua hizo que volviera atrás de la barra. Aunque Eva se veía triste, Paloma la recibió con la noticia de que pensaba entrar a trabajar allí, al lado de Guilli; le respondió que ella quería volver a Colitas, así se llamaba el albergue para perros del doctor Sandoval.

—Necesito ocuparme en algo más productivo, ser más responsable con los demás y conmigo misma. Ya ves lo que pasó con Cala: si hubiera estado a su lado, nada le habría pasado.

—Uy, de pronto siento que hablo con la señora Eva Otero —dijo Paloma engolando la voz—. A ti te pasa algo, no solo es la preocupación por Cala. Cuéntame.

—Ya sabes, Capi otra vez; tengo que aprender a ver las señales, y lo que pasó con Cala es muy claro: ella me salvó, su revolcón con el coyote me rescató de las garras de Capi. ¡Está clarísimo! —aseguró Eva y subió los pies a la silla.

—Creo que exageras, baby. Sí, estoy de acuerdo contigo en que Capi a veces es medio bruto, pero también te quiere...

—No sé, ya no es el niño tierno con el que empecé a andar hace ocho meses; su personalidad atrevida, que tanto me atrajo, ahora no me gusta, me parece infantil —aseguró Eva y le dio un sorbo a su té.

—Insisto, creo que exageras, ni que nosotras fuéramos la madurez andando.

Eva no continuó con la conversación, parecía que Paloma estaba en otro canal. No quiso decirle la decisión que había tomado: quería cortar a Capi.

40

Esa noche Dana y Eva cenaron solas, Julia había llegado de su viaje a la Ciudad de México, pero seguía encerrada trabajando en su estudio, solo se hizo un sándwich de jamón y se lo llevó a su escritorio. Otto, en su despacho, continuaba preparando su viaje a Tokio. Eva y su hermana, ya en pijama, tomaban cereal con plátano frente a la televisión, veían en Netflix *Gossip Girl*.

—¿Ya me vas a decir cómo hiciste para saber que Cala estaba en Las Piedrotas? —le preguntó Dana.

—No sé, simplemente la vi.

—No me digas que eres adivina.

—Claro que no.

—¿Entonces...?

—No sé, ya te dije —contestó Eva tajante, tomó su celular y le escribió a Paloma.

¿De dónde sacaste lo de trabajar en Starbucks?

No sé, se me ocurrió.

¿Para estar cerca de Guilli? ¿No crees que ahora eres tú la que exagera?

No exagero y no es por estar cerca de él.

¿Entonces...?

Hoy no te veías nada bien.

No me cambies el tema, Pola.

¿Podemos seguir mañana?

Ash, está bien. Mañana me cuentas. Besos, baby.

☺

Poco antes de las once de la noche, Julia les gritó desde su estudio que ya se fueran a dormir.

—Ya casi termina —respondió Dana. Media hora más tarde, volvieron a escuchar:

—¡A dormir, dije! Eva, ¿ya te tomaste la medicina?

Ella ni siquiera respondió, lo había olvidado. Tenía casi dos meses tomando dos pastillas en la mañana y dos en la noche, y aún no se acostumbraba; le chocaba que su mamá se lo recordara cada mañana y todas las noches. Le parecía que eso sería para el resto de su vida.

Cada una fue a su habitación, solo que Eva no tenía sueño; la somnolencia que el Keppra le provocaba siempre llegaba en el momento menos indicado y nunca cuando lo necesitaba. *Me siento más viva que una coliflor; guácala, si ni me gustan. ¿De dónde saqué eso?*, pensó. Se metió en la cama. Sintió la ausencia de Cala; agitó los pies, como hacía otras noches para tocarla. Tomó su celular y antes de prenderlo pensó en Capi, no podía evitar que su último pensamiento del día y su primer recuerdo al despertar fueran para él. Estaría orgulloso de lo bien que había manejado hasta el consultorio del doctor Sandoval: ese pensamiento la llevó a recordar sus clases de manejo unos meses atrás por las calles solitarias de Puerta de Hierro y cómo Capi, antes de soltarle el volante, le explicó cada parte del vehículo.

—Esos tres pedales de abajo se llaman *clutch*, freno y acelerador. Esta es la palanca de velocidades; para adelante es primera, para atrás es...

—Ya sé, ni que fuera tonta. Todo eso ya lo sé.

—No está de más que te explique, porque luego siguen las partes del motor.

—Tonto —dijo ella y le dio un fugaz beso en los labios.

—Bueno, empecemos. Esto se llama llave y la parte más delgada se introduce en esa ranura, que se llama *switch*...

—Ya, ya, deja de jugar, que me vas a poner más nerviosa y supongo que no quieres ver tu coche estampado en esa barda —le dijo Eva, sin mencionar que su papá la había llevado varias veces a conducir la camioneta de su mamá, solo que era automática.

—Okey, entonces vamos —dijo Capi y comenzaron a avanzar cada vez más rápido; parecía que Eva también amaba la velocidad—. Vamos, mete tercera, haz el cambio.

—¿Dónde?

—Cómo «dónde», con la palanca... ¡pisa el *clutch*, mete el *clutch*! Siempre, siempre que vayas a hacer un cambio de velocidad, tienes que pisar el *clutch*.

—¿Por eso se escuchó ese ruido?

—Claro, estás amolando la caja de velocidades. ¡Frena, frena, freeeena! Dios, ¿qué no viste el tope?

—Ay, no lo vi, te juro que no lo vi.

El recuerdo de la sacudida en el coche de Capi regresó a Eva a la realidad. ¿Estaba segura de la decisión que iba a tomar, cortar con Capi? De pronto le pareció que exageraba y comenzó a matizar los recuerdos de la tarde en el granero y la insistencia de Capi en tocarla; ya no le pareció que hubiera sido tan brusco, a pesar de que se le había acercado tanto que la hizo tropezar con una paca de pastura.

Aún con el celular en mano, Eva repasó su noviazgo con Capi. Los momentos de felicidad fueron ganando: las risas, las sorpresas, el sabor de sus besos. *Ya tengo camino andado con él*, pensó. *Conocer a otro chico, ver la cara que pone cuando le cuente de la epilep-*

sia. Empezar de cero, ¡qué horror! Aunque mejor podría dedicarme a estudiar para salvar el semestre, a mi familia, a mí, se dijo y giró hasta quedar de costado. Por fin encendió el celular y revisó el muro de Capi en Facebook. Sus publicaciones eran fotos de Los Reflejos, de los lagos, una *selfie* de ambos; siete publicaciones en total desde la última vez que se vieron. Notó que tenían muchos «me gusta». *Tan popular,* pensó, y comenzó a ver quién le había dado *like* a cada imagen. Descubrió que en todas estaba Joana Roca con *likes* o comentarios simples, excepto en la *selfie* de ellos dos. *Condenada Piedrita,* se dijo, y una sensación de malestar comenzó a recorrer su cuerpo, a acelerar su corazón y a hacer más vivos sus pensamientos: eran celos. *¿Cómo se atreve a ignorar nuestra* selfie? *Si lo hace es porque pretende algo, ¿o creía que no me iba a dar cuenta?*

Eva se levantó, se sentó sobre la almohada, recargó la espalda en la cabecera de la cama y dobló las piernas. Con el celular entre las manos, notó que Capi no había respondido a ninguno de los comentarios de Joana. Luego fue al muro de ella. De pronto ya era público, como si Joana quisiera que alguien husmeara en su Facebook; Eva lo revisó de arriba abajo. Vio que Joana odiaba al Estado español, lo leyó en su biografía. Vio sus fotos de perfil, eran cientos: parecía que las cambiaba cada dos días. La vio con el cabello rapado del lado izquierdo, el *piercing* en el labio, algunas con un bikini diminuto en las playas de Barcelona. Eva odió compararse pero no pudo evitarlo; era guapa y eso disparó sus celos. *Se nota que trata de imitar a Lisbeth Salander,* se dijo. Vio fotos en Vango: un recuerdo le pulsó, pero no logró verlo con claridad. *Joana en Vango. Seguro que la he visto ahí, ¿pero cuándo?* Luego se dijo que no valía la pena, ya había tomado una decisión. *¡Ya!,* se repitió al momento en que le llegó un mensaje. Era de Capi: estaba demasiado enojada para responderle. Lo pensó un par de minutos, luego respondió y de inmediato le llegó respuesta. Capi le dijo que la extrañaría en la fiesta de Miriam Natalia y Eva tuvo un mal presentimiento.

41

Esa noche se decidiría el destino de Capi. Los invitados que comenzaban a llegar a la fiesta se asombraban al ver en el jardín una gran Torre Eiffel de hierro forjado, hecha especialmente para el festejo; Miriam Natalia adoraba París, y aunque el próximo verano iría por primera vez a la Ciudad de la Luz, había querido que la temática de la celebración hiciera referencia a su capital favorita. El salón Embajadores del Club San Javier estaba adornado con motivos parisinos y con banderas de Francia y México; una inmensa fotografía de la avenida Campos Elíseos recibía a los asistentes y un fotógrafo les pedía posar para su lente como si se tratara del estreno de una película.

Para esa ocasión, Paloma escogió un vestido sin mangas estilo imperio; cuando pasó por Guilli, salió vestido de Napoleón y modeló sobre la acera de su casa, dando vueltas. Paloma lo mandó a cambiarse diciéndole que no era fiesta de disfraces. «¿No? No sabes cuánto se quemó las pestañas mi mamá cosiendo este modelito». Diez minutos después, salió con jeans y camisa blanca con cuatro botones en el cuello. *Típica de LOB*, pensó Paloma al verlo. Su papá los llevó, pasaría por ellos a la una de la mañana. «Buenas noches, señor», saludó Guilli al que era su suegro, aunque todavía no lo sabía; a Guilli le impresionó la Land Rover Discovery que manejaba, nunca se había subido a un auto así, tan lleno de pantallas y luces, y tan suave en el manejo que parecía que volaban. Paloma le dio los boletos de entrada; al llegar se tomaron la foto y ella empezó a buscar a sus amigas del Colegio Los Altos. Al cruzar el salón vio a Esteban detrás de la tornamesa, con la laptop abierta y los audífonos puestos; en el aire, para abrir pista, sonaba un *remix* de «Yellow Flicker Beat» de Lorde. Esteban ecualizaba los bajos para darle un sonido más potente, por lo que no la vio pasar de la mano de Guilli. El salón era una gran pista de baile aún vacía; había pocas mesas altas con sus bancos, ocupados por niñas con vestidos largos, cortos o *shorts*, pero todas con zapatos de plataforma o tacones de diez centímetros. Para Guilli era un mundo nuevo, diferente al que conocía. Se metió la mano al bolsillo del pantalón y tocó su cartera, traía solo doscientos pesos y su credencial de Chivas.

«¡Hola!», escuchó Guilli un grito a lo lejos y vio los brazos de unas chicas altas y delgadas, de tez muy blanca y cabello negro, que se agitaban al otro lado del jardín: eran las Partida, que llamaban a Paloma. Se saludaron de beso con tanta euforia que a Guilli le pareció extraño, jamás las había visto con Paloma en Andares. Lo presentó como su novio y eso le dio la seguridad que necesitaba para sentirse en confianza, ir por cervezas para todos y darse una vuelta por el lugar. Descubrió que, para la cena, habían instalado una carpa con puestos de tacos, crepas saladas y dulces; no había más alcohol que las cervezas, o por lo menos eso le dijeron en la barra también improvisada en el jardín. Había tantos meseros como en los eventos del Club Chivas.

Cuando volvió a la mesa de su novia, Paloma estaba más que enfrascada contando sus vacaciones en Vail; Guilli escuchó una versión que no conocía del viaje, y cuando Cecilia Partida pidió que le mostrara fotos, Paloma dijo que ya las había descargado en su computadora. La verdad era que no quería que vieran las *selfies* que se tomó con el chico de la Ciudad de México que había conocido, no estando Guilli tan cerca. Así transcurrió la primera hora, niñas iban y venían a esa mesa, todas saludando con mucho entusiasmo, y más de una miraba a Guilli con ojos de «¿Y este quién es?». Pero a él no le importaba, de vez en cuando sentía la mano de Paloma sobre su muslo y la música era realmente buena, tanto, que al escuchar «Save my night», de Armin van Buuren, más de una gritó emocionada. Cecilia alzó los brazos y lo jaló de la mano. «Ven, vamos a bailar», le dijo a Guilli. «Préstamelo, baby», le dijo a Paloma, llevándolo a rastras a la pista.

Al entrar de nuevo al salón, la pista de baile era distinta, se había transformado en un antro a media luz con luces buscadoras apuntando a todos lados, como si siguieran el láser que trazaba formas interminables sobre las paredes; todos bailaban alzando los brazos, brincando con ritmo o moviendo el cuerpo con fresca sensualidad. Guilli apenas se movía, miraba a su alrededor esperando que Paloma llegara a rescatarlo. Estaba tieso como si bailara solo: su pareja giraba a su propio ritmo con los ojos cerrados, sin prestarle atención. Se sentía invisible, hasta que escuchó una voz a su costado:

—¡Joder, tío! ¡Que te hagas a un lado!

—Seguro es un colado —escuchó enseguida a la pareja de la chica, que lo miraba de arriba abajo; eran Joana y Capi.

Sorprendido, Capi supo enseguida dónde había escuchado antes esa frase, el contexto era el mismo: noche, pista de baile, empujón. Sin embargo, solo pudo pensar: *Yo a este lo conozco, ¿pero de dónde, y quién es?*

Mientras todos bailaban al ritmo de «The Ego», de Nicolas Jaar y Theatre Roosevelt, el celular de Capi vibraba sin parar, dos, tres, cuatro mensajes en su WhatsApp encendían la pantalla en el bolsillo de su pantalón; era el Turco Hawa, que había perdido su boleto de entrada y quería que Capi lo ayudara a pasar, porque además venía con tres amigos, cada uno con su botella de whisky. Santiago tampoco respondía sus mensajes, así que el último que le mandó a Capi fue:

Voy a aplicar el salto caída libre. Nos vemos en un rato.

El Turco y sus amigos rodearon la manzana del club y llegaron a un baldío lleno de escombros y matorrales; se metieron las botellas donde pudieron, y como si hicieran pirámides de pentatlón, se fueron ayudando a alcanzar la parte superior de la barda. Pocos minutos después, cuatro cabezas arriba del muro contemplaban la fiesta en su apogeo.

—¡No mames, cuántas viejas! —gritó el Turco—. Vas —le dijo al primero de sus amigos y el chico se impulsó lo más que pudo hasta quedar de panza sobre la barda, la mitad del cuerpo en la fiesta y la otra volando sobre el baldío.

—¡No mames, mi camisa! —gritó al sentir que perdía varios botones.

—Ya, güey, aviéntate.

Como los gatos se fue resbalando por la barda de tirol planchado, dejando sobre el muro los botones que aún le quedaban hasta que cayó de nalgas en el jardín; los demás hicieron lo mismo excepto el último, el más gordo de todos. Al tratar de levantar la pierna para quedar sentado sobre el muro escuchó que algo se le rasgó en el trasero, y por más que lo intentó, no pudo impulsarse con los brazos y pronto se quedó sin fuerzas para seguir sosteniéndose en lo alto; aflojó los brazos y cayó de costalazo en el baldío.

—¡Puta madre! —habrían escuchado los otros, pero ya estaban en el jardín de la fiesta—. Se me rompió el pantalón.

Enseguida le mandó un mensaje al Turco para abortar la misión, y Hawa le respondió que aventara la botella, que no se podía ir con ella cuando las había comprado Capi. Momentos después, un Jack Daniel's volaba por los aires girando sobre su propio eje, y los otros tres corrían por el jardín para atraparla como si fuera un balón de americano.

La fiesta no parecía ir del todo bien; no solo los amigos de Capi metieron alcohol: alguien más, cerca de la alberca, había estado sirviendo tragos largos. Pasadas las doce de la noche, dos niñas del Colegio Los Altos se hallaban tan borrachas que una de ellas vomitó a los pies de su novio, al chico no le importó y de cualquier manera se la llevó atrás de un arbusto; con la música tan fuerte, nadie escuchó sus gemidos.

Santiago no hacía más que mirar el reloj y buscar a Capi con la mirada, se sentía de lo más incómodo; Miriam Natalia le sacaba la vuelta, y desde que la saludó al llegar, con un ramo de flores en la mano, sus amigas no la dejaban sola, tres o cuatro niñas estaban siempre a su alrededor e iban juntas a todos lados. Como no le mencionó nada de la serenata, decidió no sacar del bolsillo de su pantalón otro regalo que le llevaba. De haber sido por él, ya se habría largado; no lo hacía porque no quería dejar solo a Capi y no tenía pretexto para irse, no iba a decir aquello de que le dolía la cabeza o la panza. Recordaba las palabras de Capi ese mismo día por la tarde: «Si no te pela, aguanta vara. Tú me encandilaste para ir a su fiesta, ahora te chingas y te aguantas». Decidió ir con Esteban detrás de la tornamesa: desde ahí veía todo de una manera distinta, la del que mueve los hilos de la música, aunque él no movía nada. Todo cambió en el momento en que vio que ahí andaba Gustavo Cejudo, por lo que pensó que las cosas se podrían poner rudas, solo que Capi ni se enteró; Gustavo se pasó toda la fiesta verificando que su plan saliera como había planeado y esa noche les tenía reservada una trampa, pero de eso se enterarían hasta muchas semanas después. Santiago dejó la tornamesa y fue a buscar a Capi, y en el trayecto se encontró con el Turco Hawa y los otros: ninguno lo había visto en la última hora.

—Así que no eres española —le preguntó Capi a Joana, recostada en un camastro al final del jardín.

—¡No! —respondió enfadada—, ya te dije que soy catalana, que es muy distinto a ser española. La cultura española no me representa en nada. Nosotros los catalanes no vamos por ahí torturando animales, nosotros somos más civilizados y más trabajadores; ese es uno de los motivos por los que queremos la secesión, nosotros contribuimos en gran parte a la economía de España, damos mucho dinero al gobierno central y nos regresan una miqueta, mientras ellos y las otras comunidades autónomas viven en el mundo de la pandereta. Por eso buscamos la independencia.

—¿Se quieren independizar de España, como nosotros?

—Más o menos, aunque es extraño pensar que esta tierra alguna vez fue de España; sois tan diferentes de los españoles como nosotros los catalanes.

La verdad es que Capi no entendía nada y no encontraba diferencia entre Joana y los españoles que había conocido en su vida; le parecía que hablaban igual, ceceando. De cualquier manera le gustaba escucharla, hablaba con tanta pasión de su tierra que le daban ganas de conocer esa Barcelona de la que contaba, de calles estrechas y grises envueltas en la neblina de la noche; esa ciudad gótica, antes amurallada, asediada por el mar, con sus gárgolas y sus milenarias catedrales, tan altas como un sueño imposible.

La oía explicar la magnífica vida que tendría Cataluña cuando se independizara de España: sería un mundo ideal, donde ya no habría pobreza y la maldad de los hombres estaría relegada a los libros de historia. Se respetarían los derechos de todos y se permitiría hablar, cantar y hasta mentir en su lengua. Le aseguró que al llegar ese día, por fin dejarían de ser esclavos. Él la miraba atónito, sin saber qué responder a esa tormenta de ideas, hasta que la interrumpió y preguntó:

—¿Y dejaste novio en España, digo, en Cataluña? —corrigió de inmediato.

—Como que es una pregunta muy personal, ¿no? Ahora hablemos de ti; anda, guapo, que no sé nada tuyo y desde aquel día en la playa no te he vuelto a ver.

—¿De mí? No sé qué decirte, pregunta lo que quieras.

—¿Tienes novia? —soltó Joana, y Capi tardó unos segundos en responder.

—Sí —dijo al fin—. Se llama Eva, y está en el... —iba a decir el nombre de la preparatoria, pero Joana lo interrumpió.

—¿Eva Otero? ¿La chica con epilepsia?

—Sí, ella.

—Pobre, debe estarlo pasando fatal. Deberías de apoyarle, tío.

—Obvio, solo que... a veces es difícil. ¿Y tú cómo sabes que tiene epilepsia?

—Hombre, pues acá todo se sabe. Si hay algo en lo que se parecen Barcelona y Guadalajara es en el chisme, como dicen acá. Ambas ciudades son tan pequeñas como un cuarto de baño. ¿Y le quieres mucho? —Volvió a usar un tono que derritió a Capi.

—Sí —respondió Capi tímidamente.

—Sé que es una chica muy guay y que te quiere mucho —dijo Joana sin dejar de mirarle los labios—. Pues yo ahora mismo no tengo novio, por lo menos no acá. Mi chico está en Barcelona; es un tío cojonudo como pocos, por él ya no tengo vida. Le amo demasiado para olvidarlo. —Al decir esto, Joana volteó al cielo estrellado como si buscara algo perdido; Capi y ella estaban acostados ya en un mismo camastro, ella miraba el firmamento y él su perfil ibérico, su *piercing* en el labio, sus ojos con sombras negras sobre los párpados. Antes de seguir, ella se volteó y quedaron frente a frente—. Fuimos un par de almas libres que se entrelazaron con rudeza, pero sin sometimiento. Nuestro amor fue dulce y amargo en el fondo, y al mismo tiempo me hacía sentir deseada, segura, se preocupaba por mí y me repetía lo guapa que era.

—¿No has conocido aquí a nadie que lo supere?

—No, aquí los chicos me huyen, me ven como un bicho raro, un ser de otro planeta. En Barcelona no. Pero veo que tú tampoco, te ves un hombre de mundo —dijo Joana, con los dedos le rozó apenas los labios y continuó—: A Jordi le considero mi verdadero amor, con quien me apetece pasar el resto de mi vida. Ojalá que así se amen vosotros.

—Tienes razón, tengo que estar con ella, apoyarla en todo —dijo Capi con tono de convencimiento propio. Sin embargo, Joana le parecía un misterio y comenzaba a sentirse cómodo a su lado; ella vestía de negro con pantalones holgados y blusa de encaje, lo que la hacía verse aún más pálida. Sus labios eran tan finos que a Capi le parecieron hechos con filos de luna. La miró detenidamente y notó en ella algo nuevo, una parvada de diminutos pájaros volando por su cuello hasta perderse detrás de su oreja izquierda.

—¿Ese tatuaje ya lo tenías?

—No, me lo hice hace unos días, ¿te gusta?

—Sí, está chido. ¿Quieres un cigarro? —ofreció Capi y sacó su cajetilla.

—Tengo los míos —respondió Joana y sacó del bolsillo de su chamarra de cuero negro, curtida de cierres, que estaba tirada en el pasto, una bolsa Ziploc con hierba y un cigarro forjado.

—¿Es un churro? —preguntó Capi entusiasmado.

—Es un señor porro —aclaró Joana mostrándolo entre los dedos como un trofeo—. Saluda a nuestro amigo —le dijo al porro, y dobló la mano como para hacer una reverencia. Enseguida se lo llevó a los labios y lo prendió.

—¡Qué olor! —exclamó Capi al respirar profundamente el humo que salía de los labios de Joana, que le pasó el cigarro. Luego le dijo—: Ya sé de dónde te conozco.

—De la playa, ¿lo habías olvidado?

—No, antes. La primera vez que nos vimos fue en Vango —aseguró y le dio otra fuerte calada al porro.

Joana esbozó una sonrisa cómplice y le enseñó a fumar, cómo retener el humo en los pulmones y aguantar la respiración. «No hables», dijo, «no soy la misma de aquella noche en Vango. Mira las estrellas». La oscuridad era fresca y a lo lejos se escuchaba la música de Esteban, las voces y risas de la fiesta. Joana se metió en los brazos de Capi, y uno al otro se pasaron el cigarro forjado. Ya no hablaban, miraban el firmamento de sus ojos.

Al otro lado de la fiesta, Paloma y Guilli se tomaron una *selfie* con la Torre Eiffel de decoración, y cenaron crepas de jamón con piña y una de nutella. Se sentaron en el pasto a mirar las estrellas, que se reflejaban en sus ojos: se miraron muy cerca uno al otro, hasta que sus labios se encontraron. Se pasaron horas en un solo beso a ojos cerrados, hasta que Paloma sintió la humedad del jardín y le dijo a Guilli que buscaran un lugar más cómodo; se levantaron, caminaron un poco en círculos, abrazados y besándose, y sus pasos los llevaron de nuevo al salón, donde rodearon la pista. Él caminaba delante, llevando a Paloma de la mano. Salieron al jardín al otro lado del salón, Guilli vio la alberca y más allá un par de camastros. Llegaron hasta ellos y descubrieron que ya estaban ocupados: Joana y Capi se besaban también a ojos cerrados.

42

Eva seguía con un mal presentimiento acerca de la fiesta. En Facebook no había fotos de Capi de esa noche y contestaba con generalidades cuando ella le preguntaba cómo le había ido, cómo había estado el festejo. Paloma también parecía distante, en los últimos días salía casi corriendo de la última clase y de algún modo Eva sentía que le sacaba la vuelta, que algo le ocultaba. Algo no andaba bien y decidió, de una vez por todas, enfrentar a Capi; aprovechó que él dijo que quería verla, platicar con ella. Capi pensaba en su conversación con Joana y decidió pasar más tiempo con Eva, apoyarla.

Eva no sabía hasta dónde llegaría ese día. Estaba muy confundida, de pronto decidía que esa tarde terminaría con Capi y un minuto después, como era cariñoso y simpático, se arrepentía; sin embargo, cuando lo notaba ausente volvía a su determinación inicial. Odiaba no haber consensuado su decisión con Paloma, no tener a nadie más con quien platicar lo que le pasaba y sentía. Volvió a pensar que algo no andaba bien con su mejor amiga y pronto lo averiguaría, sin imaginar que Capi estaba en medio de todo.

En el auto de Capi, mientras circulaban por la avenida Acueducto, él sugirió ir a Andares, pero Eva, temiendo encontrar ahí a Paloma, como si una culpa extraña la persiguiera dijo que no, que mejor fueran a Plaza Pabellón; al fin y al cabo, en ese sitio habían comenzado a ser novios. En la heladería Eva no sabía por cuál decidirse, probaba uno y otro; estaba nerviosa, se sentía hecha un caos. «¿No tienes de tutti fruti?», preguntó Capi a la chica que los atendía. Luego de dar una vuelta y ver escaparates, le dijo que fueran a su casa a ver una película: Eva dudó un segundo y después dijo que sí, no conocía la casa de Capi y sería un buen sitio para estar más cerca de él. En ese momento detuvo sus pensamientos. El día anterior había decidido terminar; ¿sería su casa un buen sitio para hacerlo? Seguía tan confundida. Lo que no intuía es que estaba a punto de vivir una montaña rusa de emociones, estaba a punto de descubrir al verdadero Capi.

La casa estaba en Puerta de Hierro, una construcción opulenta demasiado grande para Capi y su papá, con piso y pilares de mármol en la planta baja, esculturas de bronce en cada rincón y una fuente que dividía la sala del comedor. Algunos muebles estaban cubiertos con sábanas. En el momento en que llegaron no había personal de servicio, no había nadie. Capi le mostró toda la propiedad, y fue en el salón de juegos donde se entretuvieron. Había de todo: mesa octagonal con paño verde para cartas, un billar, también con paño color esmeralda, mesa de tenis y un futbolito en el que los jugadores vestían los uniformes del clásico tapatío: Chivas contra Atlas.

—¿Jugamos? —propuso Capi al tiempo que presionaba la palanca para liberar las pelotas.

—No, no tengo ganas —dijo Eva titubeante, y Capi notó que estaba tensa—. Entonces, ¿cómo te fue en la fiesta de Miriam Natalia?

—Bien, ya te dije que bien —respondió en tono seco y notó que a Eva no le había gustado su respuesta. Necesitaba cambiar de táctica, y la llevó a un sitio de la casa que le parecería irresistible—: Ven, voy a mostrarte la parte de la casa que más te va a gustar. —La tomó de la mano y caminaron hasta la biblioteca.

Eva no encontraba el momento oportuno para hablar con él y quiso creer que adonde iban Capi le abriría su corazón. Al entrar, Eva quedó maravillada con tantos libros; aunque la gran mayoría eran de historia y derecho, su empastado en piel hacía imponente y cálido el lugar. A Eva le pareció el sitio más acogedor de la casa, a pesar de que había un olor a encierro, a cuero y a cigarro.

—¿Quieres ver lo mejor de todo? —le preguntó Capi.

Eva, intrigada, dijo que sí. Estaban de pie en medio de la biblioteca; a la izquierda tenían un escritorio, copia idéntica del Resolute del despacho del presidente de Estados Unidos. Eva lo vio intrigada.

—Seguramente lo has visto en alguna serie o película donde sale la Oficina Oval —la biblioteca tenía mucha semejanza con esa oficina—. Mi papá lo mandó a hacer y es igualito, lo mismo que su sillón. Pero eso no es lo que te quiero mostrar, ven.

La volvió a tomar de la mano y fueron a un costado del escritorio. De uno de los libreros, Capi sacó tres gruesos tomos del cuarto estante, metió la mano en el hueco y accionó un interruptor que desplazó el librero hacia un lado, dejando ver un pequeño habitáculo con paredes de terciopelo rojo en el cual se hallaba una «colección», así la llamó Capi, de armas; en realidad era un pequeño arsenal. Capi tomó una pistola Glock, de fabricación austriaca.

—Como en las películas —exclamó Eva.

—Mira qué chulada —le dijo—. Es semiautomática, pesa unos setecientos gramos y dispara a trescientos sesenta metros por segundo. Este revólver lo diseñó Samuel Colt en 1872; y qué te parece esta Luger, la usaron los nazis en la Segunda Guerra Mundial, es de fabricación alemana, por supuesto. Esta es una réplica, ve las cachas de madera; tómala, no es tan pesada, ochocientos gramos *aprox*. —Eva la tomó con ambas manos, se sentía un tanto insegura—. Su bala vuela a cuatrocientos veinte metros por segundo, ¿te imaginas? Estas son una Beretta y una Magnum .357; con esta matas a una vaca.

—¿Y yo para qué quiero matar a una vaca?

—Es un decir. Pero la consentida de mi papá es esta —dijo Capi y descolgó del panel de la derecha una calibre .380; Eva pudo ver que hablaba con ojos maravillados—: es de fabricación mexicana, la hacen en Zacatlán de las Manzanas, por eso su logo es una manzanita, mira —señaló un costado del cañón, donde se leía «Armas Trejo», y Eva pudo ver también las iniciales del papá de Capi. La pistola era de acero, negra mate—. Mi papá conoce a los dueños. —Luego le mostró una calibre .22, también Trejo, tan pequeña que cabía en la palma de su mano. Capi no sabía en ese momento que pronto la usaría en defensa propia.

—¿Para qué quiere tu papá tantas armas? ¿Es cazador?

—No, no le gusta la cacería. Muchas se las han regalado y otras las ha comprado, dice que para nuestra seguridad.

—¿Y eso? —Eva señaló un maletín negro en el piso.

—No sé —respondió Capi—. Nunca lo había visto. —Lo levantó y lo puso sobre el escritorio. Al abrirlo se llevaron una gran sorpresa: estaba repleto de dinero, fajillas de dólares y euros.

—Tómame una foto —pidió Capi mientras regresaba el maletín a su lugar; estuvo a punto de descolgar una escopeta—. No, mejor con la Trejo .380, así, como 007. —Cortó cartucho y ese sonido metálico dejó a Eva de una pieza. Capi tomó la pistola con ambas manos y apuntó a un retrato de su padre sobre la pared principal de la biblioteca, un óleo que lo presentaba con pose de presidente de la República. Eva cerró los ojos y escuchó.

—*¡Bang!* —Capi hizo un sonido de disparo, y luego sopló a la boca del cañón.

—Ya está —dijo Eva sin revisar la foto que había tomado con los ojos cerrados, y le pasó el celular—. Guárdala ya, me dio miedo —dijo. No le gustaba su actitud.

—¿No quieres una foto?

—No, ya te dije que me da miedo.

Capi insistió. Sus ojos tenían un brillo distinto, una intensidad que Eva jamás había visto; cedió por miedo, no sabía a qué o a quién, pero quería terminar lo más pronto posible con ese juego.

—Cómo que te da miedo, anda, agarra la .22, una chica Bond debe traer siempre una .22 aquí, en el liguero —se señaló el muslo.

—Está bien, aunque yo no uso liguero. ¿Cómo la agarro? —Eva tampoco quería parecer débil e indefensa.

Capi le señaló cómo, le enseñó también la posición que debía adoptar y le tomó varias fotos recargada sobre el escritorio Resolute. Pistola en mano, un cambio sucedió en el interior de Eva: se sintió más fuerte, más segura de sí. Una mezcla de miedo y pasión la llevó a ver a Capi con nuevos ojos. *¿Qué pretende? Yo quiero que* *hablemos, no pasarme la tarde viendo armas*, se decía. *Creo que no sirvo para tomar decisiones. Si hasta decidirme por un helado me cuesta*, pensó.

Un sonido de celular la trajo de nuevo a la realidad; era el iPhone de Capi, que sonó con un tono de gaitas que Eva nunca había escuchado. Hasta ese momento notó que la casa estaba en total silencio, como si no hubiera nadie en kilómetros a la redonda. Capi se puso nervioso, sacó el teléfono de su bolsillo y respondió el mensaje de WhatsApp, pero Eva no vio a quién le escribía. Él volvió a guardar el celular en el bolsillo de su pantalón.

Hace un minuto tenía su celular en mis manos, se dijo Eva y pensó en irse a casa, pedirle a Capi que la llevara. Volvió a sentirse insegura al preguntarse qué hacía ahí; preferiría estar en su cuarto, meterse en la cama, hundir las narices en un libro. Como seguía recargada en el escritorio, le llegó más fuerte el olor a cigarro: supuso que el papá de Capi también fumaba y notó que él no lo había hecho en todo el día, de modo que cambió de opinión, no podía seguir huyendo. *Relájate, creo que hoy no es el día para terminar con él*, se dijo, y también pensó que no podía torcer el curso natural de los acontecimientos, por lo menos no los de ese día. Era la primera vez que estaba en su casa y eso para él debía ser importante, así que le recordó la película que habían ido a ver. Eva no podía saber que en pocos minutos las cosas se saldrían de control.

Subieron a la sala de televisión, con una pantalla enorme situada en la pared principal. Capi le dijo que iría a la cocina a buscar algo para comer.

—¿O quieres que pida una pizza?

—No tengo tanta hambre, ¿tú?

Capi bajó a zancadas las escaleras, hasta tres escalones por brinco, mientras ella recorría el lugar. Capi abría alacenas y el refrigerador, buscaba qué llevar para comer; pensaba que estaban solos, que su papá siempre llegaba de madrugada. *Tengo que desplegar todo mi poder de seducción*, pensó. *¿Pero cómo? ¿Cómo decirle cuánto la deseo? Debería de ser tan fácil como en las películas*. Recordó la última vez que estuvieron solos, en el granero de Los Reflejos. *De no ser porque llegaron Santiago y Dana...*, se lamentó.

Eva veía trofeos y medallas de Capi en taekwondo en las estanterías al lado de la pantalla de televisión; había fotos de él cuando era niño con su mamá, en cumpleaños y viajes. Hasta ese momento cayó en cuenta de que no sabía nada de la mamá de Capi, nunca hablaba de ella, y también le pareció extraño que no estuviera en la casa. En cuanto Capi regresó, cargado de palomitas, refrescos, papas y chocolates, todo entre los brazos, Eva quiso ayudarlo, pero él no aceptó y dejó los *snacks* sobre la mesa de centro.

—¿Es tu mamá? —preguntó Eva al tiempo que señalaba una de las fotografías.

—Sí. Murió cuando yo tenía seis años. Cáncer de mama; en seis meses se fue.

—¡Murió! —repitió Eva—. Te pareces mucho a ella.

—Eso dicen, yo casi no la recuerdo. A veces percibo su aroma en las noches.

—¿A qué olía?

—No sé, a ella, supongo. Tenía un olor especial, solo lo percibo entre sueños, no sabría cómo explicártelo; un olor dulce, podría ser, no sé. —Al terminar de decir esto, su rostro se puso nostálgico, serio, entonces Eva lo tomó de la mano, pero él retiró la suya de inmediato. Sintió que Eva lo miraba con lástima.

—¿No quieres que hablemos de tu mamá?

—Sí, solo que no tengo mucho que decirte. La recuerdo poco. —Eva se sintió identificada con ese sentimiento y él también sintió que podía hablar de todo a pesar de que la mirada de ella le calaba hondo, que poco a poco Eva se internaba más y más en los laberintos de su corazón; animado, prosiguió—: Tú eres la primera novia que viene a mi casa y ve esas fotos, la primera que me acepta como soy y no quiere cambiarme. La única que no me tiene miedo.

—¿Por qué habría de tenerte miedo? —preguntó ella con una voz tan suave como la silueta de ambos reflejada en la pantalla negra del televisor.

—Porque soy un desastre, me peleo mucho, porque me corren de todos los colegios, porque... —Capi seguía hablando, y calló cuando Eva de nuevo lo tomó de la mano—. Porque me reí de ti.

Entre más lo escuchaba, peor se sentía Eva con su decisión de la noche anterior; sintió que sus pulmones se llenaban de oxígeno, del aire de la casa de Capi, que en ese momento únicamente ellos respiraban. De nuevo se sintió culpable y a la vez dichosa de darle otra oportunidad, no solo a él, sino a su relación. Se besaron, pero no fue un beso como los de antes, los labios de Capi eran tibios y suaves; despacio caminaron hasta el sofá. Se recostaron, él sobre ella, sus labios sobre los de ella, su lengua dentro de su boca, con los ojos cerrados mientras sus manos recorrían aprisa su vientre y sus senos cedían a la presión de las manos de Capi, de nuevo con movimientos tan bruscos que más de una vez sus dedos se enredaron con la cadena de plata que sostenía el dragón uroboros. Eva temblaba sin tener frío, flotaba sin levantarse un centímetro del sofá. Mayor fue su escalofrío cuando Capi le puso la mano en la entrepierna y presionó con tal fuerza y suavidad que, aun por encima de sus jeans, por un instante le faltó la respiración; fue un ahogo dulce y eterno que se rompió con el sonido del celular de Capi. Un mensaje, otro. El celular volvió a sonar una y otra vez; tres, cuatro más. Eva los contó y de pronto sintió pesado el cuerpo de Capi, tan pesado como si la asfixiara. Su camiseta negra se pegaba a sus músculos. Él sacó el celular del bolsillo y lo tiró lejos; desde allá siguió llegando ese sonido de gaitas. Eva recordó las palabras de su papá aquella madrugada en Puerto Vallarta: «Sí, mi amor, te llamo de nuevo a las doce, tiempo de México», y se llenó de furia, de miedo y decepción. Jamás había tenido esta ambivalencia de sentimientos en tan poco espacio de tiempo. Los segundos pasaban y Capi seguía besándola con desesperación, torpe y sin sentimientos.

Eva quiso hablar, impedir que siguiera, pero no pudo: él no dejaba de besarla, de tocarla por todos lados. La blusa de Eva se rompió y él insistió en desabotonar sus pantalones. Eva intentó levantarse y Capi la sometió.

—¡Capi, ya basta! —gritó Eva y él zafó la hebilla de su pantalón.

—¡¿Qué te pasa?! —gritó furioso. Quiso besarla de nuevo y Eva torció la cara.

—¡Que te quites! —gritó ella con más fuerza, paralizada por el pánico, y él no hizo caso, la agarró por la cara y Eva vio un incendio en sus ojos. Tenía tensos los músculos del cuello, el rostro enrojecido; bufaba. Intentó besarla de nuevo. Ella lo mordió.

Con la cadera, Eva presionó el control remoto de la televisión, que estaba en el sillón y ninguno se había dado cuenta; la encendió a un volumen casi ensordecedor. Al mismo tiempo, el portón de la casa se abría y un auto entró; no lo escucharon. Tampoco notaron que abrían la puerta principal ni los pasos de un hombre que, apresurado, subía las escaleras de mármol. Capi vio a su papá hasta que estuvo frente a ellos, y solo así se detuvo.

—Ella es mi novia —dijo con una voz distinta, como la de un niño de doce años.

Eva seguía paralizada, y aunque notó los nervios de Capi, no atinó a decir nada; tenía la respiración agitada, la blusa desgarrada y el cabello revuelto. No le gustó la mirada de ese extraño, se sintió más ultrajada por esos ojos que por las manos de Capi.

—Vine por unos documentos, pero oí muy alto el volumen y subí —dijo el licenciado Garcés.

—Es mi novia —insistió Capi—. Eva Otero.

—¿La hija del arquitecto Otero? —preguntó el licenciado Garcés, un hombre corpulento de abundante cabello oscuro, como el de su hijo. Vestía traje y corbata azul.

—Sí, es su papá —volvió Capi a responder por ella.

—Cómo te pareces a tu mamá —dijo Roberto Garcés y se acercó a ella. Eva sintió que se empequeñecía en el sillón—. Tienen la misma mirada, es como si la estuviera viendo de nuevo —exclamó extrañado, como si hablara para sí mismo; luego volvió a ser el de antes—. Bueno, sigan en lo suyo, Capitán —se despidió, y Eva alcanzó a notar un tono despectivo cuando pronunció la última palabra.

Al salir su papá, Capi fue por su celular y bajó las escaleras; desde uno de los pilares alcanzó a verlo en la biblioteca. Observó que abría el habitáculo de las armas y se fajaba su pistola favorita, la Trejo .380. Luego, evitando hacer ruido, subió de nuevo con Eva. Sabía que algo había fallado y se repetía, empuñando el celular y dándose de topes en la frente: «Eres un imbécil, eres un imbécil».

—Esperemos a que se vaya, no tardará mucho —dijo.

—No, llévame a mi casa, por favor —la oyó decir Capi y torció la boca.

—¡Eva, por favor! —rogó, pero solo unos instantes fueron necesarios para que Eva volviera a su decisión de la noche anterior. Tenía miedo: Capi le daba miedo, su papá le daba miedo, el silencio de esa casa la asustaba.

—¡Llévame a mi casa, por favor! —chilló ella.

Capi enfureció; de no haber sido por su celular; de no haber sido por las fotos de su mamá, que lo hicieron parecer vulnerable; si no hubiera llegado su papá... *Maldita sea*, se dijo, y explotó.

—¿Qué? ¿Sientes que te va a dar otro ataque? —le dijo mirándola a los ojos.

—Eres un imbécil.

—Y tú... —Capi se detuvo.

—Dilo, anda... Hasta aquí llegamos, Capi. Y no te molestes en llevarme a mi casa.

Eva salió llorando, cerró la puerta de un portazo y caminó entre lujosos jardines por las calles de Puerta de Hierro. Anochecía.

43

Si el agua toma la forma del recipiente que la contiene, yo me he vaciado por completo en ti, epilepsia maldita. Cuándo dejé de ser yo, cuándo; en qué momento te apoderaste de mí, de mi vida, de mis pensamientos más íntimos. Eres tan egoísta, apareces cuando menos lo quiero. No me escuchas ni le haces caso a todo el dolor de mi cuerpo, lo único que quieres es descargar tu furia, hacerte presente y arruinarlo todo. Te aborrezco, cambiaste mi vida por completo, me haces sentir como una anciana que agotó sus fuerzas o tan indefensa e inútil como una niña de tres años. Me miro al espejo y me desconozco, Capi tampoco me mira, no me escucha. Parece tan difícil que alguien me escuche. Quizá yo tampoco lo veo a él, quizá estoy empeñada en hacer a mi propio Capi, que él sea como yo quiero, como yo anhelo que sea. ¿Quién engaña a quién, si yo misma me niego a ver la verdad? Ni siquiera me atrevo a salir a la calle. A veces pienso que soy otra, me desconozco tanto; sé que no tengo escapatoria porque a cada instante te presiento, epilepsia maldita, en mis sueños apareces y al despertar vuelves de nuevo a pulsar en mi corazón, a recorrer todo mi cuerpo milímetro a milímetro, poro a poro, te siento como un hormigueo de electricidad que me incendia. Soy una ceniza de ti. Eres como un vapor que llena este cuerpo que ya no es mío.

44

Desde el día que Eva salió huyendo de la casa de Capi, no quería pensar en él ni recordar ese momento. Tampoco se lo había contado a nadie: creía que si no lo contaba sería como si nunca hubiera pasado. Sin embargo, en la oscuridad lloraba. Lo extrañaba. Se llenaba de reproches. Esa misma noche, antes de meterse a la cama, se llevó las manos a la nuca y desprendió la cadena de la que pendía el dragón, lo puso sobre su palma y dejó caer la cadena hasta hacer un montoncito de fría plata. No quería volver a llorar, entre más rápido se deshiciera de él sería mejor. Buscó en su buró un estuche para guardarlo y no lo encontró. Arrinconó aquel sueño oxidado de ultramar en el cajón y lo cerró de golpe.

Necesitaba algo más grande en qué pensar: su padre. «Sí, mi amor, te llamo de nuevo a las doce, tiempo de México», recordaba una y otra vez. Si Otto tenía una amante, no quería saber nada y al mismo tiempo algo la impulsaba a estar atenta de con quién hablaba por teléfono, a seguirle los pasos en Facebook y en Twitter, aunque no había escuchado ni encontrado algo comprometedor. Solo con Cala hablaba de estos asuntos; días atrás, su mamá y ella habían ido a recogerla al consultorio del doctor Sandoval. La perrita estaba en perfectas condiciones aunque dormía más de la cuenta, pero Eva ya tenía bastante con su enfermedad, su padre, Capi y la prepa.

Lo peor vino el día en que Karina Amador, su tutora en el Tec, publicó en Facebook el calendario para el tercer parcial y ella aún estaba atrasada en tareas del segundo. Durante la cena su papá habló sobre los preparativos de un viaje a Tokio, y casi a medianoche en su habitación, alumbrada solo por la luz de la computadora, Eva sacó cuentas del huso horario de Japón y no entendió nada. Si su papá, aquella mañana en el *lobby* del hotel, le había dicho a su «amante» «Te llamo de nuevo a las doce, tiempo de México», en Tokio, catorce horas adelante, serían las dos de la madrugada. *¿Quién demonios espera una llamada a esa hora?*, se preguntó.

El proyecto en que trabajaba el despacho de Otto era una nueva tienda Cartier en el barrio de Ginza, en el centro de Tokio, la cual sería la más grande y lujosa de Oriente; contaría además con un hotel de lujo. El despacho de Otto también diseñaría el mobiliario, los uniformes del personal, las vajillas, la iluminación, todo. Era un proyecto en el que tenía ya dos años trabajando y que comenzaría a construir en los próximos meses, lo que implicaba muchos viajes al extranjero. Mientras Eva buscaba en internet sobre Ginza, Tokio, Cartier, París y Otto Otero, pasó a su Facebook y al muro de sus amigas. Vio sus fotos de la fiesta reciente, muchas *selfies* explosivas, todas divertidas y bailando; en el de Capi, él y sus amigos, abrazados o brindando con lo que parecían vasos de whisky. En el muro de Esteban, solo una foto suya en la tornamesa, posteada por Santiago: veía a la cámara y sonreía. Eva sintió que la miraba.

En esos días, Eva comenzó a tomar el control de su vida. Tenía mucho trabajo por delante: aún le quedaban muchos apuntes por transcribir, resolver problemas de cálculo y ponerse al corriente con tareas. Aunque trataba de actuar con normalidad para no dar explicaciones, Karina fue la primera en notarlo. Estaba sentada en el suelo afuera de la oficina de la tutora; mientras la esperaba, jalaba los hilos de sus jeans rotos. Tenía solo unos minutos para estar con ella, a las dos había quedado de verse con Majo en el Güich, la cafetería de la prepa.

—¿En el suelo, Eva? ¿Dejas la mochila en la silla y tú te sientas en el suelo? —fue el saludo de Karina, que llegó cargada de libros y su laptop—. Anda, pasa —la invitó al tiempo que abría la puerta.

—Hola, Kari —saludó Eva y se levantó de un salto.

—¿Todo bien? —preguntó Karina al ver algo extraño en su mirada.

—Sí, ¿por qué? —Eva sintió que los ojos de su profesora la penetraban hasta el fondo.

—¿Todo bien con Capi?

—Sí, todo bien. —A Eva le molestó su tono fingido; no quiso contarle nada y siguió lo más natural posible.

—Bueno, cualquier cosa, ya sabes que cuentas conmigo —acentuó la tutora sin creerse del todo la aseveración de Eva—. Tus últimos reportes hablan muy bien de ti, has mejorado muchísimo en Ética, Filosofía, Emprendimiento Global y Literatura. Recuerda que nos queda menos de un mes de clases, el 4 de mayo comienzan los finales, y... —Karina Amador hizo una pausa—. Sigues mal en Cálculo Diferencial, Química y laboratorio de Biología, y aún no has presentado ningún avance de tu ensayo sobre *Pedro Páramo*.

—Ya sé, miss. Estoy haciendo todo por ponerme al corriente. Ya leí *Pedro Páramo* dos veces y no lo entiendo, me hago bolas con tanto ir y venir en el tiempo y con tanto muerto; si hasta el mismo Juan Preciado se pregunta quién está vivo y quién muerto —concluyó.

—Podrías abordar la obra desde distintos puntos de vista, pero el que me parece más interesante es desde el amor, la gran historia de amor que cuenta el libro: Pedro Páramo y Susana San Juan. Es un amor imposible porque ella se niega a amarlo; a él, que ha tenido a todas las mujeres de sus tierras. Susana San Juan se convierte en su único y gran amor, en su obsesión desde la niñez, ella es la única pureza que se percibe en el personaje de Pedro, la única esperanza que él no consigue y que lo lleva a la amargura y a la muerte.

Eva, con la boca abierta, escuchaba a su profesora hablar con tanta pasión que en ese momento le fue indudable que *Pedro Páramo* era una historia de amor imposible más allá de la vida, como su propia historia.

—Miss, ¿y por qué no he podido leer eso en las dos vueltas que le he dado al libro?

—Tienes que leerlo con los ojos cerrados...

—¿Cómo?

—Es una metáfora. Libros como este los tienes que leer con el corazón. Eva, ¿te pasa algo? ¿Todo bien con Capi? —preguntó Karina desde el otro lado de su escritorio.

—Sí, Kari —titubeó Eva—. ¿Por qué preguntas precisamente por Capi?

—Porque a tu edad, bueno, a cualquier edad —dijo dulcemente—, el amor es lo más importante.

45

A las seis de la mañana sonó la alarma del celular de Eva. No había dormido bien, toda la noche sintió calor y tuvo pesadillas, pero ahora no las recordaba. Esperó a que volviera a sonar quince minutos después; entonces se levantaría. Cala, que dormía a sus pies, se encargaría de sacarla de la cama. Ese día no iba a lavarse el pelo, así que podía dormir un poco más y bañarse en cinco minutos, aunque siempre tardaba veinte más en la regadera; a pesar del calor, se duchaba con agua hirviendo. No quiso abrir los ojos, volvió a abrazar su almohada e intentó dormir. No quería pensar en nada, solo dormir. Cala bostezó, y al ver que no había movimiento en la cama, metió la nariz entre las corvas de Eva. Ninguna de las dos pudo seguir durmiendo, comenzaron a escuchar ruidos en la casa, los típicos de esa hora: Otto saliendo a correr y Julia en la cocina. Dana seguía en silencio, aún en el quinto sueño.

A las 6:15 volvió a sonar la alarma. Abrió los ojos, miró las cortinas cerradas y cayó en cuenta de que en los últimos días casi no había visto a Paloma. Esperó que su amiga no fuera de esas niñas que cuando tienen novio se olvidan de sus amigas; desde la fiesta de Miriam Natalia, Pola estaba distante, aunque tenía que reconocer que también ella la había evitado un poco. *Hablaré con ella,* se dijo. Cala ya estaba en pie, sacudiéndose y bostezando, cuando Eva se levantó de un salto, pero volvió a sentarse en la cama antes de acabar de espaldas, mirando el techo, sin fuerzas ni para ir al baño. Cala también brincó al lecho. *Odio levantarme temprano. ¿Quién inventó esto?*, se dijo. Por fortuna ya era viernes.

El Güich era la cafetería de la preparatoria, donde vendían sándwiches —de ahí el nombre—, *wraps*, *croissants*, quesadillas, café, té y refrescos, el lugar donde todos los integrantes de la Prepa Tec se cruzaban por lo menos una vez al día; sin embargo, ese viernes, en el receso de las 11:20, Eva seguía sin saber nada de Paloma. Majo y ella estaban en la fila para comprar un pay de limón, y fue Majo quien le hizo ver los cambios que notaba en todos desde que regresaron de las vacaciones de Semana Santa.

—Eva, ¿no te das cuenta de cómo te miran? Me ha tocado que en el baño estén hablando de ti, diciendo puras babosadas.

—¿A quién has oído? ¿Qué dicen?

—Son unas equis, ni valen la pena. Te pobretean, y me choca que te saluden por lástima. ¿Has notado que ahora te saludan hasta las que no te conocen?

Eva estaba atónita ante lo que Majo le decía; si antes no sabía qué pedir, un *croissant* de jamón y queso o una rebanada de pizza, ahora estaba más confundida que antes. *¿Cómo es que no me había dado cuenta?*, pensó y avanzó en la fila.

—¡Hola! —la saludó un chico que pasó por allí, y que Eva estaba segura de no haber había visto nunca antes.

Eva observó las caras de todos y más de una mirada se cruzó con la suya: si antes era conocida por su récord en la prueba de cien metros planos, por haber destacado en el equipo de voleibol o hasta por ser la novia de Capi, ahora hablaban de ella por su enfermedad. Sonó el timbre para la siguiente clase: Literatura. Ni ella ni Majo compraron nada y salieron de la fila. Al llegar al cuarto piso vieron, al fondo del pasillo, al profesor Fernando Galindo, que hablaba con Capi. Se notaba que discutían, o mejor dicho, Galo regañaba a Capi.

Ese semestre, la Prepa Tec había cambiado los escritorios individuales por sillas de colores y paleta intercambiable para zurdos y diestros, con ruedas y respaldo ergonómico. *Por fin alguien pensó en nosotros*, se dijo Eva. Siempre escogía una silla de color rojo:

aunque había verde, azul, amarillo y naranja, ella prefería llegar antes y ganar una roja; hacía esto en cada cambio de salón. Sabía que a Capi no le gustaba sentarse junto a ella, y eso ahora la alegraba. Antes de comenzar la clase lo vio al otro extremo del salón, vestía una camiseta negra, jeans y sus tenis azules; estaba con Santiago, quien llevaba una camisa de manga larga a pesar del calor. Paloma no ocupó la silla que Eva le tenía reservada: como llegó un poco tarde a la clase, se sentó en el punto opuesto a Eva y también alejada de Capi. Era la última clase del día.

—¡Ya amaneció, despierten! Chicos, buenos días —saludó el profesor de Literatura—, abran su computadora y vean la lámina que les acabo de mandar. Nada de Facebook; Regina, cierre su Facebook.

—¿Yo, profesor...?

—Sí, usted, Regina Álvarez, su mirada la delata. Tanta felicidad en sus ojos no es por *El lazarillo de Tormes* ni por Garcilaso, ¿verdad?

—Había que traer compu —dijeron dos chicos llevándose la mano a la frente.

—Vayan a que les presten una. —Apenas lo dijo el profesor, los dos salieron corriendo—. Hoy vamos a ver tres poemas del Siglo de Oro español: de Luis de Góngora, Francisco de Quevedo y de la monja jerónima, ¿a quién me refiero? —preguntó al grupo.

—¡Sor Juana Inés de la Cruz! —respondieron a coro.

—Vamos a ver verso por verso, pongan atención —dijo, y vio regresar a los dos chicos que habían ido por computadoras. Ambos volvieron a sus asientos.

Mientras Fernando Galindo leía los poemas en voz alta y explicaba las metáforas de cada verso, su significado y profundidad, Eva se dejó llevar por esa voz que hilaba de manera tan fina los sentimientos; pensó que los números la alteraban y las palabras la calmaban. Al leer el final del poema «Rosa divina que en gentil cultura», *¡...con docta muerte y necia vida, / viviendo engañas y muriendo enseñas!,* Eva quedó atrapada en ese jardín de rimas.

—¿Cuál es el tópico que domina en los tres poemas? —preguntó el profesor, y como nadie respondía, volvió a explicar el concepto—. Recuerden que *tópico* es algo que se repite.

—¡La rosa! —gritaron a coro.

—Exacto, la rosa, muy presente en el Barroco. ¿Y qué significado tiene? —preguntó, y él mismo respondió—: No depender de lo material ni de lo físico, el conocimiento contra la materia. Recuerden, chicos, la belleza solo tiene el tiempo de una rosa.

Al final de la clase, Capi fue el primero en dejar el salón; salió sin mirar a Eva, aventó las sillas a su paso y a Pimentel, un compañero que también se le cruzó en el camino. Santiago iba detrás de él. Era viernes, día de ir por cervezas a El Botanero. Poco a poco el salón se fue quedando sin gente, hasta que solo quedaron tres, que por fin se miraron cara a cara: Eva, Paloma y Majo.

—Pola, no me has contado de la fiesta de Miriam Natalia ni cómo te fue con Guilli.

—Es que estoy atrasada con todo.

A Eva le extrañó esa respuesta; si algo tenían en común Majo y Paloma era que ambas eran muy organizadas y cumplidas, tanto, que rayaban en lo ñoñas. Además, su amiga le rehuía la mirada y se notaba que tenía prisa por salir de ahí.

—Ayer Karina me dio unos tips para el ensayo de *Pedro Páramo*. Hoy en la tarde podríamos vernos para empezar algo y de paso ver cálculo.

—Yo les ayudo con cálculo —intervino Majo—, puede ser hoy o mañana.

—¿Cuándo nos vemos, Pola? —preguntó Eva mirándola a los ojos.

—Mañana en mi casa —sugirió Paloma. Eva y Majo la vieron alejarse mochila al hombro.

Minutos después salieron del salón y el pasillo estaba casi desierto. Había un olor a mantequilla derretida en el aire, pero nadie lo destacó ni dijo nada sobre ese aroma a galleta recién horneada pulsando en la memoria de Eva, como si solo ella lo percibiera. «¿Te llega ese olor?», le preguntó a Majo, y entonces vino la descarga de electricidad que la recorrió de abajo hacia arriba e hizo *¡pluf!* en su cabeza; luego el vacío, la nada, el golpe seco, el pataleo, la espalda arqueada a punto de trozarse, las manos torcidas en un ángulo imposible, los esfínteres con voluntad propia, el charco de orina, la baba revolviéndose con el cabello y la mochila. Una y otra y otra sacudida contra el piso, el estruendoso golpeteo de la cabeza y los pies contra la pared de los casilleros rojos del pasillo; los espasmos, el pataleo que parecía atenuarse solo para volver con más fuerza. El sonido gutural casi agónico que ella jamás escucharía.

Porque de eso Eva no supo nada, como tampoco se dio cuenta de que Majo gritaba histérica pidiendo ayuda y las puertas de algunos salones del tercer piso se abrieron de golpe, liberando a decenas de chicas y chicos que corrieron hasta ella y la rodearon; tampoco se percató de que algunas de esas chicas entraron en shock y nadie se atrevió a tocarla, solo gritaban que le metieran algo en la boca o podría morderse la lengua. «¡Traigan una cuchara!» «¡Métanle una pluma entre los dientes!». Nadie hacía nada, pero tampoco podían dejar de mirarla. «¿Es Eva Otero?», se repetían. «¿Qué le pasa? ¡Ayúdenla!».

Tres minutos después, Eva abrió los ojos. Todos los rostros que vio le parecieron nuevos, desconocidos. Ahora el dolor le invadió todo el cuerpo, desde la cabeza hasta los pies; escuchó la voz de Majo preguntándole si estaba bien y a lo lejos escuchó a Karina, que a grandes zancadas llegaba hasta ella. Escuchó su nombre en voz de la tutora, y luego que pedía que la ayudaran a llevarla a la enfermería. Eva se levantó del suelo con ayuda de unos desconocidos y hasta ese momento se dio cuenta de que estaba descalza, una fuerza centrífuga le había sacado los Converse sin desatar el nudo de las agujetas. Mientras la llevaban casi a rastras, alguien dijo que le dieran una galleta para el susto; Eva solo atinó a decir que no, y menos una galleta de mantequilla.

46

Eva volvió a pasar mala noche. Aunque pronto dejó de dolerle la cabeza por el golpe y estaba como si nada cuando fueron a media tarde a ver a la doctora Carranza, al acostarse le volvió el insomnio, no podía evitarlo por más que la neuróloga le dijo que seguramente eso había provocado el ataque epiléptico en la preparatoria, o el estrés, o pasar muchas horas viendo una pantalla. Cada opción que enumeraba, Eva pensaba que podría ser la correcta. Cada nuevo apagón que tuviera representaría una visita a la doctora Carranza, y una reformulación de la dosis de sus medicamentos.

Se suponía que el Keppra le debería causar fatiga y somnolencia, sin embargo, Eva estaba más despierta que nunca. Se pasó las horas con el celular en la mano, dándole vueltas a Facebook. Le escribió un mensaje a Paloma y no lo mandó. Le escribió también a Capi, y a punto de enviarlo, decidió borrarlo. Por fin mandó un mensaje a la 1:22 de la madrugada, aunque estaba segura de que no recibiría respuesta inmediata; era para Esteban, y a esa hora él estaría detrás de su tornamesa en Vango, era viernes. Eva recordó que no sabía nada de él desde aquella noche en la playa de Los Muertos y sentía que le debía una disculpa, sobre todo después de que Capi le reclamó y casi lo echó de su casa en Conchas Chinas. Dejó el celular a un lado e intentó leer. No pudo. Volvió a tomar el celular y estuvo ordenando su tablero de Pinterest. Por fin se durmió a las tres de la mañana, con el celular en la mano.

Ese día sería de grandes verdades. Eva tuvo que imponerse con sus padres para que la dejaran ir a casa de Paloma: querían que reposara, que estuviera todo el fin de semana en la casa. «No voy a pasarme la vida encerrada, mamá. Me siento bien, y es lo mismo que esté aquí que en casa de Paloma. Voy a estudiar, el semestre está a punto de terminar y yo nomás no me pongo al corriente. Además, estaré acompañada todo el tiempo», les dijo y accedieron a llevarla. Llegó a las doce a casa de Paloma. Odiaba ser impuntual, herencia de su *oma* alemana, así que apuró a su mamá y a Dana para que se dieran prisa y no la hicieran llegar tarde. Quería arribar a casa de su amiga antes que Majo, y lo logró.

La casa de Paloma tenía más servicio que integrantes de la familia: sólo eran ella y sus padres. Tan solo el jardinero y su esposa, que ahí mismo vivían, tenían cuatro hijos pequeños; además empleaban a dos recamareras, una cocinera y un mozo para hacer mandados. Primitivo, el jardinero, abrió el portón de madera creyendo que Julia entraría con la camioneta. Eva, que iba en el asiento de atrás, tomó su mochila y antes de salir le dijo a su madre que seguramente comería allí, que le marcaría para que fueran a recogerla después de las seis. «¿Tanto tienen que estudiar?», escuchó Eva. «Sí, mamá, en menos de un mes se acaba el semestre y todavía estoy arrastrando la semana que estuve en el hospital. Adiós», respondió y cerró de golpe la puerta de la camioneta.

Cruzó caminando el jardín, esquivando los rehiletes de riego. En la puerta de la casa de estilo californiano la esperaba Paloma, descalza y aún en pijama; abrió los brazos y le dio un fuerte abrazo.

—Baby, ¿cómo estás? Debí haber estado contigo ayer; sentí horrible cuando Majo me avisó de tu apagón. —Paloma hablaba con cierto tono de culpabilidad.

—Estoy bien, todo fue tan rápido que ni cuenta me di. Creo que la gente se asusta más que yo. ¡Qué oso!

—¿De verdad no te acuerdas de nada?

—Nada, es como volver de un desmayo, despertar de un sueño profundo. —Eva hablaba mientras seguía a su amiga.

Fueron a la cocina por pan tostado y mermelada; Juanita, la cocinera, le ofreció huevos con jamón pero Paloma dijo que no, que con el pan con mermelada tenía suficiente. Al subir las escaleras se encontraron con una de las recamareras, la esposa de Primitivo y dos de sus hijos; Eva les dio los buenos días.

—Me siento tan mal por no estar a tu lado, por haberme ido tan rápido...

—No te preocupes, no te perdiste de nada.

—Pero, baby...

—No pasa nada, quizá haya más apagones y te toque alguno —dijo Eva un tanto en broma y cerró el tema—. ¿Vamos a tu cuarto?

—Sí, vamos —respondió, y aunque la casa era un ir y venir de gente, Paloma agregó—: No hay nadie y mis papás llegarán hasta la noche, así que podremos comer a la hora que queramos.

La habitación de Paloma olía a cigarro y a encierro. Las cortinas estaban cerradas, por lo que la lámpara del buró seguía encendida. Aunque se pondrían a estudiar hasta muchas horas después, Eva sacó sus cuadernos y libros, la computadora y el segundo libro de la Trilogía Millennium de Stieg Larsson: *La chica que soñaba con un cerillo y un galón de gasolina*. A Paloma le extrañó esa lectura y le preguntó:

—¿Qué tal está?

—Apenas lo empecé ayer, aunque el primero es buenísimo.

—¿El primero? *¿Los hombres que no amaban a las mujeres?*

—Sí, ese.

—Vi la película.

—Yo no quise —dijo Eva—, prefiero leer los libros. Es una novela de suspenso que, por cierto, me tiene en ascuas desde hace una semana. —Aunque Eva sentía que ya había pasado la página de Capi, no terminaba de entender la actitud distante de Paloma en los últimos días; en el fondo sabía que algo había sucedido, así que le preguntó—: ¿Qué pasó en la fiesta de Miriam Natalia? —Acababa de decirlo por fin cuando escucharon el grito de Juanita avisando que había llegado Majo, y que iba para allá.

Eva fue tan directa que hasta ella misma se sorprendió. Al entrar, Majo sintió cierta tensión en el ambiente; Paloma se levantó y recibió a la recién llegada. Ofreció agua, té, café, lo que quisieran tomar o comer. El pan tostado y la mermelada esperaban sobre el escritorio.

La atención y la conversación se desviaron al último apagón de Eva. Majo no dejaba de repetir cuánto la había impresionado hasta que Eva atrajo la atención, ya no podía cargar ella sola con su propia verdad.

—Chicas, hay algo que tengo que contarles: Capi y yo terminamos —dijo con voz segura.

—¡¿Qué?! —gritaron Paloma y Majo.

—¿Por qué? —agregó Paloma con tono de preocupación.

—¿Cuándo? ¿Cómo fue? —preguntó Majo, atragantándose con un pedazo de pan.

Eva les contó lo que había pasado en casa de Capi, les dijo que se había portado como un patán y que ella, en un arrebato, lo había cortado; que a veces se arrepentía y otras estaba segura de su decisión.

—Eso te provocó el apagón. Seguro que eso fue —exclamó Majo.

—Baby, ¿no crees que exageras? —le dijo Paloma—. Ya sabes cómo es Capi de impulsivo.

—Es un patán —atinó a responderle, incrédula ante lo que decía su mejor amiga—. Paró porque llegó su papá y nos sorprendió. No se detenía, yo le decía que parara, que se me quitara de encima y no hacía caso; yo estaba paralizada, me sentía un bulto en sus manos. Parecía que Capi no entendía la palabra *no*. —Eva casi sollozaba.

—Estarás bien —le dijo Majo con el tono más dulce que tenía y la abrazó.

—¡Ay, baby! —dijo Paloma y se sumó al abrazo.

—Sí, sé que todo estará bien —repitió Eva más tranquila, y luego les dijo—: Mañana veré a Esteban; me escribió, dijo que tiene algo importante que contarme. Quizá él sea un mejor niño, más comprensivo, menos problemático, no sé —remató como si pensara en voz alta, y agregó—: ¿Alguna de ustedes tiene idea de qué puede ser?

—No —contestó Majo.

—¿Y tú, Pola? ¿Tienes idea de qué puede ser? —y sin darle tiempo a responder, reformuló la frase que le lanzó en el momento en que llegó Majo—. No nos has contado cómo te fue en la fiesta de Miriam Natalia.

Paloma la miró de frente. Efectivamente, hacía una semana que le sacaba la vuelta, que trataba de no estar a solas con ella, que no le contaba detalles de esa noche porque no sabía cómo decirle que había visto a Capi besándose con otra. *¿Por qué es tan difícil enfrentar la verdad?*, pensó. Cuando se juntaban y hablaban de los traumas de que te pongan el cuerno, eran solo suposiciones fáciles de manejar y a veces hasta chistosas, pero la realidad era otra cosa, fría y dolorosa. No obstante, ahora que habían terminado todo era distinto. Titubeó un poco y tuvo que enfrentar a Eva.

—Yo también tengo algo que decirte —dijo por fin con un hilo de voz.

—Dime —pidió Eva también con un hilito de voz, mientras Majo se metía un gran pedazo de pan a la boca y ponía los ojos más abiertos que una lechuza.

—Vi a Capi y a Joana besándose en la fiesta.

Majo se tragó de un bocado el pedazo de pan con mermelada y abrió la boca; a Eva se le llenaron los ojos de lágrimas, parecían presas a punto de desbordarse. Comenzó a respirar agitadamente como si le faltara el aire, se cruzó de brazos y parpadeó tres veces sin dejar de mirar a su amiga. Las lágrimas rodaron por sus mejillas: las dos la abrazaron de nuevo y lloraron juntas. Paloma le pidió perdón, se lo repitió una, dos, cinco, seis veces.

—Tú no tienes la culpa de nada, Pola. No tengo nada que perdonarte.

—Perdón por no decírtelo, por no ser sincera; perdón por ocultártelo tanto tiempo, no sabía cómo contártelo, cómo ibas a reaccionar. Pero ahora que terminaron...

—De cualquier manera me parte el corazón. ¿Desde cuándo Capi me engañaba con ella, o con cuántas más?

Eva lloraba con grandes sollozos y se aferraba a sus amigas como si fueran lo único que le quedara en el mundo. Entonces recordó la última conversación con su mamá y el pacto que había hecho con ella, el club que Julia tuvo con sus amigas cuando tenía su edad, y se los propuso: jamás se esconderían nada, ese día, entre las tres formarían el Club de la Verdad.

47

Todos creen que necesito un nuevo cerebro, que la epilepsia me tiene al borde de un abismo, y lo que yo necesito es un corazón. Que alguien detenga el tiempo y lo que miro en mi interior, el caos que hay en mí. ¿Cómo hago para huir de mi cabeza, de estos pensamientos que me acorralan y hacen que deje de sentir mi corazón, que deje de escuchar sus latidos? ¿Dónde está mi pulso, que no me consuela?, mis manos están frías y mis labios extrañan el calor de los suyos. No quiero seguir siendo una sombra de mí, cansada de pensar, de buscar y buscar sin encontrar respuestas. No lo culpo a él, quién va a querer estar conmigo. Soy un invento sin terminar, un Frankenstein que vive de electricidad, solo que un alto voltaje me fundió el corazón. He vuelto a sentir tantos cambios como cuando me bajó por primera vez, solo que ahora me siento fatal, fea, arrumbada, viviendo un día gris tras otro; días vacíos de amor, días delincuentes que me asaltan con una nueva y terrible sorpresa.

¿Qué distancia hay entre mi cerebro y mi corazón? Tanta como los kilómetros que me separan de Capi. Tanta como todos los días y semanas que me alejan de mi otra yo, de aquella que fui y que ahora ven con lástima. No quiero ser más la chica que señalan, de la que murmuran cuando me ven pasar. No quiero ser la ex de Capi ni de nadie más, quiero ser yo y no nací para soportar sonrisas falsas ni para sentir tanto dolor. ¿Por qué nadie me dijo cuánto duele crecer? Yo no quería ser mayor ni sentir esto que siento. ¿Por qué hay tanta frustración ante la realidad? ¿Por qué amar duele, y uno abraza ese dolor? Quisiera abrir los brazos y soltar el amor, soltarme, volar, dejarme ir, pero ¿a dónde?, ¿en qué lugar del infinito puedo encontrar un corazón para Eva si soy el cadáver de una flor?

48

Esteban pasó por Eva a su casa. Tocó el timbre y esperó que una voz femenina le respondiera; sin embargo, escuchó al portero preguntar qué se le ofrecía. Dijo que iba con Eva Otero y unos minutos después ella salió; llevaba jeans, Converse y una blusa verde aceituna, el cabello suelto y casi rubio le caía abajo de los hombros. A Esteban le pareció hermosa, no la veía desde Puerto Vallarta y notó que algo había cambiado en ella, pero no supo qué. Le dijo que fueran por un café a unas cuantas cuadras de ahí.

—Bueno, tanto así como un café, no. No puedo. Ya veré qué me tomo —aclaró Eva.

Esteban era un chico de Oaxaca que tenía pocos años de vivir en Guadalajara. Desde pequeño había tomado clases de música y aunque sabía tocar casi cualquier instrumento de cuerdas, lo que más le gustaba era el piano; decía que Chopin lo había impulsado a la música electrónica. Seguía estudiando en el American School, colegio donde había conocido a Capi y a Santiago. El día que llevó a Eva a la playa, le contó que también tocaba la batería. A Esteban, de cabello desparpajado, lo prendían la noche, las luces, los *mixes*, su mezcladora y los gritos eufóricos de la gente.

—No sabía que tocabas todos esos instrumentos —le dijo Eva y vio alrededor de su cuello los audífonos que siempre llevaba. Caminaban por el camellón de Pablo Neruda.

—Mis papás son músicos, tocan en la Filarmónica (por eso nos vinimos a vivir a Guadalajara), así que no había mucho de dónde escoger, o músico o músico. Creo que es una predisposición genética. —Al escucharlo, Eva recordó las palabras del papá de Capi: «Cómo te pareces a tu mamá. Tienen la misma mirada, es como si la estuviera viendo de nuevo...».

—Pero, ¿de Chopin a DJ?

—No sé cómo fue, en verdad. —De pronto guardó silencio, no le contó que tuvo que enfrentarse a su padre, dejar una carrera prometedora en la música clásica por la electrónica, y recordó lo que su papá le dijo: «Cambiar a Chopin por el hip-hop es un suicidio».

Tres calles más adelante llegaron a La Borra del Café. El lugar estaba lleno de chicos, algunos solo platicaban, otros hacían la tarea; había dos personas haciendo fila para pedir. Cuando llegó su turno, Eva se decidió por un jugo embotellado y Esteban por un café del día. Eva le pidió que salieran, quería seguir caminando, no ver pasar la tarde desde una ventana. Enseguida Esteban se apresuró a pagar, lo vio sacar una gastada cartera de cuero del bolsillo trasero de su pantalón y notó lo que ya le había comentado Majo: usaba los pantalones a medio trasero, dejando ver sus calzones a cuadros azules.

—Gracias —dijo Eva, y Esteban continuó hablando.

—Mi pieza favorita es *Fantaisie Impromptu*, de Chopin.

—Fantasía ¿qué?

—*Fantaisie Impromptu*; tiene una fuerza tremenda al fondo de su melancolía. Además, me gusta su final fantasioso. Suena así —Esteban hizo unos acordes con la boca, y Eva lo miró sorprendida.

—No la recuerdo, soy muy mala para la música.

Volvieron a caminar por el camellón de la avenida, iban uno al lado del otro bajo la sombra de los árboles; el camellón era muy amplio, con jardines y grandes árboles a cada lado, bancas y un amplio sendero para andar entre los árboles.

—Yo la adoro, pero lo clásico no es lo mío, preferí dejárselo a mis papás y me fui por la música electrónica; quería algo más vivo. Cuando por fin se convencieron, mi mamá me regaló mi primera tornamesa, creo que me pasé dos noches sin dormir.

—Ahora eso me pasa a mí con frecuencia, en las noches no duermo y en el día me quedo dormida en cualquier parte —dijo Eva y se detuvo. Esteban hizo lo mismo.

—¿Cómo sigues?

—Mal. La medicina me pone todo al revés —afirmó y le dio un trago a su jugo.

—¿Cuándo dejarás de tomarla? —Esteban vestía una camiseta negra con estampado de *El grito*, de Edvard Munch.

—No sé, creo que nunca —dijo Eva con tono nostálgico y continuó caminando; Esteban, a su lado, la escuchaba—. Creo que eres la primera persona que me ha preguntado cómo estoy, cuándo voy a mejorar. Karina, mi tutora en el Tec, me dijo que la epilepsia se consideró por mucho tiempo un mal sagrado, una enfermedad de dioses. ¿Sabías que Dostoievski, Dickens, Einstein, Napoleón y Van Gogh la padecieron?

—De Van Gogh no me sorprende, estaba medio loco, hasta se cortó una oreja...

—¡Ese es el problema con la gente! —interrumpió Eva—. Creen que quienes padecemos epilepsia estamos locos, que es una enfermedad contagiosa o que tenemos retraso mental. Nada de eso es cierto.

—Perdón, no quise decir eso. —Esteban casi estrangula su vaso de café.

—Ya sé. ¿Tú crees que si Dostoievski, Einstein o Napoleón hubieran estado locos, el primero habría escrito tanto, el otro hubiera podido enunciar la relatividad o Napoleón le hubiera hecho la guerra a medio mundo? Hasta Alejandro Magno era epiléptico, y Edgar Allan Poe —dijo Eva y se sentó en una banca.

—No me vayas a decir que también Chopin...

—No, él no, ¿o sí? No sé, voy a investigar. ¡Ah! Y tampoco es necesario meter un lápiz en la boca cuando una está en pleno ataque, no nos asfixiamos con nuestra lengua, eso es imposible, un mito de la época de las cavernas.

—Entonces, ¿qué hay que hacer? —preguntó Esteban y cortó una margarita del prado; se la regaló.

—Es hermosa, gracias. Nada, no hay que hacer nada. Poner al epiléptico acostado de lado y esperar a que pasen las convulsiones. Solo esperar —volvió a decir Eva con la mirada perdida en el camino.

—Es la flor que se deshoja: me quiere, no me quiere, me quiere... —Hasta ese momento Esteban se sentó a su lado.

—No digas eso, es horrible, como arrancarle las alas a una mariposa.

—Yo se las quitaba a las moscas...

—¡Esteban! Pobres. —El tono de Eva lo derritió.

—Eva, te he extrañado, las noches en Vango o en alguna fiesta, o simplemente cualquier noche sin ti, no son normales. —Ahora fue ella quien se derritió y pensó que ojalá Capi fuera quien le regalara una margarita y le dijera esas palabras. *Por qué Capi no pudo ser así de sencillo; ¿por qué me mintió? ¿Por qué tenía que engañarme, besarse con Joana Roca? La falsedad.* Eva estaba perdida en sus pensamientos cuando escuchó—: ¿Eva?

—Perdón, es esta maldita enfermedad que me tiene así; no puedo desvelarme, llevo una dieta de esquimal en la luna, me paso las noches en vela en mi cuarto mientras todos duermen, tratando de encontrar la felicidad en las cosas simples, como alguna vez me dijo mi mamá. Entonces veo lo que me rodea, lo que hay en mi cuarto con la luz del celular, y creo que la felicidad es solo una ilusión. Soy feliz porque creo que soy feliz, y esa satisfacción momentánea me parece que es la felicidad, ¿me explico? —Eva ya no miraba el sendero, echaba la vista hasta el otro lado de la calle, donde los autos pasaban como borregos del sueño.

—Sí, te entiendo —respondió Esteban y sacó su celular, buscó la aplicación de lámpara y alumbró a Eva—. Ahora soy feliz.

—Tonto —le dijo ella sonriendo.

—Espera, tengo algo para ti —dijo, volvió a conectar sus audífonos al celular y le puso la rola «Naive», de The Kooks. Ambos escucharon con cada audífono.

—Está linda. Parece que la vida se reduce a verdadero o falso, ¿no? Ahora quisiera ser mala, egoísta, arrogante, para saber qué se siente estar de cada lado de la balanza, pero algo hace que dude, la gente lo nota y entonces abusan de mí.

—Sé a qué te refieres —le dijo Esteban y vio lo que Eva miraba a lo lejos.

Ambos se quedaron unos instantes en silencio. Eran las seis de la tarde y el sol de primavera se colaba por las ramas de los árboles. Había más de una sombra en el piso.

—Falso o verdadero, como el día y la noche. Eso es todo —retomó Eva la conversación—. Yo creía que el amor era un sentimiento fuerte, física, mental y espiritualmente; un estado en el que dos personas se presienten, se encuentran y se necesitan, se piensan hechos uno para el otro, son fortaleza y debilidad a la vez. —Eva se llevó la flor a la nariz—. Confiar en esa persona, solo eso: confiar, es lo único que pido. Ni mentiras ni engaños ni traiciones. Eso también es la felicidad —terminó Eva de decir con los ojos llenos de lágrimas y el viento entre sus cabellos. Esteban la rodeó con el brazo, y cuando estaba a punto de decirle que la amaba, Eva lo besó.

49

A veces creo que el futuro es una combinación de espejos donde uno mira el pasado desde distintos ángulos. Desde el día en que regresamos de Los Reflejos, Cala no estaba del todo bien; dos semanas después seguía perezosa y con un apetito feroz, por lo que la llevamos de nuevo con el doctor Sandoval, quien, después de tenerla dos días más en observación, me llamó por teléfono y me dijo que fuera a verlo, que tenía que decirme algo personalmente.

Fuimos mi mamá, Dana y yo. Al vernos Cala dio grandes saltos; estaba radiante, la vi más hermosa que nunca y pronto me enteraría del porqué. El doctor confirmó lo que ya nos había dicho días antes, Cala no tenía rastro de rabia o alguna herida de gravedad, estaba más sana que nunca; después nos dijo, sin darle más vueltas, que el coyote había hecho de las suyas y Cala estaba embarazada. Mi mamá y yo quedamos en shock —ella más que yo—, solo Dana brincó de emoción y dijo algo así como: «¡Tendremos coyotitos!».

El doctor nos explicó que genéticamente era posible, ambas especies son del género canino. Nos dijo que Cala estaría dando a luz entre la segunda y la tercera semanas de julio. Mientras la acariciaba, pensé que así era la vida: se abre camino pese a las dificultades. Hasta dónde se sacrificó Cala esa tarde por mí; de no haberse perdido, Capi habría seguido insistiendo y quizá yo sería ahora la embarazada. Pero cómo voy a embarazarme si ni siquiera sé de dónde vengo, quién soy en realidad.

Soy hija de Otto Otero y mi *oma* es Clara Steiner, judía alemana, cantante de ópera. Soy hija del primer matrimonio de mi papá. Soy, quizá, la razón de su ruptura. De mi madre solo conozco su nombre. El único recuerdo nítido que tengo de ella es en la playa, a veces sueño con aquel momento: tengo tres años, me veo caminando desnuda, la arena me pica los pies; esa sensación húmeda y rasposa me gusta, quiero compartirla con ella y corro a su encuentro. Ella repite mi nombre, me recibe con los brazos abiertos y me da vueltas en el aire, el sol me acaricia. Mi mamá me acerca a su pecho, me dice que me ama.

Mi madre decidió un día dejar a mi papá, dejar Guadalajara, quizá dejar el país y también dejarme a mí. Estoy segura de que esta enfermedad es su maldita herencia. Estoy segura de que el embarazo de Cala es una señal. No dejaré que le quiten a sus hijos, tampoco que ella los abandone. Haré todo lo posible para que sus «coyotitos» crezcan mirándose en el espejo de su madre como yo no he podido hacerlo, como necesito hacerlo. Para continuar hacia el futuro necesito mirarme en el espejo de mi pasado, esa mitad que ahora me hace tanta falta. Necesito averiguar dónde está mi madre y mirarla frente a frente.

50

Eva cerró su diario, giró sobre la cama y agarró su celular; quiso escribirle a Capi, contarle lo sucedido con Cala, pero sabía que era imposible. De nuevo recordó a Esteban, su paseo, lo que habían conversado y el beso. En el fondo sabía que era un mejor chico, tranquilo, confiable, estudioso, que le había demostrado que la quería. *¿Cómo negarme al amor?*, se dijo y abrazó a Cala, le tocó la panza. Rememoró el beso que le dio a Esteban, sin chispa, ni frío ni ardiente, sin esa electricidad que le movía las entrañas cuando con los ojos cerrados se perdía entre los brazos de Capi. *Besar a Esteban fue como besar un retrato*, concluyó.

No quería hundirse en la nostalgia porque tenía una buena noticia, hizo un gran esfuerzo y le escribió a Paloma para contarle que Cala sería mamá, le dijo que ya estaba tranquila. «Por lo menos Cala encontró el amor», puso en su mensaje. Paloma se emocionó, la felicitó como si fueran viejas comadres, le dijo que era el día libre de Guilli y que la llevaría a conocer un café en la zona de Chapultepec; insistió en que los acompañara. Eva tardó en responder, no estaba de humor para conocer nuevos lugares. Se decidió a ir con ellos cuando Paloma le dijo que también iría Majo.

¿Majo está contigo?

Sí, comió en mi casa. En un ratito más viene Guilli y nos va a llevar en camión. ¡Baby, nunca me he subido a un camión!

Eva tardó en contestar, no le encantaba que Majo hubiera comido en casa de Pola; además de los celos, se sintió excluida. ¿En qué clase, en qué momento se habían puesto de acuerdo para que Majo fuera a comer a casa de su mejor amiga? ¿Por qué no le dijeron nada? ¿Era esta la primera vez que se veían sin Eva? Todas esas preguntas se hacía mientras sostenía el celular en la mano, sin saber qué responder hasta que por fin dijo que iba con ellos y le pidió a su mamá que la llevara a casa de Paloma.

Los cuatro abordaron un autobús que Guilli se apresuró a pagar, aunque a cada una le dio su respectivo boleto de viaje; fueron hasta el fondo de la unidad, donde solo había dos lugares disponibles. Eva no quiso sentarse y prefirió ir mirando la ciudad. Para ella todo era nuevo, distinto: desde la ventanilla del camión, la avenida Américas en su intersección con Punto Sao Paulo era un lugar desconocido. *En ese hotel trabaja el papá de la Piedrita*, pensó.

—Ahora cuenten los números —les dijo Guilli.

—¿Cuáles números? —preguntaron las tres al mismo tiempo.

—El número de serie del boletito que les di; si suma veintiuno, pueden cambiarlo por un beso con quien ustedes quieran. —Él contó el suyo y resultó premiado.

—Hiciste trampa, Guilli —se quejó Majo—. Los boletos son consecutivos, solo uno de ellos podría sumar veintiuno y tú te lo quedaste.

—Fue el azar —se defendió y se acercó a Paloma para cobrar su recompensa; se besaron ante todos y más de un mirón se sonrojó.

La ruta más rápida para llegar a su destino habría sido seguir por esa misma avenida y doblar a la izquierda en avenida México; sin embargo, el autobús, que cada vez se llenaba más y más, entró a una colonia que Eva desconocía por completo. Se fue serpenteando por calles de un barrio tan vivo que le llamó la atención, y le preguntó a Guilli por dónde iban.

—Esa iglesia me parece conocida —apuntó Majo.

—Se llama San Felipe Neri y el barrio es Santa Tere. De aquí es mi familia, aquí nacieron mis padres, mis hermanos y yo; aquí viven todavía mis abuelos. Hace apenas diez años que mi familia y yo vivimos en la Consti. En esa iglesia se casaron mis papás, y también ahí me bautizaron.

Agarrada al tubo, Eva seguía mirando por la ventana sin que le importaran los apretujones y el calor, cada vez más intenso. Más tarde les preguntaría a sus papás de dónde eran, y ambos responderían: «Cómo que de dónde. Pues de Guadalajara». «¿Sí, pero de dónde, de qué barrio?». «De ningún barrio. Yo nací en la clínica Robles Machain», diría Otto, «Y yo en el Hospital Santa María Chapalita», respondería Julia. *Qué poco auténticos*, pensaría Eva.

Bajaron del autobús en López Cotilla y Chapultepec, caminaron por el camellón y se hicieron varias *selfies* en el gran letrero que decía GUADALAJARA; Guilli les tomó una foto a las tres, cada una asomada en el hueco de una A. Luego caminaron por Libertad hasta La Cafetería, una casona de los años cincuenta que en la planta baja era restaurante y en el segundo piso una boutique de prendas de diseño a la medida.

Todos en el lugar eran amigos de Guilli, por lo que su llegada causó gran revuelo entre los meseros, baristas y gente de la cocina; el chef lo dejaba manipular sus sartenes y ese día no fue la excepción. Las dejó en la terraza y fue a preparar los bocadillos para la tarde.

Las tres seguían en la terraza de La Cafetería a la espera de las sorpresas de Guilli; no tenían ojos para nadie más ni para mirar más allá del lugar excepto Eva, que seguía un poco perdida en la nostalgia, por lo que no se dieron cuenta de que Capi y Joana pasaron ante ellas por la acera de enfrente. No iban abrazados ni de la mano. Minutos antes de que regresara Guilli, cuando anochecía y ponían veladoras en cada mesa, Paloma confesó que al día siguiente era su primer día de trabajo en Starbucks. Eva y Majo la felicitaron y brindaron por ella con limonada; Guilli se unió a la celebración vestido con filipina y gorro de chef, cargando bandejas llenas de comida: bagel de salmón, mini hamburguesas y postres. Eva se acordó una vez más de Capi, fue inevitable comparar el agasajo dispuesto por el novio de Paloma con los *snacks* que una semana antes Capi había «preparado» al invitarla a su casa. *El amor vive en los detalles*, pensó.

51

A tan solo diez días de terminar el semestre, el entrenador de futbol destituyó a Capi como capitán del equipo y lo sentó en la banca; sumaba cuatro faltas, una más de lo permitido, y su rendimiento había bajado mucho en el último mes. También le dijo que era lamentable que desperdiciara tanto su energía: le preguntó en qué andaba, si podía ayudarlo o si quería que se reunieran con su tutor. Capi negó con la cabeza, y sin mirarlo a los ojos extravió la vista en los demás miembros del equipo, que calentaban en la cancha antes de comenzar el partido. Santiago veía la conversación desde el campo de juego y por la cara de su amigo sabía que no era una plática cordial; al final, Capi se alzó de hombros y dejó a Aguirre hablando solo.

—Esa no es la actitud que quiero en un miembro de mi equipo, ¡mucho menos el capitán! —vociferó el entrenador al ver que Capi le daba la espalda.

Eran casi las cinco de la tarde y solo había comido un sándwich de jamón en el Güich; estaba harto de no quedar bien con nadie, de que por más que se esforzaba no le daba gusto a nadie. «Para ser líder de un equipo, hay que ser eso: líder», recordó la sentencia de su padre. Tampoco le daba gusto a su tutor ni al entrenador, y muchos menos a Eva. Pensó en ella y sus cimientos se cimbraron. *Imbécil*, pensaba de sí mismo. El entrenador no le importaba, pero ella sí, y sin embargo no sabía si Paloma ya le había contado que lo vio con Joana. «Tengo que hablar con Paloma», murmuró. Luego consideró: *Quizá Aguirre tenga razón y en el fondo soy un bueno para nada.*

Además, Capi seguía conmocionado después de la conversación que tuvo con su padre acerca de Eva, luego de que el licenciado Garcés la conoció; había sido novio de la madre de Eva y le contó la historia de esa familia. Le dijo que era una mujer sensacional, llena de vida, tan hermosa como su hija: había estado profundamente enamorado de ella, pero al final se decidió por Otto Otero. Le explicó que era una guerrera, una idealista, incansable e inalcanzable, y para muchos una mujer muy difícil, a veces arrogante de tan inteligente; completamente fuera de serie, como él nunca había conocido a nadie. Capi estaba con la boca abierta, lo escuchaba estupefacto mientras hablaba con tanta familiaridad de la madre de Eva, que parecía otra persona. Tampoco fue necesario que Capi le contara de la epilepsia, el licenciado Garcés lo adivinó y le advirtió que esa enfermedad era hereditaria y casi siempre incurable. «En cualquier lugar y por nada azotan», terminó diciéndole la misma noche que los encontró en el cuarto de la televisión. Para Capi fue imposible no percibir el olor a alcohol de su padre, quien antes de marcharse le dijo: «Julia no es la verdadera madre de tu novia».

Todo eso recordó bajo los árboles del campus de camino a su coche, y antes de abordarlo escuchó que le gritaban: era Santiago, que corría detrás de él con el uniforme de los Borregos, camisa azul y *shorts* blancos.

—¡Espera, Capi, Capi...! —Capi volteó a verlo—. Hablaré con Aguirre, con el director de la prepa, hasta con el rector si es necesario, pero no te puede hacer eso. Nuestro equipo ha sido el mejor de la temporada. Hablaré con él, de verdad, no te preocupes.

—Me importa un pepino el equipo y el balón, que se lo meta Aguirre por el culo. ¿Te quedas?

—Sí, vuelvo al entrenamiento.

—Okey, hablamos más tarde —se despidió y subió a su auto. Antes de arrancar encendió un cigarro y revisó su celular; no tenía notificaciones de Eva. Buscó el contacto de Joana y le escribió.

De camino al campo de juego, Santiago se encontró al profesor Galindo y aprovechó para decirle que no estaba de acuerdo con la decisión del entrenador; el tutor de Capi le dijo que él tampoco pero no podía hacer nada, Capi estaba en la cuerda floja, y si él mismo no se ayudaba, nadie podría hacerlo.

—Ya faltó a dos citas conmigo y su rendimiento en el último mes ha bajado mucho. Dile que atienda las citas tutoriales, estamos a poco más de una semana de que concluya el semestre y Capi lo puede perder —puntualizó el profesor de Literatura.

Santiago asintió y le dijo que hablaría con él, que se encargaría de llevarlo a su próxima cita y si era necesario lo arrastraría a clases. Se despidieron, y antes de seguir con el partido de futbol Santi fue a solicitar cita con el director: le dijeron que al día siguiente lo recibiría a las dos de la tarde. Luego le escribió a Capi, diciéndole que se vieran a las seis en su casa. Capi no respondió, estaba enfrascado en una conversación política con Joana.

—Son unos imperialistas de mierda —gritó Joana cuando llegaban a avenida Chapultepec—. No puedo creer que no conozcas esta parte de la ciudad —cambió de tema—, sus cafés, sus casas de estilo neoclásico. Aquí puedes caminar por la calle y ver al vecino a los ojos, no que en Colinas de San Javier o Providencia solo hay altísimas bardas con gilipollas dentro —dijo, y volvió al tema del Estado español.

Capi la escuchaba sin ponerle mucha atención, buscaba dónde estacionar. Se sentía aliviado de andar por esos rumbos; pensaba que, como Joana odiaba a cualquier imperio, no le agradarían los centros comerciales como Andares o Plaza Pabellón, y en esa zona de Chapultepec, como ella la llamaba, no se encontraría con Eva ni con algún conocido. *¡Qué chingados si me encuentro a Eva!*, pensó y apretó los labios; no podía saber que ella y sus amigas estaban a unos pasos. Joana se tomó también una *selfie* en el gran letrero de GUADALAJARA sobre el camellón de Chapultepec, solo que ella prefirió la letra J, para después seguir andando por Libertad. La Estación de Lulio le pareció un lugar muy ruidoso, y como no le gustaba el café, siguieron calle abajo. Cigarro en mano, ambos caminaron tres cuadras más por avenida Libertad. Él tuvo que impedir en más de una ocasión que los atropellaran, pues Joana cruzaba las calles sin ver ni a izquierda y derecha ni verificar si los semáforos estaban en rojo, hasta que llegaron a La Tetería, una casa de té justo frente a la cafetería donde Eva y sus amigas pasaban la tarde.

—Son una mierda —repitió Capi parafraseando a Joana, sin saber a qué se refería.

—Te lo dije, son un coñazo, unos imperialistas de mierda —sentenció ella tras una larga fumada a su Marlboro—. Lo que queremos es la independencia, ser un Estado soberano y libre. Nosotros tenemos nuestra propia historia y cultura, nuestra propia lengua, nosotros *parlamos catalá*, no español. A nosotros no nos gustan los toros. ¿Sabías que las corridas se prohibieron en Cataluña en 2010, que echamos a la infanta Cristina en 2009? Nosotros no queremos un rey que se gasta un pastón cada mes patrocinado por el gobierno y el trabajo de todos nosotros, además, nadie le ha elegido, está ahí por cojones, viviendo, nunca mejor dicho, como rey. Es una puta broma, al carré es a donde le tenemos que poner.

Capi escuchaba con atención y no supo qué responder porque no estaba enterado de nada, pero tampoco quería pasar como un ignorante. *Prohibir los toros,* se dijo a sí mismo; su papá se moriría, era una de sus grandes pasiones.

—Entonces, ¿le harán la guerra a España, o al rey? —apuntó Capi, entusiasmado por eso de la guerra.

—A quien haga falta, si son la misma mierda. Solo evitarán que lleguemos a las armas con un referéndum, eso es lo que necesitamos, porque estamos cansados de que nos impongan todo desde Madrid. Los ciudadanos votan lo que pueden, no lo que quieren, porque no tienen opción, porque no les han dejado otra salida que el suicidio político, y como dijera Benedetti: «el suicidio no redime al torturador» —concluyó.

—Tienes toda la razón —fue lo único que atinó a decir Capi ante tanta verborrea.

—¿Te has fijado que aquel sitio de enfrente se llama La Cafetería —señaló Joana con el dedo la casona de enfrente—, y este La Tetería? ¡Qué gilipollas! Me flipa tanta originalidad, qué pedazo de ingenio. —Fue lo segundo que dijo en toda la tarde que no se refería a política.

Menú en mano, seguían sin pedir nada, solo hablaban y escuchaban. Estaban sentados en una pequeña mesa justo a la entrada; desde ahí, Capi veía docenas de latas de té puestas como libros sobre una estantería que ocupaba toda la pared principal. Tan fácil que sería hacerla callar con un beso, pensó Capi, pero no se le antojaba y Joana tampoco había dado pie a repetir aquel beso en el jardín del Club San Javier. Aunque tampoco había sido un beso del otro mundo: el *piercing* en el labio de Joana le había restado concentración y sabor, era como tener un cortaúñas metido en la boca, le dijo Capi a Santiago. Extrañaba a Eva, extrañaba besarla, hablar con ella de nimiedades, hacerla reír. Era la tercera vez que veía a Joana y no sabía por qué la había buscado de nuevo si ella nunca le preguntaba cómo estaba, qué hacía, si tenía hermanos, nada, solo hablaba de ella, España y Cataluña, Cataluña y España, el rey, la independencia... A la quinta vuelta de la mesera para tomarles la orden, ignorando ya su discurso político, compartieron un Rooibos y Capi tomó un decisión: buscaría a Eva.

Una hora después y harto de tanta «gilipollez», Capi pagó la cuenta y salieron. En el momento justo en que ayudaba a Joana a ponerse su chaqueta de cuero negra curtida de cierres sintió una mirada que lo paralizó y ahí estaba, al otro lado de la calle: Eva y sus amigas salían de La Cafetería, reían y celebraban. Eva y él se sostuvieron la mirada unos segundos, suficientes para que los ojos de ella se llenaran de lágrimas.

52

Desde el *roof garden* de la Torre Ónix, en el corazón de Providencia, una colonia de casas bardeadas con grandes jardines, se alcanzaba a ver la mancha verde del bosque de Los Colomos, adonde Otto iba a correr todas las mañanas. En la terraza, con todos los servicios de un departamento, Eva, Paloma y Majo, sentadas en unos sillones de madera oscura, veían el cielo estrellado y sin luna. Habían decidido subir para mitigar un poco el calor y para que Paloma pudiera fumar a sus anchas. Trataban de estudiar.

—Majo, cómo quieres que en una noche entienda todo lo de un semestre: expresiones algebraicas, términos semejantes, valor numérico, polinomios... —se quejó Eva.

—No es tan complicado. A ver, veamos este problema: el doble de la suma del cuadrado de un número y el triple de otro —expuso Majo.

—¡Ja! Todavía recuerdo las palabras del profesor Castillo: «Todo número elevado a la potencia cero es uno» —intervino Paloma y le dio una fumada a su cigarro.

—Esta es mejor —dijo Eva, adoptando la posición corporal y el tono de voz del profesor Miguel Ángel Castillo—: «Si saben qué es un polinomio, ya se les resolvió la vida». Y como yo no tengo ni remota idea de lo que es eso, mi vida es un desastre.

—Es sencillísimo —aseguró Majo, y celular en mano leyó—: un polinomio «es una expresión compuesta de dos o más términos algebraicos unidos por los signos de más o de menos. Los de dos o tres términos reciben los nombres especiales de *binomio* y *trinomio* respectivamente», lo dice el diccionario de la Real Academia.

—Mejor estudiemos Literatura: metáfora, hipérbole, anáfora, hipérbaton: me suenan más familiares que los polinomios. Los números me alteran, las palabras me calman, y no querrán que me dé un retruécano, ¿verdad? —bromeó Eva y mordió una crujiente papa.

—Sí, mejor estudiemos Literatura; la ley del acento final me suena a historia de amor —opinó Paloma y Eva de inmediato se sintió aludida. Pensó en Capi: *Cretino, escoria, traidor que no conoce el complejo significado de la palabra* fidelidad—. ¿Qué pasa, Eva? Te perdimos, ¿dónde estás? —preguntó Paloma al tiempo que le pasaba la mano, con el Marlboro entre los dedos, por delante de los ojos.

La noche era cálida, cenaban sándwiches y papas y sobre la mesa había malteada de fresa, papeles regados por todos lados, mochilas destripadas, cuadernos, libros; cables de computadora serpenteaban bajo sus pies. Las tres acataban la primera norma que se habían puesto para poder estudiar: no ver Facebook hasta el final. Eva dio por terminada la hora de estudio cerrando de golpe el libro de Baldor y les dijo que no podía más, que su cerebro estaba a punto de estallar.

—Chicas, necesito convocar a la segunda sesión del Club de la Verdad, ahora. —Paloma y Majo se sorprendieron y acataron el deseo de su amiga; las tres levantaron la mano izquierda en señal de juramento—. Majo, comienza tú —ordenó Eva—. ¿Qué harías por el amor de tu vida?

—¡¿Yo?! —Majo puso cara de sorpresa.

—Recuerda que hicimos un juramento de hablar con la verdad y hoy es el momento —intervino Paloma.

—Está bien —dijo, y volvió a quedarse en silencio—. ¿Qué haría por el amor de mi vida? Es que, no sé cómo explicarles... no sé cómo decirlo. —Se aferraba con ambas manos a su malteada.

—Así, como va, sin pensarlo. Las palabras que se piensan mucho ya no se dicen desde el corazón —opinó Paloma entre el humo de su cigarro.

—Fue solo una pregunta, pero puedes contarnos lo que sea. Anda, Majo, cuéntanos —intervino Eva.

—Sí tengo un amor; no sé si es el amor de mi vida, pero estoy enamoradísima de Santiago —dijo, y le dio otra mordida a su sándwich.

—¿Qué? ¿De Santi? —Eva y Paloma se acercaron más a su amiga.

—¿Por qué no nos lo habías dicho? —intervino Eva.

—Me daba pena, no sabía cómo, y hay más... —respondió y luego guardó silencio, antes de que se le quebrara la voz—. Le escribí una carta.

—¡Una carta! Majo, ¿tú? —Paloma no salía de su asombro y Eva no sabía ya qué le intrigaba más, si la confesión de Majo o el asombro de Pola.

—Una carta, sí, declarándomele. ¿Qué, no puedo enamorarme como ustedes y escribirle al niño que me gusta? Al parecer no tengo derecho a tener novio y que me besen así como ustedes cuentan; a mí nunca nadie me ha besado. —Al terminar de decir esto no aguantó e hizo un puchero; Eva y Pola se acercaron a cada lado para abrazarla.

—Claro que tienes derecho, baby —aseguró Paloma.

—¿Qué respondió? —Eva buscó a tientas en la mesa otro triángulo de sándwich.

—No sé, no firmé la carta, solo la eché en su casillero, el 5106. Desde ese día he tenido ese número tatuado en el pecho.

—¡Cómo que no firmaste! —exclamó Paloma.

—Ahora tenemos dos pendientes por resolver —dijo Eva—, y los dos tienen que ver con Capi: la Piedrita y Santi, su mejor amigo.

—Él es un buen niño y te corresponderá, lo conozco bien —dijo Paloma y Eva pensó que no tenía por qué decir eso; Santi era el mejor amigo de su novio, por consiguiente, ella lo conocía aún más. *Capi, ¿mi novio?*, se preguntó, aún no se acostumbraba a llamarlo de otra manera—. Hubiera sido bueno que lo firmaras y que de una vez se enterara de quién eres.

—No me animé —repitió Majo—. Eso es todo lo que tengo que contarles.

—Vas, Eva —Paloma la echó por delante.

—Okey —dijo, y apartó el sándwich que no había mordido. Respiró hondo—. Ya que estamos en el Club de la Verdad y que ustedes son mis mejores amigas, tengo que confesarles —puntualizó y guardó silencio—: desde hace unos días Esteban me manda mensajes a diario, he recibido tantos con flores, poemas, valses y *mixes* que ya no sé qué responderle.

—¿Valses? —preguntó Paloma.

—Sí, valses, resulta que Esteban es músico clásico antes que DJ.

—¡Qué sorpresa! Tan guardadito que se lo tenía —opinó Majo y se hizo un silencio que a todas les extrañó.

—¿Esa es la gran verdad que tenías que decirnos? —intervino Paloma, haciendo aspavientos con la voz—. Si todo mundo sabe que eres el *crush* de Esteban.

—Esa es solo la introducción —dijo Eva, y volvió a quedarse callada para añadir más tensión al momento—. Hace unos días lo besé.

—¡¿Qué?! —gritaron las otras dos a una voz.

—El lunes salimos a tomar un café aquí cerca, y cuando me decía no sé qué de la música, ¡zas! Que le planto un beso.

—¡Qué emoción! —gritó Majo.

—Platicamos súper a gusto, es un niño educado, sensible, respetuoso, pero...

—Pero ¿qué? ¡Ay, yo me lo como a besos! —suspiró Majo.

—No sentí nada cuando lo besé, nada, así que solo he respondido dos o tres mensajes.

—¿Cuál fue su reacción? —preguntó Paloma, ignorando las últimas palabras de Eva.

—No sé, seguro que le gustó, lo que no me ha gustado fue mi reacción. En qué me he convertido, yo no quería hacerlo y no sé por qué lo hice...

—Venganza —apuntilló Paloma y buscó la cajetilla para encender otro cigarro.

—Yo no soy vengativa ni rencorosa, ¿o sí? Pero es que muero de rabia solo de recordar lo que me contaste, Pola, sobre Capi y esa tipa besándose. ¿Desde cuándo me ponía el cuerno? De seguro en Puerto Vallarta ya andaban en lo suyo. No lo soporto, les juro que me dan ganas de acabar con él.

—¿Con quién? Yo te ayudo —dijo Dana, que en ese momento subía con Cala.

—¡Dana, mis pantuflas!

—No encontré las mías y estas estaban a la mano, bueno, a mis pies —respondió y se dejó caer en un taburete de manta blanca—. Además, hacen juego con mi pijama, miren —presumió el pantalón de Hello Kitty como un trofeo, agitando las piernas—. ¿En qué estábamos? —dijo, y las tres amigas se miraron un tanto desconcertadas.

Pasaban de las nueve de la noche; Dana había subido al *roof garden*, mandada por Julia para preguntar si llevaría a Paloma y a Majo a sus casas, o si alguien vendría por ellas.

—Ahora hablo a mi casa para ver quién viene por mí, y yo llevo a Majo —respondió Paloma y tomó su celular de la mesa. Dos minutos después dijo que ya venían por ella.

—Estamos estudiando, baja y dile a mamá que no tiene que llevar a nadie.

Dana no hizo caso y por la tensión intuyó que ya no estudiaban, así que tomó el celular de Eva y llamó a su mamá para decirle que no había de qué preocuparse, que ella lavaría los platos de la cena.

—Como voy a lavar todo esto —señaló con el dedo la mesa de centro—, tengo derecho a quedarme, así que, ¿en qué estábamos?

—Está bien —dijo Eva al ver que no habría poder humano que la hiciera marcharse.

—Estamos ideando un plan —intervino Paloma.

—¿Un plan? Yo suelo tener muchas ideas. ¿De qué se trata?

Entre las tres, arrebatándose las palabras, pusieron a Dana al tanto de todo; le contaron de Joana Roca, la Piedrita, como Eva la llamaba, de lo rápida que podía ser y lo fáciles que le resultaban los hombres. Si alguna omitía detalles, las otras corregían y Dana opinó que las redes sociales estaban ahí para usarlas. Cuando por fin le contaron del beso en la fiesta de Miriam Natalia, a Dana casi se le salieron los ojos de sus órbitas.

—Cierra la boca —le dijo Eva, y su hermana obedeció de golpe.

—Los hombres son así, solo dejan de mirarse el ombligo cuando tú dejas de mirarlos a ellos, si lo sabré yo —sentenció Dana, y continuó—. ¿Ya hablaste con él? —le preguntó a Eva—. Que te diga qué lo incitó a hacerlo, si se besó con alguien más, si te quiere a ti más que a ella... No, eso no, las comparaciones nunca son buenas. Tienes que cortarlo de una manera que le duela, empezar por decirle: «¡Guau! No te creía capaz de algo así». —Al decir esto, Dana se puso en pie con las manos en jarras y se meneó con cada sílaba.

—Ash, pareces jarrita de sílabas romanas —se burló Eva—. Además, ya lo corté; Capi y yo terminamos —dijo, y puso cara triste.

—¿Qué, cómo, cuándo? Estoy atrasadísima de noticias. Si ahorita lo tuviera enfrente, lo arrastraría de ya saben dónde por todo Andares y le diría de cuántas maneras podría suicidarse —dijo Dana con furia.

—Cálmate, baby —dijo Paloma—. Qué cosas dices. —Puso cara de asco.

—Ya sabes a lo que me refiero —respondió Dana en voz baja y jaló la bolsa de papas.

—¡Bueno! —exclamó Paloma, y continuó—. También creemos que ella lo drogó.

—¡¿Lo drogó?! —exclamó Dana, asombrada otra vez—. ¡Ash!, no hay papas.

—Con marihuana —aseguró Paloma, y con su cigarro hizo un gesto de fumarla.

—¡Ah! Entonces la cosa cambia. Si cualquier hombre en sus cinco sentidos es un tarado, faltándole uno o dos es caso perdido. Solo nos quedaría el desprestigio social, que es peor que la ley del hielo. Pero si ya no es tu novio, ¿por qué te molesta tanto que se bese con otra?

—Porque ya me estaban poniendo el cuerno desde antes; en Puerto Vallarta ya andaba Capi con la Piedrita metida en el zapato —dijo Eva y con el brazo apartó a Cala, que husmeaba en la mesa los restos de comida. Luego se echó a sus pies—. Además...

—¡¿Hay más?! —exclamaron todas.

—Los vi el día que fuimos con Guilli a Chapu, salían abrazados de La Tetería. —El silencio era el de su aliento contenido.

—¡Alta traición! —murmuró Dana.

—Lo peor, Dana —sentenció Paloma—, es cuando la traición viene de quien está más cerca de ti.

—Chicas, me tengo que ir o mi hermana me va a matar —habló por fin Majo—. Pola, ¿puedes hablar y preguntar si ya vienen por nosotras?

Eva, al escuchar que Majo llamaba así a Paloma, sintió otro pinchazo de celos; solo ella se sentía con derecho de usar ese nombre, Eva se lo había puesto: Pola. *Los celos agobian más que la incertidumbre*, recordó lo que escribió Romeo Noria.

—Paloma, tú no has dicho nada de ti en esta sesión del Club de la Verdad —le dijo Eva con cierto tono de reclamo y haciendo énfasis en su nombre.

—¿Club de qué? ¿Qué es eso? —interrumpió Dana.

—Luego te explico —respondió Eva y continuó—: ¿estás bien?

—Sí, solo muy cansada por mi primera semana de trabajo en Starbucks.

53

La jornada de trabajo de Paloma en Starbucks era de cuatro horas por la tarde hasta el cierre, a las nueve de la noche. Había conseguido quedarse en la cafetería de Andares junto a Guilli, quien le enseñaba todos los secretos de la preparación del café. Paloma debía aprender todo, desde las cosas más básicas, como diferenciar la leche entera de la deslactosada, hasta los segundos exactos para la extracción del espresso; a preparar bebidas frías, calientes y sus diversas presentaciones. Tenía que estar pendiente de un lado y otro de la barra: lavar platos, resurtir vasos, tapas, alimentos, bebidas enlatadas, tener impecable el refrigerador donde se presentaban los sándwiches, *croissants* y panqués, moler café y saber cobrar. Ese fue su peor día, cuando le tocó estar en la caja: además de cobrar debía sonreír y entender a cada persona que llegaba. «Parece fácil», les contó después a sus amigas, «pero no; hay quien habla muy bajito o quienes confunden una bebida por otra, te piden siete cosas y al final te hacen cancelar la mitad, y están los que odian los vasos de cartón y lleva su propia taza por si no hay de cerámica para su espresso». A la hora del cierre venía lo peor: lavar todo, limpiar y recoger el mobiliario. «Lo bueno es que en el de Andares no hay baños, así que no tengo que limpiar la mierda de nadie», le dijo a Eva.

Desde el otro lado de la barra Eva veía trabajar a Paloma, se mostraba atenta a las indicaciones de Guilli. Julia y Dana estaban viendo tiendas, buscaban un vestido para la fiesta de fin de año de su hermana; el mes próximo salía de primero de secundaria. Habían quedado de reunirse con Eva a las dos de la tarde para comer en algún restaurante del centro comercial, Otto las alcanzaría y esa sería la última comida de toda la familia antes de que él viajara a su oficina en San Diego y después a Tokio para reunirse con la gente de Cartier.

A Eva le parecía extraño ver a Paloma con su uniforme de barista: playera negra y mandil verde con el logo de la sirenita. Era sábado al mediodía y a esa hora las dos deberían estar en el club o en ese mismo centro comercial pero de compras, no atendiendo, y eso era lo que le parecía más extraño, como si en su último apagón se hubiera perdido de algo importante y vital para ellas dos, amigas de toda la vida.

—Hola —la saludó Guilli detrás de la caja—. ¿Qué vas a querer, tu frapuccino con carga extra de café, como siempre?

—No, ya no puedo, ni con media carga —respondió Eva y vio la G de Gap o de Guillermo en su gorra, que no se quitaba desde el día en que Paloma se la regaló.

—¡Ups! Es verdad, lo olvidé. ¿Entonces puedo invitarte un jugo y un panqué de naranja? Es delicioso.

—Okey —dijo Eva, y vio a Guilli deslizar una tarjeta que le colgaba del cuello en un dispositivo de la caja registradora.

—Ya está, de aquel lado de la barra te dan tu panqué.

Eva volteó a donde señalaba Guilli y vio a Paloma que, apresurada, dejaba su lugar frente a la cafetera y corría al otro lado del mostrador; quería atender a su amiga.

—Dame cinco minutos y estoy contigo —le dijo Paloma al darle el plato con el panqué de naranja; Eva ya tenía la bebida en la mano—. Espérame en esa mesa, *plis*.

Eva fue a sentarse donde le señaló su amiga. Quería hablar con ella, esperaba tener oportunidad de preguntarle otra vez lo que había visto aquella noche en la fiesta de Miriam Natalia. Quería más detalles: al parecer todo mundo vio a Capi bailar con Joana, pero solo Paloma los vio besarse y no quería pensar que se hubiera equivocado. Odiaba aceptar que todavía pensaba en él, no quería aceptar que aún lo amaba, ¿o solo extrañaba la costumbre de estar a su lado? Necesitaba abrir su corazón con alguien, confrontarlo, que le quitaran la venda de los ojos. Esteban seguía rondándola; ese podría ser un buen futuro, un mejor chico, pero no la besaba como Capi. Además, no estaba bien: aunque aparentemente la epilepsia estaba controlada, seguía sintiéndose mal, dormía poco, la presión de tomarse las medicinas con la exactitud requerida la tenía harta. Desde el viaje a Puerto Vallarta había comenzado a notar la distante relación entre sus padres y se le venía la inminente culminación del semestre, pero eso era lo que menos le importaba; si reprobaba o la corrían de la prepa le daba igual. Había mucho de qué hablar con Paloma, se dijo. Levantó la vista de su panqué y vio venir a su amiga y a Guilli tomados de la mano, ambos con su mandil verde.

—¿Qué tal tu panqué? —dijo Guilli al llegar a la mesa y se sentaron.

—Riquísimo, me comería otro.

—¿Quieres otro, o prefieres probar el de limón? —ofreció de nuevo Guillermo.

—No, no, la verdad es que sí me comería otro pero tengo que cuidar la línea; no sé, desde que estoy con esos medicamentos siento que he subido de peso, ¿no crees, Pola?

—Yo te veo igual —aseguró y subió los pies a otra silla.

Sentados los tres a la mesa, de pronto un silencio incómodo los invadió: nadie sabía qué decir. Fueron solo unos segundos de tensión que todos sintieron y que ninguno podía explicar. Antes de retomar la conversación, Guilli dijo que tenía que volver a su caja y se fue.

—Pobre, tiene un chorro de broncas en su casa —dijo Paloma al verlo marchar.

—¿Problemas de qué?

—Su papá quiere que vuelva a las fuerzas básicas de Chivas.

—¿Que vuelva? ¿Ya estuvo antes?

—Sí, estuvo en la Sub 15 y ahora entraría a la Sub 17; entraría directo por los antecedentes que tiene pero él no quiere, se resiste a ser futbolista, a pesar de que es un súper delantero.

—¿Por qué no prueba a darle gusto a su papá?

—Porque la vida no es para darle gusto a los demás, Eva, ni hacer algo que no quieres para quedar bien, aunque sea con tu papá —respondió Guilli, que llegaba en ese momento y alcanzó a escuchar lo que decían.

—Ya sé, pero...

—Pero nada, la vida es solo una y para ser feliz tienes que hacer solo lo que a ti te gusta; aunque me apasiona el futbol, no quiero dedicarme a eso, no quiero ser Omar Bravo sino el chef Oropeza. Además, ya hay un Guillermo Ochoa en el futbol y con uno es suficiente.

—Su papá sueña con que Guilli juegue en la Selección Nacional —intervino Paloma.

—Es el sueño de mi papá y yo no estoy para cumplir sus sueños, yo tengo los míos; entrar a la Sub 17 significaría dejar Starbucks, viajar, posponer mi sueño de ser el mejor chef del mundo.

—Y lo lograrás —lo apoyó Paloma tomando su mano—. Aunque parezca que no sé nada, no tengo dudas de que serás el mejor chef del mundo.

Eva no salía de su asombro, veía la determinación del novio de su amiga y le parecía envidiable, así como la unión que entre ellos se sentía. Pensó que la vida de algunos estaba al revés: mientras a Guilli lo presionaba su padre para que fuera futbolista, el mayor sueño de Capi era jugar futbol profesional, comenzar en el Atlas, donde su papá era consejero; sin embargo, su padre no lo apoyaba, es más, saboteaba su sueño.

—Bueno, las dejo, solo vine a darle un beso a este angelito —se despidió Guilli y recogió el plato del panqué, las servilletas usadas y volvió a su caja atrás del mostrador.

En el primer segundo que las dos se quedaron solas en la mesa, de nuevo esa extraña tensión las rodeó y el celular de Paloma sonó varias veces; Eva escuchó otra vez ese tono de gaitas que había oído unos días atrás en el iPhone de Capi. *Entonces, ¿era Pola quien le escribía a mi novio aquella tarde?*, pensó y la miró a los ojos: Paloma estaba pálida, sin atreverse a revisar sus mensajes de WhatsApp.

—¿No vas a ver quién te escribe? —le preguntó.

—Ahorita... —titubeó Paloma sin quitar los ojos del aparato.

—¿Ahorita cuándo? —Eva subió el tono.

—¿Qué te pasa, Eva? —Paloma bajó los pies de la silla y se puso en guardia.

—¿Qué te pasa a ti? No sabía que tenías en tu celular ciertos tonos para ciertas personas. —Al oír esto, Paloma se puso más pálida y no supo qué responder—. ¿Es Capi, verdad? ¿Es Capi quien te escribe?

—Sí, es él, pero no es lo que crees, te lo juro.

—No, si soy la tontita que se enfermó, la que se mea encima cuando le da un ataque, la que cree que todo mundo es bueno y confiable... —Eva trataba de contenerse, aunque sentía que cada una de sus palabras sonaba dos veces en su cabeza.

—¡Eva, por Dios, no sigas...! No es lo que estás pensando —dijo Paloma con voz entrecortada.

—¿Y qué estoy pensando, a ver, dime, tú que todo lo sabes?

—No sé, no sé qué estás pensando, pero no es eso que veo en tus ojos. Desde aquella noche que lo vi en la fiesta de Miriam Natalia me ha estado escribiendo para preguntarme cómo estás, para...

—¿Para saber si sigo siendo la misma tonta a la que todo mundo engaña?

—No, por favor, no digas eso, Capi y yo siempre hemos sido amigos, recuerda que él es íntimo de Andrés Navarro y cuando fuimos novios lo veía casi a diario...

—¿Lo viste o no lo viste besarse con Joana Roca aquella noche? —Eva se acercó tanto a Paloma que podía sentir el miedo en su respiración.

Paloma guardó silencio unos segundos y sus ojos se llenaron de lágrimas que no dilataron en desbordarse por sus mejillas; trató de tomar la mano de Eva, pero su amiga la quitó de golpe.

—Por favor, Eva, no hagamos esto más grande, por favor, por favor... —rogó y juntó las manos como si orara.

—¡¿Lo viste o no lo viste?! —gritó Eva y unos chicos en la mesa de al lado voltearon a verlas; murmuraron entre sí.

—Sí, sí lo vi o no sé qué vi, estaba oscuro y fumaban marihuana. Capi está preocupado por ti; te quiere, me lo ha dicho.

—No sé por qué siento que me ocultas algo más, que no me dices toda la verdad. Eres una hipócrita. Te recuerdo que ayer en el Club de la Verdad te pregunté si tenías algo que decir y te quedaste callada.

—No sabía cómo decírtelo, no sabía cómo reaccionarías... —las lágrimas seguían rodando por las mejillas de Paloma.

—¿No sabías cómo decirme qué? Es la segunda vez en una semana que no sabes cómo decirme algo... ¡Ah, pero eso sí, eres muy buena dándole lecciones de moral a mi hermana: «Lo peor, Dana —repitió Eva—, es cuando la traición viene de quien está más cerca de ti»! Eres tan falsa como Capi.

—¡Eva! —gritó Paloma, y con ambas manos se limpió las lágrimas.

—Y ahora eres muy *amigui* de Majo, ¿no? ¡Ay, sí, yo la llevo a su casa, baby! —Eva alzó aún más la voz imitando el tono de Paloma, su rostro enrojecido de rabia—. Pues quédate con ella y con Capi, trío de...

—A Majo no la metas en esto, ella nada tiene que ver; el pleito es entre tú y yo.

—¡Ah! O sea que estamos peleando; es bueno saberlo. ¡Pues púdranse! —gritó Eva, y se levantó de pronto. La silla cayó.

—¡Eva, por Dios, Eva...!

54

A las siete de la mañana del domingo, Otto fue a despedirse de Eva; entró sigilosamente a su cuarto. Ya estaba despierta, aunque solo había dormido un par de horas en la noche. La cabeza aún le daba vueltas al tratar de embonar las piezas del rompecabezas de los últimos días. En esas largas horas de absoluto silencio, dando vueltas en la cama, se sintió sola en el mundo. Ya no tenía en quién confiar. A oscuras, solo alumbrada con la luz del celular, escribió en su diario: *¿Por qué el amor es tan difícil, y la amistad también parece imposible? ¿Por qué lo hiciste, Pola, por qué?* Eva no sabía qué le dolía más, si la traición de su novio o la de su mejor amiga. Sin embargo, ese domingo tomaría las dos decisiones más importantes de su vida. Cuando su padre llegó y prendió la luz del buró, Eva cerró los ojos y simuló que dormía; Cala estaba echada a sus pies y bostezó al ver entrar a Otto.

—Papá, ¿estarás bien, te vas a cuidar? —Eva volteó a verlo.

—Sí, me cuidaré y regresaré más pronto de lo que imaginas; tres semanas se pasan volando. ¿Qué quieres que te traiga de Tokio? Mira que veré a la mera mera de Cartier.

—¿Es una mujer?

—El CEO es un hombre, Stanislas de Quercize, pero quien lleva el proyecto de Tokio es una mujer.

—¿Japonesa? —preguntó. Eva estaba pálida y ojerosa.

—No, colombiana, vive en París, donde está la matriz de Cartier.

—¿Y cuántas horas hay de diferencia con Tokio?

—Catorce.

—¿Y con París?

—Siete, pero no te preocupes, yo buscaré la manera de comunicarme con ustedes.

En ese momento todo fue más claro para Eva y volvió a recordar las palabras de su padre aquella mañana en Puerto Vallarta: «Sí, mi amor, te llamo de nuevo a las doce, tiempo de México». Calculó mentalmente la hora en cada ciudad: a las doce del día, tiempo de México, en Tokio serían las dos de la mañana y en París las siete de la tarde. *Exacto,* se dijo, su amante estaba en París y no en Japón; quién esperaría una llamada a las dos de la madrugada. Sin embargo, no quiso seguir pensando en ello y le preguntó sobre algo que en ese instante le importaba más.

—Papá, ¿puedo hacerte una pregunta? —Eva se incorporó un poco; solo hasta ese momento Otto, sentado a su lado, notó su pelo enmarañado.

—Sí, lo que quieras.

—¿Sigues queriendo a mi mamá?

—Desde luego que sí, hija —respondió Otto después de unos segundos.

—¿Tú conoces al papá de Capi?

—Sí, todo mundo lo conoce.

—¿Y él conoció a mi verdadera mamá? —Después de oír esto, Otto guardó silencio por unos instantes. Quería intuir por dónde iba la conversación.

—No sé, quizá cuando éramos jóvenes; en aquel tiempo Guadalajara era muy pequeña y todos nos conocíamos.

—No tengo ni una foto de ella. No la recuerdo, no sé cómo era. —Eva contuvo el aliento.

—No es momento para hablar de ella. Me tengo que ir, mi vuelo sale a las 10:55 y tengo el tiempo justo. Ven, vamos a desayunar —le dio un beso en la frente y Eva no reaccionó.

En cuanto salió del cuarto, Eva tomó su celular; tenía ocho mensajes de Esteban. El más largo decía:

Entre los discos de mi papá, en una funda de Paganini,
Bach o Rajmáninov, me encontré a Ely Guerra.
«No que muy clásico», me dije. Escucha esta rola,
está buenísima.

El siguiente globo contenía una liga de Spotify:

Ojos claros, labios rosas.

Eva la escuchó y se preguntó: *¿Será Esteban el único en quien puedo confiar?* Aun así, no respondió ningún mensaje, se levantó de la cama y fue a la cocina a acompañar a sus padres a desayunar; Cala salió detrás de ella. En cualquier otro viaje de su papá hubiera seguido dormida a pierna suelta, pero en este presentía que debía estar con ellos. Aunque Otto y Julia se sorprendieron al verla levantada en domingo a las 7:15 de la mañana, los tres se sentaron en la mesa de la cocina. El menú era el mismo de todos los fines de semana: hot cakes.

Mientras Otto y Julia conversaban sobre detalles de la próxima semana, pagos pendientes, cuotas escolares y encargos de último momento, Otto hojeaba el periódico sin mucho interés, leía solo las cabezas y pasaba de una sección a otra.

—Pásame esa —señaló Eva la sección «Gente!»; entre el rumor de hojas, alcanzó a ver una primera plana que Otto trataba de disimular—. ¡Déjame ver, papá, déjame ver! —chilló y casi se la arrebató de las manos.

Afirma abogado que su cliente es inocente

El texto venía acompañado de una foto de Roberto Garcés; mientras Eva leía la nota, sus padres la observaban e intercambiaban miradas. Aunque todo estaba explicado en esa página del periódico y Eva lo había entendido perfectamente, le preguntó a su papá lo que pasaba, en qué andaba el papá de Capi.

—No sé en qué ande exactamente; siendo abogado, creo que se metió a defender a unos tipos de cuidado. Desde hace meses están en pleito declarado el Cártel de Jalisco contra el de Sinaloa, y Garcés está defendiendo a unos de Sinaloa...

—¡¿Narcos?! —exclamó Eva.

—Narcos, sí, y el papá de Capi está del lado del otro bando; quiero decir, defiende a los de Sinaloa en la tierra del Cártel de Jalisco.

—No sabía que defendiera narcos —dijo Eva con el tenedor en la mano; chorreaba miel de abeja.

—Alguien los tiene que defender —intervino Julia.

—Ya sé, solo creía que el señor llevaba divorcios, o algo así.

—Por eso no me gusta que Capi sea tu novio —intervino Otto.

—Ya no tienen de qué preocuparse, Capi y yo cortamos; ahora pueden estar contentos —chilló Eva y soltó el tenedor en el plato. El ruido marcó un silencio de sentencia.

—¡Desde luego que no! —rompió Otto.

—Tu papá y yo no podemos estar contentos —intervino Julia—. Seguramente no la estás pasando bien, por eso la cara que traes. ¿Ya te viste al espejo?

—Sé que él no tiene nada que ver con el narco, pero su papá sí, y esa gente por venganza es capaz de todo. No quisiera que estuvieras un día en el lugar equivocado. —Otto también dejó de desayunar, y se miraba en los ojos de Eva—. ¿Desde cuándo ya no andan? —preguntó.

—¿Por qué no nos lo habías dicho? —preguntó Julia antes de escuchar una respuesta; se veía preocupada.

—Fue hace unos días. —Eva sintió frío de pronto, y se cruzó de brazos.

—¿Qué pasó, Eva, se quiso pasar de listo? —Otto seguía sorprendido; no quería mencionar la epilepsia, aunque intuía que ese podría haber sido el motivo.

—No, papá, fue hace unos días y de mutuo acuerdo.

—Porque si se quiso pasar de listo, se burló de ti o te faltó al respeto de alguna manera por tu condición —tampoco quiso mencionar la palabra *epilepsia*—, te juro que... —Otto levantó el puño.

—¡Otto, por favor! ¿Qué vas a hacer, ir a golpearlo? —Julia paró a su esposo en seco—. Tranquilo, ya. Ellos tuvieron sus motivos y estoy segura de que Eva sabrá resolverlo.

—Lo siento mucho, hija —se disculpó Otto, y la mano empuñada se abrió en una caricia en el rostro de su hija—. Sé que no es un buen momento pero pasará rápido, ya verás. —Julia se levantó de su asiento y abrazó a Eva; ya vestía también ropa de calle—. Julia, apurémonos porque se hace tarde —apremió Otto.

Terminaron de desayunar y se fueron, Julia lo llevaría al aeropuerto. Eva siguió leyendo el periódico con la mejilla derecha apoyada en una mano: ahora entendía el arsenal en la casa de Capi y recordó cuando le preguntó inocentemente: «¿Tu papá es cazador?». Volvió a pensar en él con nostalgia, y no pudo evitar un pinchazo de preocupación. *Por cuántos malos momentos estará pasando*, se dijo, y de nuevo la invadió un sentimiento enorme por él. Decidió volver a verlo, confrontarlo. Terminó de desayunar, fue al cuarto de su hermana y se acostó a su lado; Cala iba con ella y las dos se metieron a la cama de Dana, arrinconándola contra la pared. Su hermana refunfuñó, jaló la sábana que Eva le había quitado y trató de ganar más espacio con su cuerpo; Cala brincó por los movimientos de sus piernas debajo de las sábanas, y tampoco encontraba su lugar.

—Vete a tu cama, Eva; primero viene mi papá, me despierta y me pregunta, en mi quinto sueño: «¿Qué quieres de Tokio?» —Dana imitó la voz de su padre—. «Nada», le respondí, y luego rectifiqué: «Una katana para cortarle el cuello a todos los que vengan a despertarme».

—No seas pesada y vamos a dormir, como cuando éramos más chicas y te metías a mi cama porque te daba miedo la oscuridad.

—Pero ahorita ya no está oscuro y ya nada me da miedo.

—Recórrete, me tienes en la orilla —la empujó Eva con la cadera.

—¿Para dónde me hago? Tú, Cala y su panza con coyotitos me tienen contra la pared.

—Para allá —dijo Eva señalando la pared—. Pareces araña con cachetes fríos.

Las tres se acomodaron como pudieron y volvieron a dormir, o eso intentaron porque un rato más tarde Eva volvió a abrir los ojos.

—Dana, no puedo dormir; Dana...

—Ash, ¿qué quieres? No has dejado de moverte. Que alguien apague la vida por dos horas —exclamó, aún con los ojos cerrados.

—¡Exacto, acabas de dar en el blanco! —gritó Eva—. Seamos como Momo y vivamos sin prisa, aprendamos a escuchar para poder decidir.

—¿Desayunaste hot cakes?

—Sí, ¿por qué?

—Porque siempre que desayunas hot cakes pasa algo grande. Y ya que me despertaste, tengo algo que mostrarte —dijo Dana y volteó a ver a Eva—. Pásame mi iPad, *plis.* —Eva estiró el brazo y lo tomó del buró; el cuarto de Dana aún estaba pintado de rosa, en el librero había algunas muñecas y sobre la cabecera de la cama, un gastado póster de One Direction—. A propósito de libros, te voy a mostrar a una chica fantástica que acabo de descubrir, se llama Clara Cuevas y es *booktuber* —mientras hablaba, con el dedo en la pantalla buscaba el canal en YouTube—; con tantos libros que lees, podrías hacer lo mismo.

—No lo creo, me muero de pena de que todo mundo me vea. ¿Cómo diste con ella?

—Porque se llama igual que mi *oma* y a veces *googleo* el nombre de personas que conozco para ver si tienen un tocayo en otra parte del mundo. ¿Sabías que todos tenemos un doble en alguna parte del planeta?

—No, no lo sabía y no me extrañaría que hubiera otra igual que yo, pero bien de su cabecita. ¿O también padecerá epilepsia? —dijo Eva, hablando para sí misma.

—Así fue como encontré a Clara Cuevas y su canal de libros; eh, dedo, ¿me escuchas? —Dana hacía como si se dirigiera al dedo medio de su mano derecha—. Y no me jales la sábana.

—Espera, estamos con lo del doble al otro lado del planeta —precisó Eva.

—¡Ah, sí! Y con Momo, «aprendamos a escuchar» —repitió Dana, imitando la voz de Eva—. Pero cuando te pones así de filosófica, te pareces a papá.

—Y cuando tú te pones de pesada, te pareces a mamá —arremetió Eva.

—Sí, porque mamá es muy suspicaz, y como dicen, lo que no se hurta, se hereda; no sé qué heredaste tú de mamá. —Al decir esto, las dos guardaron silencio y los ojos de Eva se arrasaron de lágrimas. Dana supo que jamás debió decir aquello, que ese día no debía haber amanecido; Eva no debía estar en su cama, no debían haber tenido esa conversación, jamás se perdonaría lo que había dicho. Se incorporó en la cama y llorando le pidió perdón a su hermana, le repitió cuánto la amaba, le dijo que no debió haber abierto la boca—: Soy una tonta, una retrasada mental; perdóname, por favor, perdóname.

—Exacto —dijo Eva, y cayó en cuenta de que era la tercera vez que pronunciaba esa palabra en esa mañana—. Tú no tienes la culpa de nada, y no tengo nada que perdonarte: tu mamá no es mi mamá. Julia me ha criado toda la vida y la adoro, pero ya no puedo seguir engañándome; para enfrentar mi futuro tengo que conocer mi pasado. Es momento de saber quién es mi mamá. ¿Dónde está? —le dijo a Dana y se abrazaron.

55

Eva pasó el domingo con su mamá y Dana. Las tres fueron a misa a San Javier, y Eva rogó a todos los cielos no encontrarse a Paloma ni a ninguna persona cercana; no tenía ánimo de saludar a nadie. Por fortuna, ninguna de sus amigas estaba en la iglesia, solo gente que saludó a su madre al salir y que les decían a ella y a Dana cuánto habían crecido. Fueron a comer con la abuela Esther y revisaron la cartelera del cine; Eva estaba de mal humor, dejó que ellas escogieran. Esa tarde necesitaba que alguien decidiera su vida, hasta las cosas más triviales le causaban espanto.

Al final, de cierto modo decidió el destino de la tarde. Nada se le antojó del cine y le dijo a su mamá que los cólicos la estaban matando, situación que era posible, un día antes le había bajado y esos días siempre los pasaba muy mal. «Okey, vámonos a la casa», resolvió Julia. Después de lo que habían platicado en la mañana no quería dejarla sola, la notaba triste.

Al llegar a casa, Eva se encerró en su habitación. Trató de dormir, pero tenía una tempestad en la cabeza y el corazón lleno de imágenes, recuerdos que se tironeaban entre sí, buscando ganar en sus pensamientos. Sin embargo, Eva no quería llorar, quería ser fuerte, demostrarse a sí misma que podía manejar y solucionar todos sus problemas: Capi, Paloma, el fin de semestre, Esteban y sus alocadas suposiciones, su padre y la amante de su padre, así como la nueva gran duda: ¿dónde estaba su verdadera madre, qué había pasado con ella, por qué decidió abandonarla? ¿Seguiría con vida? ¿Quién podría decirle su paradero? Seguramente ella era el origen de la epilepsia. Había leído en internet que era una enfermedad que se podía heredar. Tirada bocabajo en la cama, recordó también el interrogatorio que le hizo el médico de guardia el día que la hospitalizaron tras el primer ataque: ¿había padecido epilepsia su padre, su madre o algún familiar cercano?, cuestionamiento al que Otto respondió con un rotundo «No, desde luego que no». Su padre siempre usaba esa frase, «desde luego que no», cuando quería enfatizar algo y que así se asentara para no tener que repetirlo. Recordó lo último que le preguntó antes de ir a desayunar la mañana en que salió de viaje a Tokio: «¿Sigues queriendo a mi mamá?». «Desde luego que sí, hija...». En esa pregunta Eva se refería a su madre biológica, ¿a cuál de las dos se habría referido su papá?

Ya no quería pensar, sentía que la cabeza le iba a estallar. Hasta ahora no había necesitado saber más porque no sufría la ausencia materna en los brazos de Julia y había vivido diecisiete años sin dudas; aunque a veces tuviera momentos en los que parecía estar fuera de lugar en su propia casa, esa sensación pronto se iba y sentía que era normal, algunas de sus amigas comentaban sobre ese tipo de cosas acerca de sus propios padres. De pronto se llenó de sospechas y repasó sus primeros años de vida. Sus padres solo estuvieron casados un año, luego vino la separación y el divorcio. Aunque Eva se quedó a vivir con su madre, pronto llegó Julia a la vida de Otto y entre los tres adultos llevaron una buena relación, por eso desde siempre Eva recordaba a Julia y no podía separar ciertas características de una y otra. Hasta que algo o alguien hizo que su madre se fuera, abandonara todo, incluida su propia hija, y a quien dejó con Otto cuando tenía tres años, para desaparecer.

«A veces percibo su aroma en las noches». «¿A qué olía?». «No sé, a ella, supongo». Eva recordó la conversación que tuvo con Capi sobre su madre la tarde que cortó con él. «Tenía un olor especial, solo lo percibo entre sueños, no sabría cómo explicártelo; un olor dulce, podría ser, no sé», le había dicho y ella cerró los ojos, los apretó tratando de ver en su interior, de llegar al inicio de sus recuerdos, casi todos una bitácora de buenos momentos en los que Julia estaba presente. Se puso en posición fetal pero no pudo imaginar el seno materno ni recordar la voz de su madre.

Cala la sacó de su ensimismamiento: la escuchó afuera del cuarto, quería entrar y rascaba la puerta. Eva se levantó y fue a abrirle. No tuvo que decirle nada; entró, fue hasta el pie de la cama, dio tres o cuatro vueltas en círculo y se echó a dormir. Eva volvió a la cama, acomodó las almohadas sobre la cabecera y se recostó sobre ellas a seguir pensando. Volvían una y otra vez las palabras de Paloma revelándole el beso de Capi y Joana, la imagen de su novio con esa chica en el jardín del Club San Javier. Guilli y Paloma en La Cafetería, en Starbucks, la felicidad que desbordaban sus miradas. Luego, Capi abrazando a Joana en la otra acera de la calle; Paloma y su traición. *¿Qué motivos habrá tenido Paloma para traicionarme? ¿Ocultar información sería lo mismo que mentir, traicionar?* Eva odiaba caminar por la cuerda floja de la duda. Ya no quería pensar más. Buscó el abrazo de una almohada y se aferró a ella como si fuera su última esperanza. Mientras se quedaba dormida, el timbre de su celular la hizo volver en sí. Era un mensaje de Esteban: Eva solo vio la notificación, sabía que le llegarían unos cuantos más. No lo abrió para no dejarlo en visto. Celular en mano cambió a Facebook, vio su vida resumida en tantos posts como estrellas tiene la noche, y en todas estaba ella: Paloma, su alma gemela, su hermana de sueños, su siempre, siempre amiga. Su primer pacto de amor lo había hecho con ella. Las fotos no mentían, había tantas *selfies* de ambas como días del calendario: en la playa, en el campo, en todas las calles de la ciudad. Paloma disfrazada lanzando besos a la cámara, sacando la lengua, haciendo muecas divertidas o ensayando su última mirada retadora. Fotos rescatadas del álbum familiar; siendo niñas en la playa, sus primeros bikinis, los festivales del Día de la Madre en el colegio... Desde el más remoto de sus recuerdos, Paloma estaba con ella. En todos sus cumpleaños, en los torneos, en cualquier toma de decisiones. Paloma, más que su amiga, era su cómplice. Eva comenzó a llorar cuando leyó un post de septiembre pasado:

¡Eva, eres increíble! Gracias por haberme apoyado siempre. Eres una persona que aguanta todo y eso te hace especial. Si necesitas gritar, llorar, reír o bailar, yo estaré siempre a tu lado. Porque eso es lo que hacen las amigas, se apoyan en las buenas y en las malas. Al chico que tenga la suerte de tenerte le diré que te cuide, si no, te llevo conmigo. ¡Te quiero, baby! Eres lo máximo. Vales mil, nunca cambies.

Era de dos días antes de que Capi se le declarara. Cuando le contó a Paloma con todo detalle la ida al cine a Plaza Pabellón, la peli que vieron: *Tengo ganas de ti* y el Hache que parecía llenar toda la pantalla, el helado escurrido en la mano de Capi y cada palabra que le dijo, Paloma le recordó: «Te lo dije, está perdido de amor por ti. Y sostengo lo que escribí en tu muro, creo que hacen una súper pareja».

Cala presintió el diluvio, subió a la cama y se acurrucó a su lado. Las lágrimas nublaron la vista de Eva, le hacían ver borrosas las publicaciones y las fotos como si estuvieran al otro lado de una tormenta, de un abismo en el que iba cayendo como una pluma llevada por las circunstancias más que por el viento. «Pola», dijo. «Te quiero, baby. Te extraño».

Se levantó de la cama, necesitaba algo que la distrajera y al mismo tiempo la ayudara a seguir pensando en eso que la atormentaba. Era tan difícil de explicar lo que sentía, como desear que el mundo dejara de girar para que todo lo demás siguiera moviéndose. Entonces recordó a esa otra Paloma que a veces le dictaba cuando escribía en su diario: Paloma Josse, de *La elegancia del erizo*. Fue a su escritorio y buscó el libro. Volvió con él a la cama, lo abrió al azar y vio más de cinco frases subrayadas con lápiz: «Cuando decides morir es porque piensas que entras en el orden de las cosas. Como un paso delicado, un suave resbalar hacia el descanso», leyó en una de ellas. Luego fue al inicio y buscó la primera idea profunda del libro, los adultos de cuando en cuando se sientan a contemplar el desastre de sus vidas. *¿Será que ya soy adulta?*, se dijo.

Volvió a salir de la cama y buscó su diario; lo tenía guardado al fondo del cajón del escritorio, como un cuaderno más entre otros tantos. De vuelta en la cama, buscó lo que había escrito sobre la muerte en marzo, después del apagón en Yelapa: «La muerte sucede todo el tiempo. Me gustaría saber cuándo voy a morir, observarme morir y ver la reacción de los demás, qué dicen de mí, si me extrañarán, si mi partida es una liberación o una carga para ellos...». Hasta ahí llegaba la entrada de ese día. Eva pasó las páginas hasta llegar a una en blanco y continuó escribiendo.

56

Todos los días tenemos pequeñas muertes: los desengaños, las traiciones, cada vez que enfermamos muere algo de nosotros. Los recuerdos son cadáveres que pesan demasiado en el sueño. Morimos cada minuto que pasa y no nos damos cuenta. Morir es hacerse mayor, y no sé si podré soportarlo.

¿Quién soy? ¿Para qué vine a este mundo? Me detesto, y no me perdono. Soy un ensayo de mí. No quiero ser demasiado buena conmigo misma, no lo merezco, no lo merece mi agobiante epilepsia. Todos somos así con quien más amamos; exigimos, rogamos, permitimos, pero no cedemos. No creo que esta epilepsia me ame, aunque sí me exige y yo cedo. Soy mi veneno y mi antídoto, una serpiente que se muerde a sí misma. Soy la otra del espejo, la que me mira y me desconoce. Solo hay trazos de mí. Soy un instrumento sin terminar, manchones de tinta sobre un pentagrama. Nadie me toca. Nadie puede interpretarme ni sentirme ni seguir mi ritmo convulso. En los últimos meses he vivido más de diecisiete años, dos vidas y media bajo los relámpagos que me cruzan la carne.

¡Cuántas ganas de llenar de gritos su nombre! No sé para qué escribo. No sé si escribir, si llevar este diario me hace bien o me enferma aún más. ¿Quién me rescata? Nadie, estoy sola en este infierno de realidades y de apariencias. Sé que todo mundo miente. Hay que desconfiar de todo y de todos, empezando por mi papá. ¿Hasta dónde ha llevado la mentira de su vida? ¿Qué ha hecho de mí, y de mi destino? ¿Quién soy yo? ¿De dónde vengo? Cómo puedo amar a Capi si no sé quién soy, cómo puede amarme si no sabe realmente nada de mí ni de mi pasado? Lo que siento en el corazón, este amor y este odio que me consumen, es una mentira. Cuánto cuesta crecer, enfrentar la verdad, descubrir que todo lo que me rodea es solo apariencia. ¿Ocultar la verdad es mentir? ¿Decir medias verdades también es mentir? ¿Hasta dónde los secretos se convierten en mentiras? Y esa otra *verdad*: morimos cada día.

57

Capi pasó el domingo con Santiago y sus amigos de la prepa; los cinco se reunieron en su casa. Los invitó a comer y a meterse en la alberca, antes hicieron ejercicio en el gimnasio al final del jardín y a las tres, todos en traje de baño, intentaron encender el asador de carne, solo que Capi había olvidado sacarla antes del congelador y tampoco le dijo a Azucena, la señora que mandaba en la cocina, que lo hiciera. Cinco chicos se enfrentaban a una bola de hielo sobre una parrilla con carbón que esperaba cumplir su destino: arder.

José Carlos Salvatierra, el que había hecho el disparo de salida en su memorable carrera contra Eva, se ofreció a prender el fuego.

—¿Tienes ocote? —le preguntó a Capi.

—No mames, güey, si el asador es de gas. ¿Cómo cocinan en tu casa?

Con ambas manos, el Turco Hawa agarró la bola de carne congelada y la azotó contra el suelo; repitió la operación hasta que logró romperla en varios pedazos.

—Ahora sí la podremos asar —dijo con los músculos temblándole por el esfuerzo y el rostro enrojecido; ni siquiera levantó los trozos del suelo de la terraza—. Te toca lavarlos —le gritó a Gabriel Cosío.

Santiago permanecía tirado en el pasto, usaba los lentes de Capi y tomaba una cerveza de lata. Sabía en qué terminaría todo eso, en qué terminaría la tarde. Lo confirmó cuando Salvatierra, como todos lo llamaban, los retó a jugar Halo; a Capi no le gustaba perder.

La carne rezumaba agua y no había más para acompañarla, ni frijoles, arroz, tortillas o salsa de molcajete: solo cinco kilos de carne para todos. Tanto se esmeró Salvatierra en cuidar la flama, que terminó por quemarla mientras los otros cuatro jugaban Viuda Negra al pie de la alberca.

La reacción de Capi no fue la que Santiago hubiera esperado: fue el primero en notar el olor a quemado, cerró el juego y acudió a ver lo que pasaba con Salvatierra. Se carcajeó al ver las largas lenguas de fuego que parecían arrasar con todo.

—Con un asador de carbón no habría pasado esto —apuntó Salvatierra.

—¡Casi quemas la casa, güey! —le gritaron.

—No hay pedo —dijo Capi—, ahorita pido unas pizzas, me muero de hambre.

Todos seguían en traje de baño; con el cabello mojado y la piel enrojecida por el sol, esperaron todavía otros treinta minutos a que llegaran las cinco pizzas que pidió Santiago por encargo de Capi. Cuando tocaron a la puerta, Cosío salió a recibirlas: les repartió una caja a cada uno y Capi les dijo que subieran al cuarto de televisión. Descalzos y en camiseta excepto el Turco Hawa, el único con tupido vello en el pecho, se echaron en los sillones, en el suelo o junto a la mesa de centro a comer pizza. Luego de competir con sonoros eructos y mientras más de uno se sobaba la panza, Capi abrió unas puertas debajo de la televisión y dejó ver el Xbox One.

—¿Qué versión tienes? —preguntó Salvatierra.

—¿Dijiste que querías jugar Halo, no? Pues tengo Halo 5... Ah, pero yo voy con Santi, es el mejor Spartan que conozco.

El otro equipo lo formaron Salvatierra y Gabriel Cosío; el Turco Hawa quedó en la reta, viendo cómo Capi y Santiago iban perdiendo a sus Spartans. Realmente Salvatierra era muy bueno, tenía mejor puntería o se movía más rápido que sus amigos.

—Es una carnicería, Capi —opinó el Turco llevándose las manos a la cabeza—, a ti y a tu Spartan los están haciendo cagada —terminó riendo.

—A ver quién les da un aventón mañana al salir de la prepa —dijo Capi como si pensara en voz alta y aventó el control del Xbox.

—¿Qué, ya no juegas? —dijo Salvatierra, que comenzaba a pasar frío y tenía los labios morados.

—¡El que ya no juega eres tú! —gritó Capi y todos guardaron silencio—. Turco, entras de relevo; digo, para dejarlo jugar, ¿no? —opinó.

—¡Chingón! —gritó Hawa, entrelazó los dedos de ambas manos, estiró los brazos y todos escucharon un fuerte crujido.

Cuando el Turco Hawa tomó el control que antes había sostenido Capi, la suerte de Santiago cambió: un juego tras otro fueron ganando hasta que Gabriel Cosío decidió marcharse, y luego lo hizo Salvatierra. Santi y el Turco los vieron bajar las escaleras, y Capi les hizo una seña con la mano cuando le dieron la espalda.

Brindaron con las pocas cervezas que quedaban. Entre los cinco habían arrasado con todas las pizzas, el Turco abría y cerraba las cajas buscando un pedazo olvidado; se comió los trozos de salchicha, algunas piñas y champiñones, y con la uña rascó el queso embarrado en el cartón.

—Ya deja de tragar, güey, pareces oso hormiguero —le gritó Capi al verlo revisar las cajas y le aventó un cojín a la cabeza.

—¿No viste cómo tragó ese par? Como si en su casa los tuvieran amarrados.

—Solo había de dos sopas, beber o comer, y tú hiciste ambos; ni te quejes, pinche Turco —opinó Santiago.

—Si quieren, pidan otra pizza.

—¡Zas! Una Dominator estaría bien —brincó el Turco de su asiento.

—Santi, hazle el favor a este muerto de hambre —dijo Capi y le pasó el celular.

Después de llamar y de ir a la cocina a buscar más cervezas, reunidos en el salón de televisión Capi les dijo:

—He tomado una decisión —guardó silencio y le dio un largo trago a su cerveza.

—¿Cuál? —interrumpió Santiago.

—Voy a volver con Eva.

—¿Terminaron? —se sorprendió Santiago.

—No mames, güey, ¿no me habías dicho que ya, a la chingada con esa loca? —intervino el Turco.

—Loca tu chingada madre —le gritó Capi y lo pateó en la pierna.

—Espérate, cabrón —intervino Santi y volvió a preguntar—: ¿Habían terminado?

—Sí, güey, me mandó a la verga hace unos días, aquí en mi casa. Pero he decidido estar con ella al cien, tratar de entenderla y apoyarla...

—¿Por qué, qué pasó? ¿Por qué no me habías dicho nada, güey? —increpó Santi.

—Es una larga historia, después te la cuento —concluyó Capi.

—¿Y la españolita? —arremetió Hawa—. Está bien buena, yo que tú me la pensaba.

—Esa sí está súper loca: en cualquier momento le pone una bomba al consulado de España —dijo Capi—. Además, habla demasiado y solo entiendo la mitad de lo que dice. Para ella todos son tíos y tías, y todo le resulta una gilipollez...

—¿Por cierto, y tu papá? —preguntó Santiago. Había sido el único en llegar con camisa de manga larga, así que en ese momento usaba una camiseta negra que le prestó Capi.

—Ayer se fue a Puerto Vallarta y no sé cuándo regrese.

—Huevos, armemos una fiesta en grande —de nuevo saltó el Turco Hawa.

—Nada de fiestas, no estoy para fiestas...

—Además, la próxima semana es el fin de semestre, exámenes, entregas, destripadero y cuanta mamada se te ocurra —advirtió Santiago.

—Los exámenes me la pelan. No estoy para fiestas, les decía, porque el pedo con Eva es muy grande y yo quiero estar con ella, sé que me necesita. Lo platiqué con mi papá y me dijo unas cosas tremendas... Tráeme otra chela, Turco, no seas cabrón.

—Y perderme lo más bueno —se quejó Hawa, rascándose el pelo del pecho.

—No, te espero... ¡la más fría! —gritó Capi y el Turco bajó como rayo.

Antes de que subiera, tocaron el timbre. Capi atendió desde el interfón, era el repartidor de pizzas. Le gritó al Turco que la recibiera.

—¡¿Y la lana?! —gritó desde abajo.

—¡Agarra de mi cartera, está en mi pantalón, lo dejé en la terraza o por ahí, búscalo!

Hawa, que solo vestía traje de baño amarillo con rojo, salió a la terraza. Oscurecía. Buscó en el bolsillo trasero del pantalón de Capi y sacó una cartera del Atlas con velcro, la abrió y vio su licencia de conducir, su credencial del Tec y del Club Atlas, una fotografía de su mamá con él en brazos, enmicada como si fuera otra credencial de identidad; sacó un billete de quinientos pesos, volvió a meter la cartera en el bolsillo del pantalón y fue a la puerta por la pizza.

—¿Cuánto tiempo tiene que pasar para que conozcas realmente a quien amas? —soltó Capi cuando vio llegar al Turco haciendo malabarismos con la caja y tres cervezas entre los dedos; los tres se sentaron alrededor de la mesa de centro con la pizza en medio—. Lo que me contó mi papá me dejó en shock.

—¿Qué te contó, güey?

—Sí, ya dinos, con una chingada —habló el Turco con la boca llena.

—No mamen, creí que conocía a Eva, que sabía todo de ella. ¿Desde cuándo la conozco? —se preguntó Capi y él mismo respondió—: Hace tres o cuatro años, cuando era la mejor amiga de la novia de Andrés Navarro, o sea Paloma. Luego, cuando entré a la Prepa Tec, me la volví a encontrar —le dio el primer trago a su cerveza y continuó—. Mi papá me contó que fue novio de la mamá de Eva cuando eran jóvenes; que fue el amor de su vida, pero que estaba más loca que una cabra...

—¡Ah! ¿No que no? —interrumpió el Turco Hawa, que se agarraba los dedos del pie.

—Solo yo lo puedo decir, güey, solo yo, y no de la manera en que estás pensando—. Hawa chasqueó los labios y continuó escuchando—. Me dijo que era una guerrera, una soñadora de mundos imposibles; que era una mujer que no esperaba sino que buscaba, que iba tras aquello que imaginaba hasta encontrarlo. Me aseguró que fue por ella que estudió Leyes, porque creía en la justicia por sobre todas las cosas. Que era el ser más libre que hubiera conocido, pero también me dijo que por todo lo anterior le rompió el corazón: era una mujer tan libre como el viento pero volátil como el humo. Lo peor vino cuando el papá de Eva se cruzó en el camino... No mamen, cuando me contó todo eso casi lloraba, nunca lo había visto así de sentimental. Llegó medio pedo, entró a mi cuarto y comenzó a contarme, se soltó a hablar sin que pudiera interrumpirlo. Me dijo que desde hace catorce años no sabe nada de ella, ni dónde está, si vive o no...

—Pues que vaya a tocarle la puerta, yo le digo dónde vive —interrumpió Hawa.

—¿Quieres callarte el hocico de una vez? —gritó Santiago.

—No, pendejo —escucharon a Capi—, la cosa no es así de sencilla, resulta que la mamá de Eva no es su mamá.

—¡¿Cómo?! —gritaron los otros dos.

—Quiero decir, que Julia Otero no es la verdadera mamá de Eva.

—¡Huevos! —exclamaron al mismo tiempo.

58

Estaba por comenzar la última semana de clases en la prepa, para muchos la más estresante de sus vidas; los nervios se ponían a flor de piel y no era raro ver a algún chico llorando detrás de los setos o a una chica rogando por un plazo mayor para la entrega de un trabajo. Todos tenían rostros largos y demacrados, excepto Capi.

Eva y Capi no compartían la primera clase del lunes, Matemáticas, por lo que ella no intentó buscarlo. *Quien diseñó este horario es un tarado,* pensó Eva, *a quién se le puede ocurrir poner Matemáticas al inicio de la semana.* Lo bueno fue que el profesor Castillo no dictó nada nuevo, y le dijo al grupo que esa y las siguientes clases de la semana serían de repaso.

—Saquen todas las dudas que tengan, después no habrá momento ni marcha atrás —les advirtió.

Volvieron a ver los polinomios, lo que Eva aprovechó para ensayar mentalmente lo que le diría a Capi en cuanto lo viera. Lo enfrentaría, ya no podía continuar callada; le preguntaría cuál era su verdadera relación con Paloma. *¿Qué tanto le habrá contado de mí?*, se preguntó. Pero, sobre todo, lo interrogaría con respecto a Joana Roca y todas sus mentiras. Quería oír de sus labios la verdad, y lo más importante, si todavía la amaba: luego se arrepintió de este último cuestionamiento. *Ya para qué*, se dijo y escuchó el timbre del final de la clase.

La chicharra hacía que todos los chicos salieran de sus salones al mismo tiempo, de un momento a otro el pasillo se llenó de gente; chicas y chicos, mochila al hombro, cambiaban de salón. Eva no vio a Capi, tampoco estaban Paloma ni Santiago, solo Salvatierra. Eva sabía que tomaba algunas clases con Capi, así que se acercó a preguntarle por él; el pasillo del cuarto piso le pareció más largo que nunca y creyó escuchar que alguien decía: «Sí, ella, la de blusa blanca». Volteó hacia donde había oído aquello y encontró risas y miradas esquivas, unas chicas que no conocía miraron para otro lado y se cubrieron la boca con la mano. «Pendejas», murmuró Eva y siguió su camino, esquivando gente que le pareció que no le sostenía la mirada o que la veía con lástima, tanto, que comenzó a sentirse insegura. Se tocó la cara y la cabeza, por si trajera algo que llamara la atención. Llegó hasta donde estaba Salvatierra, quien la saludó con timidez.

Iba a preguntarle por Capi, qué clase tenían juntos, cuando escuchó su risa a lo lejos, afinó el oído y pudo distinguir que estaba en el tercer piso. Cuando Salvatierra iba a decirle que la había extrañado en la comida del día anterior en casa de Capi, no lo dejó hablar, siguió de largo y bajó las escaleras con prisa; cómo era posible que estuviera tan feliz mientras ella pasaba los peores momentos de su vida.

Cuando llegó al tercer piso lo vio: abrazaba por la cintura a una chica y le daba vueltas de rehilete, reían y Santiago también celebraba con risas los volatines mientras medio grupo, todas mujeres, los rodeaban y esperaban su turno para las volteretas.

—¡Capi! —gritó Eva sin pensar y él paró de golpe, al verla abrió los brazos y la chica cayó al suelo.

—¡Bruto! —le gritó la niña en turno y trató de levantarse, pero trastabilló y volvió a caer. Nadie intentó ayudarla.

—Nunca pensé que me hicieras algo así.

—¿Hacerte qué?

—Lo de tú y Joana, o tú y Paloma, no lo sé.

—¿Paloma? ¿De dónde sacas que Paloma y yo...?

—No lo sé, ya te dije, es mi mejor amiga, y...

—¿Y qué? —escuchó que Paloma la increpaba por detrás.

Eva volteó. Sus ojos, antes llenos de rabia, ahora estaban desbordados de lágrimas.

—Ustedes me mintieron, me han estado mintiendo quién sabe desde cuándo.

El grupo de chicas que antes esperaba las volteretas de Capi hizo un círculo alrededor de ellos. Para Eva no era nuevo, ya había estado en un círculo así, rodeada de extraños que murmuraban. Eva solo alcanzaba a oír frases sueltas: «Es ella, la epiléptica», «A ver si no le da un ataque», «Imagínense el pancho».

—No te mentí —aseveró Paloma—. Eres mi mejor amiga y te quiero. No puedo vivir sin ti.

—Entonces, Capi, ¿por qué tantas mentiras? ¿Desde cuándo? —preguntó Eva ignorando las palabras de Paloma.

—¿Desde cuándo qué? —repitió Capi.

—¿Desde cuándo me engañabas con Joana? ¿Crees que no sé que se besaron? —La voz de Eva temblaba pero de rabia, no de llanto.

Capi quedó paralizado, volteó a ver a Santiago y supo que no lo rescataría. Eva vio a lo lejos a Majo, llegaba corriendo con la mochila al hombro, laptop y libros apretados contra su pecho. La vio abrirse paso entre la gente que en pocos minutos había abarrotado el pasillo. Se acercó hasta ella, jadeante.

—¡Eva...! —escuchó su nombre en los labios de Capi, pronunciado como una súplica. *Quizá es la última vez que lo escuche,* se dijo ella y ese pensamiento la estremeció.

—¿La besaste, sí o no? —volvió a preguntar, no obstante. No daría marcha atrás.

—¡Sí! —afirmó él—. Pero no es lo que tú piensas. ¡Eva, te amo y no dejo de pensarte! —gritó desesperado en medio de todos.

—El amor no se piensa, se siente —respondió Eva.

—¡Eres injusta! —soltó Capi, sin saber ya lo que decía.

—Te voy a pedir un favor —arremetió Eva con un tono de voz que Capi desconocía y que escuchó cada vez más cerca, hasta tener a Eva a un palmo de su cara—: devuélveme mi vida —concluyó y se dio vuelta para marcharse.

—¡Eva! —escuchó de nuevo a Capi sin tono de súplica, imperativo—. Sé lo de tu mamá. —Ahora fue ella quien se paralizó. Volteó a verlo con ojos de furia y caminó hasta tenerlo de nuevo a poca distancia.

—¡Cállate. Tú no tienes idea de nada! —dijo, y le dio una bofetada.

59

Eva quería salir lo más pronto posible de ahí; Paloma fue detrás de ella y Majo más atrás aún. Los chicos de tercero y quinto que atestaban el pasillo les abrían paso conforme avanzaban. Eva bajó las escaleras de dos escalones por zancada. Iba llorando: se sentía exhibida, burlada, humillada. Quería confrontar a Capi para arreglar las cosas entre ellos, y las había empeorado; verlo rodeado de chicas que hacían fila para que les diera volteretas le había encendido la chispa de los celos. ¿Por qué tuvo que mencionar a su madre? ¿Qué era lo que sabía? ¿Por qué había escogido precisamente ese momento para mencionarlo? Tenía ganas de gritar pero no podía, un nudo de pensamientos se le agolpaba en la cabeza, sentía el corazón latirle con fuerza, tanta, que le impedía hablar, gritar para que alguien la rescatara.

Por fin Paloma la alcanzó en la planta baja; tuvo que correr un poco para llegar hasta ella. En sus brazos, Eva rompió en llanto. Se les unió Majo y las tres se abrazaron.

—Perdóname, por favor, perdóname. Debí decirte que Capi me escribía, me preguntaba por ti...

—Ni lo menciones, lo odio, no sabes cuánto lo detesto. Vámonos de aquí.

—¿Cómo nos vamos? —preguntó Majo—. ¿Y si le pedimos a Santi que nos lleve?

—¡No! —gritaron las otras dos—. A él menos que a nadie. Ya me veo yendo a mi casa en el coche de Capi.

—Yo traigo coche —dijo Paloma.

—¿Tú? —respondió Majo—. ¿Desde cuándo manejas?

—Es una larga historia —respondió Paloma.

—¿Cuántos secretos más tienes para contarnos? —dijo Eva.

—Muchos, y vámonos ya, antes de que me arrepienta y quiera entrar a Pensamiento filosófico.

Caminaron hasta el estacionamiento y abordaron un Jetta gris plata que Eva recordó ver siempre estacionado en casa de Paloma; apestaba a cigarro.

—¿Es tuyo? —preguntó Majo.

—No, es el que usa Martín, el mensajero de mi papá. Es viejito pero funciona a la perfección —dijo, y arrancó.

A esa hora, en casa de Eva solo estaba Luzma, que no las escuchó llegar por el ruido de la licuadora; Cala las recibió moviendo la cola y alzándose de manos, tratando de alcanzar los brazos de Eva. Aventaron las mochilas en el sillón del recibidor y subieron al *roof garden*. Desde ahí, las nubes parecían más cercanas y el calor de mayo era menos intenso. Un viento del sur las refrescó.

—Necesitamos una sesión del Club de la Verdad —dijo Eva y se dejó caer en un sillón. Cala le buscó la mano con el hocico —. Majo, convoca tú, te toca.

—Juramos decir la verdad, aunque lastime y aunque nos duela —pronunció Majo al tiempo que levantaba la mano izquierda en señal de juramento. Eva y Paloma hicieron lo mismo y repitieron las palabras de su amiga.

—¿De dónde sacaste esa frase? —le preguntó Paloma.

—No sé, se me acaba de ocurrir.

—Está muy bien —intervino Eva—, de ahora en adelante así convocaremos al Club de la Verdad, ¿les late?

—Sí —respondieron Majo y Paloma, y repitieron—: Juramos decir la verdad aunque lastime y aunque nos duela. —Al final, Eva ya se les había unido en coro. Las tres tenían la mano izquierda mostrando la palma y la derecha en el corazón.

—¿Qué otro secreto tienes, además del coche de Martín? —se dirigió Eva a Paloma.

—Tengo que confesarles la verdad sobre mi trabajo...

—¿Qué, el gerente te acosa? —opinó Majo.

—Claro que no, en todo caso quien me acosaría sería Guilli y yo estaría encantada. Busqué trabajo para ayudar a mis papás...

—Ayudar a tus papás, ¿en qué?

—Económicamente —le respondió a Eva—. Mi papá está en la ruina.

—¡¿Qué?!

—Sí, me di cuenta cuando fuimos a Estados Unidos en Semana Santa. Muchas veces los oí discutir por dinero y cuentas por pagar.

—Por eso tu papá no está trabajando en el proyecto de Tokio del mío... —dijo Eva y estuvo a punto de revelar también su secreto: que su padre tenía una amante en alguna parte del mundo. Pero guardó silencio.

—No lo sé, creo que desde el año pasado ya no son socios en el despacho.

—¿Guilli lo sabe? —preguntó Majo.

—No, no se lo he dicho, él y su familia tienen sus propios problemas y, créeme, son peores que los míos. —Eva y Majo la abrazaron. Cala quiso participar también y se les echó encima; ladró dos veces pidiendo un espacio entre las tres—. Ya hablé demasiado. Si Majo no tiene algo que decir —ella movió la cabeza negativamente—, sigamos por lo que nos trajo aquí: Capi.

—Joana, querrás decir —acentuó Eva.

—Por cierto, Eva —atajó Pola—, acabo de saber de dónde salió la Piedrita.

—¿De dónde? ¿Cómo te enteraste?

—¿Dónde crees?

—En Starbucks —se apresuró a responder Majo.

—Sí, en Starbucks, si pones un poco de atención, te enteras de la vida de todo mundo. Joana es la tipa que te aventó en Vango la noche de tu cumple. Fue ella —enfatizó Paloma.

—Exacto, ella fue la que armó todo ese alboroto; al ver su Face, luego de que Capi se la encontró en Puerto Vallarta, yo sabía que la conocía y que la volvería a ver. Desgraciado, seguramente ya me engañaba desde antes de Vango y por eso la tipa esa me aventó, furiosa. Repito: ¿quién sabe desde cuándo me han estado poniendo el cuerno?

—No lo creo, conozco a Capi y no me parece que sea de ese tipo de hombre...

—«Conozco a Capi» —remedó Eva—. Es un cretino.

—Insisto, no creo que se conocieran antes de Semana Santa —refrendó Paloma y bajó por su mochila para tomar sus cigarros. Volvió en un par de minutos y siguió con su teoría—. Recuerda que a partir de esa fecha se hicieron amigos en Facebook, ¿por qué no antes? No hay rastro de ellos en la red, quiero decir, de contacto entre ellos.

—Son de lo peor. No sé si creerte.

—Sí, por supuesto, son de lo peor, aunque cada uno por su lado —afirmó Pola y encendió uno de sus Delicados.

—¿Y ese cigarro? —preguntó Majo.

—¿No los conoces? Mira qué lindos —dijo, y lo presumió entre los dedos—. Sin filtro, menos químicos y papel arroz.

—Sí los conozco, de esos fumaba mi abuelito. No sé si tengan menos químicos que los otros, pero de que son de viejito, lo son —dijo Majo en tono de burla.

—Chicas, vayamos más allá de sus «delicadezas» —interrumpió Eva y agitó el índice y el medio de cada mano, semejando unas comillas—. ¿Pola, quién era el tipo que acompañaba a Joana esa noche en Vango?

—Un equis. Hay quien asegura que era un chico de Saltillo que estudia Medicina en la Autónoma; otros dicen que era un canadiense que solo estaba de vacaciones...

—Canadiense no era —volvió a interrumpir Eva—, no tenía acento extranjero, recuerdo muy bien cuando dijo: «¿Qué te pasa a ti, pendejo?», y ese *pendejo* sonó muy mexicano. En fin, como bien dices, Pola, ese tipo no nos importa. Creo que llegó el momento de ajustar cuentas.

—¡Baby! —concluyó Paloma—. Creo que tropezaste de nuevo con la misma piedra —dijo y salieron rumbo al colegio de Joana Roca.

60

También Capi quiso irse de la preparatoria, alcanzar a Eva y hablar con ella. Galo, el profesor de Literatura, quien había visto todo, lo detuvo.

—Sé lo que intentas hacer, y no es posible...

—¡Suélteme! —gritó Capi y retiró el brazo con un movimiento brusco.

—Estás en el límite, qué digo límite, te pasaste de la raya con Eva y contigo mismo.

—¿Usted qué sabe?

—Lo sé porque soy tu tutor, y no puedes faltar a una clase más, llegar tarde o dejar de cumplir con tus trabajos. Y en cuanto a Eva, si quieres recuperarla, escúchame, así no se resuelven las cosas, con esa actitud no vas a lograr nada.

Santiago los miraba sin decir palabra, solo estaban los tres en el pasillo del tercer piso; el timbre de la siguiente clase había sonado hacía cinco minutos y el montón de chicos que presenciaron la discusión y la bofetada estaban ya en sus salones de clase. Galo acompañó a Capi y a Santiago hasta el salón de Karina Amador: fue necesario apenas un guiño del profesor de Literatura para que ella los dejara entrar sin preguntar. La clase era Pensamiento lógico.

Horas más tarde, Capi y Santiago volvieron a reunirse con Galo en su oficina.

—¿Qué sabes de la mamá de Eva que todo mundo quiera saber? —le preguntó el profesor a Capi en cuanto se sentó frente a él.

—Nada, no se lo puedo decir.

—Muy bien, así me gusta, que guardes los secretos de tu novia.

—Ya no es su novia —intervino Santiago y sintió la mirada de Capi como un puñal en su costado.

—¡¿Cómo?!

—La cagué, profesor; sin querer, la cagué todita —dijo Capi y agachó la cabeza.

—¿Me quieres contar? Quizá aún estemos a tiempo de hacer algo.

—Eva me cachó besándome con otra... Bueno, Eva no sino Paloma, su mejor amiga, y le fue con el chisme.

—Como era de esperar —atinó Galo—. ¿O creías que te guardaría el secreto?

—Paloma es mi amiga, y yo creí...

—Pero es la mejor amiga de Eva, ¿no es así? Era obvio que se lo diría.

—Sí, pero...

—¿Hay más? —inquirió Galo, que ese día vestía una camisa a cuadros y en la muñeca derecha lucía su característica pulsera ancha de cuero.

—Sí —asintió Capi y otra vez bajó la mirada—. Eva me cortó porque se me pasó la mano, no pude detenerme a tiempo.

—¿Abusaste de ella? —Galo alzó la voz y a Santiago, que no sabía nada, se le desencajó el rostro.

—No, no, no, tanto no —aclaró Capi agitando las manos—. Estábamos en mi casa, besándonos y así, y en algún momento, cuando la cosa estaba más prendida, ella me dijo que parara y no la escuché, seguí besándola y tocándola; insistió en que parara, pero yo no pensaba en otra cosa más que en nosotros. Luego la agarré del cuello, y... —de pronto Capi calló, le faltó el aire para seguir hablando y un nudo en la garganta le nubló la vista.

—Tú no pensabas en ella, Capi, solo pensabas en ti y en no parar. Lo que sigue después de que una mujer dice «alto» es abuso sexual. ¡No es *no*, entiéndelo!

—Lo entiendo. Ahora no sé cómo recuperarla, cómo volver el tiempo atrás.

—Volver el tiempo atrás es imposible y Eva tiene grandes motivos, por lo menos dos, para no querer saber nada de ti. Pero —Galo se detuvo— quizá puedas recuperarla si sigues al pie de la letra lo que te voy a decir.

—¿Ves? —le susurró Santiago a Capi y le golpeó la pierna con el dorso de la mano—. Te dije que Galo tendría la solución.

El escritorio del profesor estaba en perfecto orden; la oficina era muy parecida a la de Karina Amador, lucía también en la pared principal el logo del Tec de Monterrey y desde los meses de invierno colgaba en un perchero un saco azul marino.

—Ahora vamos a lo segundo —retomó Galo la palabra—. ¿Con quién te besaste?

—Con una tipa que ni valió la pena.

—A mí me dijiste que sí, salvo por lo del cortaúñas... —Santi aún no acababa de hablar cuando volvió a sentir la mirada de Capi sobre él. Guardó silencio.

—¿A qué se refiere con el cortaúñas? —preguntó Galo, ajustándose los lentes negros de pasta.

—Nada, este, que dice puras pendejadas solo porque ya tiene hambre. —Capi miró la credenza del fondo, había una vieja máquina de escribir entre libros acerca del Siglo de Oro y las obras completas de Guillermo Samperio.

—Si quieres que te ayude, tienes que contarme todo y decirme la verdad, ¿entendido?

Capi asintió con la cabeza y comenzó a relatarle todo desde el principio. Cómo había conocido a Joana, los días en Puerto Vallarta, las tres salidas posteriores y el beso con humo de mota en la fiesta de Miriam Natalia; eran casi las dos, y la plática se alargó por los detalles que también Santiago aportaba sobre la noche de la fogata en la playa de Los Muertos y la pelea de Capi con Esteban, en la que su amigo casi se quiebra la mano.

—Eso es todo —dijo Capi y miró a Galo, que se mesaba la barba.

—Lo que vas a hacer solo lo hacen los caballeros —puntualizó el profesor alzando el índice en señal de admonición, y enseguida engoló la voz—: «Si alguna mujer hermosa viniere a pedirte justicia, quita los ojos de sus lágrimas y tus oídos de sus gemidos, y considera de espacio la sustancia de lo que pide, si no quieres que se anegue tu razón en su llanto y tu bondad en sus suspiros». ¿Son palabras de...?

—No sé —respondió Capi, y Santiago se encogió de hombros.

—Del mayor caballero de la historia, chicos. Lo leímos el mes pasado. ¿Son palabras de don...?

—Don Juan Tenorio —respondió Santi con tono seguro.

—¡No! Ese era, precisamente, un donjuán. —Capi torció los ojos y se alzó de hombros, no estaba para adivinanzas—. Son palabras de Don Quijote a su fiel escudero Sancho Panza.

—Ah, sí —dijo Santi, quien adoptó el papel de Sancho—: «Dime con quién andas y te diré quién eres». —Capi volteó a verlo con mirada de trueno.

—Lo que Don Quijote quiere decir es que hables con ella, pero sobre todo, que la escuches, que la reconfortes, que no te dejes llevar por las emociones. Enfrenta las circunstancias, no puedes andar por la vida como avestruz; habla con ella y dile que te equivocaste. Pedir perdón nos hace más fuertes. No es un signo de debilidad sino de madurez e inteligencia: representa sencillez y humildad. Es el acto más humano que existe, cuando se hace desde el corazón nos lleva a reflexionar, a buscar en nosotros en qué fallamos, qué nos hizo actuar de esa forma. Perdonar comienza con nosotros mismos y solo así, abriendo el corazón y exponiéndolo, podemos pedir perdón —concluyó Galo, que hablaba con tono sereno—. ¿Te interesa Eva? —volvió a preguntar.

—Sí —respondió Capi de inmediato.

—Entonces pídele perdón.

61

A la una y media de la tarde, Eva y Majo salían de la Torre Ónix en el coche de Paloma rumbo al colegio Cervantes Costa Rica. Mientras manejaba, Paloma veía en Waze la ruta a seguir: estaba un poco perdida, no conocía lo suficiente la ciudad como conductora, y no quería llegar y no encontrarla ya. Aunque no estaban lejos de la preparatoria, el tráfico era terrible por la avenida López Mateos; Paloma le pasó el celular a Eva y le pidió que ella diera las indicaciones.

—Aquí, vuelta a derecha —gritó y señaló la calle José María Vigil—. Al llegar a Américas, otra vez vuelta a la derecha y en Manuel Acuña, otra vez a la derecha.

Paloma siguió las indicaciones y quince minutos más tarde casi habían llegado. El tumulto de la salida era evidente desde dos calles atrás; Paloma vio un espacio entre dos autos y aceleró para meterse entre ellos. Apenas alcanzó a frenar para no chocar con el Jeep que paró adelante: Majo, que iba con la cabeza metida entre los asientos delanteros, rebotó hacia atrás y sobándose la nuca exclamó: «Auch». Pola comprobó por el espejo retrovisor que todo estuviera bien. Eva sacó medio cuerpo por la ventanilla, agitó los brazos y pidió a los demás automovilistas que las dejaran pasar. «¡Es caso de vida o muerte!», se animó a gritarles. Paloma, sin importarle el sonido de los cláxones y las mentadas de madre, maniobró una y otra vez hasta que lograron salir del embotellamiento, invadiendo por un momento el carril contrario y dando una vuelta prohibida en la esquina con Manuel Acuña.

Para llegar justo a tiempo, Paloma tuvo que estacionarse en la cochera de una casa. Las tres bajaron a la carrera, entraron al Costa y como peces a contracorriente aventaron a los chicos que se les cruzaban por el camino. Al llegar al patio central se dieron cuenta de que no sabían hacia dónde dirigirse: Paloma le mandó un mensaje a una amiga en común con Joana y le preguntó dónde estaba la española. La chica no tardó en responder y le dijo que acababa de salir por la puerta del Pan Bueno, que en esa panadería siempre se quedaba de ver con alguien que le daba un aventón al hotel donde trabajaba su papá.

Apresuradas, ya con el sudor y la adrenalina recorriéndoles el cuerpo, salieron por la puerta indicada y no tuvieron que caminar mucho para ver, a pocos metros de distancia, cómo se alejaba Joana Roca mochila al hombro.

—Con permiso, con permiso —se escuchaban a sí mismas mientras esquivaban estudiantes, hasta que llegaron a la puerta de la panadería y la enfrentaron.

—¡Joder! Las tres gracias perdidas —exclamó Joana y bajó su mochila al suelo.

Por las caras de sus adversarias y las posturas de sus cuerpos supo que no era una visita de cortesía: a leguas podía distinguir una emboscada. El año anterior, en Barcelona, casi había terminado presa de los antidisturbios por una cacerolada frente a La Caixa, uno de los bancos más importantes de España: junto con otros, entre gritos y pintas de indignados, Joana pasó doce horas de protesta, desde las ocho de la mañana hasta las ocho de la noche, sonando una cacerola con todas sus fuerzas, queriendo ser escuchada como parte de la improvisada asamblea armada a la orilla de la acera, hasta que un tipo de camiseta negra y lentes estilo John Lennon le arrebató el trasto después de que casi le rompe los tímpanos. «A esta chavala no la aguanto más», dijo, y de un manotazo la dejó sin voz ni voto.

—Solo una advertencia —habló Eva con tono determinante—: deja de meterte donde no te llaman.

—Respeta lo que no es tuyo —agregó Paloma.

—Sí, el respeto a lo ajeno es la paz —se le ocurrió a Majo.

—¿Qué coño se traen? ¡Piradas de mierda! ¿Quién os ha mandado a decir tanta gilipollez?

Eva notó el delineador negro en los ojos de su contrincante, el rapado de su cabellera y el morado intenso de las uñas; también la perforación en el labio y la ausencia del *piercing*. El calor comenzaba a hacer estragos, y advirtió un hilito de sudor que bajaba por la frente de Joana. Ella también transpiraba. Recordó aquella noche en Vango como si de pronto se corriera un velo frente a sus ojos: *Era ella*, se dijo, *ahora todo me queda más claro*. Eva había memorizado todas sus fotos; no era tan atractiva como en el Face ni tan alta, y sí más delgada de lo que la recordaba. «Maldita perra», murmuró.

Antes de que pudieran seguir hablando, Miriam Natalia y Lu Gómez, hija del director de cine Beto Gómez, llegaron adonde estaba Joana; sin notar la tensión entre ellas, saludaron de beso a Paloma, luego a Eva y después a Majo, aunque no la conocían.

—Hola —saludó Miriam y se paró al lado de Joana. La falta de respuesta la sorprendió primero, y luego le hizo suponer lo peor—. ¿Todo bien, chicas?

—Todo bien, solo que estas subnormales han perdido el rumbo.

—¡Mentira, aquí nada está bien! —gritó Eva.

—¡Y subnormal será tu abuela! —gritó Paloma.

—Sois un coñazo todas, jodiendo tan temprano —se burló Joana.

—¿Las conoces? —le preguntó Lu Gómez.

—¡Ni idea, tía, que estoy flipando! —respondió Joana.

—Paloma es la ex de Andrés Navarro, y... por cierto, ¿sabías que se va un año a Australia? —envenenó Miriam Natalia el comentario—. Y ella es Eva, la novia de Capi —continuó con las presentaciones como si nada, para señalar al final a Majo—. Ella no sé quién es.

—Me llamo Majo —dijo, envalentonada.

—La ex de Capi, querrás decir —aclaró Eva.

—Ahora entiendo —dijo Joana, y torció una sonrisa que a Eva le cayó como patada al hígado.

—¿Fuiste tú, verdad?

—¿Qué? —Joana seguía con los brazos tirantes, un poco incrédula de que esa fuera una emboscada.

—La que empezó aquella pelea en Vango la noche de mi cumpleaños.

—Ah, erais vosotras. Pues ni idea. —La mirada de sorpresa de Joana no se la creyó nadie.

—¡¿Desde cuándo Capi y tú me engañan?! —gritó Eva.

—¡Hostia puta, no te aguanto más, pesada! —dijo Joana, y antes de que pudiera continuar, Eva se le fue encima:

—¡Ojalá que también puedas besar sin dientes! —gritó, y con todas sus fuerzas le dio un golpe con el puño cerrado.

Joana cayó noqueada; tardó unos segundos en reaccionar y levantarse. Todas quedaron en silencio, extrañadas ante la reacción de Eva, incluida ella misma, que se sobaba la mano izquierda. La sangre brotó de la nariz de Joana y se la limpió con el dorso de la mano.

—¡Hija de puta! —dijo con rabia y se incorporó; su pantalón negro estaba lleno de tierra.

—¿Joana, estás bien? —Miriam Natalia se acercó a ella.

—¿Oye, qué te pasa? —gritó Lu Gómez, y tanto Paloma como Majo se pusieron en guardia.

—¡Qué tal! Bonita escena para la siguiente película de tu papá, ¿no? —ironizó Paloma.

—Dejadla —escucharon a Joana, que meneaba la cabeza como si tratara de recobrar el sentido. Entonces se dirigió a Eva—: ¿Qué te crees tú, niñata de mierda?, ¿que por estar enferma y mimada tienes derecho a todo, que todo mundo te abra paso al caminar?

—¡¿Cómo sabes que estoy enferma, qué te contó Capi?! —gritó Eva.

—¡Todo mundo sabe que eres la novia epiléptica de Capi! Que sois la pareja perfecta que ha perdido un tornillo, porque se te va la olla —ironizó—. Para que lo sepas, hay gente que os detesta, que no os puede ver ni en pintura. Capi tiene enemigos, y sí, fui yo la que os empujó aquella noche en Vango para iniciar una pelea, el chico que iba conmigo estaba pagando un favor...

—¡¿Quién era ese chico?! —preguntó Eva incrédula al igual que las demás, que ya formaban un círculo alrededor de ambas.

—¡Ese chico era un equis, un peón mandado por alguien más...!

—Te lo dije —interrumpió Paloma.

—Hay un autor intelectual —opinó Majo, más sorprendida que todas.

—¡¿Quién está detrás de todo esto?! —Eva seguía con las manos en puños—. ¡Responde, con un demonio!

—Eva, no es posible —gritó Miriam Natalia—. Vámonos, Joana, te llevo a tu casa.

—¡Espera! —la detuvo Joana y volvió a limpiarse la sangre; ninguna de sus amigas había atinado a pasarle un pañuelo. Volvió a mirar a Eva y arremetió con fuerza—: Cejudo está detrás del pleito de esa noche en Vango.

—¿Cejudo, del American School? —Eva ya no entendía, creía que ese asunto estaba finiquitado hacía años.

—Por culpa de Capi lo corrieron del American.

—¡¿Por culpa de Capi, dices?! Él le hacía *bullying* a Santiago; además, a Capi también lo corrieron...

—¿Santiago, mi Santi? —interrumpió Majo.

—A Cejudo le fue peor, su padre lo internó en un colegio militar y por eso juró vengarse, acabar con Capi.

—¿Cómo te prestaste para ser carnada? —preguntó Eva, sin creer del todo lo que escuchaba.

—De verdad eres una niñata. Cejudo fue mi primer y único amigo cuando llegué a Guadalajara, y por culpa de Capi lo perdí; de nuevo me quedé sola y tuve que empezar de la nada. ¿Qué sabéis vosotras de eso, niñatas? ¿Qué sabéis de ser perseguidas políticas, de tener que huir a donde sea para salvar el culo, ser migrante, empezar de cero en otro país donde no conoces a nadie, donde todo mundo te mira como si fueras un bicho raro y no entiendes una puta mierda ni te interesa nada, ni te gusta nada? ¿Qué sabéis de sentiros más sola que la una? Tú, que tienes tantas amigas y un novio guapo, que besa como todo dios... —al escuchar esto, a Eva le hirvió la sangre y estuvo a punto de darle otro puñetazo, pero se contuvo—. Esa noche no sabía a lo que me enfrentaría ni nada de ti, ni os conocía, hasta que vi el vestido que seguramente estrenabas, lindo para ser de una puta pirada, y esos zapatos, que de haber sido negros habrían sido los Dior perfectos. Ahora creo que todo ha valido la pena, así que meteos la lengua por el culo y dejadme en paz —concluyó la catalana.

—Me das pena —le dijo Eva con tono más sereno. Sin esperar respuesta, se dio la vuelta y salió del círculo; Paloma y Majo fueron detrás de ella. Antes de llegar a la esquina, escucharon a Joana:

—¡Niñata, espera, Capi no debe tardar en llegar por mí!

62

Mientras recorrían el camino de vuelta en el auto de Paloma, con medio cuerpo afuera del quemacocos Eva gritaba eufórica y hacía la V de la victoria; se sentía invencible, capaz de desafiar al mundo y al destino. La ciudad era su cómplice: todos los semáforos de López Mateos hacia el sur estaban en verde. La música sonaba a todo volumen y Majo, desde su asiento, veía encenderse una y otra vez el celular de Eva, que traía medio salido en el bolsillo trasero de sus jeans; eran mensajes de Esteban.

Llegaron a la Torre Ónix, y al subir por el elevador hasta el piso quince, las tres reían a carcajadas. Paloma hacía sombras de golpes con ambos puños, Majo fingía que los recibía y se azotaba como en cámara lenta contra las paredes: parecían una escena de Tarantino. Al abrirse la puerta corrieron al cuarto de Eva, esquivando muebles y pisando fuerte. Cala iba detrás de ellas, aumentando el escándalo hasta brincar a la cama; cayeron una encima de la otra, y Cala sobre las tres. Sus risas enmudecieron el crujir del lecho.

—¿De dónde sacaste ese golpe? —le preguntó Paloma a Eva mientras se recostaba en Cala.

—No sé, creo que de aquí —respondió, y se señaló el estómago—. Se me revolvió la panza al ver su cara de piojo moscovita.

—No te creía capaz de algo así...

—Yo tampoco. Cuando les dije que iría a buscarla no sabía para qué, qué le diría cuando la tuviera enfrente; por dónde empezar, o si Capi vale la pena una mano fracturada...

—¿Te fracturaste la mano?

—No, Majo, aunque sí me duele mucho. Además, qué tal que ella me lo hubiera regresado y terminamos trenzadas a media calle, como esos videos de YouTube de niñas de secundaria.

—Seríamos famosas —agregó Paloma.

—¡Ay, no! Qué vergüenza, y Capi orgullosísimo de que dos viejas se peleen por él.

—Lo bueno es que no regresó el golpe, si no, la que se arma.

—Pero ¿saben qué, amigas? Más que la mano, ahora me duele el corazón. —Eva se puso seria. Estaban sentadas en la cama, y Cala seguía con ellas—. No me gustó nada lo que me dijo la Piedrita, ese plan para destruir a Capi.

—Un plan que le salió muy bien —opinó Majo—. Consiguió enamorarlo.

—No sé, tengo mis dudas —dijo Paloma—. No creo que Capi...

—Capi puede seguir con su vida, y a mí que me deje con la mía. Se besó con Joana y te aseguro que más de una vez, ya lo dijo ella —dijo Eva, y una chispa de furia brilló en sus ojos—. Ahora lo que quiero es que me deje en paz, tengo muchos asuntos más importantes en los que ocuparme. —Le había cambiado la mirada, ahora era triste pero decidida—. Gracias por acompañarme y ser mis mejores amigas. —Al decir esto se abalanzó sobre Paloma y Majo y las abrazó; Cala lloriqueaba a su lado, buscando un pedacito de complicidad. Después vino el silencio y otra vez el bajón.

—¡Ah! Los hombres... —suspiró Majo al soltarse.

—Por cierto, Majo, ¿sabes algo de Santi, luego de la carta que le dejaste en su casillero?

—No, nada, creo que nunca sabré nada de él —dijo con tristeza.

—Démosle tiempo, Majito, hasta para enamorarse los hombres son lentos —opinó Paloma.

—Yo quiero hablarles de otro hombre: Esteban. No sé si hice bien en besarlo y luego ignorarlo...

—¿Ignorarlo? —volvió a sorprenderse Majo.

—Sí, intensea, me manda mil mensajes al día y solo le respondo dos; le mando evasivas o le digo que le escribiré más tarde y no lo hago. No sé qué decirle, no sé cómo actuar con él...

—Es tan lindo... —suspiró Majo de nuevo—. Yo no estaría arrepentida de besarlo.

—¿Estás arrepentida?

—No, Pola, o no sé, me siento como una avispa londinense.

—¿Cómo es eso?

—Tampoco sé, Majo, pero así me siento.

—En vista de que entre tú y Capi ya todo se ha terminado, opino que deberías reconsiderar a Esteban. ¿O no, Majo?

—Es tan lindo... —fue lo único que respondió.

—Eso es algo de lo que también tengo que ocuparme. Esteban no me prende, y no me parece justo darle esperanzas. Tendré que pensarlo mejor —concluyó Eva.

Luzma les dio de comer en la mesa de la cocina y se pasaron la tarde escuchando música, la última *playlist* que le envió Esteban con canciones de Ely Guerra, que ya se había convertido en su favorita. La noche cayó sin que se dieran cuenta y poco antes de las ocho Julia llegó hasta el cuarto de Eva, venía de su oficina y tenía cara de pocos amigos. Al verla entrar, Eva escondió entre las piernas la mano hinchada; Paloma notó también que estaba enfadada y le echó una mirada a Majo para que se fueran.

—Hola, tía —saludó Paloma.

—Hola —respondió secamente desde la puerta.

—Es tardísimo —dijo Paloma y se despidió; Majo hizo lo mismo. Eva las vio marcharse y supo que venía un mal momento. Lamentó no poder compartir con su madre los acontecimientos de ese día, y que su papá no estuviera en casa; quizá él podría comprenderla. Julia cerró la puerta del cuarto y caminó hasta Eva.

—Hija, revisé tus calificaciones y estás a punto de perder el semestre, no sé cómo le vas a hacer...

—¿Mis calificaciones? Por fin alguien ve mis calificaciones en línea —ironizó Eva.

—¿En qué momento llegaste a este punto? —Julia ignoró el comentario de su hija.

—¿En qué momento? Te recuerdo que tengo una estúpida enfermedad. —Eva estaba sentada en el suelo con las piernas dobladas y Cala a su lado.

—Una enfermedad que te has atendido a tiempo, que no es el fin del mundo y que tienes que saber llevar. La escuela es ahora lo más importante.

—Tengo asuntos más importantes que resolver.

—¿Más importantes que estudiar, a tu edad? ¡Hija, por Dios!

—Mamá, mi espíritu es otro, cambió; ahora es más libre, más...

—¿Hablas de libertad? —interrumpió Julia, subiendo el tono—. Tu papá y yo siempre te la hemos dado, jamás te hemos limitado, jamás te hemos exigido demasiado; quizá ese es el problema, que te hemos mimado demasiado. —Al escucharla, a Eva se le vino el recuerdo de aquel «niñata» que le lanzara Joana, y se enojó—. Cuánto has cambiado, hija.

—Tal vez no, tal vez la verdadera yo soy esta. ¿Cómo saberlo? ¿Cómo saber quién soy en verdad, o si mi epilepsia es heredada? ¿Lo sabes tú, mamá? —Eva recalcó la palabra *mamá* —. Si nadie me ha hablado nunca de mi madre, ese tema es un tabú; ahí está, siempre ha existido, pero nadie dice nada. No hay ni siquiera una foto de ella en toda la casa. —Julia guardó silencio, solo escuchaba; sabía que debía ser cuidadosa y al mismo tiempo parar aquello, antes de que la lastimara—. ¿Conociste a mi madre, sabes si ella padecía epilepsia? ¿Sabes por qué me dejó? ¿Dónde está? ¿Si tengo abuelos, otros hermanos, primos, otro pasado? No sé nada, mamá, no recuerdo nada de ella, ni su cara ni su voz, no sé a qué olía...

—Cálmate, Eva. Sí, la conocí, la vi algunas veces. No sé mucho de ella, no sé dónde vive o con quién. Nadie sabe su paradero... —Julia se había sentado en la silla del escritorio, estaban frente a frente.

—¿No lo sabes o no me lo quieres decir? ¿Y si hacemos una sesión del Club de la Verdad? —retó Eva—. Tú me enseñaste eso, ¿recuerdas?

—Esto no es un juego —Julia paró en seco la conversación—. Termina el semestre como sea que lo termines, y cuando tu papá esté de regreso, hablamos. Él te podrá responder más de una pregunta o duda existencial.

63

Todo lo cubre el polvo, el recuerdo y el horizonte; el amor que se ha perdido. Escribo para no olvidarme, para saber quién soy y de dónde vengo. Escribo para no llorar, aunque entre líneas se me vaya más de una lágrima. También escribo para él, para no olvidarlo tanto como me olvido de mí. Hoy ha sido el peor día de mi vida, y a la vez el mejor. Hoy descubrí que soy invencible, que nada me derrota, que puedo ser veloz y certera; hoy, también, me rompieron el corazón. A veces creo que espero demasiado, que vivo en un mundo irreal que se me va de las manos: un mundo que he creado a mi conveniencia y que solo me ha traído frustración y dolor.

Capi nunca me amó. Recuerdo cada día desde que lo conocí, mi memoria es como una hoguera que me asfixia, que me consume por dentro; un reloj de arena con gránulos de sal entre las horas. Sé que ya no debería escribir más ni esperar sus mensajes ni creer que vendrá a pedirme perdón, a decirme que se equivocó, que solo a mí me ama. Ahora ya no me importa si viene y me dice que mintió, que es el mayor farsante de la historia; que lo hizo por protegerme, para cuidarme. Necesito que alguien me cuide. Necesito que Capi me cuide, yo sola no puedo hacerlo. Tengo miedo de mí. Necesito su abrazo, su risa, sus besos. Necesito parar el tiempo. Estoy acorralada. Sé que ya lo perdí, que ya nos perdimos: que en el horizonte de la vida, el recuerdo es polvo de un paraíso perdido.

64

Amanecía. La alarma del celular de Eva sonó a las seis de la mañana, la apagó y volvió a acurrucarse. Quince minutos después el celular insistió y Cala alzó la cabeza, sabía que era la hora de levantarse. Eva tenía el ánimo por los suelos; si por ella fuera, seguiría dormida hasta el fin de los tiempos. Además de que odiaba madrugar, el día anterior había sido un subibaja. Sentía que algo en ella había cambiado, pero no sabía qué ni cómo.

Por fin se levantó, fue al baño y antes de sentarse en el escusado abrió la llave del agua caliente de la regadera; el chorro ensordeció el sonido de sus propios fluidos. Eva se quedó con los brazos tirantes mirando su reflejo en el mármol de la pared, y trató de distinguirse: no se reconocía, más aún por la veta que cruzaba el mármol. *Así debe de ser la grieta de mi corazón*, pensó, *profunda y permanente.*

Al escuchar la caída de agua, Eva recordó cuando era una niña de ocho años y quería evitar a toda costa el cambio climático poniendo su granito de arena: cuando se bañaba, ponía cubetas debajo de la regadera mientras se calentaba el agua para no desperdiciarla, y retaba a sus papás a hacer lo mismo. Dejó de mirarse cuando el vapor borró su reflejo y cubrió la veta. *¿Cuánto vapor se necesita para cubrir los errores?*, pensó. Se levantó, terminó de desnudarse y antes de entrar a la regadera volteó a buscarse en el espejo. Trató de limpiarlo con la mano. *Soy como un fantasma,* se dijo, y corrió el cancel de vidrio de la regadera. Lo que creía que sería un rápido baño se prolongó muchos minutos más, ¿cuántos? Tampoco ella lo supo. No pudo decirle a su mamá cuánto tiempo pasó bajo el chorro del agua caliente: lo último que recordaba era haber cerrado los ojos para enjuagarse el cabello y en esa oscuridad volvió a ver la veta en la pared, de la cual manaba sangre con la misma rapidez que de la nariz de Joana.

En la cocina, Julia y Luzma preparaban el desayuno; Julia volteaba cada tanto a ver el reloj y le gritaba a Dana que se apurara. Antes de las siete fue al cuarto de Eva a confirmar que se hubiera levantado, abrió la puerta y vio la cama vacía: oyó correr el agua de la regadera y volvió a la cocina. Entre el ruido del exprimidor de naranjas y la licuadora para el *smoothie* verde, no escuchó lo que sucedía en el baño. Veinte minutos después el calentador seguía prendido y Cala ladraba desesperada, hasta ese momento tuvo un mal presentimiento, se apresuró a la habitación de Eva, y al entrar vio el vapor que salía debajo de la puerta del baño. Entró sin tocar: Eva yacía tirada bajo el agua, inconsciente, rodeada de miles de pequeños cristales que, como una lluvia de diamantes, le habían caído encima cuando rompió la puerta de vidrio en su caída. Había convulsionado.

—¡Eva! ¡Ayúdenme, Dana, Luzma, ayúdenme!

Julia trató de levantarla pero no podía, y en su desesperación por sacarla de ahí, tallaba el cuerpo de su hija contra los minúsculos vidrios, que más se le incrustaron en la espalda, nalgas y muslos así como en los brazos de Julia, que no podía alzarla ni siquiera un poco.

—¡Mamá! —Entró corriendo Dana, seguida por Luzma.

—¡Ayúdenme! No puedo cargarla; quítame a Cala de encima —la perra chillaba alrededor de Julia—, pero antes que nada cierra la llave, el agua está hirviendo. —Dana obedeció y vio que dejaban de escurrir hilos de agua con sangre por el resumidero.

Poco a poco, Eva comenzó a volver en sí.

—Tienes que levantarte, hija, tú solita, nosotras no podemos cargarte.

—¿Qué me pasó? Me estaba bañando. Auch, me duele la cabeza, aquí. —Eva se señaló arriba de la oreja izquierda, tenía un gran chichón—. Me duele todo el cuerpo, ¡ay, me arde! —se quejó al frotarse contra los vidrios en el piso de la regadera al tratar de incorporarse.

—Se rompió la puerta. Levántate con cuidado. —Hasta ese momento Eva notó que su mamá estaba empapada—. Dana, pásame la toalla. Luzma, agarra a Cala y no la sueltes.

Entre Julia y Dana ayudaron a Eva a levantarse; trastabillando, la llevaron hasta la cama. Al sentarse volvió a decir «Auch, me duele». Julia pidió a Luzma que fuera a su baño por la bata: Eva tenía la espalda ensangrentada, el pecho y el vientre enrojecidos por el agua caliente. Julia notó hinchada también la mano izquierda de Eva.

—Me duele mucho la cabeza, mamá, me duele todo —dijo Eva y comenzó a llorar.

—Vamos al hospital. Mira nada más, tienes quemada la panza y el pecho, y el golpazo de la cabeza. Sí, mejor te llevo al hospital —dijo Julia con voz de alarma—. Luzma, deja esa bata y ayúdame a vestirla. Dana, hoy no vas al colegio. ¡Dios, qué desastre!

—Creo que ayer olvidé tomar mi medicina —confesó Eva camino al auto.

65

Antes de las ocho de la mañana Julia, Dana y Eva cruzaron las puertas automáticas del Hospital del Carmen. Eva caminaba despacio y cojeaba un poco; el trayecto le pareció eterno. A esa hora el consultorio de la doctora Carranza aún estaba cerrado, por lo que fueron a la sala general, como les recomendó la neuróloga por teléfono: «Ahí pueden comenzar a revisarle las heridas. Voy en camino».

—Caminas como zombi —le dijo Dana a Eva e imitó su paso—. Como un pato zombi —agregó.

La sala de espera era cómoda, con sillones verde pistache que a Eva le parecieron intrascendentes e incómodos de tan blandos.

—¿Tienes hambre? —le preguntó su mamá.

Pero no tenía apetito ni ganas de conversar ni ojos para nadie. Se sostenía el brazo izquierdo con la otra mano, y aunque sus pequeñas y múltiples heridas habían dejado de sangrar, sentía que mil espinas se le seguían clavando en el cuerpo. Se levantó y le dijo a su mamá que prefería esperar de pie. Hasta en ese momento se fijó en la mirada de Dana, quien le hacía señas con los ojos indicándole que se fijara en las personas sentadas frente a ellas.

Eva vestía una blusa azul sin mangas y unos *shorts* del mismo color pero en diferente tono; vio que el chico rubio de cabello largo, con un fuerte golpe en el ojo izquierdo, le miraba las piernas ensangrentadas. Iba acompañado de dos mujeres, una rubia y una morena, y supuso que la rubia era su madre. También notó que tenía varias cortaduras y añejas cicatrices en los brazos. Un leve pudor la envolvió y le dio la espalda.

—Está guapo, ¿no? —le dijo Dana al oído, parándose de puntas.

—¿Ya viste el trancazo que tiene en el ojo? Seguro es un peleonero, como ya sabes quién —respondió Eva y escuchó a la chica de la recepción gritar su nombre.

Habían pasado casi veinte minutos. Julia, sin acabar el mensaje que escribía, echó su celular al bolso, se puso en pie y dijo «Vamos». Eva, a pesar de no querer voltear a ver al chico que tenía enfrente, recompuso el paso, no querría parecer un «pato zombi», pensó. El chico vestía pants, y aun con el derrame en el ojo pudo ver que Dana, mientras caminaba, no dejaba de verlo; torció el cuello y lo siguió con la mirada. Más tarde le diría a Eva que «el chico pirata», como lo apodó, no había dejado de verlas hasta que cruzaron la puerta del consultorio.

Cada ida al hospital por un nuevo apagón era como empezar de cero. Más preguntas, nuevas recomendaciones, más restricciones, cambio de dosis, regaños de la doctora Carranza. Ese ataque había sido el peor de todos. Al mediodía, recostada en su cama, Eva pensó que nada peor le podía pasar: ataque epiléptico, buen golpe en la cabeza y cortaduras por todo el cuerpo; quemaduras de segundo grado, según le habían dicho esa mañana en el hospital. Sin embargo, la tarde le tenía reservado un trago amargo mayor: Capi.

66

Las cinco de la tarde era la hora que el poeta Federico García Lorca fijó como el funesto instante del fallecimiento en el poema *Llanto por la muerte de Ignacio Sánchez Mejías*, según repasaba Eva en sus notas de Literatura; un poema que presumía saberse de memoria de tantas veces que lo habían estudiado en clase. A las cinco de la tarde sonó el timbre de su casa, una, dos, tres veces, y nadie lo atendía. *¿Dónde estará Luzma?*, se dijo, y se levantó con esfuerzo a ver quién era. Descolgó el auricular del interfón y habló con el guardia de la puerta: anunciaba a Capi.

—¿Quién? —insistió incrédula.

—Capi, su novio —repitió el guardia.

Su novio, repitió Eva para sí misma. *Él qué va a saber*, se dijo, si desde hacía casi un año Capi había entrado y salido como tal de la Torre Ónix un incontable número de veces. Aguardó un momento de pie; moría por verlo, echarse en sus brazos y retenerlo por largos instantes a su lado, ansiaba besarlo y verse de nuevo en la profundidad de sus ojos. Agonizaba también por reclamarle, por decirle que lo odiaba, que nadie se había burlado de ella como él. Nada quería más que contarle el revés que le había propinado a Joana, que supiera hasta dónde podía llegar su «chaparra» con tal de defenderse. Después de varios segundos cavilando, Eva recordó uno de los primeros versos del poema: «*Un niño trajo la blanca sábana/a las cinco de la tarde*», y le dijo por fin al guardia que lo dejara pasar.

—Hola —dijo Capi cuando la puerta del elevador se abrió y la vio con el brazo izquierdo en un cabestrillo y la mano vendada; estaba de pie, descalza, en medio de un gastado tapete persa que alguna vez fue tan rojo como el vino. También notó que ya no lucía el dragón que le regaló, que no lo traía desde que discutieron en la prepa: eso lo desconcertó. Ella lo vio deslumbrante. La camisa Polo blanca le hacía ver más oscuro el cabello. Notó que estaba recién bañado y perfumado, seguramente había entrenado en el gimnasio de la escuela y luego había pasado por la regadera. Le palpitaban los músculos de los brazos y las venas del cuello también se le hinchaban con cada palabra. «*Y un muslo con un asta desolada/a las cinco de la tarde*», recordó Eva y se preguntó: *¿Se habrá esmerado tanto solo para venir a verme? Aunque siendo viernes, lo más probable es que después se vaya a algún otro sitio*, se respondió. En ese momento no sabía que esa tarde era la última vez que vería a Capi tan sereno y apuesto, que sería su último día juntos antes de la fatal despedida.

—Hola —respondió ella. Estaba en pijama con Cala a su lado, que ladró al verlo.

—¿Qué te pasó en la mano?

—Uf, si te contara... —murmuró apenas.

—¿Estás enferma?

—Sí, tengo epilepsia, ¿no lo sabías?

Capi supo que había empezado mal el encuentro. *Ten más tacto, imbécil*, se dijo, *o te echará sin que puedas decirle nada*. Se acercó a ella, trató de abrazarla y Eva dio un paso atrás; se quejó.

—¿Te pasa algo?

—Nada, me caí y me lastimé.

—Esperaba verte en la escuela, solo quedan tres días de clases y me extrañó que no llegaras, pensé que algo te había pasado.

—¿Y por eso viniste? —Eva seguía de pie frente a él—. Pudiste haber llamado. «*Ya luchan la paloma y el leopardo/a las cinco de la tarde*» —murmuró.

—¿Qué dijiste?

—Nada.

—Preferí venir a verte.

Capi sentía los pies de plomo y Eva no estaba segura de si venía porque quería verla o porque se había enterado de su apagón en la regadera. *Pero ¿cómo se pudo enterar?*, pensó, *aunque las noticias viajan más rápido por la cañería de la ciudad que por la red.* O quizá estaba ahí para defender a Joana: el golpe a la nariz de la catalana le había dado siete vueltas al mundo de Facebook en veinticuatro horas.

—¿Vienes a defenderla? —le dijo sin pronunciar su nombre. Sabía que Capi entendería a quién se refería, y así fue.

—Claro que no, ella puede defenderse sola, y si no lo hizo fue porque no quiso hacerte daño. ¿No me digas que lo de tu mano es por...? —No quiso terminar la pregunta; por la expresión de Eva, Capi se dio cuenta de que otra vez había dicho las palabras equivocadas.

—Entonces sí vienes a defenderla, o bien, a decir que me perdonó la vida porque es una mártir de las causas justas. ¿Qué quieres, que vaya y le pida disculpas, que le diga que no se lo merecía, que todos tenemos minutos de debilidad? Quizá ella me diga que en España, perdón, en Cataluña, así se acostumbra... Pues aquí y en China la debilidad de unos es la fortaleza de otros, y tu debilidad me ha hecho fuerte, ¿cómo ves? «*La muerte puso huevos en la herida/a las cinco de la tarde*». —Eva seguía repitiéndose el poema de García Lorca, y cada palabra la hacía cimbrarse.

—Es que yo... —solo alcanzó a decir Capi, sorprendido de todo lo que Eva le decía con tanta rapidez.

—Es que tú nada —puntualizó ella—. ¿Desde cuándo, Capi, desde cuándo? Supongo que no solo fue el beso en la fiesta de Miriam Natalia, tú y esa ya traían el romance desde Semana Santa o desde mi cumpleaños, ¿o creíste que no me daría cuenta?

—¿Darte cuenta de qué? En tu cumple yo no la conocía. Nunca la había visto en mi vida, te lo juro. Esa noche...

—Esa noche y todas las noches seguramente salías de mi casa y te ibas a verla, como cuando me hablaste de madrugada supuestamente desde Vango, ¿Estabas con ella, verdad? Todo ha sido mentiras contigo. ¿Desde cuándo, Capi, desde cuándo? —repitió Eva—.

¡Contesta! —gritó, y continuó—. Lo peor es que todo mundo lo sabía menos yo. La pobre de Eva... ¡ay, pobre! Es que está malita, no le vaya a dar un ataque si se entera. «*Huesos y flautas suenan en su oído...*».

—¿Huesos? ¿De qué hablas?

—No lo entenderías.

—¿Entender qué? Chaparra, las cosas no son así, escúchame. —Capi insistió en tocarla y Cala volvió a gruñir, a ladrar; le peló los dientes.

Ese «chaparra», aun salido del fondo del corazón de Capi, detonó en Eva otros recuerdos; fue inevitable para ella volver a escuchar a su padre decir: «Sí, mi amor, te llamo de nuevo a las doce, tiempo de México». Otra mentira, estaba segura de que Capi le diría otra mentira. Él notó que algo había cambiado en la mirada de Eva: desde el primer momento la notó extraña, decía incoherencias y podía ver fuego en sus ojos, una rabia que jamás había visto en la mirada de nadie.

—No vuelvas a llamarme así, ¿entendiste? No tengo nada que escuchar de ti. Me rompiste el corazón. «*A las cinco de la tarde*» —volvió a murmurar.

—Lo siento, no era mi intención lastimarte, y mucho menos ahorita —dijo mirando un reloj *art déco* que marcaba las horas al final de la estancia—. Es a ti a quien amo.

—Entonces existe la posibilidad de que ames a alguien más.

Al escucharla decir esto, Capi intuyó que de nuevo había errado. *Qué difícil es encontrar las palabras precisas*, pensó. *Qué difícil decir simplemente «perdón»*.

—Sí, digo, no —dijo Capi sintiéndose cada vez más acorralado, hasta que por fin soltó—: Perdón.

Eva bajó la guardia, su mano derecha tocó la cabeza de Cala y la perra buscó la caricia con movimientos bruscos.

—Mejor vete, Capi, no estoy de ánimo para ver a nadie —le dijo por fin, y recordó—: «*El cuarto se irisaba de agonía*». —Cada palabra que Eva se repetía era como una espada que se le hundía más y más hondo.

Era la visita más rápida que Capi le había hecho a Eva, y aún no se movía ni un centímetro del lugar donde pisaba; no podía tocarla, abrazarla, era lo que más deseaba en el mundo y no supo cómo pedírselo. No podía besarla, porque a nadie en el mundo había besado como a ella, y estaba seguro de que no lo volvería a hacer.

Hubo unos segundos de silencio que hasta Cala entendió como si fueran el final de un largo paseo. Se vieron a los ojos: en la mirada de Eva había ya un fuego tan manso que comenzó poco a poco a apagarse con lágrimas. Ella contuvo el llanto con todas sus fuerzas, no quería que Capi la viera llorar. *«Las heridas quemaban como soles»*, pensó, y luego pronunció: «A las cinco de la tarde, a las cinco de la tarde, a las cinco de la tarde».

Capi no supo qué responder; no sabía a qué se refería Eva. No dijo nada, agachó la cabeza, dio media vuelta y entró en el elevador. Descendió los quince pisos sintiendo que bajaba al infierno.

67

Cala siempre estaba al lado de Eva: astuta más que su sombra, le cuidaba los pasos, el sueño y las horas de llanto. Acostada en su cama, Eva abrazó la almohada. Cala tuvo que hacer un esfuerzo extra para brincar y echarse junto a ella; la panza le pesaba, faltaba poco más de un mes para que nacieran sus cachorritos.

Eva intentaba no llorar, quería hacerse la fuerte. Sin embargo, los ojos la traicionaban y se le llenaban de lágrimas una y otra vez. Tomó su celular; no sabía si escribirle a Paloma para contarle lo sucedido con Capi, o a Dana para preguntarle a qué hora llegarían: no quería que su mamá la encontrara así. Con el celular en la mano, le llegó una notificación, luego otra y otra. Eran de su papá, le decía que quería skypear con ella; en Guadalajara eran las ocho de la noche y en Tokio las nueve de la mañana del día siguiente.

—Hola, papá.

—Hola, hija, hace una semana que me fui, y cuánto has crecido.

—Cada que te vas de viaje me dices lo mismo, ya no te creo.

—De verdad, te noto más alta...

—¿Más alta? ¿Cómo lo notas, si estoy acostada? Pero ahora que lo dices, sí, crecí, de algún modo ya no soy la misma —dijo Eva con un tono de voz más bajo.

—Para mí siempre serás la niña de mis ojos. ¿Estás bien? También te noto seria, o triste. ¿Lloraste?

Otto estaba en su oficina de Tokio, en el piso cuarenta y dos de un rascacielos de sesenta pisos. Desde su ventana se veía la ciudad, una mancha gris con millones de ventanas que eran como espejos, en los cuales se reflejaba la vida de los otros. A esa hora tomaba un té negro con leche, y a diferencia de Eva, no usaba audífonos para escucharla.

—Lloré en la mañana, solo un poco.

—Ya me contó tu mamá del apagón que tuviste... Ahora me tocó a mí estar de viaje. Te amo y lo único que quiero ahora es estar ahí, abrazarte, mimarte, como cuando eras mi bebé. —Otto se notaba preocupado, triste—. También me contó lo del cancel del baño, que te cortaste mucho. No vuelvo a poner puertas de vidrio en un baño.

—Solo un poco, ahora no sé qué me duele más, si el chipote o las cortadas. —*O el corazón*, se dijo Eva sin pronunciarlo.

—Tienes que ser fuerte y disciplinada, no puedes olvidar tus medicinas...

—Las odio, papá. Odio estar así, depender de algo o de alguien para estar bien, para ser feliz.

—Lo sé, pero mientras no tengamos alternativa, debes hacer lo que indique la doctora Carranza.

—También odio a la doctora Carranza.

—¿Y cómo te sientes para los exámenes finales? Ya comienzan la próxima semana, ¿verdad? —Otto le dio un último trago a su té y Eva vio que desviaba la vista de la pantalla—. Espera un poco —dijo, y atendió a una mujer que le hablaba en inglés.

—¿Quién es? —preguntó Eva cuando Otto estuvo de nuevo ante ella.

—Aiko, mi asistente.

¿Será ella?, se preguntó Eva y ese pensamiento le detonó otros recuerdos, la hizo sentirse molesta e incómoda. Odiaba dudar de su papá y pensar que era como Capi.

—Sí, voy a estar lista para los exámenes —respondió determinante, al tiempo que con el dorso de la mano apartaba el hocico de Cala del iPad.

—¡Ey!, me pareció ver una cara conocida. ¿Cómo va su embarazo?

—Bien, dijo el doctor que en julio nacerán, quizá sean cinco perritos. ¿Estarás aquí para recibirlos?

—Claro, hija, solo estaré acá dos semanas más.

—Papá, ¿puedo hacerte una pregunta que no puede esperar a tu regreso?

—Cuantas quieras —respondió Otto, sabiendo acerca de quién le preguntaría. Ese tema era el motivo real de su llamada.

—¿Tú sabes dónde está mi madre?

Los instantes de silencio al otro lado del mundo le parecieron eternos. Eva vio fijamente los ojos azules de su padre y casi pudo adivinar lo que pensaba, lo que sentía, lo que estaba a punto de responder.

—No, no sé dónde está. Nadie sabe dónde está.

—¿Nadie? ¿Y mis abuelos? ¿También ellos se esfumaron? —chilló Eva.

—Nadie. Su madre murió cuando ella era muy joven y de su padre tampoco sé nada, quizá también haya muerto. La última vez que supe de él fue hace más de diez años, vivía fuera de México. —Ahora se hizo el silencio de este lado del mundo; Otto lo sintió—. Eva, ¿estás bien? ¿Por qué de pronto quieres saber de ella?

—Porque hasta ahora no me había dado cuenta...

—¿Cuenta de qué? —la interrumpió Otto.

—De lo que siento, de lo que tengo, de dónde vengo, de quién soy. Hasta ahora no me había hecho falta. No recuerdo nada de ella y aquí no hay ni una foto suya, es como si hubieras querido borrarla, como si nunca hubiera existido; pero sí existió, yo soy la prueba de ello. ¿Por qué se fue? ¿Por qué me abandonó? ¿Pasó algo entre ustedes? —Eva pensó en la existencia de esa otra mujer en la vida de su padre y que Julia ignoraba; ¿habría pasado algo similar hacía catorce años y fue lo que ocasionó que su madre se ausentara? Odiaba pensar así de su papá y sobre todo no poder preguntarle, no se atrevía a revelar lo que sabía—. Necesito conocer mi verdadero origen, papá, conocer a mi madre, quizá también es epiléptica como yo.

—Lo sé, hija, hay muchas preguntas por responder y prometo hacerlo pronto. Hoy no es el día ni este es el medio; por favor, concéntrate en los finales y cuando regrese a Guadalajara volvemos a conversar sobre esto, ¿te parece?

—Está bien, si no tengo opción, espero a que regreses.

—Cuando vuelva habrán pasado los finales, estarás con menos presión y te cuento todo sobre tu mamá Helena —concluyó Otto, pronunciando al fin su nombre.

—Helena... Mi mamá, Helena. Helena. —Eva murmuró el nombre de su madre como un mantra recién aprendido.

68

Desde que Paloma trabajaba en Starbucks, Eva odiaba los fines de semana. Ese sábado en la mañana Esteban pasó a su casa a visitarla y le llevó una barra de chocolate belga que su padre había traído de Bruselas, adonde fue a tocar con la filarmónica; Eva lo recibió en el *roof garden* y le dijo que la doctora Carranza le tenía prohibido el chocolate. Estaba mucho mejor y no quería parecer enferma con él, así que antes de recibirlo se quitó el cabestrillo del brazo.

—¡Amo el chocolate! —dijo con los ojos cerrados—. Huele tan rico que me lo comeré a escondidas —aseguró mientras se lo pasaba por la nariz.

—¿Y si te hace daño?

—Peor de cómo me puse ayer, no creo —respondió Eva—. Me lo comeré poco a poco; intentaré que me dure dos días.

Siguieron conversando sobre el final del semestre. De cierto modo, Esteban rehuía tocar de lleno el tema de la enfermedad de Eva, así que hablaban de generalidades. El día anterior había sido el último de clases, el lunes él comenzaba finales; Eva el miércoles. Desde que llegó se fijó en que Eva ya no portaba el dragón que le regaló Capi y eso lo reconfortó, aunque tampoco quiso preguntar nada.

—Tengo algo más que mostrarte —dijo y metió la mano al bolsillo de su pantalón, cuando Dana llegó con Cala y los distrajo; Esteban se acercó a saludarla de beso y Cala movió la cola esperando una caricia.

—¡¿Nos trajiste chocolate?! —exclamó Dana—. ¡Amo el chocolate! —cerró los ojos imitando a Eva.

—No sabía que tú también lo amabas, la próxima vez traigo uno para ti.

—Y otro para Cala —dijo Dana—, ella también lo ama.

—Sí, Cala ama todo lo que sea masticable —intervino Eva, que de cierto modo agradecía que hubiera llegado su hermana—. Aunque los perros tienen estrictamente prohibido comer chocolate, incluso se pueden morir; ya te lo he dicho, Dana —la reprendió.

—Ya sé, ya sé, no he vuelto a darle chocolate —respondió la pequeña.

Para Esteban era imposible esconder que moría de amor por Eva, pero ella no estaba convencida. Lo miró mientras hablaba con Dana, era delgado y algo tímido. *Le falta la fuerza de Capi, el poder de seducción de su sonrisa. Ya sé que no debo comparar*, se dijo, *pero es inevitable, sobre todo porque Capi besa «como todo dios»*, recordó.

—Eva, a las dos nos vamos, me dijo mi mamá que te dijera —soltó por fin Dana.

—Okey, ya me iba —respondió Esteban sintiéndose aludido—, solo vine a invitarte a Vango cuando quieras.

—¿A mí también? —se apresuró a decir Dana.

—No sé, es que...

—Tú no —intervino Eva—. Es para mayores de edad, y tú aún...

—¿Dijiste «mayores de edad»? *Hello, baby*...

—Ash, ya hablas como Paloma. Okey, yo tampoco soy mayor de edad todavía, según las leyes de los hombres, pero según las de la naturaleza...

—Yo también creo que ya has vivido lo suficiente —precisó Esteban.

—Ah, si de vivir se trata, ahora mismo me echo de cabeza desde aquí y verán en lo que reencarno. Esteban, ¿tú crees en la reencarnación?

—Dana —suplicó Eva y su hermana entendió todo. Tenía que irse ya.

Eva y Esteban la vieron marcharse; Cala se quedó y sería el único testigo. Hubo unos segundos de silencio y Esteban notó de pronto que algo había cambiado: Eva lo miró de pies a cabeza, sus alpargatas, sus jeans negros, la camiseta negra deslavada con el logo de Superman en el pecho; sus inseparables audífonos colgados al cuello, su cabello rubio alborotado, libre. Había llegado el momento.

—Esteban —pronunció Eva con un tono distinto que al DJ le sonó sepulcral—. Has sido el mejor amigo y eres un niño que vale mil —él adivinó lo que seguía y se resignó a escuchar—, estoy súper contenta de conocerte y tenerte como amigo, pero solo eso, como amigo. Ahora no puedo...

—¿Es por tu enfermedad? —preguntó Esteban, tratando de encontrar una salida.

—También, aunque tengo que ser sincera: sigo amando a Capi y no sé cuánto tiempo pase antes de que deje de pensar en él.

—O si vuelven —intervino Esteban, más que resignado.

—No es probable, pero debía ser honesta contigo antes de verte con otra mirada; es cierto que no estoy tomando en cuenta lo que tú deseas, y...

—No importa lo que yo desee, Eva —interrumpió Esteban—, entiendo lo que quieres decirme. Agradezco tu sinceridad y que podamos seguir siendo amigos.

—Claro, dalo por hecho; precisamente por eso es que te lo digo, te estoy pidiendo tu amistad. —Eva enfatizó esta última palabra y fue inevitable ver en la mirada de Esteban una quietud triste.

—Bueno, de cualquier manera puedes ir a Vango cuando quieras —reiteró y se levantó de su asiento. Era hora de irse.

Eva lo abrazó con cariño y sintió lo mismo de parte de él. Le dijo que iría pronto y que no dejara de mandarle música.

Ese mediodía fueron a comer a casa de los padres de Julia y en la sobremesa le llegó a Eva un mensaje de Paloma; le urgía verla, no podía esperar a la noche, y le pedía que fuera a Starbucks. Decía que era un caso de vida o muerte, aunque para Pola todo era caso de vida o muerte.

—Mis padres están peor de lo que imaginaba, y mi mamá, más loca de lo que suponía —aseguró Paloma mientras encendía su cuarto cigarro de la tarde—. No soporta que trabaje en Starbucks, dice que se muere de vergüenza, que más de una amiga le ha dicho que el café me queda riquísimo... Creo que no soporta que sea independiente.

—¿Ya sabe que tú y Guilli son novios?

—¡No! Olvídate, cuando se entere me va a correr de la casa y con gusto me iría. A veces no la soporto. Si por ella fuera, me presentaba con todos los herederos de las familias más importantes de Guadalajara.

—Me pasa lo mismo con mi mamá, a veces siento que me sobreprotege, que cree que soy una inútil. Sobre los pretendientes no dice nada, ella cojea de otro pie.

—Eso, también a mí me sobreprotegen y no sabes cómo lo detesto.

Mientras sus abuelos, Julia y Dana daban una vuelta por el centro comercial, ellas estaban sentadas en su mesa de siempre, la que frecuentaban antes de que Pola fuera barista; situada en la terraza, desde donde veían pasar a la gente con sus compras y helados. Guilli Ochoa estaba al otro lado de la barra, viendo platicar a su novia con su mejor amiga.

—¿Ese era el caso de vida o muerte del que tenías que hablarme?

—No, hay más, mucho más —Paloma tragó saliva—. Estamos peor de lo que imaginaba.

—Peor ¿de qué?

—De dinero, baby: no es que no tengamos para comer sino que dice mi ma que, como ya no podemos sostener el nivel de vida que tenemos en Guadalajara, lo mejor es que al terminar el semestre nos mudemos un año a vivir a Estados Unidos...

—¡¿Qué?! ¿A Estados Unidos al final del semestre? —gritó Eva, alarmada.

—¿Quieres que te pase el micrófono? —la riñó Paloma.

—Perdón, es que ahora sí es noticia de vida o muerte. Pero entiendo que en Estados Unidos la vida es más cara que aquí, ¿no?

—Mi mamá asegura que no, sobre todo si nos vamos a un pueblo perdido de Wisconsin o Carolina del Norte, un lugar donde nadie nos conozca y no tengamos que quedar bien con nadie; ahí podremos llevar una vida más «modesta», como si no conociera las *modestidades* de mi madre —dijo Pola en otro tono de voz—. Sin chofer, cocinera, recamarera, jardineros y un largo etcétera, pero no imagino a mi ma conduciendo un Ford Fiesta para ahorrar dinero. ¿Tú qué crees?

—Me parece un plan muy descabellado.

—Solo los tres, dice mamá, y asegura que su plan es perfecto porque les diremos a «nuestras amistades» —Pola volvió a fingir la voz— que mi papá estará construyendo no sé qué, ya se le ocurrirá algo, en Washington, mientras ella estudia una maestría en Arte en la universidad de... *wherever. What the fuck*? —Ahora fue Paloma la que gritó.

—No sé qué decirte, solo que es una terrible noticia; mi mamá no me ha dicho nada.

—No te lo ha dicho porque no ha querido. Ya lo sabe, creo que lo supo primero que yo. —Al terminar la frase, Paloma exhaló una gran bocanada de humo que también le salió por la nariz—. Mis padres lo han estado planeando desde no sé cuándo, por eso cuando fuimos en auto a Chicago en Semana Santa, recorrimos la ribera del lago Michigan y estuvimos dos días en Milwaukee; yo no entendía qué chingados hacíamos ahí, en esa ciudad horrible. Odio que mis papás anden con sus secretitos. Imagínate, yo viviendo en ese frío de la chingada...

—Pero a la orilla de un lago; tú, que te gusta tanto velear...

—Un lago que está congelado la mitad del año. Y eso no es lo peor...

—¿Hay más?

—Sí, tal vez Guilli deje Starbucks, la prepa y su sueño de ser chef: su papá no deja de presionarlo para que entre a Chivas. Odio al papá de Guilli, odio a mi papá, odio a...

—Yo odio al mío, y Capi al suyo— confesó por fin Eva.

—¿A tu papá? ¿Te cae?

—Sí, y a mi mamá también.

—Pero si son los mejores padres del mundo, te los cambiaría por los míos ahora mismo. ¿Por qué, qué pasó, y qué tiene de malo el papá de Capi?

—Es una larga historia que luego te contaré.

—Ya que de historias hablamos, tengo una más que contarte.

—¿Más? ¿De dónde ha salido tanto en tan pocos días? —se sorprendió Eva—. Pareciera que tenemos un año sin vernos y que todo se juntó para el final del semestre, como si la vida se midiera en ciclos de exámenes finales, entrega de trabajos y cuentas por pagar.

—Me buscó Andrés, que quiere despedirse de mí antes de irse a Australia. Me dijo que quizá sea la última vez que me ve; «Uno nunca sabe». Ya lo conoces, siempre con sus fatalidades. El 21 de mayo harán una gran despedida en Vango.

—¿Harán? ¿Quiénes?

—Andrés, Roberto Orozco, Carlos Monsalve, los siete u ocho niños que se van a Australia.

—¿Por qué a Australia? Tan lejos.

—Seguramente irán a montar canguros, no sé. ¿Tú cómo estás? No te he dejado hablar desde que llegaste.

—Terminé con Esteban...

—¿Terminaste? —repitió Paloma, extrañada.

—Paré las cosas. No pude mentirle y mentirme; no he podido olvidar a Capi.

69

Un helicóptero ultraligero sobrevolaba la bahía de Puerto Vallarta. Era un Sikorsky S-300C, una máquina capaz de alcanzar una velocidad de crucero de ciento sesenta kilómetros por hora, con capacidad para un tripulante y un pasajero; este último era un francotirador del Cártel de Jalisco, armado con un fusil Barrett M82 calibre .50 con mira telescópica, un arma de fabricación estadounidense muy usada en la guerra de Irak. El rifle tenía un soporte que lo fijaba al marco de la ventanilla del helicóptero: medía casi un metro y medio de largo y pesaba catorce kilos. Sus proyectiles de 12.7 milímetros podían alcanzar un objetivo desde una distancia de dos kilómetros y medio, y volaban a una velocidad de ochocientos sesenta metros por segundo, casi tres veces más rápido que el sonido.

A las seis de la tarde el helicóptero, como un colibrí de fuego, se sostenía en el cielo: vigilaba la reunión que Roberto Garcés tenía con un narcotraficante del Cártel de Sinaloa, un cliente al que defendía desde el año anterior. Para no levantar sospechas, el papá de Capi lo había citado en la casa de Conchas Chinas y el sinaloense había llegado acompañado por cuatro hombres, sicarios que le cuidaban hasta la sombra: uno se apostó en la puerta de entrada, el otro en la terraza y dos más se quedaron con él y el abogado en la sala del lugar. También había dos mujeres, quienes a pesar de haber nadado en la playa hasta el mediodía, seguían en bikini cerca de los hombres mientras ellos discutían asuntos legales.

El sicario de la terraza, con lentes oscuros, audífono en la oreja izquierda y ametralladora AK-47, veía a lo lejos siete barcos en el mar. Las aguas estaban en calma y miró su celular; todavía era temprano para que comenzara a subir la marea, el sol aún no descendía. Caminaba de un lado a otro y volvía a mirar su celular: todo parecía tranquilo hasta un segundo después.

El francotirador observaba a su blanco por la cruz de su mira telescópica; sabía que tenía solo una oportunidad óptima para disparar, pero la descarga mortal contra el narco de Sinaloa alertaría al sicario de la terraza, quien podría derribar el helicóptero con su cuerno de chivo antes de que remontaran el vuelo. Sin pensarlo más, y poniendo en riesgo la misión, decidió accionar dos veces el gatillo de su Barrett: el primer tiro sería para el sicario y el segundo para el narco.

Con una seña que el piloto entendió a la perfección, pidió que descendiera un poco, dos o tres metros más, necesitaba estar por lo menos a cuarenta y cinco metros sobre el nivel del mar. Entonces calibró la mirilla a la distancia de su objetivo, calculó la fuerza del viento, que esa tarde soplaba de sur a norte, se ajustó los audífonos de tiro, pegó la mejilla derecha a la culata del Barrett y sintió el latido de su corazón a través del frío metal de su arma. Inhaló hasta llenar sus pulmones, aguantó la respiración, contó cinco segundos, estiró el brazo izquierdo para alcanzar el guardamanos del fusil y con el índice derecho accionó el gatillo.

70

Capi no presentó ningún examen, tampoco presentó trabajos ni justificó sus faltas; desapareció. Su casa estaba cerrada después de que unos hombres entraron y revolvieron todo, podrían haber sido de la PGR o del cártel enemigo: dejaron la casa patas arriba y se robaron lo que pudieron, excepto las armas y el dinero escondidos en la biblioteca.

Eva y Santiago se citaron en el estacionamiento para hablar de él, pero antes de empezar con lo que Eva intuía que sería un tema doloroso, ella le preguntó si no había recibido una carta anónima hacía un par de semanas; inventó que varios chicos de la prepa decían haber encontrado mensajes parecidos entre sus cosas para no delatar a su amiga. Santi le respondió que sí, que aún las conservaba.

—¿Las conservas? —preguntó Eva sorprendida—. ¿Cuántas cartas son?

—Muchas, son cartas bellísimas que cada lunes amanecían en mi casillero; no me imagino de quién podrán ser y he de confesarte que me enamoré de esa persona.

—¿Quieres saber de quién son? —dijo Eva, y vio cómo se iluminaron los ojos de Santiago—: Majo, son de Majo.

—¡Majo! —suspiró Santi y se sintió aliviado de saber por fin quién le dejaba cartas tan hermosas—. Al principio quise averiguar quién las escribía, pero después pensé que sería parte del complot.

—¿Complot? ¿A qué te refieres? —preguntó Eva, extrañada.

Santiago era el último que había visto a Capi y trató de justificar su ausencia con los profesores de la Prepa Tec; no lo logró y nadie le creía que desconociera el paradero de su mejor amigo. Habían pasado ya varios días del atentado al licenciado Garcés: Eva intentó llamar a Capi cientos de veces y su celular siempre estaba apagado. No dejó recados en el buzón. Al final, Eva le rogó a Santi que la llevara con él.

—Te juro, Eva, no sé dónde está. Cuando recibió la noticia del atentado, me llamó y pasó a mi casa en un auto que yo no conocía. Estaba muy mal, nunca lo había visto así; nunca he visto a nadie tan desconsolado. Me dijo que se iba, que tenía que irse de Guadalajara, desaparecer. Su papá le dio instrucciones para moverse de inmediato. Lloraba tanto que no podía hablar, yo no le entendía y también lloré con él. No sabía qué más hacer. —A Santi se le quebró la voz al recordar, y luego agregó—: Me dijo que lamentaba tanto perderte, no saber nada de ti.

—¿Cómo? —dijo Eva sorprendida—. Él ahora sale con Joana.

—No, Eva, no es así. No sale ni es novio de Joana, tampoco te engañó con ella, por lo menos no fue su intención. Todo lo planeó Gustavo Cejudo.

—¡Otra vez el tal Cejudo! —exclamó Eva.

—¿Lo conoces? ¿Te hizo algo? —Santi se alarmó.

Estaban de pie en uno de los jardines de la preparatoria, cubiertos por la gran sombra que proyectaba un árbol; desde ahí alcanzaban a ver el lugar donde Capi estacionaba su coche. A pesar de que no acudía, nadie se atrevía a ocuparlo. Era el último día de exámenes, ambos habían presentado Matemáticas a las once. Santiago estaba seguro de pasar con excelencia, como en todas las otras evaluaciones. El caso de Eva era distinto, reprobaría esa materia y también Robótica, las llevaría de nuevo en cursos de verano en las siguientes semanas: el resto las pasaría con suficiencia excepto

Literatura, su ensayo sobre *Pedro Páramo* fue el mejor de la clase. Cualquier otra cosa no le importaba.

—Claro que no, no lo conozco ni me hizo nada.

—¿Qué sabes de él? —Santi, al ver que la charla se prolongaría, se quitó la mochila de los hombros y la puso sobre el prado. Eva hizo lo mismo.

—Sé lo que todo mundo sabe, que se peleó con Capi y que es o era amigo de Joana Roca, ella misma me lo dijo.

—Son más que amigos, son cómplices en un complot para destruir a Capi, y a ti de paso; ellos empezaron la bronca en Vango el día de...

—Ya sé, ella misma me lo gritó —interrumpió Eva.

—Ah, cierto, me contaron del derechazo, perdón, izquierdazo que le diste —interrumpió ahora Santi—; buenísimo, se lo tenía supermerecido. Pero seguro que no te dijo lo que realmente pasó en la fiesta de Miriam Natalia, ¿verdad?

—No, solo sé que a partir de ahí todo se vino abajo.

—Cejudo lo planeó desde tu cumpleaños, y continuó en Puerto Vallarta: qué coincidencia que la noche en que conocimos a Joana en Strana también estaba él. Luego vino la fiesta de Miriam Natalia, de nuevo Cejudo y Joana en el mismo lugar. Esa noche todo estaba cronometrado, churro de marihuana incluido; no pude impedirlo. Te juro que Capi no quería hacerlo. El profesor Galindo le aconsejó cómo acercarse de nuevo a ti, qué decirte, ya ves que no es muy bueno con las palabras, y repasó conmigo cómo te pediría perdón. Fui con él a tu casa, lo esperé en el coche y bajó más rápido de lo que imaginé: estaba hecho una ruina. Si con lo de su papá lloró tanto, esa tarde su silencio me lo dijo todo. No me miraba a los ojos, temblaba. Manejó toda la tarde por la ciudad, los dos en silencio, y justo antes de la medianoche, cuando fue a dejarme a mi casa, lo oí decir algo que no entendí: «Su final es volver a empezar».

Eva de inmediato supo a qué se referían esas palabras y se llevó la mano al pecho para tocar su dragón uroboros, que había vuelto a usar desde que él desapareció y que simbolizaba su amor. «Nuestro amor no tiene fin, su final es volver a empezar», murmuró Eva y comenzó a llorar, se llevó las manos a la cara y sollozó todo lo que no había podido antes; Santiago la abrazó hasta que ella volvió a sentir los latidos de su corazón.

—Tenemos que encontrar a Capi a como dé lugar —le dijo a Santi.

71

No fue necesario que lo buscaran. Dos días después, a la medianoche, mientras Eva trataba de dormir y justo cuando se preguntaba *¿Qué haría por el amor de mi vida?*, se iluminó la pantalla de su celular y con ello, la oportunidad de responderse. El remitente decía «Desconocido»; Eva, teléfono en mano, lo dejó sonar varias veces más hasta que un pinchazo de esperanza la hizo reaccionar y escuchó la voz de Capi y su clásico «chaparra».

Confirmó que ya estuvieran dormidas su mamá y Dana; volvió a su cuarto, se quitó la pijama y se puso de nuevo la ropa que había usado ese día, amontonada en un sillón: jeans, blusa sin mangas palo de rosa y Converse blancos. Improvisó una cola de caballo en su cabello y silenció a Cala, que la seguía para todos lados; tuvo que salir con ella o se quedaría ladrando. Agarró sus llaves y bajó. El guardia de esa noche en la caseta de vigilancia era el mismo que le abrió el portón a Capi la noche de la serenata: la miró salir, la saludó con la mano y siguió viendo la televisión. Cala iba a su lado, moviendo la cola.

A pesar del calor de mayo, esa noche era fresca. Eva miró al cielo: había luna nueva, la oscuridad era cerrada. No vio a Capi. Caminó con Cala unos metros y lo llamó quedito, para no despertar a los vecinos; la perra olisqueaba alrededor, buscando, y orinó sobre el asfalto de la acera. Escucharon el crujir de unas ramas, eran los pasos de Capi en el camellón de Pablo Neruda.

—¡Chaparra! —gritó en el tono más bajo que pudo; se ocultaba detrás de un árbol. Cala ladró, Eva volvió a callarla y cruzaron la calle.

Cuando Eva y Capi estuvieron frente a frente se miraron de una manera distinta. Él vestía jeans y camiseta negra, entallada como una segunda piel; tenía el cabello sin gel, alborotado y sucio. Sin mediar palabra se abrazaron: Capi la rodeó con una calidez honda y tierna. Ella escondió la cara en su cuello, y pudo sentir el aroma que tanto extrañaba. Cala se movía alrededor, agitaba la cola y ladraba. «¡Shhh!», le hicieron los dos en coro, y Cala se alzó sobre ellos.

—Esto es lo único que necesitaba para seguir adelante —dijo Capi—: un abrazo tuyo y de Cala, por supuesto. ¡Ey! Está gordita —agregó con humor refiriéndose a su embarazo.

—¿Dónde has estado estos días? Santi, Paloma, yo, todo mundo te hemos buscado.

Semiocultos detrás de aquel árbol, Capi miró para todos lados. La calle estaba desierta, solo a veces pasaba algún coche con las luces altas sin reparar en la presencia de dos enamorados y una perra en el camellón de la avenida. Al confirmar que se hallaban solos, él le dijo que caminaran por el sendero. Con Cala detrás, llegaron hasta la banca donde Eva se había besado con Esteban pero no recordó aquel momento, para ella todo esa noche era nuevo; presintió que era como volver a empezar. Siguieron de pie una frente al otro junto a la banca, rodeados por los ruidos de la noche: el viento entre los árboles y el canto de las chicharras, sonidos que los acompañarían los siguientes tres días. Se besaron. Fue un beso a ojos cerrados con prisa y con hambre, con labios calientes y húmedos, como comenzaba a tornarse el cuerpo de Eva.

—He estado por ahí.

—¿Dónde?

—No te lo puedo decir. Solo quería que supieras que estoy bien, que te extraño, que fuiste lo mejor en mi vida. —Capi parecía estar despidiéndose, pero Eva no lo dejaría partir tan fácilmente.

Las luces de un auto negro que pasó muy lento volvieron a poner a Capi en alerta: jaló a Eva hasta el árbol más cercano y la protegió con su cuerpo, como si los dos hombres que circulaban a baja velocidad les fueran a disparar. Luego de unos segundos el vehículo se perdió en la oscuridad, y él por fin se lo dijo: le repitió que la amaba, que no podría olvidarla, que no tenía adónde ir ni a nadie en el mundo. En esos cruciales segundos, Eva volvió a la pregunta que se hacía minutos antes en su cama, *¿Qué haría por el amor de mi vida?*, y recordó el final de un libro que leyó a escondidas cuando era niña, lo encontró en el librero de sus padres y casi lo había memorizado: *El amante*, de Marguerite Duras. Le contó aprisa el final de aquella novela y le dijo que ya no se preocupara, que todo sería como antes; que no estaba solo, que también lo amaba y nunca podría dejar de hacerlo.

—Tenemos que aprovechar el tiempo. Espérame aquí, tengo un lugar seguro —le dijo y volvió a su casa.

Minutos después salió en el Mercedes de su papá con Cala en el asiento del copiloto, ladrando agitada y feliz; Capi abrió una de las puertas traseras, se acostó en el asiento y dijo «¡Vámonos!». Eva aceleró rumbo a la colonia Seattle: iban a casa de su *oma*.

Era casi la una de la mañana cuando llegaron. Eva bajó del auto y entró para abrir el portón eléctrico desde adentro; no tuvo que volver, Capi estaba al volante y metió el coche. Se sorprendió al ver el Mustang 67, negro y brillante, estacionado al lado: se sintió tranquilo hasta que Eva volvió a cerrar el portón de madera rústica.

—¡Guau! —exclamó Capi—. ¡Qué carrazo!

—Es el bebé de mi papá.

Capi lo rodeó, lo acarició con cuidado. Hizo visera con la mano y se asomó por la ventanilla del copiloto.

—Es un súper avión.

—Sí, es lindo, mi papá lo adora; solo lo usa de cuando en cuando. Aunque es tan viejo, él lo ve como su paseo por la eterna juventud, o algo así. Ven, vamos adentro. —Eva lo tomó de la mano y entraron.

La casa estaba en penumbra, olía a jazmines y a encierro. Eva encendió la luz del gran salón y Capi vio muebles cubiertos por sábanas, las paredes blancas desnudas de cuadros pero llenas de las marcas que dejan tras muchos años en el mismo sitio. Al fondo observó una gran chimenea entre dos enormes libreros semihabitados; solo el óleo de una mujer madura los vio llegar y su mirada intimidó un poco a Capi y a Cala, que ladró tres veces.

—¿Quién es? —preguntó.

—Es mi *oma* Clara. Fue el único cuadro que mi papá no quiso llevarse.

—¿Esta es la casa donde vivían antes?

—Sí, es la casa de mi infancia, y también un refugio —dijo Eva mientras descubría los sillones.

Capi la abrazó por detrás, sorprendiéndola, y hundió la cara en su cuello.

—Gracias, chaparra. Te amo —murmuró.

Eva sintió una descarga de electricidad que le recorrió el cuerpo, pero fue un relámpago distinto al de la epilepsia; era más bien un escalofrío que la dejó sin aliento, que le aceleró el corazón a mil por segundo. Entonces supo que esa noche sería infinita.

72

Sentí su cuerpo pegado al mío: sus brazos rodearon mi cintura, su aliento recorrió mi cuello y un calor distinto me invadió, era un ardor como el del hielo, cada vez más caliente cuanto más se pegaba Capi a mí. Siguió besando mi cuello, detrás de mi oreja; besos pequeños, múltiples, y al mismo tiempo sus manos buscaban mi vientre, presionaban y andaban como en el mapa de un mismo destino hasta que las sentí bajar cada vez más. Giré para verlo y descubrí que todo a mi alrededor era distinto, la casa de mi *oma*, la casa de mi infancia de pronto era como un campo de girasoles con mariposas que alzaron el vuelo en el instante en que Capi me besó: desesperado pero tierno, lento pero sin pausa, a ojos cerrados pero sin dejar de mirarme, de sentirme y tocarme. Sus manos se hundían en mi cabello, seguían la línea de plata de mi dragón hasta erizarme la piel y deletrearme infinitas sensaciones. Los besos de Capi otra vez fueron calientes.

¿Estás segura?, me pregunté de nuevo y de inmediato respondí que sí. «¿Quieres hacerlo?», volvió esa pequeña voz, y la otra dijo: «Sí, ahora sí». Jamás me he sentido más segura de una decisión. En ese momento no quería cuestionarme nada: si había demasiada luz, si estábamos en la casa de mi *oma*, que también era mi casa, en medio de la sala, rodeados por los muebles de mi infancia. Tampoco quise pensar

en la epilepsia, desde el apagón en el baño me tomaba puntualmente las medicinas. Ni siquiera me detuve a pensar qué ropa interior traía, nada: nada ni nadie impediría que sucediera, quería vivir ese momento y me dejé llevar.

Capi me levantó la blusa y alcé los brazos; cayó al suelo, como caerían poco a poco mis demás prendas y las de él. Me besó la frente, los párpados, las mejillas, se entretuvo un poco en mi boca. Me besó el cuello, las clavículas, cada lunar de mi pecho; los besó como si con sus labios uniera los puntos finales de un acertijo. Desabrochó mi bra, el de flores grandes y rosas, y con ambas manos me tocó, apretó con suavidad. Mientras me besaba, me lamía, me mordía como un cachorro con hambre, mi vientre se movía desesperado, me faltaba la respiración y sentí latidos en partes de mi cuerpo que no tenía idea de que existían. Los labios de Capi en mi costado, los labios de Capi cercando mi ombligo, los labios de Capi bajando cada vez más y ese silencio alrededor de nosotros tan solo roto por los bostezos de Cala, echada sobre un sillón. Ella sería la única testigo.

No supe en qué momento bajó cojines al suelo, extendió unas sábanas sobre el tapete y me llevó ahí; antes de acomodarse sobre mí se quitó la camiseta y vi sus músculos tensos, hinchados, a punto de explotar. El tintineo de su cinturón fue como campanillas de un nuevo cielo. Luego, el sonido del cierre de su pantalón, del mío, los jeans saliendo deprisa y quedamos desnudos, listos. Se tendió de nuevo a mi lado y lo sentí entre mis piernas, otra vez duro, suave, caliente, buscando mi humedad, hasta deslizarse dentro, poco a poco; cada vez más adentro, un milímetro más y me parte, un milímetro más y grito, un milímetro más y lo muerdo. Duele, me asusta. Trato de decirle que pare, que ya no soporto ese dolor que me reaviva. Él me quita un mechón de la cara, me mira con sus ojos tristes, su mirada es de sentencia, tiene una fuerza que no había visto antes. Sin dejar de mirarme, empuja todo su cuerpo dentro del mío: es un solo movimiento, uno más, decidido y certero. Ese último milímetro lo hace completamente mío.

73

A las cuatro de la madrugada Eva despertó entre los brazos de Capi. Seguían desnudos, arropados uno con el otro; Eva sobre el pecho de Capi y al lado Cala, hecha un ovillo. Las luces de la sala seguían encendidas. Al incorporarse un poco, lo miró de nuevo y lo recorrió con los ojos, desde los labios hasta un poco más allá del abdomen. Cuando despertó, una ligera vergüenza hizo que Eva se cubriera el busto, se levantara de un salto y empezara a ponerse la ropa.

—Tengo que irme.

—¿Tan rápido? ¿Y yo?

—Son las cuatro de la mañana —dijo Eva al ver su celular—, tú quédate aquí; sube a uno de los cuartos a dormir. ¿Qué día es hoy? —Mientras Eva hablaba no dejaba de vestirse, ya se había puesto la ropa interior y buscaba sus pantalones y su blusa hechos bola al tiempo que apartaba a Cala, que la seguía a diestra y siniestra—. Capi, ¿qué día es hoy?

—No sé.

—Es martes —respondió Eva al ver de nuevo su celular—, hasta el viernes viene Nabor, así que tenemos tres días para pensar qué hacer.

—¿Quién es Nabor?

—El velador, quien mantiene todo esto funcionando; viene de viernes a lunes o algo así, no sé.

Aún en el suelo, Capi vio cómo Eva se ponía los pantalones y se los ajustaba después con un pequeño salto, jalándolos hacia arriba por la pretina, lo que hizo que su busto se meciera rítmicamente. Ella le aventó un cojín a la cara y otro a la entrepierna que dio justo en el blanco.

—¡Oye! —exclamó Capi.

—Casi puedo ver tus malos pensamientos, bueno... también otras cosas.

Eva se ajustó el brasier y se metió la blusa por la cabeza. Buscó el dragón uroboros, que estaba sobre una mesita; seguía moviéndose rápido. Hasta ese momento Capi se levantó, buscó sus jeans y se los puso. La noche era fresca, pero no tanto como para que se calzara y se pusiera la camiseta. Descalzo y con el torso desnudo la acompañó hasta el Mercedes, Cala iba detrás de Eva.

—¿Me vas a dejar aquí solito?

—Regreso en un rato más. Traeré agua y comida.

—Cigarros y una botella de tequila —dijo Capi—. No tardes, muero sin ti.

Al decirle esto último la tomó por la cintura, la miró un segundo a los ojos y la besó; Eva sintió que le volvía el alma al cuerpo, se colgó de su cuello y se dejó llevar por eso nuevo que sentía, por ese nuevo sujeto que había nacido horas antes: un nosotros.

Por segunda vez en ese día Eva despertó, ahora en su cama. A pesar de que Cala estaba a su lado, por un instante se sintió ajena a todo lo que la rodeaba. Era mediodía, Julia estaba en su oficina y Dana en su habitación. Recordó a Capi, la noche que habían pasado juntos; se miró las manos, se tocó el cuerpo y brincó de la cama como un resorte. Se bañó lo más rápido que pudo, se vistió con una falda larga y una blusa de tirantes, y salió con Cala detrás de ella. Vio que la casa estaba en silencio: fue a la cocina y en su mochila echó una caja de cereal, un litro de leche, manzanas, plátanos, jamón y pan para sándwiches, mayonesa y mostaza, dos latas de atún, y antes de irse echó también una botella de vino.

Le habló por teléfono a su mamá y le dijo que debía ir a casa de Majo a estudiar Matemáticas, que necesitaba despejar ciertas dudas antes de comenzar su curso de verano, y comería con ella; Julia, en mitad de una junta, asintió de mala gana aunque reclamó que no le avisara antes. Eva aseguró que sí le había dicho que los siguientes tres días ese sería su plan, para aprovechar antes de que Majo se fuera a Zacatecas, pero como nunca le ponía atención... Julia no podía seguir la conversación y antes de cortar la llamada le dijo que le hablara más tarde.

Echó también a su mochila sus apuntes de Mate: se movía como un torbellino por la casa. Justo al llegar el elevador, Dana salió de su cuarto; aún en pijama y con los audífonos puestos, le preguntó a dónde iba tan temprano. «¡Voy a casa de Majo a estudiar, no me esperes para comer!», gritó al tiempo que se cerraban las puertas. Cala se quedó ladrando.

De todo lo que llevaba, Julia y Dana solo echarían de menos la caja de cereal porque era el favorito de su hermana; minutos después de que Eva se había ido, Dana lo buscó en la alacena y no halló ni su rastro. Antes de abordar un taxi en la esquina, mochila al hombro, vio que Cala corría para alcanzarla: no tenía tiempo de regresarla, así que se la llevó. Hasta el tercer taxi logró subirse, los dos anteriores que paró no quisieron llevar a la perra. Camino a la casa de su *oma*, llamó a Dana y le dijo que qué se creía.

—Se quedó muy triste la pobre, ladraba como loca y a esta hora puede despertar a los vecinos, así que la puse en el elevador para...

—¿A esta hora? Dana, es casi la una —la interrumpió Eva.

—Es mejor que esté contigo y con Majo —pronunció el nombre con cierta incredulidad—. Que les rinda mi cereal —dijo y cortó la llamada.

74

En un abrir y cerrar de ojos llegó a casa de su *oma*; entró por la puerta principal y en la cochera notó que el Mustang no estaba exactamente donde recordaba; entonces vio las llaves del deportivo sobre la mesa del recibidor. «¡Capi, Capi!», llamó, y el silencio la extrañó. No sería la única sorpresa en esos días. Caminó apresurada por el largo pasillo que llevaba a las habitaciones. Escuchó el agua correr: Capi se estaba bañando. Entró a la recámara de su *oma* y vio una maleta de gimnasio sobre la cama con varias mudas de ropa y una pistola pequeña; al pie de la cama estaba también el maletín que había visto lleno de dinero en casa de Capi, y al lado dejó su mochila.

—¿Y esto? —preguntó Eva, señalando la pistola; Capi salía del baño—. Vístete —le dijo y se volteó al verlo salir desnudo. Capi se puso la toalla en la cintura.

—Ya, voltea. Fui a mi casa. ¡Ah! Por cierto, el tal Nabor no tiene todo funcionando, el agua estaba helada.

—No hay gas. ¡A tu casa! ¿Cómo que fuiste a tu casa? ¿Estás loco? —Eva no salía de su asombro y Cala ladraba a cada palabra—. ¿Fuiste en el Mustang?

—Chaparra, qué máquina, no sabes cómo jala.

—Si mi papá se entera, me mata. Cómo se te ocurrió: nadie sabe que estás aquí. Además, tu casa está con sellos, acordonada, cerrada.

—Uno siempre sabe por dónde entrar a su propia casa. Tenía que ir por ropa, el dinero y esa —Capi señaló el arma—, por si las dudas. Nunca está de más.

Se acercó a Eva, la miró a los ojos y le dio un beso en los labios; su pulso y su respiración se aceleraron. Él le acarició el rostro y volvió a besarla: cerraron los ojos y Eva, con un movimiento seguro, le aflojó la toalla hasta que cayó al piso. Capi hizo lo mismo con la falda de Eva, y se sintieron listos. Ella abrió los ojos y vio la imagen de su novio en el espejo del gran ropero, el trasero de Capi era perfecto.

—Eres un pillo —le dijo entre besos.

—Tenía que ir por cigarros, sabía que se te olvidarían.

—Pero no olvidé esto —dijo Eva y en cuclillas sacó del bolsillo más pequeño de su mochila un paquete de condones.

—¿De dónde los sacaste?

—Me los dio Karina, aunque los venden en casi todas las farmacias, Oxxo, 7-Eleven...

Eva ya no terminó de hablar, se arrodilló y se dejó llevar por un nuevo sabor; luego se tumbaron en la cama. Él tiró todo de un manotazo: lo único que sonó en el suelo, con un golpe seco de metal hiriente, fue la pistola, pero ni eso los detuvo. Capi siguió desnudándola con la suavidad y la prisa del viento, y solo le dejó el dragón uroboros. Volvieron a amarse en la cama de la *oma* Clara: cuando Eva cayó en cuenta ya era demasiado tarde, Capi estaba sobre ella, alrededor de ella, a veces arriba o debajo, a veces ligero y a veces pesado; a veces callado, y a ratos murmurando. Con los ojos cerrados y los músculos tensos; a veces quieto y a ojos abiertos. Con suaves gemidos y largos abrazos. Con movimientos frenéticos y pequeños suspiros. Con las piernas cruzadas hasta hacer un nudo ciego, vientre sobre vientre, él dentro de ella.

Un par de horas después Cala estaba en la cama con ellos, lamía el costado de Capi mientras Eva descansaba recostada en su pecho. La tarde sofocaba, y habían transpirado tanto, que el olor de uno se confundía con el del otro. Él, entre fumadas a su cigarro, comenzó a interrogarla:

—¿Así que tu mamá no es Julia?

—No, mi madre biológica se llama Helena.

—¿Y tu papá?

—Otto sí es mi papá. Helena fue su primera esposa, solo estuvieron casados un año o un poco más.

—¿Sabías que mi papá fue novio de tu mamá? De tu mamá Helena, quiero decir; después de que te conoció aquel día en mi casa, me habló maravillas de ella.

—¿Qué te dijo? Anda, cuéntame. —Eva tenía una pierna cruzada sobre Capi.

—Que era una guerrera, una mujer con ideales. Parece que la quiso mucho.

—Tengo que encontrarla, Capi, a como dé lugar; quizá sea el origen de mi epilepsia, que sea una herencia de ella. Es un tema que tengo pendiente con mi papá.

—Yo te ayudo —dijo él con tono resuelto, y agregó—: Mira, tuviste dos mamás, y yo apenas un cachito de una —su voz sonó un tanto nostálgica—. Por cierto, ¿qué tal va la epilepsia?

—Creo que mejor, aunque no sé, mis apagones ocurren de pronto, sin previo aviso. Desde el último, en la regadera de mi casa, me cuido más, trato de no olvidar tomarme el medicamento, pero es difícil vivir pegada a un par de pastillas. Mira estas pequeñas cicatrices en mis piernas. —Eva levantó el muslo y le mostró unos puntos casi imperceptibles.

—Lo siento tanto, chaparra. Para mí eres perfecta.

Eva alzó un poco la cara y lo besó en los labios. Capi la abrazó fuerte contra su pecho, y enseguida pasó la mano izquierda sobre la espalda de Eva; entre los dedos tenía un Marlboro mentolado, y la luz del cigarro iluminó ese recorrido de ida y vuelta. Había tantos lunares y pecas como en el lienzo de un cielo vivo de estrellas.

—Te amo —dijo ella.

Él la besó profundamente, luego se levantó de la cama y fue al viejo ropero en el que solo Eva se reflejaba desnuda y apacible en el espejo de la puerta. Lo abrió y preguntó:

—¿Y esto? —Había cientos de cajas apiladas.

—Son los rompecabezas de mi *oma*, le fascinan; son su pasatiempo favorito. Esos los armó y desarmó hasta el cansancio.

—También tu abuela esconde en un armario un montón de pequeños recuerdos —le dijo con voz premonitoria—. Ahora ven. —Fue por ella a la cama, la tomó de la mano y caminaron por el largo pasillo hacia la sala.

Capi encendió la chimenea. Como no le volvería a pasar lo del asador de su casa, roció con alcohol los troncos y las ramas secas que había traído del jardín, y con un encendedor de cocina que también había llevado, la leña ardió.

—¿Fuego en pleno mayo? ¿No te mueres de calor?

—Sí —dijo Capi con sonrisa pícara—, pero así se ve en las películas. Ahora ven, ve lo que encontré —volvió a escuchar Eva y lo siguió al fondo de la sala.

—Estuviste esculcando por todos lados —dijo ella en tono de juego.

En un rincón estaba un tocadiscos. Capi lo echó a andar y rebuscó entre los LP que descansaban a un costado hasta encontrar *A Hard Day's Night*, el tercer álbum de Los Beatles. El disco empezó a rasgar el silencio con su sonido de arena bajo la aguja, que giraba como un segundero de recuerdos, hasta que escucharon «And I Love Her»; él la tomó en brazos y bailaron desnudos sin prisa, sin tiempo, en un fundido abrazo de deseo. La voz de Paul McCartney fijaba ese momento para siempre en el corazón de Eva.

—Será nuestra canción —murmuró Capi cuando McCartney decía: «*I know this love of mine will never die, and I love her*»—. Y yo te amo —tradujo a su conveniencia.

Por el gran ventanal que daba al jardín anochecía; se quedaron en penumbras, y todo se llenaba con un olor a jazmines y el desesperado chirriar de las chicharras. Cala bostezó desde el sillón más grande de la sala. El fuego ardía y el celular de Eva, por enésima vez, volvía a sonar.

75

Después de amarse de nuevo sobre el sillón donde estaba Cala, Eva fue de vuelta al cuarto de su *oma* y revisó su celular, lo había dejado en silencio desde el mediodía, cuando entró a su antigua casa; no quería que nadie ni nada los interrumpiera. Tenía siete llamadas perdidas de Julia, doce de Paloma, nueve de Majo, dos de Dana y una de Karina, su tutora en el Tec, así como más de una veintena de mensajes de ellas. «Demonios», murmuró y comenzó a vestirse deprisa. Volteó de cabeza su mochila sobre la cama y le dijo a Capi que ahí había un poco de todo para que cenara, luego le pidió que la acompañara a tomar un taxi.

—Si quieres yo te llevo —se ofreció.

—Sí, cómo no, en el coche de mi papá. No vuelvas a usarlo, Capi, puede ser peligroso —tan solo decirlo la estremeció, y fue como una invocación.

—Pide un Uber.

—Tampoco puedo, llegué en taxi y me voy en taxi; pedir un Uber significa dejar rastro de mi trayecto. Mis padres podrían saber dónde estuve.

—Tienes razón —aceptó Capi.

Al salir, vieron un auto negro estacionado en la esquina con dos hombres dentro; Capi se replegó hacia la pared y le dijo a Eva que era el Toyota que una noche antes había pasado a baja velocidad cuando ellos se besaban en el camellón.

—Me están siguiendo. Ya me encontraron —dijo Capi, paralizado.

—¿Quiénes son? ¡Capi, por Dios, me asustas!

—No sé quiénes son, podrían ser judiciales, narcos, enemigos de mi papá.

Cala también los reconoció y les ladró. Los tipos, al ver que ellos los miraban, encendieron el coche, las luces y se fueron, aunque solo le dieron la vuelta a la manzana, momento que Capi aprovechó para caminar rápido; Eva se remangó la falda y también anduvo aprisa hasta la avenida, donde había un sitio. Se subió a un taxi, que no repeló demasiado por llevar a una perra embarazada, Capi cerró de un portazo y no esperó a que el auto arrancara para correr de vuelta a la casa que era su refugio.

En su trayecto a la Torre Ónix Eva revisó su celular, pasó por alto todos los mensajes que tenía y se fue a sus redes sociales. Le llamó la atención una solicitud de amistad de un chico llamado Max Fiore, aunque la pasó por alto, no tenía tiempo para distraerse. El muro de Capi era un incendio: había fotos de narcos, ligas a noticias relacionadas con su padre y el atentado en Conchas Chinas, el cateo de su casa en Puerta de Hierro y la huida de ambos. Todas eran publicaciones de Gustavo Cejudo. Al final, Eva vio una foto de Capi con un tal Archibaldo, ambos rodeados por mujeres con bikinis de lentejuelas; al fondo se alcanzaba a leer «Candy's Night Club».

Al llegar a casa enfrentó el regaño de su madre, y como no quería discutir ni ganarse un castigo, aceptó de mala gana todo lo que Julia le reclamaba.

—Mamá, puse el celular en silencio y no me di cuenta.

—No puedes desaparecerte así, son casi las diez y no he sabido nada de ti en todo el día. —Julia la seguía por toda la casa—. Llamé a Paloma, y tampoco sabía de ti ni de tu supuesta tarde de estudio con Majo; ella me dio su número, y casualmente tampoco me contestó ni una llamada. Bueno, tuve que llamar a Karina, por si estaban en el Tec o ella sabía dónde estabas. ¡Eva, te estoy hablando!

—Lo sé, mamá, perdón, se nos fue el día estudiando y platicando, ya sabes. Paloma pasó muy bien Mate, por eso no fue con nosotras y porque solo me distrae, y además tenía que trabajar en Starbucks —puntualizó Eva, ya sentada en su cama.

—Me parece tan raro que Paloma no supiera dónde estabas; además, te llevaste a Cala. En su estado, hija, no puede andar por la calle como si nada y tú tampoco.

—Ay, mamá, Calita está bien, ella me cuida y yo a ella. —Eva aceptó todo sin chistar, no quería prolongar más el regaño, tenía muchas cosas que hacer y ningún tiempo que perder.

—Hija, por favor, no vuelvas a hacer esto. —El tono de Julia era más sereno—, me preocupé muchísimo. ¿Ya cenaste?

—Sí, mamá.

—Llama a Paloma, debe estar preocupada.

Eva subió al *roof garden*, quería toda la privacidad posible y que a sus palabras se las llevara el viento. De pie, bajo un cielo con tímida luna, miró hacia la casa de su *oma*, donde Capi dormiría solo. Llamó a Paloma y le contó todo, y aunque Pola le pedía más y más detalles, no podía darle información íntima, aún no quería compartir esos momentos, ni siquiera con su mejor amiga. Luego pasaron a las amenazas veladas de Cejudo en el muro de Capi y se dijeron que ni Joana ni él habían aprendido la lección después de aquel izquierdazo afuera del colegio.

Se preguntaron qué podría estar tramando Cejudo y si estaría coludido con los narcos. Eva dijo que Capi no podía estar mucho tiempo más en casa de su *oma*, que el problema no era que llegara Nabor y lo viera sino su papá: regresaba de Tokio el viernes o el sábado. Tenían que actuar deprisa. Sin embargo, a partir de ese momento los acontecimientos serían más rápidos de lo que esperaban y solo era cuestión de horas para que todo se saliera de control.

Al día siguiente operó la misma dinámica del día anterior: como si fuera una rutina, Eva se levantó y de inmediato se dio un regaderazo, desayunó lo que pudo y esperó a que Paloma pasara por ella para llevarla con Capi. Pola llegó con Majo; si iban a mentir respecto a estudiar Matemáticas, debían proceder con el mayor rigor, por eso también tuvo que contarle a Dana, para tener a una aliada en casa. A esa hora Julia ya se había ido al centro de operaciones de LOB y por coincidencia ese día le tocaba a Luzma ir a trabajar, así que Julia le pidió que confirmara con quién se iba Eva; minutos después de salir, la mujer le llamó para decirle que, efectivamente, Paloma y Majo habían pasado por ella. Solo le ocultó, porque así lo convino con Dana, su consentida, que también iba la pequeña y se habían llevado a la perra.

—Pola, confía en mí, por favor; déjame sola, hablo con él y ustedes regresan en dos o tres horas —le dijo Eva a Paloma a unos metros de la casa donde estaba Capi.

—¿Dos o tres horas, baby? Si quieres, regresamos por ti hasta mañana.

—Apenas es tiempo suficiente —dijo Majo.

—¿Y yo qué? —gritó Dana—. No vine hasta acá solo para darle la vuelta a la manzana.

—Lo sé, entiéndanme, quiero estar sola con él, necesito estar con él. Además, tenemos que volver a casa antes de que regrese mi mamá de su oficina, en eso quedó Dana con Luzma, ¿verdad? —volteó a ver a Dana, y la más pequeña del grupo asintió con la cabeza.

—Okey, baby, te entendemos, ¿verdad? A la hora que nos digas regresamos, al fin y al cabo Guilli me está cubriendo en Starbucks y la que debe Matemáticas eres tú.

—Ni me lo recuerdes —dijo Eva—, les llamo más tarde.

Bajó y sus amigas vieron cómo se alejaba para dar vuelta a la derecha en la siguiente calle; unos metros más adelante estaba estacionado el auto negro, pero las chicas no repararon en él como tampoco vieron a los dos tipos que estaban dentro. Eva caminó hasta la casa de su *oma* y antes de entrar volvió a preguntarse: *¿Qué haría por el amor de mi vida?*

Al entrar, Capi no estaba por ningún lado; Eva lo buscó llamándolo, entró a todas las habitaciones hasta que por fin dio con él. Estaba en el que había sido su cuarto, sentado en un rincón en el suelo con la cabeza entre las piernas y la pistola al lado junto a la botella de vino.

—¡Chaparra! —dijo y se levantó de un salto; la vio muy hermosa con el cabello suelto, de mechones casi dorados.

—Este era mi cuarto. —La habitación estaba casi vacía, solo había un escritorio rústico de tres cajones—. Cuando nos mudamos a la Torre Ónix quise quedarme con mis muebles, con mi cama de toda la vida; solo dejé ese escritorio porque ya me pareció muy pequeño.

Capi fue hacia él, lo miró con detalle y luego se asomó por la ventana que daba al jardín posterior y al huerto. Vio el mango centenario y un columpio que pendía de una de sus ramas, hecho con un trozo de madera y cuerdas gruesas, como las de un navío de otro tiempo; apenas se balanceaba.

—Es lindo —dijo Capi.

—Ese columpio me lo hizo Nabor —respondió Eva sin saber a qué se refería, si al escritorio o al columpio.

—¡Ah, sí! El que se hace cargo de todo aquí, menos del agua caliente —bromeó.

Después la tomó entre sus brazos, la besó y la estrujó; también buscaba en ella un rincón más seguro, un sitio para quedarse. Eva percibió en su aliento un regusto a vino y a cigarro, había bebido y fumado toda la noche, pero no le importó. Y como si supiera lo que les esperaba y no quisiera perder tiempo, ese día también llevaba una falda amplia y larga. Capi buscó entre las vueltas de la tela y sin quitársela, mientras la besaba con desesperación, metió las manos por debajo, recorrió sus piernas y con la diestra hizo a un lado su ropa interior y la tocó; Eva, que le desabotonaba el pantalón, casi lo mordió al sentir esos dedos hurgando en su interior, cruzó las piernas sobre sus caderas y él la columpió unos segundos. Giraron abrazados por el cuarto: Eva extendió los brazos, su cabello ondeaba como una bandera de libertad. Él encaminó sus pasos hasta el escritorio, que en ese momento ya no les pareció tan pequeño; permaneció de pie y ella lo contuvo con las piernas rodeando aún su cintura. Sus gemidos hacían eco en el vacío de ese cuarto de niña convertida en mujer.

Habrían seguido amándose de no ser porque Cala ladró desesperada: estaba en la cocina, y con las orejas en guardia seguía un rastro de sangre. Eva y Capi llegaron hasta allí, y ella se horrorizó al ver aquello.

—Es la sangre de una rata.

—¿Una rata? —repitió Eva, incrédula.

—Yo la maté. A medianoche escuché ruidos y vine a ver qué era; me espantó, vi que algo se movía por la ventana y le disparé.

—¡¿La mataste de un balazo?! ¡Capi, por Dios!

—Estaba oscuro. Creí que alguien se había metido, ¿no te das cuenta de que me están siguiendo, que alguien quiere acabar conmigo como hicieron con mi papá?

—Pero tu papá está vivo, ¿no?

—Sí, está vivo, está bien, pero no sé dónde exactamente, y ahora menos podré reunirme con él. Si dieron conmigo, me seguirán hasta donde esté.

—¿Y si es Cejudo quien está detrás de todo? ¿Viste todo lo que publicó en tu muro?

—No. —Eva fue por su celular y le mostró—. Hijo de la chingada, me las va a pagar —sentenció Capi y empuñó las manos, daba vueltas por la cocina.

La rata seguía ahí, tirada al pie de la puerta que daba al jardín. Era grande, de campo, destripada en medio de un charco de sangre.

—¿Qué pasó realmente entre ustedes dos?

Capi dudó en contarle, aquello significaba remover su pasado reciente. Dejó pasar unos segundos, la mirada de Eva lo confrontó y por fin dijo:

—Cejudo y yo fuimos súper amigos hasta que comenzó a vender droga, primero un poco de tachas, luego un poco de marihuana, luego un poco de coca, luego un poco de otras cosas. Yo le dije que estaba cruzando una línea, caminando por una senda que no tenía retorno. —Capi se tocaba el cabello con ambas manos, caminaba de un lado a otro de la cocina, y al darse vuelta para mirar hacia el jardín, Eva vio que se había fajado la pistola—. Yo le advertí del riesgo, y siempre respondía que mi papá era un chingón y lo defendería, que lo sacaría de la cárcel. ¿Tú crees? Ni que mi papá fuera Dios. Quería que yo le entrara al negocio, que nos hiciéramos socios, y me repetía que con los contactos de mi papá haríamos un emporio. Después empezó a decirme que yo era un pendejo, que cómo me conformaba con las limosnas que mi papá me daba, pudiendo tener un chingo de dinero; puras pendejadas. Cuando nos corrieron del American, su papá lo metió a una escuela militar y ahí debe de haber aprendido todo lo que sabe sobre extorsión y negocios sucios, aunque tampoco duró mucho ahí.

—¿Y Santi? ¿Qué tiene que ver Santiago en todo esto? ¿Qué no era Cejudo el que le hacía *bullying*? Cala, deja eso. —Eva la jaló por el paliacate rojo anudado al cuello, olisqueaba a la rata muerta.

—Sí, lo jodía porque le parecía un *nerd*, también por ser mi amigo, porque Cejudo es un cabrón. Esa pelea que tuvimos en el American y por la cual nos corrieron le arruinó el negocio y le generó antecedentes con la policía, según él, y a partir de ese día tuvo que soltar dinero para seguir trabajando. La cosa se puso peor cuando mi papá comenzó a ser el abogado de gente de Sinaloa, ya sabes; según Cejudo, enemigos de sus «socios» del Cártel de Jalisco.

—En este rompecabezas, ¿dónde entra la pieza de Joana?

—Cejudo solo ha utilizado a esa pobre: la pelea en Vango la noche de tu cumple, la playa, el beso en la fiesta de Miriam Natalia y cualquier chisme extra que te cuenten fue planeado, todo fue un plan y ella se prestó, se dejó engañar.

—Lo sé, y ya ajusté cuentas con ella.

—¿Entonces para qué preguntas, para qué la mencionas? —Capi habló en un tono que a Eva no le gustó.

—Por si había algo más, algo que no supiera, y porque trato de entender qué te llevó a relacionarte con ella, precisamente con ella —Eva también alzó la voz.

—¡Porque nunca hago nada bien, todo lo enchueco, no sirvo para nada; porque siempre me relaciono con delincuentes, vagos o locas de atar, como esa española o catalana o lo que sea! —Con el rostro enrojecido, Capi vociferaba cada vez más fuerte para que su voz se oyera por encima de los ladridos de Cala—. Date cuenta, Eva, no sirvo para nada, soy un criminal, este con el que has estado acostándote los últimos días es hijo de un criminal, y esta pistola es lo único que me puede salvar la vida! —Al decir eso, Capi sacó el arma y la empuñó; estaba fuera de sí. Sin embargo, Eva no se sintió amenazada por las palabras de Capi ni por la pistola con la que había matado a la rata. Lo amaba y haría cualquier cosa por el amor de su vida.

—Yo te ayudaré a salir de aquí, hoy mismo —le dijo abrazándolo.

—No hay tiempo que perder, no quiero acabar como esa rata, con un balazo en la cabeza. —Capi estuvo a punto de llorar.

—Capi, por Dios, no digas eso. Paloma y yo tenemos un plan. A la medianoche venimos por ti, ten todo listo.

Se abrazaron, se besaron; sería el penúltimo beso que se darían, pero eso Eva no lo sabía. No contaban con que Nabor llegaría esa misma noche, antes que ellas.

76

La vida se mide en parpadeos, en instantes que poco a poco van cambiando todo alrededor sin que nadie lo note, ciclos que llegan a su final solo para volver a empezar. ¿Eso es la eternidad? Aquello que no tiene límites y es infinito; ¿soñar, desear, hacer planes y postergarlos nos hace eternos? ¿Existimos solo si alguien nos recuerda? Mientras vivimos y amamos, ¿somos eternos? Como el dragón que se come su propia cola: es un símbolo milenario y representa la unidad del cuerpo y el espíritu, la vida eterna. Lo que no tiene fin, porque su final es volver a empezar. «Como nuestro amor, que no tiene fin porque su final es volver a empezar». Fueron las palabras de Capi aquella noche en la playa y antes de despedirnos. Aún late en mí su voz y su silencio, su fuerza y su miedo. Cierro los ojos y solo está él, Capi es lo único que miro en medio de la oscuridad de mis recuerdos. Ya no tengo fuerzas para llorar, me siento vacía, incompleta, habitada solo de tiempo, minutos y horas que ya no significan nada, días que no sirven para nada.

Estoy rota y por esas rasgaduras de mi corazón se me van las noches, las cuento como hojas muertas de un calendario inútil e infinito. ¿También nuestro amor será perpetuo?

Solo el ayer y el mañana son la eternidad.

11

Habían pasado dos semanas desde que Eva se despidió de Capi en casa de su *oma*. No fue necesario que Paloma y ella continuaran con su plan de ayudarlo a escapar: esa noche, mientras Eva cenaba con su mamá y Dana, recibieron una llamada de la policía. El teléfono sonó siete veces, nadie lo quería contestar; era tan raro que timbrara el aparato de casa que hasta Julia se sorprendió cuando dijo: «¿Bueno?». Habían asaltado la casa de la *oma* Clara y un hombre estaba malherido. Solo con ver la cara de asombro de su mamá, Eva supo que era una mala noticia relacionada con Capi.

—Dana, pásame mi bolsa, y ya que tienes el celular en la mano, llama a papá, ojalá que puedas localizarlo; dile que se metieron a la casa de *oma*. Ve a vestirte, nos vamos en dos minutos.

—¿Dónde he escuchado eso antes? —murmuró Dana y obedeció.

—¡Vámonos ya! —gritó Eva.

El trayecto se le hizo eterno, estaba segura de que los tipos del auto negro habían entrado y... no quiso pensar en Capi herido, o algo peor. Le pidió a su mamá que acelerara, que fuera más rápido. Estaba a punto de llorar.

Al llegar, las deslumbraron las luces de una docena de patrullas estacionadas como piezas de rompecabezas tiradas al azar frente a la casa, y policías entrando y saliendo por el portón abierto de par en par, hablando por radio; pedían refuerzos. Había también dos ambulancias con el motor encendido. El sonido de más sirenas a lo lejos se escuchaba cada vez más cerca. Antes de que Julia estacionara, Eva desabrochó su cinturón de seguridad y con la camioneta aún en movimiento salió disparada hasta la casa. En la puerta, unos hombres le impidieron entrar; trató de quitárselos de encima pero eran cuatro policías que la inmovilizaron, en el momento en que sacaban a un hombre en una camilla.

Era Nabor, lo habían golpeado brutalmente con un leño o algo similar; estaba inconsciente. La policía comenzaba a acordonar la calle, habían encontrado rastros de más de un disparo, casquillos calibre .22 y 9 milímetros. Cuando Eva pudo entrar, lo primero que notó fue que no estaba el Mustang: después se enteraría de que Capi había huido en él, junto con sus pertenencias y el maletín con el dinero. En la sala aún podía percibirse su olor. Todo estaba como ellos lo habían dejado horas antes, en la chimenea humeaban las brasas y el tocadiscos seguía girando, rasgando su recuerdo con su sonido de arenas movedizas.

Dos días más tarde, Otto llegó de Tokio y se hizo cargo de todo. Una semana después, Nabor ya estaba fuera de peligro aunque no pudo confirmar quién o cuántos lo habían golpeado y robado el Mustang, que al tercer día apareció sin un rasguño rumbo a la carretera a Tequila. El comandante de la policía le dijo a Otto que continuarían con las investigaciones, que ya tenían el retrato hablado de dos sospechosos y la casa estaba llena de huellas dactilares.

Desde aquella noche, Eva pasaba los peores días de su vida. Todo era tan distinto y semejante a la vez. Estaba tan triste como cuando sufrió el primer ataque epiléptico; desde aquella noche no había vuelto a saber nada de Capi. El sábado, Paloma le insistió para que la acompañara a Vango: celebrarían el fin de cursos y sería la despedida de Andrés Navarro y los otros chicos que viajarían a Australia. Era inevitable que Guilli y Andrés se cruzaran, y aunque Eva no tenía mucho que celebrar, Paloma le pidió que estuviera con ella para apoyarla.

—Pola, no tengo ánimos. Tú puedes manejar esa y peores situaciones, lo sabes.

—Baby, por favor, no me dejes sola en estos momentos, eres mi mejor amiga y necesito tu compañía —le dijo al teléfono.

Aunque Eva no entendía la razón de tanta insistencia, la convenció; ahora solo necesitaba el permiso de sus padres, lo cual no fue tan difícil de conseguir.

—Otto, necesita distraerse, ha estado bajo mucho estrés; ya te he contado lo mal que se puso por lo que le pasó a Nabor, lo quiere tanto. Para ella fue terrible —intercedió Julia—, y una desvelada hasta la una no creo que le afecte. Dejémosla ir.

—Está bien —accedió Otto—. Solo hasta la una, Eva, y tienes que prometerme que no tomarás nada de alcohol, ni siquiera un traguito de cerveza.

Eva lo prometió y ya en su cuarto le escribió a Paloma que sí la acompañaría. Ese sábado faltaba justo una semana para el cumpleaños diecinueve de Capi; ella lo celebraría por los dos. Esa noche, el termómetro de la cocina marcaba veintisiete grados centígrados; Eva estaba en ropa interior frente a su clóset sin saber qué ponerse. Cala la miraba desde la cama, con las manitas cruzadas bajo el hocico. Según Eva, tenía la mirada triste, igual que ella misma; pensó que quizá era porque extrañaba a Capi, como ella.

Por fin se decidió por un vestido negro de tirantes y gran escote en la espalda: era un prototipo de LOB que su mamá le acababa de llevar, Julia acostumbraba probar en sus hijas los nuevos diseños y tendencias. Al descolgarlo del gancho, Eva tiró el vestido largo de chifón color mostaza que usó el día de su cumpleaños; su mamá había hecho maravillas para quitarle las manchas de sangre sin lastimarlo demasiado, pero aún seguía roto. Eva no había querido deshacerse de él. Lo levantó del piso y los recuerdos de aquella noche volvieron de golpe a su memoria; no quiso pensar que eso fuera un mal presagio, tampoco deseaba ponerse más triste, aquella era su noche, y Joana y Cejudo la habían echado a perder. En esta ocasión tenía que estar ahí para Paloma, y haría lo posible para que todo saliera bien.

Dana entró a la habitación, se sentó al lado de Cala y ayudó a Eva a subirse el cierre de la espalda y a decidir qué zapatos usar: unos negros de punta descubierta, no tan altos como los de su cumpleaños.

—Cuando salga de antro como tú, no usaré vestidos tan largos ni zapatos de plataforma como esos, me parecen horrorosos. ¿Cómo puedes caminar con ellos?

—No sé, te aseguro que tampoco sabrás en qué momento comenzarás a usarlos, simplemente una noche te verás arriba de ellos.

Eva usó un maquillaje discreto pero intenso: sombra gris, delineador negro para hacer la mirada más profunda y un poco de rímel. En el momento en que terminaba de pasar por sus labios el *gloss* rojo, entró su mamá a decirle que Paloma la esperaba.

—Voy, mamá —respondió, y frente al espejo retocó con un kleenex las comisuras de su boca. Se vio el cuello descubierto y supo que algo le hacía falta: fue al buró y se puso su dragón uroboros.

Paloma la vio radiante y misteriosa, le pidió que modelara el vestido y Eva dio una vuelta completa sobre su eje: el vestido la hacía lucir la constelación de pecas que brillaban en su espalda. Paloma llevaba un vestido rojo también de LOB, regalo de Julia.

—Baby, estás divina —dijo Paloma, le aventó un beso y la apuró.

Afuera esperaba Guilli con Majo y Santiago, que habían comenzado a salir; sería su primera vez juntos en Vango. Eran las diez de la noche.

En el antro aún había poca gente, se escuchaba *tech house* y las luces hacían ya su divertido juego de recorrer la pista. Eva entró con Santiago y Majo, que llevaba un vestido blanco ostión; un poco atrás venían Paloma y Guilli tomados de la mano; ella le mostraba el lugar y le decía que era su antro favorito. Eva caminaba seria, veía todo con el matiz del recuerdo: era inevitable, sobre todo cuando llegaron a la mesa que Esteban les reservó, la misma en la que había celebrado su cumpleaños diecisiete. *Demonios*, pensó, pero no quiso pedir un cambio, tenía que enfrentar su pasado y su realidad.

Apenas llegaron a la mesa, Esteban fue por Eva y la llevó a la cabina, quería mostrarle el mundo desde las tornamesas. Ella lo vio llegar con sus inseparables audífonos al cuello.

—¡Estás guapísima! —dijo mirándola de pies a cabeza.

—¡Gracias! —respondió ella.

Subieron por una escalera estrecha, y desde ese balcón de botones y discos él le comenzó a explicar cómo se movía el ritmo de la gente.

—¡Él es Errejón, el DJ de Vango, o sea, como mi jefe o el *master* de *masters*!

—¡Mucho gusto! —le respondió Eva a un tipo que dijo lo mismo, luego Errejón se acercó a Esteban y le dijo algo al oído antes de bajar.

—Te voy a enseñar el ritmo desde otro ángulo. ¡Ponte estos! —le recomendó y le pasó sus audífonos—. Solo necesitas uno, para que puedas escuchar lo que pasa a tu alrededor; sirve para que escuches cómo entra la nueva rola. El *tech house* va a ciento veintiocho *beats* por minuto, lo mismo que el *deep house*, son ritmos que usamos para empezar la noche, para prender a la gente: es la misma velocidad de los latidos del corazón, por eso puedes sentir que se te acelera el pulso cuando lo escuchas. Mira, toda esta es música de Tiësto, uno de mis DJ favoritos.

—Sí, lo conozco —aseguró Eva—; bueno, sé quién es.

—Esta es la mezcladora, aquí pones los discos y con este aparato mezclas o haces el *mix* —Esteban hablaba fuerte—. Esta línea de botones son los bajos, y van directo aquí —dijo y se señaló el vientre; no esperó a ver la reacción de Eva, a pesar de que ya habían dejado las cosas claras aún se ponía nervioso, así que siguió con su explicación—. Con esto puedes modernizar cualquier clásico. Le he dicho a mi papá que en esta tornamesa podemos poner un disco de Beethoven, que sería nuestra base, y en esta otra el ritmo que quieras, y tomar sonidos de aquí y de allá para hacer música. —Eva recordó lo que una vez le dijo Romeo Noria sobre la poesía: «Tomamos imágenes de todos lados, como los músicos del nuevo siglo».

Mientras hablaban, Eva veía desde la cabina cómo poco a poco iba llegando más gente al antro: un grupo de chicas del Costa con Juan Enrique, Rebeca Partida y Salvatierra. Vio a la izquierda su propia mesa, ocupada por sus amigas, y fue inevitable extrañar a Capi: solo faltaba él porque ahí estaba Joana, Eva la vio llegar al lado de Miriam Natalia y Lu Gómez; sonreía con ínfulas de felicidad y ocuparon una mesa en el extremo opuesto de la suya; su pulso se aceleró a tantos *bpm* como la música que sonaba. Esteban siguió mostrándole la cabina, hablando fuerte y con pasión de su música. Eva trataba de ignorar la presencia de la Piedrita, quería dejar eso atrás; diez minutos después regresaron a la mesa y Esteban volvió a la cabina, bajaría otra vez una hora más tarde para continuar con un plan que había trazado con sus amigos.

En la mesa se hallaban todos los que debían de estar: Paloma y Guilli, Majo, Santiago y Gabriel Cosío. Minutos después llegó a saludar Andrés Navarro con un par de amigos; todos se sirvieron de las botellas dispuestas, un Johnnie Walker Etiqueta Roja y un tequila Gran Orendain. A Eva le parecía extraño ver a Santiago con Majo: aunque se notaba contento, parecía un poco perdido sin la presencia de Capi. Se le notaba que estaba como ella, parecían perritos sin dueño, pues alguien les hacía falta.

Todo lo que sucedía era lo más natural para todos excepto para Guilli, que no podía evitar contar a los presentes y calcular cuánto más durarían las botellas, cuántas más pedirían y cómo dividirían la cuenta: si él prefería tomar cerveza y no había tocado el whisky ni el tequila, ¿también le tocaría cooperar para pagarlos? Sería la noche más cara de su vida, pensaba, y luego se decía que valía la pena porque Paloma era más importante que mil botellas del mejor licor.

También le era inevitable advertir la mirada del ex de Paloma, y cómo recorría con la vista a su novia; Pola no lo notaba o no quería dejarlo ver, por lo que prefería bailar que estar sentada junto a tipos que solo hablaban de viajes y autos. Ahora le tocaba a ella estar en la pista, cuando presintió el peligro.

—¿De dónde sacó Paloma a este naco? —le preguntó Andrés a Eva al verlos salir a la pista tomados de la mano.

—Qué odioso eres, no es ningún naco.

—Por lo menos yo sí tengo futuro.

—Es el novio de mi mejor amiga, y si vuelves a criticarlo te juro que nos vamos.

—Te recuerdo que también es mi ex, y eso me da derecho a...

—A nada, no te da derecho a nada, ni a opinar ni a nada —lo interrumpió Eva y quiso levantarse de la mesa, pero al ver llegar al Turco Hawa se quedó helada, el corazón se le aceleró y volteó hacia todos lados; todos los hombres de la mesa, incluido Santiago, lo recibieron con gran alegría y se saludaron estrechando los puños. Entre ellos solo hubo una mirada cómplice. Andrés alzó la mano y le hizo una seña al mesero, quien supo de inmediato que querían una botella de Moët. Lo mejor de la noche aún estaba por venir.

El Turco Hawa llegó con apetito suficiente como para comerse la noche. Venía con el rostro enrojecido y la mirada fija en el vacío, la camisa desabotonada casi hasta el ombligo dejaba ver el vello de su pecho; hablaba muy fuerte. Después de la segunda copa, que se echó de un trago, fijó la mirada en lo que parecía un punto perdido del antro. Solo Santiago pudo distinguir a quien veía: Gustavo Cejudo.

Eva notó ese cruce de miradas y se puso alerta al ver que el Turco sacaba su celular y escribía algo. Un minuto después sintió un chispazo, un cortocircuito que la hizo ver todo a su alrededor con una luminosidad cegadora de un blanco inmaculado, y al final de esa mancha escuchó la voz de Capi, los gritos de Capi, la adrenalina de su carácter; fue Majo quien la volvió en sí, sacudiéndola por los hombros.

—Eva, ¿estás bien? —le dijo.

Al volver en sí, ya no había hombres en la mesa y una pelea largamente esperada sucedía al otro lado de la pista: Capi molía a golpes a Cejudo y el Turco Hawa cuidaba que nadie más se metiera. Esteban se la debía a Capi y le había ayudado, por medio de Hawa, a preparar la emboscada contra Cejudo; habló con dos elementos de seguridad de Vango que eran sus amigos, y le dijeron que le darían dos minutos antes de llegar a detener la bronca. El Turco dijo que era tiempo más que suficiente para lo que tenían planeado. Exactamente dos minutos después, llegaron cuatro gigantes vestidos de negro y con audífono en la oreja a separarlos: Capi tenía a Cejudo en el suelo y le reventaba la cara a golpes. Todo ocurrió tan rápido que ni el Tanque, amigo y guarura de Cejudo, se dio cuenta de en qué momento sucedieron las cosas.

—¡Te voy a matar; tenlo por seguro, Capi, eres hombre muerto! —gritaba Cejudo escupiendo sangre y pedazos de dientes.

Dos de los fortachones sacaron a Cejudo y los otros dos a Capi por diferentes puertas. A Eva le pareció irreconocible: Capi estaba desmejorado, ojeroso, con los cabellos fuera de lugar; se notaba que tenía por lo menos tres días con la misma ropa, una camisa azul desfajada y remangada. Había sangre en sus nudillos pero no era de Cejudo sino sangre seca, como si hubiera estado golpeando a un enemigo invisible.

—¡Capi! —gritó Eva, que salió detrás de él; su corazón latió con tal intensidad que casi se asfixia—. ¿Por qué tenías que llegar así, continuar esta venganza?

—¡Tenía que ajustar cuentas con ese imbécil! —respondió, y apuntando hacia ella con el dedo, le dijo—: Ahora tu papá me sigue.

—¡No es verdad!

—Si no es tu papá, ¿quién?

—Capi, ¡por Dios! Nadie sabe nada de esos días que pasamos juntos, mucho menos mi papá; si lo supiera, ¿crees que estaría yo aquí? No sé quién te persigue, pero no es mi papá, estás paranoico.

Hubo un silencio que se prolongó lo que dura un suspiro.

—¿Cómo está Nabor? —preguntó Capi, bajando la guardia—. ¿Lo maté? —chilló y notó que Eva llevaba el dragón uroboros.

—Está bien, no pasó nada. Todos estamos bien.

Capi guardó silencio nuevamente. Estaba cansado de ir de un sitio a otro, de dormir en hoteles de quinta, y en los últimos días había bebido tanto que no recordaba qué día era ni cuánto tiempo había pasado desde que él y Eva se despidieron.

La noche había refrescado, un cielo con estrellas los cobijaba. Se vieron rodeados por las luces de los edificios de la plaza Unicenter; había viento, suficiente para agitar el cabello de Eva y el vuelo de su vestido.

—¡Necesito que hablemos, Eva, por favor! —rogó por fin Capi.

—¡También yo, pero aquí no! —dijo ella y caminó unos pasos para alejarse de la salida.

—Necesitaba verte pero no sabía cómo me recibirías, no sabía qué decirte...

—Te busqué por todos lados y nadie pudo decirme nada de ti.

—Necesitaba ponerte a salvo. Quería verte, pero cómo iba a presentarme en tu departamento después de todo lo que hice en casa de tu *oma*; además, las cosas se pusieron peor, mi casa ya no existe, la policía se llevó todo, encontraron lo que había en el despacho de mi papá. Por eso me fui, para proteger a la gente que quiero, hasta que busqué al Turco y él me habló de esta despedida en Vango: Paloma me aseguró que vendrías, y bueno, hasta Joana me confirmó que también estaría el imbécil de Cejudo, que esta noche cerraría un negocio millonario.

—Ya no digas más, por favor.

—Tenía que hacerlo. No sabes la frustración y la rabia que tengo de no poder hacer nada, de saber que todo cambiará para siempre. —Capi manoteaba, gemía, se veía acorralado—. Necesitaba verte, Eva, aunque fuera lo último que hiciera en la vida, necesitaba verte... —repitió y comenzó a llorar.

Era medianoche y la temperatura había descendido tres grados. El viento seguía moviendo el cabello de Eva y se empeñaba en erizar su piel; el olor de Capi le llegaba hasta la profundidad de sus recuerdos, una mezcla de sudores añejos y cigarros mentolados.

—Capi, vamos a estar bien, te juro que vamos a estar bien —dijo Eva, y con la mano le limpió las lágrimas de las mejillas.

—Necesito pedirte perdón por huir, por robar el auto de tu papá y por lo que pasó con Nabor. Debía pedirte perdón antes de irme.

—¿Irte a dónde?

—A Sídney. Me voy con Andrés Navarro, y tenía que decírtelo.

Desde la puerta de Vango los miraban Paloma y Guilli, Majo y Santiago, el Turco Hawa, Andrés y los chicos de la otra mesa: Rebeca y Miriam Natalia, Juan Enrique y Salvatierra; Joana y Lu Gómez estaban con ellos. Eva lo abrazó con fuerza y también comenzó a llorar: sus lágrimas eran negras por el rímel, las líneas de sus ojos eran unos límites que se desvanecían sobre sus mejillas. Capi la apretó fuerte contra su pecho y susurró siete veces su nombre. Se besaron con profundidad de oscura melancolía; los labios de Capi seguían siendo calientes y húmedos, como los de Eva.

—No te vayas, Capi, por favor, ¿qué voy a hacer sin ti? —suplicó.

—No puedo quedarme, chaparra, simplemente no puedo. —Capi sollozaba, y antes de continuar, con la mano se limpió las lágrimas del rostro—. Necesitaba llevarme tu mirada y tu aliento en el cuerpo. Te amo.

—También te amo —dijo Eva y volvió a abrazarlo. Le susurró—: Siempre te amaré. Sin ti, la eternidad comienza mañana.